梦里红楼梦外思，
如真似幻几人知。
群芳逝水风流散，
回首唏嘘意更痴。

梦觉红楼

韩乾昌 著

甘肃人民出版社

甘肃·兰州

图书在版编目（CIP）数据

梦觉红楼 / 韩乾昌著. -- 兰州 ：甘肃人民出版社，
2025.3. -- ISBN 978-7-226-06233-3

Ⅰ . I207.411-53

中国国家版本馆CIP 数据核字2025S79K14 号

责任编辑：王建华

封面设计：方春芳

书法、国画、摄影：芷

梦觉红楼

MENG JUE HONG LOU

韩乾昌　著

甘肃人民出版社出版发行

（730030　兰州市读者大道 568 号）

甘肃金田印刷有限责任公司印刷

开本787 毫米×1092 毫米　1/16　　印张21　　插页2　　字数370 千

2025 年3 月第1 版　　2025 年3 月第1 次印刷

印数：1~1000

ISBN 978-7-226-06233-3　　定价：58.00 元

为《梦觉红楼》序言

马经义

"红楼梦"这三个字,在国人的心中已经不是一个简简单单的书名。对于学者而言,它是包罗万象深邃莫测的显学;对于作家而言,它是文学创作的参照系与坐标点;对于普通读者而言,它是浓缩了中国人衣食住行思的生活样态;对于乾昌兄而言,它是童年的欢乐,是青年的滋养,是成年的慰藉,是一份绚烂多彩的生命感知。

经典的阅读当然需要一定的知识,但更重要的是人与经典的缘分。这听起来似乎有点玄妙,其实不然。什么是缘分? 人和世间万事万物都存在着千丝万缕的或隐或藏的关联,当这份关联一旦被显现出来的时候,我们就把它称之为缘分。这份"显现"往往来得没有理由,不讲规律,不用逻辑,却能直刺心脏。乾昌兄在书中说,他小的时候,每当《红楼梦》的音乐响起,"一种无名无状的情绪袭上心头,是我完全无法用语言描述,甚至也完全无法用心灵去捕捉的,仿佛跌入一眼枯井。尤其片头结尾的那声锣响,直敲在人心尖儿上"。想必这一声锣响就是乾昌兄与红楼的缘点,从此敲开了他"从来不愿意想起,永远也不会忘记"的序幕。

对于《红楼梦》的阅读,我始终抱有这样一种观点:真正能读得懂《红楼梦》的人,一定是在人生的各个阶段都有所感悟的人;真正能理解曹雪芹"十年辛苦不寻常"的人,一定是在不寻常的十年间,遭遇过人生的坎坷,跌入过人生的低谷,最后又奋力攀爬出来的人。乾昌兄在《我的红楼梦曲情缘》一文中似乎印证了我的这个观点:正是因为他有了至亲的离殇,才真正懂得了林黛玉的寂寞与哀愁;正是因为他曾一头扎进社会,经数年浮沉,几载飘零,才真正理解了红楼宿命"不过是践行一场预先的安排"的哲学意蕴;正是因为他迈过了波折,不再有"稻粱之忧,燕巢之虑",才真正看到了《红楼梦》曲背后的淡然笃定与顺其自然！

乾昌兄在这本书里,提到了很多看似普通却极其关键的问题,例如:《红楼梦》为什么成了难读的小说? 为何要读《红楼梦》? 如何读《红楼梦》? 等等。

《红楼梦》为什么成了难读的小说? 乾昌兄从写作技巧、叙事结构、艺术特点、思想维度等多个方面进行了分析。其中有一点,说得极为精当——《红楼梦》与我们有"时代的隔阂"。这里的"隔阂"不仅仅是时间与空间的变换问题,而是文化在时间与空间的发展过程中所呈现出的面貌差异问题。

《红楼梦》有深刻的时代性,书里烙上了产生它那个时代的方方面面,而在阅读、分析这些"方方面面"的时候必须要回到原有的情境之下与文化之中。例如《红楼梦》第二十八回,贾宝玉对林黛玉说:"我心里的事也难对你说,日后自然明白。除了老太太、老爷、太太这三个人,第四个就是妹妹了。要有第五个人,我也说个誓。"当下恋爱中的人极难理解,一个用生命爱着的人,为什么在心里只能排在第四位? 因为贾宝玉受到了传统儒家仁爱思想的洗礼,这种"洗礼"不需要个人主观意愿的接受,而是在文化的浸润下直接被刻入了人的基因中。儒家的仁爱是有等级先后之分的。以一个家庭为例,谁的辈分最高,谁就应该被给予最多的爱。对于贾宝玉来说,老太太是她的亲祖母,辈分最高,身份地位又显赫,自然要排在第一位,紧接着是父亲与母亲,将林黛玉排在第四位确实是相当重要的位置了。所以乾昌兄说:"鉴赏古典作品,要回到历史情境下,再看人物行为与事件性质。而不是以今天人的价值观与道德准则要求古人。"

《红楼梦》如何读? 这也是一个没有标准答案的问题。我曾提出过一种"三层读法"即:第一层读红楼故事;第二层读中国文化;第三层读哲学意蕴。读红楼故事,往简单了说就是看故事情节如何发展、如何推进,看书中的人物说了什么、做了什么,看人与人之间的关系如何变化,看作者如何渲染环境与氛围等等,进而欣赏红楼文本的语言风格、艺术特点。读中国文化是以红楼故事为窗口延展开去,透视、了解、欣赏其中所包含的中华优秀传统文化,例如服饰文化、建筑文化、民俗文化、礼制文化等等,进而理解是什么样的文化基因成就了《红楼梦》的创作。读哲学意蕴是基于对红楼故事以及其中文化的理解,读者最终获得的内心觉悟与点醒,进而理解《红楼梦》的价值与思想。

乾昌兄在书中说,《红楼梦》要"带着心去读,获得一切能碰触到的感性认识"。我把他的这句话浓缩成两个字——"心读"。所谓心读,就是用生命的阅历去激活《红楼梦》的文字,进而获得红楼背后的文化反思。这一点和我提出的"读哲学意蕴"的内涵是不谋而合的。什么是哲学意蕴？就是人对生活的系统反思而后获得的自我结论。这样的结论是每个人"用心"总结出来的，结论自然因人而异。乾昌兄主张《红楼梦》要用"心读"，他说："世界是什么味道什么感觉什么形状，务必亲自尝试一番，是人的本能动作，任谁也无法剥夺这项权利。"这样的主张其实质就是倡导生命个体对世间万物的自我感知，这是发现美、创造美、传播美的原动能。

乾昌兄的这本书，其内容主要在于红楼人物的赏析。《红楼梦》中一共有多少个人物？因统计的方法不一样，答案是不相同的。有一说是共计421人，其中男性232人、女性189人。对《红楼梦》人物的评析，古今中外，著作文章早已汗牛充栋，名家辈出。从红学史的角度而言，红楼人物的评析早已形成了一种天然的模式，要在这个方向上推陈出新，不是一件容易的事。乾昌兄能有什么样的新鲜招式？通读完这本书，我有了答案——超越文本之外的红楼人物情境化"前"理解。什么意思呢？我们先来看一段《红楼群芳谱——世外仙姝寂寞林》中的讲述：

那一年，贾母最疼爱的小女儿贾敏出阁，夫婿是前科探花林如海。

从北国到江南，迤逦而下，锦帏华盖，钟鼓谐鸣。

时值鼎盛的贾家把女儿嫁那么远，可见这林如海不一般。

的确，出身侯门，学问又好，为人温雅又有才干，可不正是乘龙快婿。当然，贾敏也不只贵族小姐那么简单。贾母给小女起名"敏"字，而非春花秋月一类，可见必有不俗之处。

这样一对玉人，可谓珠联璧合。

江南锦绣之地，物华天宝。林如海贾敏夫妇琴瑟和鸣、相敬如宾。日子像春水一般流淌。所谓现世安稳，不过如此。对女人而言，有一种爱的表达，是我要为你生孩子，生一窝孩子。

黛玉的降临，便是这爱的注脚。

无奈，贾敏许是生来芊芊弱质，黛玉也就先天禀赋不足。打出生起，除了吃饭就是吃药。

林如海仕途畅达，爱女萦怀，美眷环顾，所不足者，林家支庶不盛，未免略落寞些。

天遂人愿，一年后，贾敏又顺利诞下一个男婴，黛玉有了弟弟。一家人喜不自胜，但也让贾敏原本虚弱的身体留下亏空之症。

田里有苗不愁长。转眼黛玉四岁了,弟弟三岁,二幼子得如海夫妇悉心抚育,已能学文识字。一家幸福和睦、其乐融融。然而天有不测风云,黛玉幼弟突然因病夭亡,给了夫妇二人致命打击。从此贾敏身体每况愈下,每日请医问药,总无效验。幸福和睦的家庭一下子笼罩了一层悲愁。小小黛玉失去朝夕相处的弟弟,在父母的长吁短叹里,开始感受到生命的脆弱与世事的无常。一团绮愁在她的生命里淤积下来。

贾敏无力再育。林如海也曾续得两个姬妾,一二年间,竟再无胎结,渐次把心黯了下去,便将黛玉假充养子,聊解膝下荒凉之叹……

这段文字是故事还是评析?贾敏、林如海都是红楼人物,但《红楼梦》中少有他们的情节,特别是贾敏,几乎就是一个人物符号。然而在乾昌兄的叙述下,这两夫妇的形象似乎立体起来,他们的生活似乎丰满起来。所以这段文字读来既有红楼文本之外的故事性,又兼红楼人物情境化的评论性。真是妙不可言!然而这段被演绎出来的文字有什么用处呢?它的终极指向是对林黛玉的理解。乾昌兄说:"黛玉整个幼年时期,处于不断失去的过程。从弟弟到母亲,略大些,父亲也舍她而去。""在尚不能对人生作出正确认识的年纪,遭遇一连串的重大变故,便有被命运抛离之感。""这种抛离感,使她喜散不喜聚。"至此我突然明白,乾昌兄的这段带有"合理推测"性的文字,其实质是为赏析林黛玉这个红楼人物而作的"前"理解。这种超越文本之外的红楼人物情境化"前"理解,可以说是乾昌兄这本书在评论技法上的最大特色。

乾昌兄天性烂漫,崇尚自由,所以在这本书中才处处闪烁着诗人的率真与飘逸。乾昌兄热爱文学,富于幻想,所以在这本书中才章章折射着作家的敏锐与才思。《红楼梦》研究并不是乾昌兄的职业,然而在他的文字中却能让我们看到他以此安顿内心的过程,这似乎比作为职业的红学研究来得更为实惠且有用。

序写到这,应该结束了,然而这本书才缓缓展开!

(马经义,教授,中国红楼梦学会理事、北京曹雪芹学会理事)

2024年8月12日于成都

目 录

卷一　缘起红楼终入梦

我的"红楼梦曲"情缘

那年暑假,核桃挂浆,碾麦扬场,日头晒到望不着黑。

抬水回家的路上,碰见堂姐,她说:

《红楼梦》开始了呀!

啊?!

不及问时,她一阵风去了。我心里咯噔一下。

到家,母亲在风车旁守着,我把水舀进缸里,猫出厨房,就要出门。母亲呵一声:回来!扬麦来!我回头瞪一眼风车,母亲已把半袋麦倒进风斗里了。我过去捉住风车摇把,尽力把风扇摇得咣唧唧响,母亲呵着:死哩嘛!劲多得没处使?!

听母亲这话,我又摇得极吃力,风车吭吭唧唧配合着,母亲又狠狠剜我一眼。我又抡圆胳膊,风扇炮蹶子一样转着。麦粒唰啦唰啦,在我听来,全是《红楼梦》电视剧的乐曲。看一眼立在风车旁的两尼龙袋麦子,简直绝望。瞬间生出莫名的决然,撒开摇把,任它咣唧空转着。母亲盯住我。我说,去尿泡尿。说着,走的却是茅厕的反方向。见母亲疑惑,我撒腿从大门里跳出去了,耳畔风急,知道是母亲的笤帚疙瘩。

跑出去的路上,心想,今晚就是挨一顿毒打也要去看电视,边跑边想起母亲愤怒的样子,竟有复仇的快感。

跨进二爸家上房门槛,面柜上放着十四英寸黑白电视,屋里,小板凳上挤满了人,我凑过去挨着。电视里有个丫鬟说,宝二爷来了?我心说,来了。那丫鬟笑笑地打簾子。她怎么知道我刚挨了一笤帚疙瘩?

开头自然已是错过,我的心跳很快被电视里的人声盖过去了。

那时,只知演的是《红楼梦》,至于情节一概不明,人名儿也记得不浑全,只无由喜欢。就像看到小表妹,说不上哪里好,总忍不住要望她。就觉得她们穿的衣服好看,她们说的话好听,连她们走路的样子摇摇摆摆,也说不出的舒服。电视里呈现的,是完全不同于山村的另一番景象,才觉出同一个世界里,人跟人的差距。

那时看《红楼梦》里的人物，全无好恶，他们都那么好看，那么好看的人怎么会是坏人呢？

这一点，跟以往看《地道战》《平原游击队》不同，根据长相分别好人坏人那一套竟失灵了。那时每天只放两集，每一集结束，感觉自己心上被剜去一块儿，盼着下一集赶紧补回来；下集结束又怕快看完了怎么办，心总是揪着。每当音乐响起，一种无名无状的情绪袭上心头，是我完全无法用语言描述，甚至也完全无法用心灵去捕捉的，仿佛跌入一眼枯井。尤其片头结尾的那声锣响，直敲在人心尖儿上。只能用前面的例子类比，像喜欢的小表妹来家，刚来就惆怅着她的离去，见面就要问她来家住几天，然后彼此抵头，掰指头算着，越算越把才相逢的喜悦化成哀愁，使人瞬间有余生无多之感。

虽然那时并未有孤独的概念，但那种分明的心绪如种，已埋伏下了，乃至以后几十年轮番生根发芽，却从没有开花结果的时候。

那时最喜欢的人是史湘云和王熙凤。喜欢史湘云缠着宝玉"爱哥哥、爱哥哥"地乱叫，她这么一叫，使人想起身边咬舌的同伴。原来电视里那么好看的人也会咬舌啊！一下拉近距离，格外可亲。喜欢王熙凤，因为她的衣服最漂亮，走到哪里哪里就热闹起来。她说话干脆利落，不像村里的女人，只会哼哼唧唧顺着男人。对林黛玉贾宝玉倒不似现在这般关注，从堂哥堂姐们的窃窃私语里听说他俩在好，啥是好，怎么好，自己想不明白，只觉得是很羞人的事，看到他俩一起出现，就替他们害羞，不免要低了头，免得被人家笑话。

越往后看，欢笑越少，音乐也格外哀婉起来，不时有人离开或死去，那是无法言说的悲凉。当看到王熙凤被卷在席筒里，在雪地上拖着，头发划出一道雪痕时，没人说话，只剩吸鼻子的声音此起彼伏。那时，常把剧中人置换成自己或某位亲人，仿佛不是电视上的人死去，而是自己的母亲或兄弟姊妹死去。因无力生出怨恨，恨不能有几条命去换她们。

暑假过去，有新的欢乐填充，电视剧给人的惆怅慢慢淡忘了，只在某个醒来的梦里，或是天阴下雨时的百无聊赖里，隐现端倪。然而那些时光终究是过去了，终于远到仿佛是很久以前的事。

再听《红楼梦》曲，是数年后。家里有了一台父亲的朋友送来的收录机，还有一些磁带。在一堆秦腔磁带里，一眼就认出《红楼梦》曲那一盘，像蓦见长大后的表妹，褪去童真童稚后的重逢，羞答答里带着紧张。迫不及待摁进磁带舱，音乐传来，久违的心事立刻浮现，想起贾宝玉初见林黛玉时说的那句话：

这个妹妹曾见过的。

从没一种情绪，如这歌曲一般，与人的心贴得这样紧，从耳朵一下浸入心底，凝成一团雾，一幕雨，如何也排遣不开。

那时，朦胧懂得歌词含意，渐渐地，黛玉的形象开始更多浮现心头，把一腔青春的寂寞哀愁寄寓在歌词里，托付在黛玉身上，仿佛与黛玉的身世际遇有了某种难以言传的关联，飞花逐水水自横，流波有意意成空。

听《红楼梦》曲，都是趁家人不在时，把自己关起来，这是不为人道的心事，仅安己身，不容他人染指。那时，开始懂得，人生有些秘密，连父母也不可分享，是独属自己的一隅。

转眼到了中学，学业任务日渐繁重，我却常吁叹而不自知，直到被母亲责问才恍惚意识到。母亲疑惑，但我不说，母亲也清楚不会有答案，因此不再多问。

初三那年，母亲的病更重了，家里常笼罩着一团悲云愁雾。大年三十那天，父母和兄长忙着收拾守夜的吃食。我去另一个屋，打开收录机，摁下播放键，《红楼梦》曲，声声入耳，句句穿肠。过年本该喜庆的，连母亲也强支病体，要把家里塌陷的一角撑起来，大概因这份悲壮，使我想要逃避，于是把自己锁起来。曲子听了一遍又一遍，恸断肝肠，实在不知，是为曲中人，还是为自己。分不清了，也不重要了。

如果说童年时，与命运的对视，是目送一方玩脏又丢弃的手帕，如今重拾，被记忆淘浣，被时光皴染，愈加鲜明起来。无须代入，自己就是黛玉。不觉恸倒床上，月移牖沉，门外是父兄的呼喊，而我心弥坚。他们的急切与愤怒，使我更加笃定于自己的设想，并深陷其中。

父兄终于破窗而入，看着眼前的我，挥起的拳头，瞬间如萎败的花瓣儿，黯然零落。出门后清晖匝地，被冷风一吹，想起病卧于床的母亲，心里懊悔不及，却并不打算痛改，认为自己做的是正确的事。

那年将入秋时，母亲去了。

从未想过某天我也会成了没妈的孩子，小时候唱《世上只有妈妈好》，感动于别人的旋律。现在，我成了歌的主角。

无寐之夜，自来不羁的我，分明觉得，从此矮人一头。

处理完母亲丧事的几个月后，一位初中同学喊住我，平常跟他有些天然的亲近。他从远处来，我怕他问，又怕他要以朋友的口吻安慰。淡淡看他，瞬间两人都有无措。他还是问了。矮人一截的事实，经他口而出，知道我们之间远了，因为彼此之间再无平等。我装作一副若无其事的样子，铠甲还是碎了一地。记不清过去多久，他转身走了，我也转身而去，此后几十年，彼此再未见面。后来偶尔想起他，依然是一副印象里的，清瘦的、笑笑的样子。

以后，接踵而来的变故使我心灰意冷，出走是义无反顾的事情。我到了兰州。

当外面的世界扑面而来，我却无力拥抱，直觉一头撞进一张巨大的黑幕。从前自大如我，今却微若蝼蚁，随时准备承受被这黑幕碎为粉齑。夜思《红楼梦》曲，觉得一切不过是践行一场预先的安排而已，且随它。

数年浮沉，几载飘零，离开家乡的日子，家乡成为故乡。终于混到衣单腹寒，逃回心里姑且以为的家，万念俱灰。一切都是陌生的，除了我一如既往地、心软又碎嘴的奶奶。

在柜子里找到一叠《红楼梦》电视剧光盘，没日没夜看起来，炕上坐着的奶奶不明所以，看我时而大笑时而神伤，几欲开口，都被我的眼神抵回去。一字不识的奶奶，因见识单纯，反而保留一份善良天真，喜怒于形，从不遮掩。那时却忍住了，如果她开口，真不知我将如何回答。

陷入《红楼梦》剧情，一曲终了，一曲又来，奶奶终于颤颤巍巍出去了，从此不进这间小屋。

是《红楼梦》曲，搀扶我走过前半生中最晦暗的日子。几欲屈从父亲安排在乡下寻出路的念头，许为曲中神秘力量感召，终因果决逃离而打消。

出走两年后，奶奶去世了，她终究不明了自己当初想要的答案。她也许知道的，因为我身体里有她部分的血液。

重返异乡，都市霓虹迷离，陌生又熟悉，给人莫名安慰，有反认他乡是故乡的荒诞。

接下来数年，《红楼梦》曲如许多悠悠往事，成为不可触碰的柔软，人情若纸，现实如冰，不可语，又谁与语？

有句歌词唱道：

从来不愿意想起，永远也不会忘记。

转眼人已中年，恍然一梦。许多事，不及回顾，已面目模糊。如今儿女绕膝，再无稻粱之忧、燕巢之虑。虽面冷心热，想来如他人所说，该成熟了，心底那些柔软，却若隐若现，终而彻底返顾。所不同的是，现在的我，面对《红楼梦》曲，怀了一份过去不曾有的坦然，不再掩饰自己的感动，不怕被人说不惑之年，还被轻易触动。陈年往事如酒，种种打击与磨砺斑斑在目，心却并未因此结出老茧，思来想去，许与《红楼梦》曲的回护有关，使我栉沐人间风雨时，张伞如盖，回护心灵一隅。

如今的我，依然愿意柔软，柔软在应当不惑的年纪。而所谓不惑，在我以为，恰是不再矫饰与伪装，不再以秉性中的天真为耻，也愿意继续为此受点儿苦。前半生受的苦不算少，后半生再来点儿，又何妨。

如今，再读《红楼梦》，又听《红楼梦》曲，已不同当年懵懂，虽不敢说微观其要义，略得其本旨，已于字里行间，能看到此文此曲中，人情寒凉力透纸背，世事轮回更迭罔替。许多事，越古至今，依然不断上演，上演着，那场三百年前的梦，亦是今天的梦。

《红楼梦》常读常新，《红楼梦》曲听来亦感动如常，感动里却有了新的人生况味。

此文此曲，文中事，曲中人，因他们命运的流转沉浮，使我于一次次的阅读与听闻中获得周而复始的生命体验。因而觉得人生并非仅这短短几十年，人生可以因一份情，一份思考而得永恒。人不在了，月挂中天，情不湮灭，意不停歇，此文此曲，此情此意，将永远地继续下去。

2019年7月

爱是周全,是担待

　　宫里一个老太妃薨了,凡诰命皆入朝按爵守制。贾母率领邢、王夫人及一众婆媳等,皆每日入朝随祭,从请灵到安土,加之路上来回,要一月光景。两府无人,以产育之名为尤氏告了假,又托付薛姨妈帮忙照看众姊妹。无论尤氏还是薛姨妈,皆宽仁之人,大观园一时充满自由气息,因国丧一年内不得筵宴音乐的皇家规矩,王夫人听取尤氏等人建议,把豢养在家的十二个小戏子遣散了。都是穷人家孩子,好不容易有这么个去处,竟是愿去者寡,愿留者众。于是就把留下的女孩儿们分配给各房做了丫鬟。这下好了,本是青春王国的大观园,一下子多出那么些洋溢着生命活力的孩子,美美哒,连杏花儿也急急地要来瞧瞧。杏花儿一急,就让微恙卧床的宝玉,把花儿们巴巴儿辜负了。当病犹未大愈的宝玉拄了拐、靸鞋来看时,竟已"绿叶成荫子满枝"了!因又想起邢岫烟已觅了夫婿,再过几年未免也"乌发如银、红颜似槁",难免伤心叹息一回;恰又枝上雀儿乱啼,自恨不是公冶长,不懂鸟语,更动了呆性。

　　胡思乱想间,见山石后闪出火光,宝玉不免大吃一惊,同时听见有呵骂之声入耳。宝玉听了疑惑,自然要去看看。原来是遣散的十二个戏子之一的藕官,正满面泪痕蹲在那里烧纸钱。宝玉向来不忍此种情形的,不免询问,藕官只不作一声。忽见一婆子凶神恶煞,拿住藕官要她说个明白。宝玉是护花使者,自然护着藕官,替她开脱,说藕官乃奉林黛玉之命,在此焚化写坏的字纸而已。这婆子原就看不惯这帮孩子平日轻狂,自然有心留意要揪小辫子的,岂肯轻易放过,于残纸中找到证据,分明是纸钱。宝玉只得改换口风,说为祭奠花神才央及藕官烧纸,婆子才罢了。一场眼看降临的祸事因宝玉担待,被轻轻糊弄过去。藕官对宝玉的庇护之情感激不尽。然而更令她喜的是,宝玉竟是跟"自己一流的人物"。

　　一个唱戏为生的小小伶人,居然暗把自己跟宝玉并列,认为彼此皆一流人物,这就奇怪。且按下,听后面道来。

　　话说宝玉追问下得知,原来藕官焚纸非为父母兄弟,至于其中缘由,还要去问分到怡红院中的芳官。

宝玉寻问芳官，却颇费一番周折，牵扯一段人情纠纷，略去不提。

单说等宝玉设法引芳官私会，终于问出藕官园中焚纸的来龙去脉——

原来藕官是为死去的菂官烧纸。至于原因么，说来也奇。原来当日梨园时，藕官是小生，菂官是小旦，戏中是一对儿，连名字一藕一菂，也是同气连枝。虽是作戏，但无论台上还是饮食起居，二人竟彼此温柔体贴、你恩我爱。菂官一死，藕官哭得死去活来，至今不忘，每遇节日便要烧纸祭奠。

这桩小小公案，以俗眼看，似有同性恋嫌疑。但深思可见，相似出身的两个女孩儿，日常坐卧行走都在一处，因身世而起一份彼此的关顾与疼惜，是人之常情；正是懵懂年纪，性意识尚未成熟，说起来，也只能归于人与人之间因担待而生的美好情愫；其中难免也有因戏中角色演化出的、关于男女情缘的寄寓，本质上涵盖于人间大爱之中。

人间自有超越性别、超脱世俗之上的美好情愫。藕官与菂官之间的彼此珍重，不免使人想起当初宝玉跟秦钟及蒋玉菡等人之间的惺惺相惜。然而这种情愫非常人可及，必然要承担人世龃龉。

因这份难得，藕官把宝玉看作跟自己一流人物。是藕官意识里超越社会阶级与身份局限的可贵处。世间真情大抵如此，正如"龄官画蔷"。

然藕官之深情尚在其次，令宝玉敬服的是芳官接下来的话。她说，自从菂官死后，又补了蕊官，藕官和蕊官竟也一般的体贴恩爱。芳官问询之下，听藕官说：比如男子丧妻，也必要续弦为是，只不把旧的丢过不提，便是情深义重了。若一味困死不续，孤守一世，反妨了大节，死者反不安了……

藕官这番大道理，慢说出于数百年前的小说中，就是以现代眼光看，也颇具超前意识。难怪宝玉听完一时呆了，不觉又是欢喜又是悲叹。不由使人想到，从龄官画蔷到藕官烧纸，对宝玉情爱的两次重要启悟，竟源自两个小戏子，大概跟梨园中人能葆有一份真性情有关。

藕官所以打动宝玉，因宝玉亦非囿于社会规矩中人，乃真性情的倡导与实践者，自然即刻有引藕官为知己之叹。藕官与宝玉相识，归根到底是两个相似灵魂的偶遇。只是如此私密之事，藕官怎好当宝玉之面侃侃而谈，于是便借了芳官之口。因第三者的转述，具备格外动人的力量，宝玉亦可借此从容抒发自己的感慨——宝玉忙拉着芳官嘱咐，要她转告藕官，大意说以后不必拘泥于烧纸，只要逢时按节，随便焚香，只要一心虔敬即可；若连香亦无时，则无论草或土，只要洁净便可为祭……

一句话:只要心诚,其他只是形式。

宝玉这话倒似曾相识——

噢,对了!原来这话起先出自黛玉之口。

还要回到四十三回:

"闲取乐偶攒金庆寿,不了情暂撮土为香。"

原来那日正是凤姐诞辰的喜庆日子,偏遍寻不见宝玉。宝玉以为北静王爱妾奔丧为由私自离家,实际却为祭奠一个女孩子。

宝玉因走得急而未带香烛,差点就要以随身散香替代,因茗烟提点才往水仙庵借来香烛香炉,在井台上祭了,后忙忙回家。众人因宝玉急得团团转,唯黛玉深知宝玉形迹,便借着对宝钗说话的口吻调侃宝玉:

"俗话说睹物思人,天下的水总归一源,不拘哪里的水舀一碗看着哭,也就尽情了。"

宝玉分明是得了黛玉点化——记挂一个人,心诚则灵。

宝玉于凤姐寿辰时私奔而去,是记挂着谁呢?

作者始终没有明写。但通过"井台边"的祭奠、宝玉嘴里曹子建的《洛神赋》、及宝玉回来遇见正独自哭泣的玉钏,答案不言自明。作者所以不明着点出,大概自有深意——

其一,不点名,又私奔,说明宝玉对玉钏之姊金钏儿的记挂之虔。只有真心惦着一个人时,才无须表演给人看,只为自己尽心。

其二,暗喻金钏儿之死对贾府其他人而言的无足轻重。曾作为王夫人得力大丫鬟的金钏儿死后不久,众人已然彻底忘记,甚至连她的名字都无人提及了,这是怎样一种荒凉?

其三,不说名字,恰说明宝玉对金钏儿的爱,是无差别的人间大爱,而非世俗男女欢爱。

如此,再把藕官与菂官、宝玉与黛玉、宝玉与金钏儿、宝玉与藕官,他们这些人之间的事,作一路梳理下来,发现他们皆珍重与回护生命中真情真性之人,即作者笔下"意淫"之人。

所谓意淫,当然也包括"淫"的成分,当理解为世俗欢爱。是说上述之人,彼此之间情爱,亦含着世俗欢爱的部分,但根本上是涵盖于人间大爱之下的"子集"。而所谓人间大爱,是对世间美好的无差别周全与担待。正如宝玉与秦钟以及蒋玉菡之间的同性之爱,还有藕官跟药官以及蕊官之间的"假凤"与"虚凰"之间的温存体恤,自然也包括宝玉黛玉、龄官贾蔷、贾芸小红等之间的异性之恋,都有一份周全与担待在里头。这就与以占有和满足私欲为目的的皮肤滥淫判若云泥。

厘清这点,则后来宝玉在蔷薇硝与茉莉粉以及玫瑰露和茯苓霜事件中,对五儿和彩云的担待,就顺理成章。

自然,就生命底色而言,宝玉本就是佛系青年的胎子,但正如璞玉需要琢磨,他也有经点化而成长的过程。

藕官在药官死后又跟蕊官相好,是为宝玉将来面对黛玉死后如何对待宝钗的点醒。由于原文散轶,续书与曹公原意不合,我们无法确知黛玉死后宝玉对宝钗的真实态度,但起码某一刻,宝玉应当会想起藕官当初的话。

宝玉宝钗之间,"举案齐眉,到底意难平"。然某一刻,宝玉定有过反思。只是宝玉终究要归于"大荒"的,唯其如此才是他生命的完成。结局也许在黛玉当初写下"无立足境,是方干净"时就埋伏下了。

倘宝玉出家是自我完成,则黛玉泪尽而逝亦复如是。

联系黛玉看《荆钗记》时的看法,也许这里可以假设。

与续书中黛玉因被骗而焚稿断痴情并香魂归去不同,她是在贾家被抄、宝玉外放而迟迟不归中枯等无果,泪尽而逝,如此才是黛玉格局。由黛玉对《荆钗记》的豁达态度联系到,她的死去是因为不得已的缘故,而非被骗后的决绝。因为黛玉对宝玉的爱除了包含俗世情爱,更多是源于人间大爱下的彼此惺惺相惜,而这种爱不以占有为目的。就是说,尽管黛玉渴望与宝玉的现实婚姻,但倘若婚姻一时无着,也不会导致她对爱的决弃。黛玉死了,却死而无悔。也许,这才是曹公原意。

如此说,作者当初安排黛玉说到戏曲《荆钗记》,以及后来又安排宝玉听到藕官关于夫妻情分之论,则非偶然,正为后来某一刻,宝玉的开悟做准备——

倘宝玉不安心,则黛玉如何安心;倘黛玉因宝玉而不安,则宝玉又如何能安于放下尘世繁华,归于白茫茫天地。

而当日,戏正酣、酒正浓时,恰是凤姐诞辰。凤姐诞辰,跟死去的金钏生日在同一天,也不是偶然。作者正是通过一死一生、一冷一热、一静一动、一悲一喜的对比,告诉我们人世的无常。正如玉钏儿独自哭泣的荒凉一样,凤姐何尝不处在另一种荒凉里头?

正当凤姐风光无限,不料她男人贾琏正和鲍二家的温存软款呢。这才是莫大讽刺。英明神武如凤姐,才貌双全,掐尖儿要强,依然逃不过命运安排,遇上贾琏是个皮肤滥淫的主儿。

可她王熙凤又如何呢?

还不是把爱当成筹码?当她争强好胜要把贾琏抚弄于股掌之间时,已然注定悲剧的下场。因为爱,从来不是一场关于博弈的零和游戏;爱,从来都是彼此的周全与担待。而王熙凤贾琏他们,在情感世界里从来都是要占领、要攻取。

又想到贾琏的父亲贾赦,看上鸳鸯,只想霸占而毫无体恤;霸占不成又不惜以要挟相迫,最终导致鸳鸯青春殒命,伴贾母西去。

推而广之,则贾珍、贾蓉等一干皮肤滥淫之人,毫无对人、对美好的周全与担待,从来只有掳掠,只有压榨,这类人,根本没有爱的能力。

2020年3月

《红楼梦》看什么?

一

《红楼梦》看什么,怎么看,见仁见智。我的看法是,看人情冷暖,体味世间百态,风吹到哪一页看哪一页。

不是随便哪本书都可以具备这样的读法。以故事见长的书,错过其中一些情节,会导致对后文理解上的偏差。《红楼梦》则是每一章每一节都可独立成篇。

《红楼梦》当然也讲故事,但故事绝不是《红楼梦》的全部。它铺陈在我们面前的是一场人间的悲喜集,是对世情的通览,对世事的思考,以及对人生意义的纠结与追问。

不断轮回的是人间故事,不变的是亘古的人性。红楼虽是一面穿越300年的镜子,却依然能够照出人心、照见人性隐秘的一隅。它没有写王侯将相或才子佳人,写的是吃喝拉撒与儿女情长。最平常普通的生活才是绝大多数人生活的本来面目,才会把我们的喜怒哀乐体贴入微地嵌入其中。

《红楼梦》之所以常看常新,有生命力,在于不同年龄段看它会有不同的体悟,也能找到不同人生阶段里对应的自己。小时候看到热闹,少年时看到爱情,中年时看到人性,老年时又看到本真。看到的是过去的人事,品的却是当下和未来,思考的是说不尽的人生。

看了红楼,你是否觉得红楼里的《好了歌》放在今天依然非常妥帖?红楼里所隐喻的东西对今天乃至未来很长一个时期依然有用?红楼里揭示的某些人性深处的幽微是否让你突然恻隐或者会心一笑?

这就是它长盛不衰的根本所在。表面讲的是卿卿我我、爱恨情仇、人世浮沉、人事更迭,揭示与探讨的却是亘古的人性。

好的作品会伴着读者一起长大,或者说它看着你长大。小时候看,觉得是心里的一个梦;长大后再看,觉得它远远地在等你;老了再看,噢,原来它一直就在那里。而不够好的作品,当时看来应景,却是死的,不会成长。随着读者渐渐长大成熟再看,则弃之如敝屣。而《红楼梦》这样的书,在不同年龄段来看会有不同感受,会找到不同时期的自己,以及看见自己一步步走来留下的印记。

二

红楼里的爱情故事,不是才子佳人那一套。我们看《西厢记》《牡丹亭》固然也会感动,有所感悟。但终归觉得看的是别人的故事,看完就完了。而捧起红楼来读,似乎读的是自己的人生,自己的爱恨情仇。虽然多数人的生活距红楼里的王孙公子很遥远,但人情世故是类似的,文化印记是相通的,人性里的明与暗是一致的。

一般讲故事的书,必有传奇的人物,曲折的情节,须跌宕起伏才引人入胜,否则读不下去。可你看《红楼梦》,就故事性而言实在平淡无奇。除了林妹妹总不干的眼泪、宝二爷的痴情意淫、男人们的蝇营狗苟、小人们的钻营算计以外,剩下大部分时间都是一群富贵闲人吃饱睡足后的吟诗作画、消遣时光。高兴时和花鸟说说话,不高兴了哭鼻子抹眼泪。可它读来就是吸引人。300年前的小丫头和她心上人撒的一个娇,骂的一句情话,开的一个玩笑,如今读来毫无违和感。

原来那时的那点子小儿女情思和如今一样儿一样儿的;那时许多男人心头偷偷打着的小算盘,如今还有人在前赴后继地打着;那时贪官污吏的嘴脸如今依然出现在现实中;甚至凤姐的吃醋撒泼也跟现在的原配打小三一个路数,还可以从凤姐那里取些经,学些手段;贾母的状态是我们每个人期待着的老了的样子;刘姥姥活似我们的某个穷亲戚;而板儿身上又何曾不见我们幼时的影子?原来,看红楼并不是看别人,而是看我们自己。

三

《红楼梦》的伟大之处在于,作者从不以自己的价值观作道德批判,只以近乎写实的手法把当时的人情世态呈现给我们。于是,红楼里的每个人都是真实的,有血肉的,活着的。不像过去文学作品塑造的人物形象,好人和坏人都表现在脸上。好人好到让我们仰视,坏人坏到一无是处。可现实里的人,终究不是好与坏截然对立。这个世界也从来不是清与浊那么分明,大多数处在好与坏、清与浊的中间地带。这才是现实世界和真切人生。

与其说《红楼梦》的主线是爱情,不如说是世情。

看似简单的一茶一饭,一聚一散,无不体现出人与人之间的关系以及这种关系下反映的人情世故。通过刘姥姥两进荣国府,以下看上,把王公贵族的奢华富贵与礼数规矩体现得淋漓尽致,使每个人以不同性格立在眼前。

贾赦的昏聩颠顸和贾政的品格端方;宝黛对礼教的藐视和宝钗处世待人的随分从时;晴雯的天真烂漫和袭人的温柔和顺;探春的聪敏才干和迎春的无可奈何;贾敬的求仙好道和贾珍的荒淫无耻;凤姐的精明贪酷和平儿的温婉善良……无不体现着不同人生观念和处世哲学。书中人何曾不是现实里的我们。当我们身在局中而看不清方向时,书中人是很好的参照。

甄士隐的飘然而去,柳湘莲的一冷入空门;又通过一僧一道的悠忽穿插,体现出作者对出世与入世的纠结及对人生意义的追问。

就爱情而言,作者笔下的钗黛本没有高下之分而厚此薄彼,她们代表了作者内心的矛盾和冲突。一个是理想的真我世界,一个是现实的真实世界。到底该遵从内心,为心而活呢,还是随分从时,顺应趋势而活呢?一开始作者也是混沌的、纠结的。而这两种情爱观又似乎是那么的鲜明对立,不可共存。黛玉淌下的泪,何尝不是作者曾流下的一把辛酸泪?宝玉梦魇以后的痴言乱语何曾不是作者所谓的满纸荒唐言?宝钗的任是无情也动人何曾不见作者对美的思索?

在人生态度上面,又有着儒释道之间的交相糅杂。宝玉近似无政府主义的虚无状态;黛玉有出离之心又执着人世情缘的纠结;宝钗出世而后再入世的担当;探春的才志精明与为女儿身的无奈;妙玉身在槛外心系红尘的落寞;甄士隐的大彻大悟和贾雨村的执迷不悟……

这些都是作者内心曾思考追问过的问题,可惜无人能给出回答。他决心在笔墨之间,于时间深处与岁月的风尘里寻找答案。于是,抚今追昔,字字血泪,时而欢喜雀跃,时而号啕大哭,终于在一个残年的午后,他渐渐平息了,原来最终不过是万境归空。

后来的黛玉和宝玉、黛玉和宝钗和解了。何曾是与别人的和解,不过是自己与自己的和解而已。黛玉以为的对手,其实从未成为她的对手,只是因对未知不确信下的"杯弓蛇影"而已。自黛玉和宝钗以姐妹相待,理想之爱与现实之爱也和解了。这何尝不是作者与自己内心的和解呢?

就情欲而言,作者用秦可卿的淫丧、警幻仙姑以初试云雨情对宝玉的点化,以及秦钟的耽欲而亡,无非是想告诉读者,所有的"情不情"与"情情"不过是尚未得悟的执迷,所有的爱恨与欲念到头不过一场幻灭。

悟了这一点，《红楼梦》的残缺也就不显得那么令人抱恨。缺失的只是心里所期待故事的完整而已，结果开始就已注定。当我们知道结局不过是"千红一窟，万艳同杯"与白茫茫大地真干净时，再追寻或纠结于一个所谓的结果，又有多大意义呢？

如开篇二位仙师所说："那红尘中有却有些乐事，但不能永远依恃，况又有'美中不足，好事多磨'八个字紧相连属，瞬息间则又乐极悲生，人非物换，究竟是到头一梦……"

所以，与其穷经皓首去探轶与狗尾续貂，莫不如悉心体悟其中真意。

四

《红楼梦》是爱情小说又是世情小说，更是哲理小说，这也是它的永恒魅力之一。人类到目前为止并没有摆脱关于自身的思考与追问——

我是谁？我从哪里来？将要去何方？

相信这个问题，人类还将继续追问下去。

而《红楼梦》关切着我们的关切，思考着我们的思考，追问着我们的追问。

它展现出来的生活状态就是我们自己的生活状态；书中人的困惑与迷茫就是我们每个人都要经历的困惑与迷茫，作者对人生意义的思考就是我们对自己的思考。

人在面对欲望的满足与对物质的追索时感觉自己很伟大，可面对浩瀚的过去与幽深的未来时又是如此渺小。过去与未来都有太多谜团，而人本身又何尝不是一个谜？到目前为止，我们了解自己吗？人生的意义到底在哪里？作者以自己的角度作出了思考却没有给出答案，只把一本残缺的《红楼梦》遗落人间。

《红楼梦》本身的残缺与美中不足，印证了人生的残缺与美中不足，也无意间契合了作者呕心沥血的苦衷。而我们如若继续对此耿耿于怀，是否代表了我们内心的欲望与执念呢？

2017年9月

《红楼梦》本旨试探

一

深刻如张爱玲言，三大遗憾之一是红楼未完。但设若红楼完结，张爱玲的遗憾就能消除么？恐未见得。倘若读红楼是为追寻一个结果，那结果注定无法令人满意。正如人生，最终必定走向幻灭。即使红楼写完，不过是满足了人与生俱来的好奇心以及对圆满结局的期待罢了；就算好奇心得以满足，期待得以落实，结局仍是悲剧。而人生面临的问题仍然没有答案，仍然还要继续直面悲欣交集的人生。这就是伟大名著往往没有结局，不求圆满，看完后，内心久久不能平静，陡生空惘之感的原因。

让我们静下心来，从自己出发，观照与叩问，我们或许有过这样的人生体验：

曾几时，那个有着粉团儿一般脸蛋的女子，曾怎样装饰少年的梦。经年后再回首，蓦然发觉，昨日幽兰已成明日黄花。慨叹之余暗自追问：莫非这就是当日弃了天下而非她不娶的人么？

或者，当年那个白衬衫扎进裤腰里，一双球鞋比天上云朵还撩人，来去如风、使人要追了他身上淡淡烟草味而去的男子，而今偶遇，竟平凡到与路人无异，竟恍若隔世，以为那曾经的遇见，不过一场梦魇。

而当阅历一些人事，陷入一场新的爱情，遥想当年，那潦草肆意的爱的初体验已然甚觉无味。当日那个万千妩媚寄于一身的男子，竟那样鄙俗，竟为他死去活来。不禁羞愧，为不忍回顾的青春而埋怨着自己。

若你亦曾有这样的生命体验，不妨深想一下。是那人变了吗，或是你变了？

也许都变了，也许都没变。被岁月改换的是人的经历，人的心境；若说当初的美好变了，未必符合事实。

美好永远存在。只是人看待美好的眼光已不同往日。

无论当日粉团儿一样的女子，还是风一样的男子，还是那个只此无他的恋人，都是当初所能经见与体验的最美，是唯一无二。人无不活在时空中，之所以觉得后来不那么美好了，不是那美变了，而是时空更迭，对美的探索得以向更深远广阔，相形之下，旧时的美成了不美。

有了这样一番观照与叩问，方能获得一份领悟。那就是，今天的美好注定成为将来的缺憾，而将来的缺憾又要使你怀疑曾拥有过的美好。人性有个怪圈，人心总难餍足。得陇望蜀，一山还见一山高，因为人性背后有一只推手，那就是欲望。

欲望是动物生存的基本动因。而人非一般动物，人具有高级的生命意识与思维形态，这是自然予人的无上馈赠。这使人能够深入地与同类、与天地万物发生关联，进而改造环境、修养性灵。同时正是生命意识的不断觉醒与思维形态的持续发展，使人意识到个体面对自然的局限，并因之倍感孤独与怅惘。

每当置身人群，或热闹欢会，我们会无由落寞。灯红酒绿愈热烈、人来人往愈密切，反而感到巨大的荒凉与不真实。眼前万般若梦，若泡影。于是无论悄然而去或勉强留下，心灵与现实早已疏离。

这种生命的幻灭感，其实毫不陌生。早在人类文明早期，已被先贤圣哲或才子佳人们觉悟，一语道破。

孔子于川上曰："逝者如斯夫，不舍昼夜。"

庄子无奈而叹："人生天地之间，若白驹之过隙，忽然而已。"

李后主问："问君能有几多愁？恰似一江春水向东流。"

李清照说："这次第，怎一个愁字了得！"

……

无不表达生而为人的孤独与惆怅。

人看到了自己的局限。面对人生之有涯而天地之无涯，感到自身如尘埃般渺小，似漂萍般无依。自叹如尘埃是对浩瀚时空的敬畏，自怜似漂萍便要寻求寄寓。于是人类便醉心于不断地探索与追问，企望在自身的暂存与天地的永恒之间达成平衡。便追问——

我是谁？从哪里来？到哪里去？

天问言犹在耳。终于使人谦卑。开始回来发觉与探索自己。于是产生了宗教、哲学与艺术。然千百年来，人的困惑却并未得到安顿，且愈演愈烈，在意识的深层潜伏着，在情感的渊薮激荡着，不时惊醒，使人自戕……

便永远有落差。

正是这落差，使人更加觉察自身的局限。

人无时无刻不在局限中。

人类为生存，欲望作为奖赏机制，来推动繁衍，这是生物演化的动因。而欲望之上的灵性又使人不甘于仅向欲望臣服，要向精神领域寻求解脱。文明人类体认自身存在的方式，便是对道德、对情感、对真善美等价值的首肯。但这往往又与人性中幽微，乃至堕落的一面相悖。人便作为一种永远矛盾的复合体而存在着。

于是，面对有限的人生，人类出现了不同的选择。部分人在认识到人生注定一场向死而生的旅程后，无限伸张他们的欲望，从此人性里自私贪婪残忍的一面被激发；而另一部分人则寄望哲学或宗教，企图认识和控制欲望，寻找精神救赎。

但无论何种实现方式，似都难以尽意。

欲求满足继而失落，刺激出更多的欲望，堕入死循环；宗教精神被日新月异的科学所稀释，上帝已死；哲学被实用主义淹没，陷入空前的落寞。人们将何去何从？这时，艺术被召唤，艺术的价值愈加凸显。人类与艺术的彼此探索和确认，终于使人认识到：或许以艺术、以审美的眼光关照心灵，度过一生，才是对人的终极关怀。无论阳春白雪还是下里巴人，艺术被人人需要，是心底不竭的热情与力量，是之于欲望、之于宗教、之于哲学之间，对人最好的慰藉。

我们需要一切艺术。我们当然无法回避文学艺术，于是我们开始阅读《红楼梦》。

二

《红楼梦》又能向我们呈现些什么呢？探讨这个问题之前，莫若先捧出一本世界名著，福楼拜的《包法利夫人》。

《包法利夫人》主要讲女主角爱玛因虚荣，因现实与理想之间的落差而导致人生悲剧的故事。

固然，我们说爱玛的悲剧，根源在她的虚荣，在她不愿面对现实而把人生建立在不切实际的浪漫幻想之上。但这是全能视角。我们可以追问：倘为避免爱玛的悲剧命运，让她重来一回，又将如何？或者，把爱玛换成我们自己，我们又能否避免悲剧发生？忠实于心的回答恐怕是，非但爱玛仍要活成那个样子，即便我们，亦将大概率重演悲剧。

为什么？

因为悲剧的酿成，并非偶然的际遇所致，而是有一个严丝合缝的逻辑链条注定了结果的必然。

归因是人的局限。

归于《包法利夫人》中爱玛,当她出生于那样一个时代之下,置身那样一个家庭之中时,围绕着她的教养、教育,以及情感体验、人生领悟,乃至三观等因素,均在潜移默化地塑造她,成就她,身心必然深深打上环境与原生家庭的烙印。因而她的性格,她的意识,她的思维,便成为她无法回避的格局,亦是她的局限。

正如现实社会,若一个人降生在富贵人家,即是降生在这个环境,因之这个人的气质与涵养便与之匹配,最终成就一种人生。而若降生在穷苦人家,其由环境塑造而来的气质涵养、人生走向,很难脱离贫民这个范围。

出身非个人意愿,置身其中的人简直难以突破。因此可以看到,寒门难出贵子。什么是命运?凡局限,便是命运,是一出生便具备的格局。企图突破者,必定付出代价。尽管有人血拼出一条出路,毕竟凤毛麟角。

可见所谓命运,绝非单纯的宿命,自有现实人生运行的逻辑。

这逻辑付诸《包法利夫人》中的爱玛,便是她注定的命运。

想来爱慕虚荣之心人皆有之,想来突破现实而追求理想的信念,人人概莫能外,不过是期望活得好一点,毕竟人人都只过一生而已。凭什么他人的司空见惯便是我的求而不得?况于爱玛,姿容姣好而颇具才情,为摆脱平庸家庭生活而求取心之所望,这并非原罪。她的原罪不过是她所处时代与她所居环境,以及她人性中的弱点,偶然终将走向必然,局限注定导致悲剧。

所以,《包法利夫人》使人深感苍凉而心怀悲悯,却不忍指摘。不忍指摘是推己及人而后心生恻隐;而所谓悲悯,不单为书中人物,物伤其类。一个人对你作恶时,你会仇恨你会鄙视;而觉察他背后不为人道的不得已时,你的仇恨与鄙视不见了,代之以同情。

非但爱玛被命运局限,凡是伟大作品中塑造成功的人物,无不体现这种局限。比如莎士比亚笔下的哈姆雷特,比如希腊神话中的俄狄浦斯,还有那个最能说明这种局限的叫西西弗斯的倒霉蛋儿。

艺术人物的典型环境下的必然命运,是艺术家经由艺术创作对人类困境的观照与沉思;艺术人物摆脱不了的悲剧,预示着人类的永恒之殇。艺术是对现实人生的高度抽象与概括。由此反观现实,照见人人都有其局限,因而人人生命里必然有其悲剧成分,必然在命运的逻辑链条上走向注定的结果。于是,艺术作品照见这悲剧的、不可回返的、唯一的必由之路,使人怅惘。于是人们回避悲剧,同时沉湎于悲剧。正如人们总为《红楼梦》流泪,还总要捧起她。当一僧一道明说人间"好事多磨,美中不足"时,石头仍要去"受享受享"。

这便是爱玛的悲剧不可避免的根本。

我们自己呢?何曾没有常常慨叹,妄想重来一回,又将怎样?然而大概仍要平凡一生。

人生于谁都是单向旅程,生命走向消亡,人走向孤独。仿佛一切努力都是白搭,不过白忙活一场。

难免陷入虚无,且自古圣贤莫不为此悲叹。但生下来活下去是注定的使命。人生中的错误还将一再重复。生命尚未行进到那个节点,尚未亲身体验那个节点所包含的一切,道理便只能停留在理论层面。人都是亲自痛过一回才能彻悟。

由是,除幻灭感,荒唐感也扑面而来。

无论生命怎样绽放,仍免不了尘归尘土归土。无论活着时占有多少,仍满足不了不断膨胀的欲望。欲望暂得满足时,愉悦,进而失落,然后用更大的欲望填满,终究还要失落,一切营营以求与不择手段岂非荒唐透顶?

为消解幻灭感,使荒唐的一生不那么荒凉,于是,艺术诞生了,阅读也自然而然发生了。

读书,本质上是读人,读人生。

那么,我们通过艺术或者阅读,将要抵达哪里?我们阅读优秀文学作品的意义何在?

这个问题太大太空,不如落实于《红楼梦》。

三

《红楼梦》读出什么?

读出"满纸荒唐言"。

荒唐言从哪里开始?

从"大荒山""无稽崖""青埂峰"下款款而来。

一场红楼大梦,起自荒唐。茫茫大士渺渺真人已然明告,红尘不过由来一梦万境归空,而那凡心偶炽的神瑛侍者,与那灵性已通的愚顽石头,仍执着于人间繁华而要去"受享受享"。

神瑛侍者携玉下凡。"玉"者"欲"也,此便是神瑛侍者要经历人世种种磨难的祸根,并预示人之无法摆脱的宿命。此"欲"因茫茫大士"诵念"一番后有了"情"

的加持，为情、欲两端权衡，而不至堕入不堪。因此，后来幻形入世的贾宝玉乃"意淫"而非"皮肤滥淫"。

所谓"意淫"，乃有情之"淫"。

（这里的"淫"，为执着，为沉沦。不可解为淫荡之"淫"。）

于是开启一段"因空见色，由色生情，传情入色，自色悟空"的旅程。红楼一梦而"千红一窟，万艳同杯"的故事即将拉开大幕。

大幕拉开在姑苏。是江南甄家。

甄士隐一家遭际，可谓一部红楼大书要旨的浓缩，也是对主人公贾宝玉的侧写。

侧写便由荒唐开始。

甄士隐家的一派祥和，与元宵节的万家灯火，是表象。背后埋伏一场大火而将见证一个家族的覆灭。这隐于繁华锦绣之中的荒凉，便是一场甄士隐看不穿的荒唐。此时的甄士隐，与后来手持"风月宝鉴"的贾瑞一样，看的是正面之虚妄，而非背面之真确。

直到后来因火起而祸起，又遭际一番人情冷落世态炎凉，甄士隐才领悟跛足道人真言，从而渡化归去，了却凡尘。

作为整部书的引子，甄家的荒唐并未随了士隐而去，后来又有葫芦僧判断葫芦案的荒唐。由此便如打开潘多拉的盒子，乱纷纷你方唱罢我登场，更向荒唐演大荒。

诸般荒唐无须一一道来，读者心中自有账目。仅约略举数例——

一心保全人性中美好的代表人物贾宝玉，偏被指为呆痴，责为不肖；而身为国贼禄蠹之流的贾雨村，却被作为朝之栋梁而重用，是使人悲慨的荒唐。天生丽质而才情卓著的一众小姐丫鬟，其才情才干为礼教束缚而不得伸展，与道貌岸然的封建伦理道德之间，构成令人叹惋的荒唐。贾赦贾珍贾蓉一干纨绔子弟斗鸡走狗胡作非为却享尽荣华，柳湘莲蒋玉菡秦钟一类风流华彩人物却落拓失意，便具令人愤懑的荒唐。贾家蒙皇恩被世泽煌煌五世基业，却逃不开五世而斩的魔咒，一朝大厦倾覆而树倒猢狲散，教人不胜唏嘘的荒唐……

这些是围绕贾家诸般荒唐的概括层面，而若归于其中每个人，则每个人都有其不可避免的荒唐处。

贾宝玉的荒唐在其身为富贵闲人而甘作护花使者，欲使种种美好庇于一己之羽翼，而又手无缚鸡之力，目睹美好尽遭蹂躏荼毒的荒唐。林黛玉的荒唐在其孤高傲世的心性，才情俱佳的风貌，跟尘世喧嚣、风尘肮脏的冲突的荒唐。薛宝钗的荒唐在其累世煊赫而今至不兴，身怀济世之才而无用武之地的荒唐。贾探春的荒唐在其才自精明志自高，兼有齐家的手段而身为庶出，负屈而远嫁的荒唐。王熙凤的荒唐在其一边为贾家周全筹谋一边中饱私囊，所谓一边建设一边拆毁的荒唐。贾元春的荒唐在其贵为皇妃，家族荣辱系于一身却深居那不得见人的去处的荒唐。贾政的荒唐在其一心振奋家业而长子夭折次子顽劣后继无人，自身又平庸无能的荒唐。晴雯的荒唐在其为丫鬟之实却有小姐之志，所谓小姐的身子丫鬟的命的荒唐。而妙玉的荒唐在其身处佛门却凡心不已，仍自称"槛外人"，而与一心抛却功名富贵的贾宝玉却自称"槛内人"两相对照下的荒唐……

总之，概览贾家所有人物，无一不荒唐。

而其所谓荒唐，便为其局限。当人自身的局限与大时代下波诡云谲媾和时，悲剧必然发生。

从这个意义上来说，当大厦将倾时，每个人都是悲剧，无一幸免。每个人都曾是大厦的维护者，又是拆毁者。每个人也都是自身的成就者与自身的毁灭者。由此，一部伟大作品正如呈现一场百味人生，很难用好与坏、是与非的二元对立观点盖棺论定。

王熙凤固然毁于算计，但她的算计也曾有助于贾家的惨淡经营，要不是她的精明世故，贾家的窟窿将烂得更快。但同时正是她的精于算计，为贾家以后吃官司埋下伏笔。尤二姐固然可怜，却也因其愚痴暗昧的心性，辜负了其人的善良单纯。贾琏纵好色滥淫，却也难掩其潇洒风流的一面。薛蟠已然不堪到家，却也有天真烂漫的地方。柳湘莲侠肝义胆古道热肠，却也不免任性鲁莽。王夫人乐善好施，但也刻薄乖觉。贾雨村厚颜无耻恩将仇报，但曾经也是个满怀抱负的有志青年……

每个人都因其自身的优点与人性的光辉而添彩，又难免为其性格上的缺陷与人性里暗黑一面而桎梏。

这样的人，是活生生的人，真真正正存在于过去且仍存在于当下的人。每个人都有不可避免的局限。当这种局限在风平浪静的大环境下时，若个人加以反省和修持，或可岁月静好，可一旦个人遭遇逆风口，甚或加上大趋势推波助澜，那么悲剧势在难免。

由此可见曹公之伟大处。笔下所有人物皆立体丰满而非扁平化。而作为读者，一旦能够从人性的角度体察到人的局限，便唯有悲悯心而无指责心。鲁迅说，悲剧是把美好的事物毁灭给人看。依我看，曹公更进一步，非但使美好事物的毁灭呈现为悲剧，且将不那么美好的事物之毁灭，亦呈现为悲剧。因为他体察到生而为人的局限，即所谓人人都是不完全的人，人人都有人性中的灰色地带，甚至暗黑地带。

所以，《红楼梦》是更加彻底的悲剧，也是更加真实的人生观照。

这样一种彻底的悲剧，自然映照着一个社会甚而整个人类的悲剧。

悲剧的核心，便是人性下坠堕落与超拔向上两种力之间的不断冲撞与调和，是面临自身存在与自然存在之间落差的荒凉之叹。

即人面对自身欲望时的纠缠，面对自然永恒时的幻灭。

欲望使人类繁衍生息，又给人戴上沉重枷锁。一边享受欲望满足的欢愉，一边承受欲求不得的失落。一面多贪多占以期于有限时空实现欲望的最大化，一面又不得不面对人生苦短的事实。

于是，整个世界呈现大荒唐的局面。

而可悲的是，面对这荒唐，人类仍然前赴后继乐此不疲。就如当年甄士隐的不听劝，石头的执意要"受享"，贾宝玉在太虚幻境面对警幻仙姑的苦心孤诣仍不能迷津自渡的痴心。

但若认识仅停留在此层面，则《红楼梦》难言伟大。曹公之前无古人后无来者之处，在于塑造了一个觉醒者。由此觉醒者的觉悟而观照，最终为人生人世别开生面。

四

这个觉醒者，便是贾宝玉。

贾宝玉之"玉"，乃有情加持的"欲"，因而其欲体现为"意淫"而非"皮肤滥淫"。

他的"意淫"，即为"情不情"的有情世界。不单对人动之以情，且对万事万物赋之以情，是对人与自然天地的有情观照。他的世界是有情世界，他价值观的最高点是由情牵引下的、以真善为核心的美。美的价值凝萃成他的诗心与诗意人格。

贾宝玉是天生的诗人。诗人便是天生发现美表达美的人。具备同样品质的另一个诗人，是林黛玉。

既然诗人以发现美表达美为天赋使命，则生活中目之所及，必然种种美皆要尽收眼底。所以，贾宝玉非但对各色人等周全担待，就是对花鸟草木亦莫不尽心留意。

他对丫鬟做小伏低，对乡野村姑念念不忘，对刘姥姥杜撰出的虚拟人物寻芳觅迹，甚至对墙上一幅画中的女子，都怕她落寞。这样的例子不胜枚举。皆因贾宝玉眼里的人物与事物唯有美与不美，而非以高低贵贱加以分别。

他能与柳湘莲蒋玉菡秦钟一类钟灵毓秀人物相契，亦能与薛蟠赖尚荣等人相交。他为谋害他的贾环开罪，为行苟且之事的小尼姑打掩护，无不是出于真善而对人有一份担待。其可贵就在于能在不那么美好的人身上发觉美好处与值得怜悯处。

这样的贾宝玉，与另一个诗人林黛玉埋花冢、作《葬花吟》，便是自然而然的事情。因林黛玉同样视美为最高价值，便不囿于世俗礼法束缚，要显示真性情。无真性情者，便不谓真诗人。

但这样的贾宝玉，仍常有荒凉之感。

美好的易逝使他生出寂寥感，进而联想到人生短暂而生出幻灭感。他常说死后要化为灰、化为烟、化为无形，又常说要出家当和尚去。无非因对美好的脆弱与生命的无常有一番痛悟，深知身边一干美好人物迟早要离他而去，他不敢面对，因而要人家以眼泪葬他。他忍受不了生命消逝带来的深切孤独，出家当和尚是为逃避而不得已的说法。贾宝玉的荒凉之感，是人类普遍的悲凉之叹。即无法在有限人生与无限自然之间取得一个平衡。

这是贾宝玉人生体悟直至开悟的根源。

而促使其开悟者，共有四个人。

一是龄官。由龄官画蔷，他体悟到各人有各人的缘法。二是薛宝钗。薛宝钗对《寄生草》曲文的解读，让他领悟赤条条来去无牵挂才是人生的本质。三是晴雯。晴雯被逐而惨死，让他直面死亡，领悟到情爱的幻灭无常。四是林黛玉。经历三个阶段：

第一阶段是黛玉葬花。由物及人，因人托物，体悟到美好的脆弱易逝。第二阶段是黛玉续禅偈，写下"无立足境，是方干净"，从哲学与宗教层面领悟到"无我"境界。第三阶段是黛玉之死，传情入色，自色悟空，经由哲学宗教层面，进而超越，终于回归对于生命美学的领悟。

此四人之于贾宝玉，龄官晴雯属于客观体认，薛宝钗属于旁敲侧点，而唯与林黛玉之间，则属于主观引领下的生命通感。

因为林黛玉生命中的孤独感如影随形，这便是她"喜散不喜聚"的根本原因。与贾宝玉的"喜聚不喜散"相对，林黛玉则更进一步，因她已深刻领悟到人生实幻的本质，迟早要散，又何必聚。而贾宝玉因对现实疏离的同时，还保有一份眷恋。正如他看到薛宝钗的白臂膀，幻想若长在林黛玉身上则可一摸的念头。

由全然疏离人世的林黛玉以佛偈点化，便是促使贾宝玉体悟到万境归空而开悟的最佳契机。

贾宝玉的"情不情"与林黛玉的"情情"虽姿态各异，却殊途同归。贾宝玉"情不情"，因家世优渥而对人间怀有深情，因而无限眷恋，便爱而博劳。至于林黛玉的"情情"，因家世变故，早早勘破人生实幻的本质而专情一人。则贾宝玉在大厦倾覆后步林黛玉后尘，是冥冥中的注定，也是约定。

这约定便是前世于灵河岸边的誓言。

难怪宝黛初见即觉彼此眼熟。固然是气质禀赋上的相互吸引，深究则因二人在"三生石"畔见面时，便赋予彼此一份通感。可以说，宝黛二人是彼此在尘世的另一半。

这就跟贾宝玉与薛宝钗的缘分不同。薛宝钗属于贾宝玉的现世缘分，这也与薛宝钗本身取入世姿态相符。然现世之缘亦不免镜花水月。

林黛玉与贾宝玉注定无法完成于一世，他们要的是三生三世。因而注定无法以婚姻的姿态实现。他们要完成的是永恒，唯永恒才能打破局限。

这样的打破注定艰难，注定要人身人世俱毁而重生涅槃。

作者不得不按着彻底的悲剧的根本逻辑，而使一切走向最终的幻灭。

倘不经历绝望，则不见荒唐的本质。这条人迹罕至的路上，林黛玉已先行一步而去，留下贾宝玉亲眼见证人事纷扰人情冷落后，随后跟来。

曹公把一切美的不美的，一股脑打破给人看。正是对之前《好了歌》的注解，也是对甄士隐一家荒唐结局的展开说明，更是对人世虚妄的赤裸呈现。无非是以此种残酷的方式告诉世上诸人，一切不过是一场梦。所谓结局，便是没有结局。正如《红楼梦》本身采取的结构，结局在开头已然铺陈。然而悲伤的是，曹公苦心孤诣，那些捧起书本的人，仍要苦苦寻觅，为红楼的未完叹惋不已。连张爱玲亦未免俗。则《红楼梦》止余八十回，未尝不是一个绝妙而伤感的讽刺。然而，事情就此终结了吗？

并没有。

五

没错，曹公正要我们回到现世。

所谓《红楼梦》的悲剧，并非停留在把一切毁灭的地步，而是一声断喝了却人们对于结果的执念。结果本无所谓结果，结果正在过程之中。

世人要的结果是什么？

对一本书而言，无非是一个圆满的结局。对一个人来说，无非是找到一个最终的归宿。

但如之前所说，凡伟大的作品，合上书那一刻，无不心内五味杂陈而陡生荒凉之叹。没有圆满结局。书没有圆满结局因人生没有圆满结局。

若非要探求人生的圆满结局，无非一死而已。

正因死亡横亘着，使生之欢喜，生之疲惫，皆成虚妄。使人心生荒凉使人感到无稽。

曹公为何如此残酷？

不，觉得残酷是人没有看穿，而要看穿便仍要回去寻找。

回到哪里？

回到书里，回到人本身，回归自我，回到"青埂峰"下。

回到书里，将看到，满纸云霞蒸腾与满眼诗情画意。

与中国其他传统名著不同，《红楼梦》里没有曲折离奇的故事，不见开天辟地的英雄。唯有人情世故，唯有儿女情长。

人情世故与儿女情长，则以寻常烟火与吟诗作画作为呈现。描绘的便是活色生香而有滋有味的人间。便因诗意盎然而显得活泼生动，富有情趣。便无论人物抑或自然，在贾宝玉与林黛玉眼中无有不美。则他们的审美价值，便是人间最高价值，则贾宝玉因对美好的担待而所具备的平等意识，便是最好的人间姿态。在前者，因宝黛葬花而达到高潮，在后者，因刘姥姥在贾宝玉床上肆意了一回便是观照。

又是最好的解构。让最不为人看重又最不实用的花瓣儿，经林黛玉之手赋予至高无上的审美意义。经刘姥姥带着乡野气息的闯入，使富贵之家与贫贱门第发生关系。是对阶层界限、人心界限的打破，让不同人群发生对话，从而在艺术上把高高在上者与低贱卑微者拉到一个层面，打破横亘于阶层与人心间的藩篱，要所有人回来做自己。

做自己，无非是做真性情的自己，做真善美的自己。由此而来的生活，便是诗意栖居的生活。是作者所苦心经营而作千古一部《红楼梦》的初衷。

石头回到了"青埂峰"下，守着"情根"，宝黛回到天上，继续沐浴着甘露之惠的情缘。而人要活在当下，活出个亮堂堂的有情人间。

一部《红楼梦》,是对生命的体验,对人心的观照,对人性的体察,对美好的眷顾,对万物的疼惜与悲悯,最终抵达之处便是美。美的最高级形态,便是生命之美。向生命中一切喜怒哀乐叩问,与尘世间所有悲欢离合拥抱,感受生命中每种况味。则最终走向寂灭时能够从容,亦能坦然。让人看到幻灭,让人目睹白茫茫一片,明了人才是过客的本质,而不是反认他乡作故乡。让人放下执着,活着每一天便是为死亡做功课。而体验才是唯一的意义,人本身才是目的。

　　最后,从创作手法来看,作者以揭露人世的荒诞而解构人世,可谓荒诞现实主义文学的先驱。可惜后来我们还要不远万里向拉美文学取经,是舍近求远、舍本逐末。

　　而从创作艺术性来看,作者通过人物思想而对人生哲学有所呈现,最终指向却并非哲学性的。在于哲学要企图解释世界,规范世界的秩序,但世界的永恒与人生的短暂永远是一对背反关系,本质上这种努力是徒劳的。而对于宗教领域,文本亦多有涉及,但最终并未停足于宗教慰藉。在于作者亦深知宗教的缥缈。常人难免因对宗教的痴迷而陷入另一种"执着",陷入宿命论与因果轮回的窠臼,甚或陷入彻底的虚无之中。创作过程中引入宗教,更多是出于结构需要,以及为艺术表现所要达到的效果服务。

　　贾宝玉的出家,并非宗教意义的皈依,也并非作者要指明的人生出路。作者安排的看似消极的结局,实际仍指向进取。

　　进取的方向,便是艺术,便是美。

　　这也暗合了《红楼梦》作为文学艺术的本质,终见作者苦心本旨。

　　为艺术者,为美也。

　　于永恒的世界而言,哲学会发展,宗教要流变。唯有艺术所要指向的美是永恒的。美既永恒,美便洞穿古今而直指人心,实现了对哲学与宗教的涵盖与超越。

　　　　人生皆过客,莫若觅诗句。

　　　　人去诗还在,此中有真意。

2020年12月

《红楼梦》使我们被看见

倘若不是《红楼梦》，我们会知道曾有一个"二丫头"存在么？大概不会。因为以往文学人物多是帝王将相、才子佳人，平民即使有所涉及，也是作为背景，抑或是作者借以寄寓某种理想的素材，唯有在曹雪芹笔下，虽着墨寥寥，但一个天真烂漫的二丫头呼之欲出，使我们听到她的声音感到她的呼吸，知道有这样一个生命曾鲜活于世；并联想到，类似的三丫头四丫头还有很多，她们或于田间，或于山林，平凡而热烈地走过自己的一生。正是这样的平视使我们感动，因为我们从中发现了自己以及自己的同类。

甫览红楼，因"权威"统领，关注点落在所谓贵胄之家由盛转衰的"规律"及所谓宝黛钗之于爱情的缱绻处，随着阅读深入，才发觉，其实红楼世界远非概念化脸谱化的解读可以涵盖，且触动我们情思的除主角外，更在那些看似不起眼的小人物。

类似书中小人物，现实里无处不在，也就很容易被忽略。设想一下，若非伟大作家慧心妙笔，二丫头这样的乡野女子，谁会去格外留意。但作者经由贾宝玉之眼看到，也因而活在读者心底。

作者引领我们看到的小人物，简直太多。

比如出场数回即告谢幕的秦钟，以及他的相好智能儿，于逼仄尘世，给他们的相爱以契机。尽管过程里有恓惶，甚至羼杂不堪，却并不因其卑微而忍心敷衍。毕竟人世情状纷纭，爱便有不同姿态。宝黛之恋固然美好，然谁又能否认秦智之爱于潦草处的惊心动魄。秦智二人，正值锦瑟年华，生命若潜流，能量渐趋饱满，孕育着无可抑止的热情，与世间青春妙龄者毫无二致。基于对人性的尊重，作者认为有必要为此挥毫。但同时，作者让我们看到他们彼此身份是不可逾越的诅咒，当内心渴望与世俗规矩发生冲突，悲剧庶几开始便已注定。但正是这样的悲剧，才更具摇撼人心的力量。这力量使我们领悟，也许结果并不是最重要的，关键是生命里曾有自己的表达，曾有自己的绽放，由是，悲剧便不单为悲剧。

谁能以寥落烟尘而否定飞蛾扑火的勇气,瞬间的永恒,至少证明来过,至少说明再渺小的生命也有权留下自己的印记。

进而想到清虚观打醮时,被王熙凤一巴掌打翻在地的那个小道士,绝非纯作为塑造王熙凤多面形象的道具。之前作者详细描述了他的动作以及滞留的因由,给了小道士一个空间,说明他的生命与世界发生过密切联系,尽管面对铅幕覆盖的现实战战兢兢、如临深渊,但他的被忽视并不能否认他的存在。只是,这存在过于惨淡,在王熙凤的一巴掌呼应下,方真切显现。我们恨王熙凤,却也感谢她这一巴掌,因这一巴掌同时打醒我们,让我们从此记住一个小道士,记住他,因想到多少这样的道观里还有多少这样的小道士。这一记耳光,蓄着悲愤又饱蘸悲悯。

由小道士,想起刘姥姥的外孙板儿。他也是在巴掌下走出来的,这次的巴掌则意味着祖孙两代的恓惶。如果说小道士的挨打纯属意外事件,则板儿的挨打是必然,那是刘姥姥在路上就设定的动作。刘姥姥要依靠打巴掌来掩饰自己的卑微,并由巴掌下板儿的啼哭引出难与人言的诉求。可以想见这样的巴掌刘姥姥练习一路,直至真正落实在板儿身上才消停,虽不十分用力,却使人痛感万分。

板儿的出现,在刘姥姥是不可或缺,更是对于书外读者的唤醒。通过板儿,我们看到某个时刻,这样的巴掌也曾打在我们自己身上。

打在身上的不止巴掌,还可能是一场雨。

那日花下画蔷的龄官,一笔一画让我们看到自己初恋时的样子:谁不曾有过在作业本上写下心仪者名姓的经历?龄官与贾蔷的爱情到底虚无缥缈,终于了无踪迹。但除却结果而外,这过程仍无限美好。通过贾蔷的买鹦哥放鹦哥,使我们看到,爱情可以超越阶级与身份局限,给一些边缘人物哪怕暂时的安慰。对于贾蔷这样的公子哥而言,龄官注定是过客,但作为戏子,生命中曾有这样一段被珍重的经历,想来以后被逐出大观园,于荒寒岁月里,仍不失为一个温软蕴藉。若非这样一场夭折的爱情,何以证明她曾路过一场繁华,参与那样一场春恨秋悲的盛宴。

这样的小人物,在曹雪芹笔下还有很多,一一列举本不现实,但又忍不住还要罗列。比如金寡妇的儿子金荣,比如那些跟龄官一般大的小戏子、小尼姑等,在作者笔下,并非木偶,而是三言两语就使其形象活跃纸上。这当然不止于作者塑造人物的高妙,更凝结一番深意。作者要给每个出场人物以展示自己的机会,让读者看到生活诸般纠缠加诸彼身时的不易。就如金荣,虽有猥琐一面,却不忍指摘,作者让我们明晰他的不堪,同时看到他的身世负累。许多小人物迎头撞去的现实中或最终归结的命运深渊里，都含着他们的不得已。这多像营营苟且又奋命抗争的我们自己。

对于这样的小人物，作者几乎没有褒贬，更多是冷静陈述。作者只让我们看见，而看见，也许恰是最好的救赎。就展示人性而言，便有了反省观照。

但作者使我们看见的，不仅有小人物的命运乖蹇，还有大人物命里的曲折幽微。

这就摆脱了愤世嫉俗而抵达艺术造诣与个人领悟上的宏阔境界。

比如元妃。书中前几回，都是围绕着她的省亲展开，通过多少锦绣文字铺排，到最后却发现迎来的是一场荒凉。历经一年工夫花费无数金银堆砌起来的人间仙境，却成几个时辰一场哭戏摆置的幻影。挥手恍若一梦，走向那个不得见人的去处。

不得见人的去处，仅在梁园么？不，也在身边。

作为贾府精神领袖的老太太，我们惊叹于她泼天的富贵，却也惊心于她无尽的落寞。尤其中秋之夜，当人丁寥落，强颜欢笑而阒然品味一任大厦将倾的寒凉，唯有贾氏先祖于祠堂刺出的那几声叹息方可匹敌。但这还只是特定对比下的艺术点染，而更深一层的寒凉，则埋伏于寻常光阴下的云淡风轻处。许多人指责老太太贪图享乐而不顾家族安危，但她内心的荒芜早已如藕香榭的残荷雨声。从宝玉挨打时那场痛哭里的切切倾诉，到后来默认鸳鸯与凤姐贾琏之间的"联袂演出"，对这一家子的底细她再清楚不过，毕竟"软烟罗"与"蝉翼纱"的分别只她明了，只是于一场一场热闹营造出的虚幻里掩埋罢了。阅历贾府五世，她深知大局已定，奈无力回天，于是享乐即自我麻醉；老太太的笑，多像一个将死之人的回光返照，映照在大观园的亭台楼阁上，权当一场戏罢了。

配合这出戏的，自然是王熙凤。作为贾府掌柜，又经秦可卿点化，她是时而入戏时而出戏。出戏时，有黄容腊相的无力，入戏时又有刚烈的杀伐决断。为演得真切难免有时用力过猛。由是我们也看到凤姐于精明强干之外的深深无奈。这无奈一则源于凤栖末世而与宿命的周旋，二则是她囿于人性深处的自我纠缠。她是欲望的奴隶又是命运加诸下奋力扑闪的飞蛾，一边成就一边毁灭。作者未事臧否，只是客观呈现，让我们看见。

当然，我们还看到了贾宝玉玉粒金莼咽满喉时对于生命感到的巨大孤独；也看到林黛玉之于生命易逝、美好终归虚无中的疏离感；还看到薛宝钗目睹家世凋零仍勉力维持下、于随分从时的淡定里透出的让人彻骨的感伤。当然，还有探春,还有湘云,以及迎春惜春妙玉乃至岫烟等,我们看见当人生之舟搁浅,而命运之川永逝的悲叹。

如果作者只展示一个封建家族的盛衰荣辱及其中些许儿女情长,则难免陷入宿命轮回因果报应的窠臼中,抑或对莺莺恰恰而后劳燕东飞的观瞻消遣。而是给彼此体察的机会,由体察而使不同的生命之间发生关系,进而互相观照。这点集中体现在刘姥姥的进大观园。

通过刘姥姥之眼,看到掩映于贾府盛世下的无边落寞。刘姥姥何尝只是知趣地配合着凤姐与鸳鸯而讨巧卖乖,何尝只是发挥她积古之人的智慧,她分明看到了芳草萋萋下的苗而不秀,瞬间就编出一个得遂人愿、后继有人的故事。而从山野老妪的荒蛮中照出自己是"老废物"的贾母,以刘姥姥的鲜活生猛而给自己衰朽无聊的人生注入活力。这是两种生命形态的互相滋养。

当刘姥姥要离去时,那一地一炕的、各色人等送来的钱财礼物,让我们看到自己曾受到的温暖关怀;及至看到刘姥姥下次再来时带来的瓜果蔬菜,感到投桃报李之于人的温情安慰。

命运许有巨大落差,但人性深处的温煦可使人的美好等量齐观,可见作者宏阔。

因宏阔,而包容。

如对贾瑞,不单照见他的不堪,亦祭奠一个年轻生命打熬不过欲望枷锁下的自我陨灭。比如薛蟠,望见他粗鄙形骸下天性里仍存的单纯可爱。比如尤氏姐妹,堕入风尘肮脏而后,依然无碍其迸发出人性的光辉。比如贾赦,于好色荒淫下,对其不受母亲待见而犹如孩子般的叛逆撒娇的描写,犹如抚爱。比如贾政,察觉他于端方一角遮蔽着的爱子心切。

凡此种种,还有太多,恐三天三夜磨秃笔端也说不完。

而《红楼梦》必定还要继续看下去。

从每个人那里,看到我们自己,看到昂扬向上的无限可能,同时也看到难以觉察的幽潭深渊。

看到我们自己,看到那一刻,有愧悔亦有释然。

正如我们小时候故意走丢,或故意跟父母闹别扭,不过是盼着被发现,当我们终于被揽入怀中,冒着幸福的鼻涕泡,胸中块垒已悄然化解。

2021年3月

心无悲悯，勿读红楼

爱红楼者自有爱的理由，不爱者亦有不爱的理由。一万个红迷心中有一万本《红楼梦》。《红楼梦》看什么，见仁见智。饕餮者看到美食；建筑家看到园林；雅士看到诗词；俗人看到交媾，有人看到真善美，有人看到假恶丑。

归根到底，红楼是务虚的。它的主旨是精神领域与上层建筑范畴的事情。

如果说大观园是红楼女儿的理想国，那么《红楼梦》就是红迷的理想国。

若非要按照书上的药方取药治痛那是个人的自由。相对于实用主义，我更看重的是《红楼梦》所体现出来的精神价值与人文意涵。

《红楼梦》务虚，它不能拿来当饭吃。现实里也鲜有书中那样唯美的爱情。用现实眼光来看，里面的主人公大多几乎是废物。如若把他们搬出那个红墙绿瓦的理想国，很多人估计是要饿死的。

既然不能吃不能喝，人又大多是废物，看它何用？

司马迁说："天下熙熙皆为利来，天下攘攘皆为利往。"做一件无益又无利的事情是很被实用主义者耻笑的事情。但我想说，红楼给予我们的是精神与心灵的食粮。

人间至纯至真的情与爱

至纯至真的情爱是不附加任何条件的，是最天然、纯粹与本真的情爱。

红楼里的女儿大多是十三四岁的灼灼年华，情窦初开，情丝才结，此时的青涩朦胧之爱最真也最能打动人、恸人肺腑。

从黛玉到妙玉，从晴雯到金钏儿，再尤三姐到司棋，乃至龄官芳官等，无论是爱情还是友情抑或亲情无一不纯真、热烈。她们显露出的真性情让人动容，让人感叹，牵动百转柔肠。

在宝玉和黛玉的眼里心里，一石一木，一花一草皆含情。他们可以为风月动情，为鸟兽含悲。为了落花"手把花锄空洒泪，洒上空枝见血痕"，又怕花儿陷入污淖渠沟。悲而问天,"天尽头,何处有香丘……"这种纯情至爱怎不叫天地日月动容?

人活在现实世界里,不得不接受实用主义,这是生存的需要。但人也需要精神的富足与心灵的自由。心中若无爱,再繁华也是荒芜;胸中若无情,纵华丽也难掩孤独。

心中一旦有了情爱,就算生活苦难艰辛,人生也会拥有诗与远方。亲情友情爱情是我们心灵的归宿与家园。当我们在现实里累了倦了烦了,可以在情爱的世界里得以休憩,灵魂得以自由放养,精神得以飞腾升华。纵然伤痕累累,也有继续走下去的勇气与理由。

红楼里有悲悯的人文情怀

自来中国讲究君君臣臣父父子子,不缺家国情怀,但缺人文情怀。自古讲究三纲五常、长幼尊卑,人往往是这种制度与秩序下的附属品或者牺牲品。人被禁锢,人性被压抑,精神被奴役,缺乏自由、平等、博爱。

《红楼梦》之前的文学作品大多讲的是仁义礼智信,温良恭俭让。极少从人性的角度以人文情怀去关注普通人。明清时代的《牡丹亭》《西厢记》以及《三言二拍》等虽然也提到为爱情为自由的抗争,但依然主要围绕才子佳人的爱恨情仇和对世人的劝喻与警示展开。

但在红楼里,宝玉自称为须眉浊物,说男子是泥做的骨肉,女儿是水做的骨肉。这在一个从来把女人当作附属品与泄欲对象的时代是很不寻常的。宝玉怀着至情至爱之心,试图爱着每一个可爱的女子。他为黛玉痴魔,为晴雯端茶煎药,宁自己淋雨为素不相识的小戏子打伞。在他的眼里淡化了尊卑次序,跨越了身份界限,眼里不光有主子与奴才,还看到了活生生的人与人性。

如果说《牡丹亭》和《西厢记》是追求自由与爱情的启蒙的话,《红楼梦》则是为底层的、从未被当人看的奴才树碑立传。

如果红楼仅仅歌颂宝黛之爱,还难言伟大。当晴雯、鸳鸯、司棋、龄官、芳官、袭人、尤三姐、金钏儿等在作者笔下可爱而鲜活,跃然纸上时,整部红楼就充满了人文情怀。

《红楼梦》里除了赞颂与欣赏,还有悲悯与关怀。不再是二元论,不再非黑即白,不再要么崇高要么卑鄙。人有光鲜的一面,也有黯淡的一面。这种人文关怀如黑夜中的一束光,不仅照亮了高尚,也照见了蜷缩在旮旯里的卑微。让人讨厌的贾政,偶尔也有作为父亲温情的一面;严肃刻板的王夫人也有体恤贫弱的时刻;精明强悍的王熙凤也有怜老助老的时候;就连人见人厌的赵姨娘在送别探春时流下的泪也让人唏嘘,到底是自个儿身上掉下来的肉。

对书中人物,作者曹雪芹当然有他的价值判断,但笔下文字却尽显客观,不偏不倚,不去刻意嵌入自己的好恶,让读者自己去品味。这就为我们提供了务必客观看待每一个人的视角,从人性的角度去具体分析人,而不是简单地从道德层面去划分。

作者让隐忍顺从的袭人嫁给蒋玉菡;王熙凤虽魂断金陵,却让她的女儿得到刘姥姥救助。类似这样的安排,无不体现作者对人与人世的担待。

我不同意喜欢袭人就要贬损晴雯,爱黛玉就完全否定宝钗的做法。应当把每个人放在具体环境具体事件中具体分析。喜欢黛玉并不妨碍喜欢宝钗;赞扬鸳鸯未必非要奚落尤三姐;讨厌王熙凤却不一棍子打死;赞美妙玉又不至于把她捧上天。

曹公笔下,底层小人物形象个个饱满,人性毕现。比如行侠仗义的醉金刚倪二、幽默富有人情味儿的刘姥姥、身份低贱的戏子优伶,就连呆霸王薛蟠着实也有几分可爱,例如他闻听柳湘莲失落时的号啕大哭,劝慰母亲与妹妹时的痴憨真诚。

红楼里正是有了这样的人间至纯至真的情爱与充满悲悯的人文关怀,才铸就了一部伟大而经久不衰、读来历久弥新的作品。

这也是让红迷们长醉梦中不愿醒的根本原因。

2017年7月

悲悯的姿态

人说身在福中不知福。许是富贵久了,幸福便抓不住、挠不着,要找个凭借才踏实。于是,大观园里就来了个不知哪门子的姥姥。也难怪,贾家住的是龙渊潭府,刘姥姥走的是羊肠小道,只因一场薄如蝉翼的因缘际会,贫穷与富贵照个面,俚俗撞了精致的小蛮腰。两厢观照之下,才知道,这人间啊,真真是不比不知道,一比吓一跳,有人米烂成仓,有人食不果腹。人间自有不同真相。真真各有各的不安,各有各的荒凉。

刘姥姥的荒凉,是家里狗儿板儿、鸡儿鸭儿的荒凉,眼见一家子揭不开锅了,不如碰碰运气,往贾家走一遭。可这向贾府的路啊,就像人的心事,它曲里拐弯儿,一脚踏出决绝,一步落下忸怩。风尘仆仆地不知怎么,就糊里糊涂瞅见贾府门口的两只大石狮子,张着血盆大口,冷不丁倒把刘姥姥唬了一跳。细思量,这常言道:阎王好见,小鬼难缠。便打起十二分的殷勤,深深道个万福。有人谦卑,就有人摆谱;好赖有个热心人终究不忍,指出一条明路,又得一个孩子提点,刘姥姥顺利见到王夫人的陪房周瑞家的。

说来也巧,偏这王夫人的陪房周瑞家的,以前曾得过王家一点子恩惠。机巧加上些许人前的体面,周瑞家的答应得慷慨。于是,前面走的是刘姥姥,后面紧随板儿,这会子正把一肚子忐忑半跪在凤姐的炕沿上。大概如贾府这样人家,被打秋风也不止一遭两遭了,虽说今儿来的是刘姥姥,往常恐怕什么张姥姥王姥姥李姥姥的,来的也不是少数。王熙凤拿得稳当、说得堂皇:皇上家还有几门子穷亲戚呢。

凤姐到底精细人,脸上满面春光,身子终究不过欠了欠,一边拨手炉灰儿,一边自如应付着。也是大户人家的涵养,一来不致落下口实;二来么,也别短了礼数。

这三来嘛——

这个当儿,凤姐等着周瑞家的从王夫人处来回话呢。说着周瑞家的就来了。偏王夫人就记得这门子穷亲戚。她也说了:以往不曾让他们空手回去的。言下之意,要凤姐度情自便,把这上门的姥姥打发了。谁知好事多磨,就来了个借屏风的贾蓉,是珍大哥的儿子,王熙凤的大侄儿。一个借屏风,一个打秋风,可不是一对儿! 当着刘姥姥的面,凤姐到底把来借屏风的贾蓉奚落一番,显摆了当家奶奶的优越感,可临了还是把屏风给了。打发了东府里的大侄儿,凤姐才把目光转向这边,还巴巴儿地不知哪门子的"你侄儿"。刘姥姥话虽粗俗,却也透着响快。凤姐向来喜欢响快人,若继续忸怩下去,大概黄花菜都凉了。谁知事情就是那么凑巧,凤姐手头就有给丫头做衣服的二十两银子,择日不如撞日,撞上的偏偏是黄道吉日。于是,就这么着,王熙凤和刘姥姥之间的缘分就结下了。

其实回头想想,从刘姥姥打算碰运气,到门口遭遇石狮子,乃至遇到周瑞家的,以及那刚好送来的二十两银子,仿佛都是偶然,其中某个关节忽闪一下,刘姥姥就有可能白跑一趟。然而现在,怀揣银子回村儿的刘姥姥并不知道,偶然叠加一起,就成了必然。

就像凤姐的女儿巧姐,多年后,成了坐在纺车前的"二丫头"。

也是因为必然,刘姥姥带了满满一车瓜儿菜儿,二次来贾府。这次,她一来就见到凤姐,天缘凑巧,从来不黏糊的王熙凤就说了一句:大老远的来了,何不住一晚再走。这话跑进王夫人耳里又敲在贾母心上:咦! 正想找这么个积古的老人拉拉话儿呢,好巧不巧!

饶这么着,一出"携蝗图"的好戏,已在酝酿中了。

秦观说过:"金风玉露一相逢,便胜却人间无数。"

而这边厢,却是饕餮客遇上珍馐宴——

便如老刘老刘,食量大如牛!

敲锣打鼓,好戏开场。

既然是戏,得有主角儿有配角儿,有龙套有行头,大家配合着,才能热热闹闹演下去。刘姥姥的行头,是满脑袋横七竖八的菊花,而脑子里装着的,却是田野里捧打出的智慧与厚道;王熙凤鸳鸯她们的行头是黄杨木的大海,镶着金、包着银的象牙箸,腹内可藏着"坏水儿"。

锵锵才锵锵才,凤姐有句话儿要交代。刘姥姥到底经见过的老人,一点就通的,一番"入攒"豪饮、且蹈且舞,让一众富贵温柔乡的丫鬟小姐喷饭的喷饭,绝倒的绝倒,打滚儿的打滚儿,揉肠子的揉肠子,这一滚一揉,谁知竟掀开贾府华袍的面子,把里子给抖搂出来了。

照见贾府里子的,正是像一面镜子般的刘姥姥。她的到来,让一场富贵与贫贱的偶遇,终成两种人世彼此的观照与反省。镜子与现实,贫穷与富贵,具象与幻象，真实与虚妄，恍惚间，究竟是谁在调侃嘲弄谁？正如刘姥姥闯进贾宝玉的怡红院，迎面而来，都是镜子，人与物，面面相觑，竟一时分辨不清了。

这镜子，照见了自己，也照出了他人。

第一个照出的是贾母。尊为富贵闲人的老太太，平生享福惯了的，大概也就需要一个参照。这一比竟出人意料，比自己大好几岁的刘姥姥身板儿竟还如此硬朗，这让老太太终于有了自谓"老废物"的感慨。这固然是贾母的自嘲，但也何尝不是反省。恰是刘姥姥蛮荒的生命力对照出自己荣华里的羸弱。大概富贵若没有这样一场对照，就无以为富贵，身在福中不知福就成了一种无知无觉的麻木。贾母经见过贾家先祖们创业的不易，如今又过三四代，竟一代不如一代。就像贾府那些丫头们，原本穷人家出身，现在跟着主子们也学矫情了，竟也掂不清银子又不认识戥子。好在还有如平儿、鸳鸯等，难得的清醒着，她们也向刘姥姥赠送了自己的物件儿和衣裳。这是点醒，也是对慈悲的成全。

此刻，刘姥姥还要照见另一个主角儿贾宝玉。刘姥姥随口说出雪地抽柴的茗玉，是不动声色、明察秋毫。知道老太太对宝玉的疼爱，以及宝玉对女孩儿的疼惜。这是对宝玉美好心性的反照。而刘姥姥杜撰出来的茗玉，却有非凡意义。《红楼梦》里名字带玉的人都不简单，故事里的茗玉十七八便死去，成了仙，也成为宝玉心上的结，自然让人联想到林黛玉。宝玉遍寻茗玉无果，正如后来与黛玉的有缘无分。而宝玉对茗玉的执念，预示了他对人间情爱的贪恋。遍寻不见的结果，则是刘姥姥无意间的点化。即，世间一切如露如电，否则那塑着茗玉像的庙，怎么就被雷劈了。但有些点化，不是即刻就能领悟的。冥冥中让你遇见，是照见当下的你，而下一个你，却在未来某地，悄悄等着。此去经年，宝玉身披袈裟立于雪中，定然要与当初不见的茗玉相遇，也与那个等着的自己相遇，瞬间放下、即刻了悟。

困于自己的，何止宝玉。红楼一梦，每个人都有自己的困局。正如住在潇湘馆的林黛玉，门前的千竿竹便是要拿了眼泪来染的；薛宝钗住的雪洞，便是日后要素面相守的；迎春的菱洲与惜春的藕榭，便是迎春花偏若蒲柳而长于水中，至于惜春，不过藕花香残，斯人独坐……

既然是局，局中人自然还执迷着。

再如妙玉。栊翠庵一树一树的梅花，日日修剪过的，落了雪在上头，那么冷洁孤傲。刘姥姥一口茶，杯子便脏了；众人站了一回，整个地面也腌臜了。杯子脏了由宝玉收了送人，地站腌臜了，宝玉叫来小子抬水来洗。但人心呢？

妙玉大概忘了——"本来无一物,何处惹尘埃。"

其实要洗的哪里是地,尘埃也从来都在人心里头。

大概谁也没想到,不久后,被妙玉格外担待的宝玉,他的房间就要被刘姥姥熏了一屋子酒屁臭气。贾母把妙玉沏来喝了半盏的老君眉递给刘姥姥,其实是递给心中另一个自己,正如此刻被嫌弃的刘姥姥,她喝过的杯子正揣在宝玉怀里。这一场栊翠庵品茶,不过是各自遇见自己的一个契机。妙玉的杯子以后怕还要回到妙玉自己手里。也许那时,正是妙玉于"风尘肮脏"中遇见自己的时候,当初被她嫌弃的杯子,正是点化她自己的法器。

待宝玉一众人离开栊翠庵,妙玉即转身关门。也许还留着一道缝吧?那还贪恋着的一点子藕断丝连,似乎在红尘中远去;而关住了的,不过是那如梅花瓣儿的残雪一般,白里映红的一颗心罢了。

其实,关梅花什么事,关红尘什么事,所谓偶然,亦不过是必然,所谓必然,也不过是偶然。

偶然撞开机枢的刘姥姥,不留神闯入宝玉不曾轻易示人的领地,留下的,除了一屋子酒屁臭气,还有后来,一场关于白茫茫大地的指点迷津。

而此刻,同在迷津中的,还有王熙凤。

说来奇怪,杀伐决断如阿凤,黑人家三千两银子眼都不眨,许是目睹一路风尘的刘姥姥,偶然触动心底的疼,生命之轻忽成生命之重:她给刘姥姥的二十两银子,与当初那三千两银子一样,沉甸甸。

王熙凤片刻的不忍,给了观照她自己内心的契机,亦为身后巧姐的命运留下一种可能。只是那时凤姐并未照见影影绰绰中的渡口。

向来,人们理所当然把刘姥姥进贾府说成打秋风,通常都在说富贵面向贫贱的谦卑是一种低姿态,殊不知贫贱的昂扬向上何尝不也是悲悯。就像贾母当时面对刘姥姥,发现天然里孕育出一种蓬勃蛮荒的生命力,那是贾母不曾经见的人生体验,也是为她打开的一扇窗。想来,倘没有富贵与贫贱这一场相逢,便不是一个完完整整的人间。

当富贵与贫贱开始惺惺相惜,何尝不是彼此的慷慨赠予。

刘姥姥带来的几袋子瓜儿菜儿,如今变成满炕明晃晃的银子,和众人充满柔情蜜意的零零碎碎。其中居然还有一包药。刘姥姥口中不住念着阿弥陀佛,众人只当救了她,殊不知,她才是真正的菩萨。

2020年2月

《红楼梦》之美之悟

每个伟大的民族，都有其伟大的文学代表作和伟大的作者。古希腊有《荷马史诗》，意大利有《神曲》；德国有歌德，英国有莎士比亚。而我们，可以自豪地说，有曹雪芹的《红楼梦》。

《红楼梦》是三百年前古人心中的梦，之所以伟大，在于能够穿越历史风尘，带着青春气息，以无比的生命力，走进我们今天的梦里。不管古人的梦，还是我们当下的梦，对于爱与美的追求是一致的。《红楼梦》是一部青春的赞歌，又是中华文化下审美与艺术的集大成者。让我们走进红楼的世界，再次感受她的美，体悟她的思想，和她一起以梦为马。

红楼的美，是青春之美

无论岁月在我们身上穿凿下怎样的痕迹，无论身处何时何地，青春，都是我们心中永恒的印记。

《红楼梦》写的是一群青春少男少女，而青春时节恰是爱做梦的年纪。幸运的是，他们有大观园那样一个理想国作为庇护，可以把青春的梦做得更加缠绵而绚烂。

红楼儿女是美的。无论是钟灵毓秀的宝玉，还是环肥燕瘦的宝钗和黛玉，抑或是一众丫鬟们，身上都体现出中华文化里最美的元素。

黛玉的美，是娇弱轻盈的古典美；削肩膀，水蛇腰的晴雯是骨感美；大红袄子半掩半开，露着葱绿抹胸和一痕雪脯的尤三姐是性感美；削肩细腰，长挑身材的探春是干练之美；蜂腰猿背，鹤势螂形的湘云是健康美；还有细挑身材的花袭人，容长脸儿的林红玉，蜂腰削背的鸳鸯，乃至生得单弱的秋纹等，都是瘦美人的代表。

那么，胖美人的代表就是宝钗。

她生得"肌骨莹润，举止娴雅"。曹雪芹只用了八个字，就把一个珠圆玉润雍容富态的胖美人薛宝钗描绘得跃然纸上。这种微胖的美是曲线美。怪不得看惯了各种美色的宝玉在看到掩映在红麝串儿下的宝钗的胳膊时，一时成了"呆鸟"。宝钗的微胖美，是如此动人心魄。而微胖的宝钗，扑一回蝴蝶就累得"香汗淋漓娇喘细细"，把一个富家女儿的娇憨可爱表现得活色生香，着实惹人怜爱。

红楼儿女，瘦有瘦的美，胖有胖的美，简直美不胜收。

这些美，便是浑身上下洋溢着生命元气与朝气的青春之美。

红楼的美，是纯真之美

纯真之美就是自然之美。自然之美在于没有任何矫饰与做作，是发乎于心之美。红楼女儿们大都是灼灼其华的年纪，她们有的像桃花，有的像杏花，有的像荷花，有的像牡丹，有的像芙蓉，有的像玫瑰……

黛玉的敏感多情，宝钗的朴素归真，湘云的憨态可掬，探春的聪敏干练，平儿的温柔善良，袭人的贤惠体贴，晴雯的风流灵巧，龄官的一往情深，金钏儿的刚烈勇敢，鸳鸯的机巧智慧，小红的聪明伶俐……这样一群少女，她们至真至纯，在花样年华里蓬勃盛开。她们都有一颗冰雪晶莹的心灵。

这真与纯，美妙无比。

红楼之美，是诗意之美

红楼儿女们不但长得美，她们的才情更美。黛玉《葬花吟》，展示的是对于生命无常而心生悲悯的凄美，宝钗《咏柳絮词》是觉悟后的空灵飘逸之美，还有，湘云诗的洒脱之美，探春诗的敏锐之美。就连香菱在得了黛玉真传以后也生发出滔滔不绝的诗意来，更添几分可爱。

她们生活在诗的世界里，每一处寻常的生活场景都是一首诗、一幅画。宝琴的踏雪寻梅；湘云的醉卧芍药；黛玉的荷锄葬花；宝钗的团扇扑蝶……都充满着诗情画意。

有人说中国人没有信仰，可我们有诗词。诗词歌赋就是我们的精神家园。当现实里的我们倦了累了，可以在诗词的天地里，或小栖，或驰骋。生命里有了诗意，心田就不会荒芜。诗意的美，在《红楼梦》里表现得淋漓尽致。

红楼之美，是人性之美

人性之美，在于由内而外的对生命的敬畏与悲悯。在那样一个时代，封建伦理纲常往往是压抑人心人性的。而在红楼世界里,我们在森严的等级制度与封建礼教之下,还是看到了人性里的柔软与温暖。

宝玉对女孩子们的体恤与怜爱,黛玉宝钗等对丫鬟们的情同手足,王夫人和王熙凤对刘姥姥的慷慨资助,等等,无不体现出人性的光辉。就连作为泼皮无赖之代表的醉金刚倪二,也有侠义温情的一面,而呆霸王薛蟠也有孝顺可爱的时候。

曹公的伟大之一就在于,绝不把人物脸谱化、扁平化。他笔下的人物是立体的,因立体而丰满,因丰满而真实。不会因为角色设置的影响而偏颇、黯淡了人性深处的光辉。

当然,红楼之美,绝不是几段文字或者几篇文章就能够说尽的。作为一部"百科全书"式的伟大著作,这里只撷取其中一二便能感受到她独特的美。

一部浩浩《红楼梦》,以情入梦,以梦而悟。又兼取幻与空,揭示人生的真理妙谛。

《红楼梦》一方面揭示了一切繁华皆梦幻泡影而万境终归空,一方面又试图建立一个有情之天下。以情警幻,显幻归真。

而情幻与归真之间,就是觉悟。觉悟才知梦的真义。

《红楼梦》不单有作者在宗教和哲学方面的探索与思考,也有审美意义上的开拓与妙悟。

警幻仙子和她的妹妹可卿,是红楼一梦中以情警幻的实施者,也是直接点化者。宝玉梦游幻境,警幻仙子以册、曲、情、淫等晓喻点化。说明情乃执念,而执念是人痛苦的根源。而宝玉与其妹梦中之淫,是对宝玉人生中实施的一次启蒙与觉醒教育。作为与警幻仙子妹妹同名者的秦可卿,对王熙凤的托梦,是说繁华、富贵、权力等,都是虚假空幻的,到头不过一场空而已。

可惜,宝玉在警幻仙子那里并没有得悟,他的悟是在现实里一步步完成的。

宝玉在山坡后听到黛玉作《葬花吟》,至"一朝春尽红颜老,花落人亡两不知"时,不觉恸倒。想黛玉将来至无可寻觅之时,推之于他人,亦至无可寻觅,自己又安在?斯处、斯园、斯花、斯柳,又不知当属谁?如此反复推求之下,顿觉青春之短暂,生命之无常。

宝玉见到龄官画蔷之痴,悟到人各有缘法,各人得各人之泪。

这些对世间聚散离合的思考,触动了他敏感的心灵,引起他对人生归宿的初步思考。

最终,随着大观园繁华落尽、众芳凋零,一个个青春鲜活的生命,嫁的嫁、死的死、散的散、病的病、出家的出家,落得个白茫茫大地真干净。

他在了悟中破灭了心底最美的梦,也埋葬了对人世情爱最深的眷恋。一僧一道的现身为他指点迷津,并最终为他指出归路,得以觉悟。从情天幻海而来,历劫情缘聚散之后,又归本位。

宝钗的悟,是由幻入真。

她知道世间一切,终将幻灭。

作为皇商之女,她从小见识了人间真相,也看到贾雨村之类的"禄蠹",把书读坏了,也把书误了,读圣人之书却行欺名盗世之实。金钏儿的殉情,柳湘莲的出家,以及其他身边诸人的生离死别,让她悟到了生命的无常幻灭。然后,身体力行去修行,穿着最朴素的衣服,住着雪洞一样的房子,淡定安然而随分从时。

她悟了。

但她的悟与贾宝玉的悟,不同之处在于,看空悟透以后,积极作为。本质上是以出世之心而入世。

宝钗的美,是"珍重芳姿昼掩门"的美,是"淡极始知花更艳"的美。看似无情,实为至情。因此,"任是无情也动人"。宝钗身上,儒释道的精神理念都有体现——

儒家的仁爱而有为,道家的无为而为,佛家的慈悲与禅悟。

宝钗的悟,是参透生命真谛后的淳朴自然,是生命的返璞归真。

而《红楼梦》是对传统思想文化的还原,所谓文化之还原,最终必然是对生命的还原,还原到生命中的本真状态。还原少年之情,赤子之心。

这种由情警幻,以幻归真的思考以及宝玉和宝钗各自的悟,其实都是作者自己的悟。

觉悟后的作者是怀着一颗悲悯之心去看待世界的。对于每个现实里的生命,都能看到其无奈与挣扎,体察到他们的不得已之处。比如对待薛蟠,不仅写出了一个任性尚气的呆霸王,也写出他少年丧父失于教养,及母亲溺爱之下所求皆得的苦恼。由于欲望的无限满足与肆意蔓延,让他总是对没有得到的事物存有好奇,总想占有。可占有之后又陷入无可自拔的失落之中。

作者对黛玉由于身世落差以及身体孱弱所带来的对生命的幻灭感,并因此导致的敏感多疑、刻薄小性的包容;赵姨娘和贾环等人,虽然被书中许多人物和读者所厌弃,却又能够得到宝玉的谅解和宝钗的平等对待。可见作者的态度是,反省多于指责,悲悯多于批判。

　　具悲悯心,其实是一种平等观,是从生命的角度来观照世态人情。

　　红楼一梦,就是一个不断成长与觉悟的过程。无论宝玉黛玉还是宝钗,每个人都在以各自的姿态体察着世态人情,感悟着人生,并思考着生命的最终意义与归宿。虽然思想体系不同、实践方法不一,但从生命得自由的根本追求上来说,却是殊途同归。

　　从这个意义上来说,《红楼梦》绝不仅仅是一部反映情爱世界的书那么简单,所反映出的人生哲理与思想,作为三百年前古人的探索与思考,至今依然有许多值得我们借鉴、学习的地方。我想,这就是她的永恒魅力之所在,也是许多人沉醉在红楼,并长醉不愿醒的原因之一。

2017年10月

《红楼梦》里的小温馨

一

第四十二回，宝钗把黛玉叫到蘅芜苑，进门就说：你跪下！我要审你。把颦儿唬了一跳，说：宝丫头这是疯了，你审我做什么？

宝钗说：好你个不出闺门的千金小姐，满嘴胡说的什么？

黛玉把这茬儿早忘了，但心下疑惑起来。

宝钗说：你昨儿行酒令说的什么？我怎么听不懂，所以向你请教。

黛玉这才想起昨儿开宴行酒令时，把《西厢记》《牡丹亭》（那时被认为是小黄书）里的句子给说出来了。

黛玉知道已被宝钗识破，满脸飞红，求着宝钗别说出去。

宝钗卖了个关子，这才说，其实这些书她自己也早已经看过了，只是被大人发现，"打的打、骂的骂、烧的烧"，这才丢开。

然后，宝钗开始了对黛玉的"思想工作"。一番下来，说得黛玉"心下暗服""点头称是"。

这里，体现着宝钗的厚道和智慧——

没有当场指出，以免黛玉出丑，那时未出阁的小姐看这种禁书可是非常严重的风化问题。而是以笑的方式开头，活跃气氛，容易介入话题。试想，如果宝钗一开始就一脸严肃地说服教育，以黛玉的性格，不知将怎样收场。

然后宝钗卖完关子以后，先拿自己来说，推己及人。可以让黛玉消除戒心，彻底放松。把彼此置于同等位置，以同理心劝诫黛玉，黛玉必然更加容易接受。

事实证明，宝钗的方法和策略非常成功。黛玉立刻暗服，连连称是。这就是以事实为依据，以礼相待，以理服人，以情感化，张弛有度。这样的宝姐姐，怎能不让林妹妹心服口服？一下子拉近了彼此的距离，也为后来金兰之契埋下伏笔。

二

第四十五回，"金兰契互剖金兰语"，宝姐姐再次出手了。

她关心林妹妹的身体，还教给她保健养生之法，又送燕窝给黛玉调养身子。还说："你放心，我在这里一日，我与你消遣一日。你有什么委屈烦难，只管告诉我，我能解的，自然替你解一日。我虽有个哥哥，你也是知道的……"

这是以情动人。

面对宝钗这一番肺腑之言，黛玉怎能不感动？她又本是个心思单纯善良的人。当即表示："你素日待人固然是极好的，然我最是个多心的人，只当你心里藏奸……往日倒是我错了，实在误到今。"

黛玉当即承认错误，言辞恳切。

这样两个灼灼其华的女子，青春美少女，彼此袒露心扉，以真诚感化对方。横亘在她们之间的误解冰消雪融，从此以姐妹相称，比别人更多了一份亲厚。此后，黛玉更是认作薛姨妈的干女儿，亲如一家。黛玉后来又和宝钗的堂妹宝琴亲密无间，成为大观园里的一道美丽风景。

大家都知道黛玉的孤独，可有几人明白宝钗的落寞？其实，她也是个精神上的孤儿。一个不中用的哥哥，一个老好人而没什么见识的母亲，全家得靠她支撑着。她和黛玉性格不同，处事风格不同，但精神上有共鸣，惺惺相惜，终成挚友。

三

第六十二回。

袭人给宝玉、黛玉送茶去，黛玉跑去和宝钗说话了。袭人到地方一看，呦！怎么宝钗也在呢，可只有一杯茶，这该如何是好。

袭人便说："那位渴了那位先接了，我再倒去。"宝钗笑道："我却不渴，只要一口漱一漱就够了。"说着先拿起来喝了一口，剩下半杯递在黛玉手内。袭人笑说："我再倒去。"黛玉笑道："你知道我这病，大夫不许我多吃茶，这半钟尽够了，难为你想的到。"说毕，饮干，将杯放下。

袭人见黛玉和宝钗在一起，偏手里只有一杯茶，这就难了。茶本来是给黛玉送的，可此时如果给了黛玉，难免得罪宝钗。以宝钗的心性固然不会多想，但于袭人而言，到底礼数不周。

然而袭人说，哪位渴了哪位先喝，我再倒去。袭人这话说的端的是妙，反应够快,又一下稳住了局面,把球抛给她两个。

接下来,球该怎么接呢?

按理宝钗长于黛玉,由姐姐接了是正理。但如果宝钗接了只顾自己喝,又把黛玉晾在一边了。看宝钗的——

宝钗接了,却只喝一口,然后递给黛玉。这时,袭人说,我再倒去。

问题来了,黛玉本是有些洁癖的,但不喝的话,宝钗又尴尬了。结果她说,大夫让我不许喝茶,这半杯就够了……

这段文字,细细品一品,越品越妙。曹公专门写这么一段,绝非信手之笔。三人有对话,有动作,又有丰富的心理活动,却都不露一丝痕迹,很平滑很娴熟地把尴尬像巧克力一样咽下,甘美滑爽。三个聪明人联手演了一出精彩的剧,让我们品出了袭人的聪明,宝钗的顾全大局,黛玉的善解人意。

你看看,有人说宝钗和黛玉是情敌,这哪里是情敌关系,人家妥妥的是闺蜜和知己。

四

第六十七回。

薛蟠做生意回来,带来了一箱子礼物,乱七八糟什么都有,宝钗都不很在意,唯独看到在虎丘山上泥捏的薛蟠的小像,与薛蟠毫无相差。宝钗见了,拿着细细看了一看,又看看他哥哥,不禁笑起来了。

这是冷美人宝钗难得的笑,看来她对自己这个不争气的哥哥还是非常有感情的。

薛蟠一贯给人鲁莽粗俗、混不吝的感觉。有时连母亲也顶撞,但唯独对妹妹宝钗言听计从,服服帖帖。

这不单因为宝钗有见识,也体现出薛蟠对妹妹的爱。还别说,薛家是整个红楼里最富有人情味儿的一家子。相对于贾府其他各家刻板的家庭关系,倒是很有烟火气息。富豪之家也有小家子的家长里短,一下子拉近了作品与读者的距离。是红楼里比较温馨的场面之一。

五

第三十一回,湘云和翠缕因荷花而论阴阳。

翠缕:"这糊涂死了我!什么是个阴阳,没影没形的。我只问姑娘,这阴阳是个怎么个样儿?"

湘云:"阴阳可有什么样儿,不过是个气,器物赋了成形。比如天是阳,地就是阴,水是阴,火就是阳,日是阳,月就是阴。"

然后,两人一路从花草树木说到飞禽走兽,都有个阴阳之分。说着说着,傻乎乎的翠缕就问到了人上。

她说,"这也罢了,怎么东西都有阴阳,咱们人倒没有阴阳呢?"

湘云生气了:"下流东西,好生走罢!越问越问出好的来了!"

她以为翠缕明白了男女之别,这就是禁忌了,哪有两个姑娘家公开讨论这个的道理。

没想到翠缕说:"这个不用难我,不说我也知道。"

湘云问:"你知道什么。"

翠缕回答:"姑娘是阳,我就是阴。"湘云听了忍不住拿帕子捂着嘴笑说:"很是很是,你很懂得了……"

这一段儿,两个女孩儿的对话,生动活泼又让人忍俊不禁。脑子里就有这样一个画面——

傻傻的翠缕一字一句问得虔诚认真,湘云拿腔拿调,像个背着手的先生。问得恳切,答得认真。湘云平时憨憨的样子,大大咧咧,此刻虽然对翠缕这个傻学生一脸的不屑,但还是不厌其烦地回答。没想到翠缕冷不丁问到了人,倒反把湘云唬了一跳。可翠缕却说出姑娘是阳我是阴的话来,把湘云逗得直乐,想想此时的翠缕一脸呆萌的样子,一定特好玩儿!

《红楼梦》里,固然有宏大场面,更有儿女情长,也有许多这样的小场面、小情景。仔细琢磨时,特别生动有趣。于小处见大,对刻画人物和表现人情世故很有好处。

是啊,毕竟生活里不只有大事,还有许多这样的小事一样精彩,只要用心读就能读出其中的乐趣来。

2017年10月

卑微者的姿态

富贵人家生孩子,要取个贱名儿,比如阿猫阿狗,希求好养;贫贱人家孩子却常叫阿富阿贵,企望转运。同为一份美好寄寓,却因姿态各异而南辕北辙。一样人间,却是彼此的可望而不可即。

赵姨娘的兄弟是连四十两银子都不配的奴才,偏叫赵国基;贾琏奶妈赵嬷嬷两个儿子,一个天梁,一个天栋,栋梁之材却委身屈就,巴巴儿托了老娘向凤姐两口儿讨生活。

凤姐的女儿叫巧姐,凤凰窝里飞出的,却要取个类似"二丫头"的名儿,不过是怕无福消受那泼天的富贵。

这是人间的落差。于富人而言,取个贱名儿有时不过应景罢了,而于穷人,却是实实在在的渴望。缺啥补啥,比如金荣。

有金者荣,有玉者贵。但宝玉出生时就在侯门公府,玉不过锦上添花。而到金荣这里,所谓"金荣"不过镜花水月罢了。这寄寓倘没有现实撑着,难免要寄人篱下。

这不,为儿子求得一份学业,金荣的母亲胡氏求了小姑子璜大奶奶,向凤姐百般讨好,才换得上私塾的机会。这一来,非但省去家里许多嚼用,还结交上富家公子薛蟠。有薛蟠襄助,二年来少说也得了七八十两银子,日子也就勉强过得下去。

天下有这等好事,胡氏岂不感天谢地。偏儿子是个不长进的,千不该万不该不该跟宝玉与秦钟闹得不快。这下好,磕头赔不是不算,牵累得胡氏一个寡母唉声叹气,难怪胡氏要数落儿子。那时女本为弱,大门不出二门不迈,嫁狗随狗嫁鸡随鸡,便如李纨那样的地位,死了男人还得槁木死灰般守着。贾母说她寡妇失业、可怜见的,虽事实一半儿,矫情一半儿,到底有贾府这棵大树作为背靠,而胡氏,没了男人,天塌下一多半儿。一切希望都在儿子金荣身上了,他偏闯下祸来。

胡氏的难处,是天下所有贫贱者的难处,更是天下所有母亲的悲哀。于是,便有了向儿子的一番大道理。大道理好懂,难以言明的,却是道理背后的辛酸苦楚。读红楼至此,胡氏所言,向来为人所不齿,说她不问青红皂白,不管儿子这二年得来那七八十两出处何在,更不想儿子为那银子曾干下如何勾当。但道德的武器,向来使用方便而无往不利,却鲜有人问是否站着说话不腰疼、饱汉子不知饿汉子饥。

为生存挣扎的人,活下去是第一位的事。维护尊严凭借的是实力。当实力不济时,睁一只眼闭一只眼,难说不是无奈下的智慧。莫非要胡氏一番拷问,教儿子把到手的银子退回去?

"难得糊涂"这话,于不同人有不同况味。

穷人家的面子,在疗饥解困、光芒闪烁的银子前,一文不值。所谓厚面皮,不过是岁月加之的一层包浆。若能从容,谁不知往自己脸上涂脂抹粉。于是,胡氏的委屈想来可见。就胡氏母子的困境,若能于苦寒处开出一朵花儿来,也是好事,偏命运的乖蹇处就在于,生就一副癞蛤蟆的皮囊却给你天鹅的诱惑。所谓悲剧,不纯在逼仄的现实,更在于逼仄中又予人一份莫名的妄想。

那时冲突正酣,金荣向茗烟呵斥:下人小子都敢撒野。金荣说那话时,忘了自家身份也忘了茗烟这名字的来历,殊不知下人小子也可以叫锄药、扫红、墨雨的。虽无金无荣,却比金荣更加金贵。向来主子跟前有三大红人:司机、情人和秘书。现在他跟秦钟茗烟一干人发生冲突,非但得罪了主子,便是连主子的司机、情人和秘书一趟得罪了。

而金荣的妄想,是把自己当成主子。

金荣底气何来?

他身后有个璜大奶奶。

璜大奶奶是贾府嫡派贾璜之妻。

一笔写不出俩"贾"固然不错,但正如贾芸的"贾"与贾宝玉的"贾",贾芸的"贾"却是"二廊下"的贾,而不是大石狮子守着的"贾";"璜"字边儿有玉,却亦非贾宝玉的玉。

自来卑微者最怕受辱。因怕受辱,又好与人争个高下。好巧不巧,胡氏的小姑子璜大奶奶坐着车来了。想来被压迫与被损害者有天然的亲近,为一份相似的遭遇,便有许多话要相互倾诉。女人之间说话,无非家长里短、鸡毛蒜皮,这就说到金荣的委屈上。胡氏说者无心,图一时痛快,璜大奶奶听者有意,立时气不打一处来。想来那时,璜大奶奶亦为往常的卑躬屈膝而不忿,为"贾"字告屈也还罢了,那秦钟算得什么硬正仗腰子,竟也欺负到头上来了。正如赵家太爷惹不起,一个尼姑还惹不起么?于是,璜大奶奶掉转车头,一个人浩浩荡荡就往东府里杀奔而去。

璜大奶奶的威势,如宁荣二府前的十里街般端直耿介,而入宁府的路,却如人的心事般兜兜转转。穿门越柳、登堂入室,想来那时璜大奶奶及至尤氏阶下,气焰已煞去多半儿了。果然,等见到尤氏时,口里的"秦钟他姐姐",已成"蓉大奶奶"。

尤氏未等璜大奶奶深言,就把媳妇儿的病状及这次生气的来龙去脉复述一遍,言语间满是对儿媳的赞叹与怜惜,兼由旁人之口道出这媳妇儿的可贵。

听话听音,锣鼓听声。璜大奶奶早把找秦氏理论的心思吓到爪哇国去了。

不由得佩服尤氏洞见,又把推拿功夫演绎到炉火纯青的地步,三言两语就让彤云密布回归云淡风轻。璜大奶奶所谓何来她自然清楚的,不见锋芒却使听者若芒刺在背,正是大家出身的涵养与气派。

当贾珍说留这大妹妹吃了饭再走时,璜大奶奶怕是恨不能胁下生出双翼的。及至终于离了宁府门口两只大石狮子,仍要心有余悸。

一场风波就这样偃旗息鼓。璜大奶奶并金荣母子,自此消失不见。

他们去了哪里?

他们哪儿都没去,仍匍匐于烟火人间。

《红楼梦》的可贵处,不仅在塑造了一众侯门公子小姐的悲剧,更在给予寒门小户之人以露面的机会。两厢观照之下才是一个真切的人间。

与繁华深处相比,犄角旮旯里的故事虽着墨不多,甚而一些人物不过斜瞥一眼便完成使命,但他们才构成生活更广大的真实。这正是曹公之伟大处。

而我们竟险将曹公辜负了。

这辜负是说,向来只见金荣母子之可鄙与璜大奶奶之可笑处,甚而不惜报以嘲讽,乃至轻松说出可怜之人必有可恨之处的句子,殊不知,我们何不是与胡氏母子一样的芸芸众生。

胡氏母子间,有一句话每每读来刺目。

这刺目处,却是许多人借以指摘金荣所谓爱慕虚荣的口实。胡氏向儿子说,你向来又爱穿鲜明的衣服。想想,那样年纪,我们何曾没有与金荣一样的所谓虚荣?为过年穿一身新衣而哭鼻子。怎么如今刚不愁吃穿几年,便笑话说别人虚荣。曾几时,当我们受了欺负而无人仰仗时,何不曾盼着有个后台,哪怕于梦中,也要自编自导一个曲折离奇的复仇故事……

卑微者的委屈不在一时一地,而是长久的压抑里积攒下来的忧伤。忧伤终有一天要化为一腔烈焰而引火烧身的。金荣母子如是,璜大奶奶如是,我们又何尝不是?

只不过,更多时候,如璜大奶奶一样,权衡利弊、痛定思痛之下,还是低下头罢了。

当鄙视金荣一家时,未尝不是我们鄙视着曾经的自己。同类相怜继而相残,不过人间常事。

如贾宝玉、林黛玉那样的幸运儿,毕竟是少数。

当贾宝玉玉粒金莼噎满喉、为赋新词强说愁时;当林黛玉为大展其才而吟出"盛世无饥馁,何须耕织忙"时,还有人要把郁积一口闷气生生吞下去的,而后从容转身,面带笑意。

有人的不得已,恰是有人的诗意。

当我们真正懂得一首诗时,却再也写不出诗来。

金荣当初低下的头,还要一次又一次低下去的,那是开头便可预见的结局。正如璜大奶奶的铩羽而归。

而当璜大奶奶出离宁国府,告别门口两只大石狮子,怕来不及抚摸伤口,亦无暇自怨自艾,转眼还要想着怎么奉承凤姐尤氏她们呢。毕竟下一顿饭在哪里安排,才是眼下最大的问题。

2020年12月

生或死,这是个问题

很多人把《红楼梦》里袭人最后的活着,作为其个人因果的反映,甚至穿凿为曹公对人物的偏爱。

是否准确呢(曹公没法爬起来说出他的本意)?答案见仁见智。这里暂且抛开袭人,说说文学作品里的生死问题。

关于生死,就现实而言,无论是生下来、活下去的不得已,抑或是向死而生的悲壮,还是好死不如赖活着的苟且,但凡能活着,大概没几个人愿意去死。但作为文学作品,生死常被作者或读者寄寓某种特殊人文意涵,因而变得不寻常起来。这就值得一说。

既然谈的是文学里的生死,就要关注文学本身的思维和逻辑。文学作品里的人物,是作者创造出来的,作者自然握有生杀予夺的大权。然而也不尽然。当文学作品里的人物在一定情境中饱满起来,有血有肉有灵魂,作者笔下的人物就有了他自在的逻辑。这时,人物的生死,不全由作者的好恶决定;人物的行为,不全由作者的思想控制。无论钟爱抑或反感,当死则死,当活则活。这一点上,伟大的作者既不满足自己,也不逢迎读者。

所以,好的现实主义的文学作品,大都不会出现大团圆的结局,不会好人得了好报,恶人得以惩处。不是作者心灵不够美,是他必须遵从艺术本身的逻辑,文学作为艺术,是高于生活的存在。

显然,《红楼梦》这部伟大的现实主义加浪漫主义的著作,并没有陷入因果报应的窠臼,创造一个人们喜闻乐见的结局,而是以悲剧的愁云惨雾延展出一个宏阔而悠远、永不会有结局的结局,给我们震撼与思考。

关于生死,就是这种思考之一。

对有的人而言,在最恰当的时候以最恰当的方式死去,恰是最好的收场或报偿,而苟活于世恰是最残酷的惩罚。

黛玉和晴雯等的死去,便是最好的结局。在大厦将倾、人各西东之际,避免陷入更大的不堪，这也许是偏爱，但更符合彼时的逻辑。晴雯和黛玉的死，看似都因偶然，实际却是漫长发酵而成的必然，具体事件不过是最后一根稻草。晴雯和黛玉无意挑战什么或抗争什么，但她们本身的性情与行为已然在客观上与一套礼教为敌。

而彼时的礼教，即法律。

宝钗活了下来，并守着活寡。当然，我们绝不能把宝钗的守活寡当作作者予其惩处。虽事实上，宝钗的活着是比死亡更绝望的悲剧——有时，死亡是从人间到天堂，而活着是从人间到炼狱。

从这个意义来说，相对黛玉，宝钗才是更大的不幸者。黛玉是求仁得仁，而宝钗是根本无所求，却要承担一个原本就不想要的结局。这样，悲剧就不单成为悲剧（真正的悲剧不是因为打破了美好的东西让人泪雨滂沱，而是打破了又不得不面对一副不可收拾的残局），且有上升到宗教和哲学的意味。

死者已矣，而生者要继续负重前行。

雨果《悲惨世界》里的雅维尔，以对自身所在体系的一根筋式的坚定，选择了与"恶人"冉阿让进行一场波澜壮阔的追逐游戏，最终却因被冉阿让这个"恶人"救赎，无法面对精神世界的坍塌而决然跳海。很多人把这视为报应，其实还是狭隘。当一个人在自己的体系里浸淫太久而丧失判断力，而最终的真相在某一刻唤醒他本能的良知时，真真假假、虚虚实实，一如幻影，在眼前交替，曾经的信仰正在坍塌，而新的秩序又无法建立，犹如陷入命运的无间道。真实与虚假明明灭灭，执迷与惶惑影影绰绰，仿佛哪个都是唾手可得，又都遥不可及，抓不住的是如梦似幻的人生，更是虚无缥缈的自己。可以说，肉体的雅维尔虽然存在，但精神的雅维尔已然归于幻灭。这时，对灵魂的唯一告慰便是死去。因而，雨果有着远比我们想象的悲悯。雅维尔的死去，是对他自己最好的救赎，而不是所谓报应。

对一个人最大的惩罚是，在他恶贯满盈的顶点唤醒他的良知，又不给他救赎的机会；对一个人最好的悲悯是，让他受尽苦难以后，含着爱在善意的怀抱中死去。

不得不说，从文学的角度来看，有时候，死亡恰是作者对笔下人物的悲悯或报偿，而活着却要背负一生的苦难，继续被磋磨、被损害。

回到《红楼梦》，联系到后来妙玉的结局，若非要说偏爱，曹公终究偏爱黛玉，他让黛玉死了。

黛玉的死，是注定。

作为肉体的黛玉,其实已然假借晴雯的躯体早早死去了,乃至宝玉留下一篇看似为晴雯,实则为黛玉的《芙蓉女儿诔》。她的爱情一如龄官之爱情的不知所终,被流离的命运放逐。而终归,作为灵魂的黛玉,却如刘姥姥故事里的茗玉,始终让我们于似有还无的惆怅里,葆有一份对悲苦人世的戚戚又恋恋的诗意栖居。

而倘若黛玉仍然活着,要以香菱的形体继续忍受磋磨,以妙玉的精神继续惨遭蹂躏,留下一个暗无天日的长夜,那简直才是黛玉的不幸,更是作者和读者的不幸。

那么,怎么看袭人和宝钗的活着?

显然不是为了惩罚,那将使《红楼梦》这部巨著的伟大失去光辉。

无论宝玉黛玉还是宝钗袭人,其实都是青春的芸芸众生,都是理想中的我们自己。他们对人生的探索,恰是我们心中对自己的追问。

一则追问向着理想,一则追问向着现实。

黛玉和宝玉是我们的理想,袭人和宝钗是我们的现实。

理想要你暂时死亡或沉睡,却可以于寂灭的深处开出一朵花来;现实终究要你活下去,却要你继续承受命运强加的无妄之灾。

这多像我们的人生。谁不曾在理想与现实的十字路口纠结徘徊?

当我们向现实妥协时,理想真的消亡了吗?

当我们向理想致敬时,现实真的温柔了吗?

值得每个人在午夜时分叩问自己。

文学即人学。

既为人学,伟大的文学和真正的人学,无不是对人的关怀与体恤。同时也有对自己的追问——

我们到底是谁?从哪里来?向何处去?

这是亘古的话题,也是永没有答案的追问。作为文学的《红楼梦》,对于理想与现实,作出了哲学的探索与思考。

黛玉的死去和宝玉的出走,是理想之梦面对现实世界的幻灭。但黛玉之死不是终点而是起点。以宝玉的出走,在理想的方向上继续着可能只有此岸没有彼岸的泅渡。

而袭人和宝钗的活着,为现实里生命的伸展保留了另一种可能,而且是看来唯一的可能,因为我们每个人都得活下去。

只有活着,才能谈理想。

生命向来有不同姿态，或高贵，或下贱，或昂扬，或卑微。无论何种姿态，谁又能真正活个水落石出？谁不是怀抱理想而醉卧现实，终究在理想与现实的两厢夹攻下，苟延残喘又奋斗不息。

关于高贵与下贱，昂扬与卑微，似乎从来都不只是一道简单的选择题。况且，有时候，我们无从选择。

除却位于两端的、关于生死的终极思考，作为夹在中间的人生，到底该如何度过，《红楼梦》以她的面目向我们作了呈现。然而，最终却不会给出答案。

生活从来没有统一的标准答案，每个人想要的答案，在每个人心里。

2019年4月

宝黛钗爱情的姿态

宝玉看到宝钗的膀子就想摸一摸,并幻想长在黛玉身上该有多好。这是发乎欲而止于礼。

宝黛共读"西厢"至情浓处,即缠绵悱恻、遐思迩想,然终觉羞愧。这叫发乎情而止于礼。

"礼",非仅"礼教"那么简单。在以精神和灵魂相谐相悦的情感里,并非全无肉欲的渴求,但终归即便是一时忘情——在没有"名正言顺"基础下的非分之想,即对对方的狎亵和对自我的放纵。是不"道德"不"纯粹"和不可饶恕的。

宝钗和宝玉对"礼法"都有着高度自觉的遵循。因而,无所谓谁是忠实信徒,谁是离经叛道者。只是在价值观所投射的情爱世界里,并行而不相交,在礼法面前保持了对彼此的尊重。

雪白丰腴的膀子长在宝钗身上,宝玉便想一摸,并不惮于直白表达自己的爱慕之情,但倘若这膀子真的长在黛玉身上,他便会堂而皇之去摸一摸吗?

恐也未必。

倘若真的遂愿,或许反而心生愧疚。宝玉对宝钗就没有这样的心理负担,若不是谦谦君子,而是一个纨绔子弟,也许真就摸了。

但对黛玉,"摸一摸"的想法或许强烈,却随即生出自责。

礼法约束是一方面,更在于他对自身的要求以及对彼此纯洁无妄的情感的期许,也在于他深知黛玉一如他想的相知相惜。

肉体欲望是生命之痒,是人的初始配置,任谁也无法克服。无论是因情生爱还是因性生恋。

区别是,因情而爱,会把肉体里的欲望暂时关在笼子里。即便欲望的子弹已然喷薄,也不过会任由其漫天飞舞。而因欲生恋,是以付诸行动为诉求的。

宝玉面对黛玉时,即便任欲望在脑子里飞一会儿也是不可想象的。这是超脱礼法之上的更高层面的自我约束。

陷入真爱的男孩子，会对心仪的女孩儿有幻想，却不以上床为根本目的。而一个企图占有对方身体的男子，甜言蜜语和温柔无限，只是为了诱使对方上床的一个前奏。

虽然，有人认为最终的结果都是上了床，根本上都是"耍流氓"。但其实质却因为过程的不同，以及达到同样结果而初心迥异，呈现出截然相反的面目。

有人调侃——

一起起床，是徐志摩。

一起睡觉，就是流氓。

推导出的结论就是，徐志摩跟流氓本无二致。

实际上完全不同。

同样是上床，因情而爱而相契，最终灵肉交融的欢悦，和以占有对方身体为目的的上床，无论从过程到结果，都有本质不同。

之所以在有人看来本无二致，因为他们眼里只看到上床。他们的出发点和归结点都是为了上床。

前者，结果只是过程发展的自然而然。通俗来讲，上床只是情浓时的副产品。这是宝玉和皮肤滥淫者的本质不同，也是凡夫俗子和徐志摩的根本区别。不是所有多情都叫风流，不是所有诗人都叫徐志摩。

也因此，有人叫作杜牧，有人叫作西门庆。有人成了柳如是，有人成了潘金莲。宝黛之情，有柏拉图式的精神爱恋在里头。

当然，并不代表他们排斥或者不渴望现实里的婚姻。这一点，他们二人的心迹皆有表露。只是发乎情而止于礼。他们也并非不渴望身体发肤相与的结果，只是还未到瓜熟蒂落时便遭遇了夭折。而宝玉对宝钗，是歆羡其品貌而生出的淡淡情愫。

这是宝黛钗三人情感世界的微妙不同。

宝玉与袭人初试云雨，说明宝玉有肉欲，也可以满足自己的肉欲，但宝玉爱袭人吗？大约喜欢而已。

说明爱情非同肉欲。

兼有钗黛之美的秦可卿，可谓完美女性。

宝玉爱"兼美"吗？

说有欲望还差不多。

青春期的男孩儿，对身边或意念中美丽女子的眷慕，看似爱情，其实未必。

只要能消得那说不出道不明的一腔焦虑,是谁并不重要。再说得直白一点,青春期的男孩儿,谁没幻想过身边的某位异性亲属?以此能说明他有罔顾伦理的倾向?

其实就像有的病症,不用打针吃药,假以时日,自然就好了。

林黛玉和贾宝玉因薛宝钗闹别扭,贾宝玉说了一番话,意思是他和林黛玉有共同成长的基础。

即"青梅竹马"。

这就使宝黛钗之间的关系,天然的疏密有别。

但"青梅竹马"就定然是爱情的基础了?

确实,"青梅竹马"使人产生某些情愫而误认为是爱情。毕竟,共同的成长经历容易形成"知己"关系,相对更有默契。

然而,史湘云和贾宝玉才是真正的"青梅竹马"。

可宝玉爱湘云吗?

不爱。

同样一段臂膀,宝玉的态度是,若长在黛玉身上,或可一摸,如是史湘云的,就给她塞回被子里。

贾琏和王熙凤、薛蟠和夏金桂,都算程度不一的"青梅竹马",然而显见,他们之间并没有爱情。

若爱就是深深的理解,那么,宝钗和湘云也许是理解宝玉的,却未必从内心里接受,因此才苦口婆心地劝宝玉。

而黛玉对宝玉,除了深深的理解,还有全盘的接纳。

或许,一切都抵不过一句"懂得"。懂得非同理解。理解是充分认识后的极尽宽容,而懂得是电光火石间的无法自持。因为懂得,所以接纳,所以温柔,所以一见如故。所以便觉得:"这个妹妹我曾见过的。"便觉得:"好生奇怪,倒像在那里见过一般,何等眼熟到如此!"

而现实里,一般的遇见和一般的缘分,其实大多成了单相思。对方爱什么,就投其所好,慢慢变成"知己",或者,纯粹因为相处久了、习惯了而离不开。

而真正的电光火石间的、彼此都以为的"遇见",绝大多数普通人终生难得经见。

真正的爱情,往往产生于瞬间的心有灵犀,却成长于各自保持独立的姿态。爱意在各自的空间里尽情伸展,相扶相携,互相影响又不彼此干涉而葆有一份自由。

于是，爱情便在情欲、陪伴、理解、知己、懂得，等等之上，多了尊重与悲悯。

真正的爱情，也不见得就是彼此拥有。

有时，永久分离，是为永恒。爱情也有独自成长的力量，成熟的爱情到了最后，可以是一份不打扰。

可以是与对方无关，而只与自己的心有关。

我爱着你，因爱你而爱着我的爱，也因此而爱着我自己。

我便是幸福的。

这便是天真而纯粹的爱情。

一般以为真爱就是两情相悦后的亦步亦趋。

可实际上，宝玉和黛玉，是如此不同。

一个喜聚不喜散，一个喜散不喜聚；一个泛爱多情，一个专一还泪；一个温柔体贴，一个多心小性儿。

正因为爱情，他们可以去调和去消解那些误解猜疑与不虞之隙。也正因不同而彼此吸引、互相磨合，让不同成为彼此难以割舍的默契，让两颗心对对方透明而彼此照见。

这便是宝黛之间的爱情。

情不知所起，一往而深。

然而，真爱因为太过珍贵而难以久持，因为汹涌澎湃而转瞬即逝。

过于美好的人事，唯一的永恒，便是死亡。

所以，黛玉唯有一死。

唯其一死，爱才不死。

2018 年 6 月

《红楼梦》之"三重门"

　　刘姥姥一进大观园,是祈求心态,得了二十两银子的施舍;二进大观园时满怀感恩,带去的是倭瓜豇豆,收获的是一车子欢笑与善意。进门时的心态决定出门时的姿态。救赎从来向内生长而无法向外求。

　　好的文学,常常具备救赎功能。

　　我们进入红楼,也有心态问题。但因时空隔膜,姿态不一,使《红楼梦》这部中国最伟大的文学作品成了最难读之一,不免唏嘘。

　　困难有知识性的。比如围绕人物情节展开的诗词歌赋、建筑园林、生活习俗等。但非根本。知识可以习得,障碍在如影随形的人情世故。书中人物身处传统农业时代,围绕传统封建大家庭的兴衰铺陈敷演,又加之草原文化背景隐现,不时流露旗人生活风貌。而今之世则农业凋敝而商业蓬勃,传统大家族被独门小户代替,价值观已地覆天翻。虽有儒释道等大文化传统氤氲,终时不我与而日新月替。其亲切也,其陌生也,欲近而又徘徊,于是红楼愈显神秘。

　　但梦总要做的。一如人生下来活下去,红楼一梦即人生一世。

　　红楼是人生大书,如鲁迅先生语,悲凉之雾,遍被华林。固是作者经历繁华而后落寞的镜像,亦照出人间真相良多。不禁为作者情感体验之精微,与艺术手法之高妙而或叫绝,或默然。但以文学创作计,精微高妙仍为技术问题。其真正难得在作者于中年之际而饱蘸少年之热情对生命的礼赞与讴歌。概作者深具一颗赤子之心。人至中年回写少年,看似回望实则涅槃。因不免以现在心面对过去心,而多审视多批判。审视批判既多则愧悔,愧悔过甚而犹全盘否定;而愧悔又是必要的,如此才具备生命反省意识而诞生伟大思想。两难之中,该如何面对曾经心中那个少年?写不好反成欺心之作。如有些动画片,成人依自己想象编剧,后期配音捏着鼻子强作小儿语,傻呆有余却可爱不足,成人陶醉,儿童们未必觉得有趣。有的动画片,则纯然烂漫而使人回到童年。

　　回到童年,因有童心。

则观曹雪芹,写红楼少年时,完全是少年口吻,写小儿则全然小儿态。把少年心事之旖旎与面对爱情之青涩,原汁原味呈现出来,今天读来毫无违和;写板儿与巧姐时则其憨态历历在目,概因作者赤子之心尚存而未泯灭之故。

既如此,作为读者对作者的呼应,当以赤子心对赤子心也。便进入红楼之一重门内:看山是山,看水是水。

就是说,对初读者而言,捧起红楼书时抛却心中所有故见,毫不理会前人心得及权威们的成果,甚至把从影视剧中得来印象一概放空,以纯然之心进入。至于版本问题亦无须多虑,只要是正规出版社出版的通行本即可,待进阶后再辨别各版本而增益阅读体验,是后来乐趣。

文学,归根到底是生命独特体验的表达,属感性产物,作者诉诸笔端时的理性罗织,只是呈现文学的工具。我们暂不要这个工具而不加理性分析,只随作者情感流动而或饮泣或欢舞。即便遇到一时不可解处,暂略过亦未为不可。情感是一条河,我们随波逐流时,便能感到诸多托付于细节的情思,如小风扑面而来。

某种程度上,文学美即细节美。细节美意味着作者与人世与自然发生过极密切而深情的关系。当作者呵护一朵花,必然曾对那花深情凝视。可知,当林黛玉打起帘子为大燕子留门时,含着作者疼惜;当贾宝玉与石头说话时,亦是作者面对石头生发某种绮想遐思;当薛宝钗香汗淋漓而扑蝶,这一幕定然被作者察觉而被打动。诸如此类细节都是作者一腔深情于人生跌宕中淘换而凝结的珍珠,后来随手撷取而化为文字得以传世,感动作者亦使后来读者怦然心动。是生命与生命、生命与自然的通感体验,一如婴孩东摸摸西摸摸而后将小手置于唇间一尝,其中滋味未受任何红尘污染,亦未被人世偏见左右。

为何儿童画反因稚拙而更近于艺术浑然之本质,而人类早期岩洞艺术,往往具备摄人心魄的力量,因没有一个摹本借以参照反留本真。以这样的心态进入红楼,就是心贴心地体恤与温存。不必考虑作者将要表达如何深意如何思想,就如母亲怀中婴儿彼此以体温确认,而不必想到哺育的艰辛及将来怎样报答。未加审视的本能反而最可贵,就像遭遇爱情的俩人,义无反顾地彼此奔赴。

《红楼梦》所以未完亦未有曲折离奇的故事而使人欲罢不能,正在世俗日常中的细节给人的熨帖。

贴心去读,方不辜负。

当这样的阅读行进到某个节点,开始觉得不足,开始感到心中有千言万语而欲语却忘言,又必吐之而后快时,可以考虑推开下一重门。

就是把种种生命体验，如散落的珍珠以线串联。那时节，蓦然发现，珍珠似土，而黄金如铁，原来巨大的繁华背后藏着同样巨大的荒凉。

此时，看山不是山，看水不是水。

珍珠串起的并非项链，可能是枷锁。

就需要统摄而全盘把握，方不至远近高低各不同，只缘身在此山中。

一种文学，必然脱离不了产生这种文学的文化。文化是土壤，孕育文学之根。根上开出的花，千姿百态，却终以其根作依托而得滋养。

中国文化，根基在儒释道。

读过《西游记》便知，唐僧西游取经，实际是天上神仙一番有意安排，各路神仙一边制造磨难一边殷勤解困，实际是铺设一条经由自我修持而领悟的成佛之路。路是人的心路，磨难是心中魔鬼，而遇难成祥不过是人心中善的复明。唐僧一路向西，实则与自己心魔较量的历程。三个徒弟在他心中，是他的贪嗔痴。

同样，红楼故事也是类似"套路"。红楼儿女一番演绎，是天上警幻仙姑及一僧一道成全的结果。从大荒而来，阅历繁华后重回大荒，是石头使命必然，亦揭示人生恍若一梦的真谛。

书开篇即借贾雨村之口，说人乃正邪二气因缘际会的产物，脱胎于中国古老哲学思想之天人合一。进而中国传统哲学主要内核的儒释道精髓在诸般人物身上皆以各有侧重而得以显现。是作者身处末世，而心怀补天之志却被弃之不用后，落寞困顿中的自寻出路。显然，向儒道二者的托付，皆以幻灭告终。唯释或可凭借，于是释家思想成为全书统领，而营造出无常的底色。

无常即空。

但作者笔下空的领悟，并非与释家之于空的阐释全然重合，而寄寓于情。

即所谓"因空见色，由色生情，传情入色，自色悟空"。

是为情悟，而有情僧。

所以，归根到底，《红楼梦》是一本为情树碑立传的书。作者所以于穷愁潦倒之际宁举家食粥，不惜批阅十载增删五次而泣血成书，"皆因近风尘碌碌，一事无成，忽念当日所有之女子，一一细考校去，觉其行止见识皆出我之上，我堂堂须眉，诚不如彼裙钗"。

作者对以女子所秉才情而体现的美好满怀深情而无以释者，遂以泪录之。

可见情是作者以为的最高价值。

这种文学性的、之于释家领悟途径的改造正彰显其伟大创造。若非如此，则

《红楼梦》一书成了对释家的阐释与遵循；固然未为不可，却于艺术性上大打折扣。

作者之所以对人世诸般细节诉诸深情，不惜笔墨加以描绘，显然对人间怀有深切恋慕而加以肯定。就是说，作者在阅历繁华幻灭之后，仍认为生命要于现世中完成。便打破虚无而走向实在，实现艺术之于哲学与宗教的超越。所以除对贾宝玉林黛玉之情悟而出世的体认之外，更有对薛宝钗以出世之姿而入世的赞美。所谓山中高士与世外仙姝的合二为一，正是作者之于理想人生的寄寓与现实人生的考量。

现在，我们知道有这样一条线，就是"因空见色，由色生情，传情入色，自色悟空"。

这条线牵在"释"的手上，而向"情"以求悟道。

而一切体现情的细节，都是这条线上的珍珠。所有人物的塑造及其人生经历与领悟，依此线展开。当然红楼梦的编织非止一条线，还有许多副线，交结纠缠而精彩纷呈。

不妨再稍作梳理。

秉正邪二气所生一干人等，是因缘和合的产物，必于现世阅历一番，方各解其前生之"业"，即所谓还泪的泪已尽，勘破的遁入空门。一如石头的静极思动而因空见色，所以要去人间受享受享。所以被携入红尘中走一遭，终不过由来一梦，而重归于空。看似是徒劳的过程，似从虚无走向虚无，但其价值就在阅历中。我们懂得许多道理，就如一僧一道的解劝，但不亲身感受，仍无法真正领悟，是为"执着"。经由阅历而领悟的过程即破执。破执不为走向虚无而恰是获得实在。唯有在阅历中察觉围绕人世的一切爱恨情仇功名利禄若梦，才能放下，回来做自己。以此肯定人自身的价值而向人生灌注意义。

世人勘不破，因为执着。所以在色相与实在之间犹疑彷徨。

所以"看山不是山，看水不是水"。因为山水皆"相"，皆"名色"，而非实有。唯一的实有便是空，是无常，是因缘和合。如此则人生一场，即体验一回，体验本身就是人生的价值所系。

这时，第三重门渐次打开。

豁然开朗——

"看山还是山，看水还是水"。

到这个阶段，再次放空。即连之前发觉的这条线也舍弃。乃至凡有所得领悟一概抛之脑后。看见什么就是什么。

《红楼梦》又名《风月宝鉴》。

作为镜子的《红楼梦》，非仅照见风月，是作者写作过程中的领悟。所以后来扩大，改为《红楼梦》；梦中所见，照出什么就是什么，是对人生人世的全面观照。

开头说过，进入红门的根本难度，在人情世故。人情世故之难，在其背后人性的幽微曲折。看红楼，最后品味的正是人性。历史之所以总面目相似，而可以鉴古知今，在其呈现的事实往往各异，却蕴含永恒规律，根本原因在人性。历史规律某种程度是人性规律。不过历史常常以大人物为主角儿，寻常人物作背景。而文学，尤其小说，是寻常人的历史。所以好的小说总有不竭生命力，因从中照见我们自己。

读红楼，发觉人性的复杂，从每个人身上照见我们自己的部分。我们有凤姐的率性，也有薛蟠的鲁莽；有黛玉的深情，也有宝钗的周到；有尤三姐的刚烈，也有尤二姐的软弱；有贾母的雍容，也有刘姥姥的通达；有迎春的麻木，也有惜春的顿悟；有宝玉的悲悯，也有贾雨村的贪酷……

而上述每个人，形象无不多面，有其中一面必有其另一面。所以同时也看到凤姐的狡黠与薛蟠的天真，黛玉的刻薄与宝钗的心机，尤三姐的愚痴与尤二姐的善良，贾母的局促以及刘姥姥的世故，迎春的不得已与惜春骨子里的冷漠，宝玉的公子哥儿脾气与贾雨村曾经的奋发进取……

我们从每个人身上照见自己，所以生发悲悯心而不忍纯然批判，不会站在道德的干岸上颐指气使，而对人世多一份体谅与担待。我们通过体察别人的人性而反观自己的人性。体察与反观不为审视与打量，窥探或防范，恰为理解与同情。深知人活一世，各有其局限，每个人都在以独自的方式自我完成。而自我完成是为自我完善。即我们有限的生命，是无限自我完善的过程。当我们自身接近于完善而又对他人的局限报以宽容，则以无限而突破有限，则生命看似有终点，实则迈向永恒。因人类自我完善的追求，作为基因不断复制而延续，看似消逝的能量终将重新聚合而成更高级的形态，所以人性也具备了不断向上的可能。从人类可知的历史看，似乎人性一直在螺旋向上，从来的演进好似重复，但拉长来看，人性仍在一步步改良，这种改良体现在人类文明程度的不断提高。尽管以当下看来一生缓慢，却照见希望不灭，因而未来可期。

所以，好的文学，总给人领悟，因领悟而反省，因反省而使人性不断升华。升华的人性回护人生，使人彰显其光辉而泯灭其暗黑的部分。

《红楼梦》即这样一部伟大的文学作品。

红楼一梦，自天而降，落脚仍在人间。

落脚人间，而体贴人间。现世完成而超拔现世。

读红楼，当体贴入微而不陷入琐屑。若一味陷入琐屑无以自拔，则满眼只见是非恩怨的判断与黑白善恶的分别；只对人物孰好孰坏感兴趣，只纠结于喜欢谁而不喜欢谁的八卦，只关注六便士而不抬头仰望星空，那样反而误了。

就如红楼开篇，作者借神话开局打开新境界，即提供一个形而上的视角。当站在警幻仙姑的高度俯察，则人世一切恩怨是非、黑白善恶，皆为幻相，不过是阅历一番而觉悟过程中，必不可少的繁纷扰攘罢了。所以不"住相"，才可能具备审美的眼光看待人世。

对，审美眼光。

非但于欣赏文学极其重要——因文学作为艺术，本身是对现实的超越。若看了文学反而于现实中营营以求，则无法领略作为艺术的文学给人的抚慰。更在于现实人生中，同样报以审美眼光，则人生中不再有那么多刻薄挑剔，于恶中亦能观照善的因子，于善中仍保有一份反省的自觉，不再以分别心待人而至天人境界。

即圣人所谓"天地不仁以万物为刍狗，圣人不仁，以百姓为刍狗"。使我们的生命宏阔开来。

入这重门，读书不再功利，仅为读书而读书，为审美而审美，看到什么是什么，领悟到什么是什么，而从心所欲不逾矩。于是，便有风吹到哪页读哪页的自由与快意。

2021年7月

丈母娘和女婿

作文如举鼎。会举的，纵千钧，稳稳举起又轻轻放下。不会举的，费老大劲举得辛苦，观者却皱眉摇头。像始皇帝的曾祖叫嬴荡的，举个鼎，嘴里"嘤嘤嘤"，"当"一下子，把自己举死，亡年二十三，谥号为悼。举重若轻，耍的是功底。这方面的楷模是雪芹曹公。

曹公厉害，在善用工具。论作文，最好的工具当然是人。譬如警幻仙姑是个总导演兼总策划，茫茫大士渺渺真人则一个执行导演一个执行副导演。俩导演说说笑笑就上路了。遇甄士隐，又引出贾雨村；由贾雨村而引出林薛二家，顺便与旧友冷子兴把酒言欢，一问一答把金陵贾家与江南甄家演说一遍。就省去无数笔墨，可见工具人使用恰当的好处。相似者刘姥姥，把贾家权势与凤姐做派惊鸿一瞥，为后来二进打下楔子。眼下，该周瑞家的挑大梁了。

且说周瑞家的送走刘姥姥，回身向王夫人交差。可巧，王夫人正跟自家姐妹薛姨妈在梨香院说体己话，进门前碰见金钏儿和一个才留头的小丫头。周瑞家的见不好打扰，便进里间，跟薛宝钗拉拉家常。见她进来，宝钗便放下笔，转过身来，满脸堆笑让"周姐姐坐"。

周瑞家的没话找话，结果就说到宝钗的病上。到底是皇商之女，得病都跟常人不一样，怪道周瑞家的吃惊不小。原来宝钗为治病吃的丸药，竟如此琐碎。

"要春天开的白牡丹花蕊十二两，夏天开的白荷花蕊十二两，秋天的白芙蓉花蕊十二两，冬天的白梅花蕊十二两。将这四样花蕊，于次年春分这一天晒干，和在末药一处，一齐研好。又要雨水这日的雨水十二钱……还要白露这日的露水十二钱，霜降这日的霜十二钱，小雪这日的雪十二钱。把这四样水调匀了，再加蜂蜜、白糖等，和了龙眼大的丸子，盛在旧磁坛里，埋在花根底下。若发病了的时候儿，拿出来吃一丸，用一钱二分黄柏煎汤送下。"

药叫作"冷香丸"。

此药不简单。不简单在"可巧"二字，更不简单在作者用意。

宝钗自娘胎带"热毒"。热毒者何？是其生命里的热情，亦谓"凡心偶炽"。如后来黛玉看《牡丹亭》《西厢记》，宝钗可是从小见识了的，毕竟谁人不青春。而其后来涵养，人皆交口称赞，是生命热情于人世历练而调和的结果。

四时之白花，一如后来所居之"雪洞"，所谓"淡极始知花更艳"；花蕊为群芳髓，亦谓人中菁华。制作过程乃应时而生，所谓"时宝钗"。"时宝钗"服应时而生的"冷香丸"，便热到极处似冷眼。中医非科学，乃中国传统生命哲学，核心是"天人合一"。体现在中医理论为阴阳调和，金木水火土与心肝脾肺肾相应又相生相克。

人是自然的一部分，所以人的病也要回到自然中寻根溯源。既然热毒是自然中生发而来，便要向自然中寻求归处，四时之花蕊正当此功用。同时，既然热毒属生命热情，即还要向人世中历练，于是便有四时之水。雨露及霜雪，性有温寒，亦谓人世之炎凉。生逢末世而家道中落，是宝钗的局限，亦是她的使命。而引领四时之蕊与四时之水，向生命滋养灌溉者，黄柏也。

黄柏性苦，而蜂蜜白糖性甘。甘苦与共则是宝钗的担当。

即宝钗之热情，须经由世态炎凉的体味与甘苦与共的历练中完成。所以跟黛玉的为还泪而来，泪尽而去不同，宝钗此生注定要入世。只不过，她的入世，要先以出世之姿打底。宝钗"幸而先天结壮"，是其天性浑厚处，便可中庸。中庸是内省后的和谐，因而其生命特征是热中有冷，冷中有热，外热内冷。冷非冷漠，而是冷静中的雅致中正，看透后的宠辱不惊。

甘苦，冷热的对照写法，是《金瓶梅》中熟技，到《红楼梦》一脉相承。曹公写人向来互为镜像观照，宝钗对应者黛玉。关于黛玉，后面再说。

说着，王夫人问话，薛姨妈又让周瑞家的捎带手送宫花。以花蕊滋养的宝钗偏不爱花儿粉儿，是其悟了。宝钗不住相，所以穿衣服都是半新不旧，不是蜜合色就是藕合色。在看不穿者眼里，便是"古怪"。

周瑞家的领了任务出门，见那个才留头的小丫头"笑嘻嘻的"走来，原来是香菱，竟有些像东府里蓉大奶奶的品格。读来不禁唏嘘。香菱是被拐卖至此，蓉大奶奶，即秦可卿，是"育婴堂"抱来的。两个身份不明者被作者"一击两鸣"写出，预示了相似的命运结局。香菱后来的故事应当曲折离奇而富有戏剧性，可惜续文改了初衷，我们看不到了（也好，太惨）。

三言两语间就到王夫人房后三间抱厦，那里住着贾府三春。迎春探春下围棋，而惜春正跟小尼姑智能儿说笑。不动声色三春不同性格毕现，亦预告了后事。由周瑞家的眼里云淡风轻照出而娓娓道来，正所谓举重若轻。

唠叨一回，便往凤姐处来。欲见凤姐，必从李纨后窗下过。又是镜像——李纨百无聊赖打瞌睡时，凤姐两口子却春意盎然。人间冷热甘苦莫不如此。

平儿接了花，进门向凤姐汇报。半刻工夫出来，手里拿了两支，叫人送给小蓉大奶奶戴去。性生活之余，还不忘与闺蜜雨露均沾，可见凤姐之体贴周到。

周到的凤姐遇到周瑞家的，正是一对儿。

为啥？

周瑞家的遇见她女儿。她女儿来寻，因其女婿酒后惹了事。女儿急匆匆已转了半天而不耐烦，但这事儿到了母亲嘴里却是等闲小事。周瑞家的说："小人家没经过什么事情，就急的你这样子。"

过后到底"仗着主子势利，把这些事也不放在心上，晚间只求求凤姐便完了"。

是否想到凤姐弄权铁槛寺？

然则刚刚遇见的香菱，因没有这样的势利主子仰仗，一生遭际坎坷。同样是人家小儿女，命运如此不同，可见世态炎凉。热火火送宫花的周瑞家的，女婿偏姓冷。后面再说。

现在，一盆凉水正等她领受呢。

她见到黛玉。

她进来笑道："林姑娘，姨太太着我送花与姑娘戴。"

宝玉听说，早一把接了花来看。不意黛玉只就宝玉手中看了一眼，便问道："还是单送我一个人的，还是别的姑娘都有？"

后面的情节大家烂熟，不消多言。需要说的是，黛玉自始至终都没正眼瞧一瞧这位周瑞家的，这跟宝钗反应迥然不同。

难怪人皆谓林姑娘不及宝姑娘。（切切的势利口吻）

宝姑娘"先天结壮"而林姑娘"先天不足"。

宝姑娘因热毒而需要四时之蕊与四时之水来调节；而林姑娘在天上时，是神瑛侍者的甘露灌溉滋养的。甘露冷，而滋养出的却是对人世的热切眷恋，于是冷中有热而热中有冷，外冷内热。

她对周瑞家的倒不是有什么成见，只因听闻"姨太太"仨字便吃醋而已。与宝钗"随分从时"不同，她因"情情"而钟情。其冷便是热。宝钗黛玉看来各自冷热，实则一体两面，就如柳湘莲与尤三姐。所谓人世情缘，不过是找到自己的另一半儿。各自以各自的一半儿,在人世间残缺着,又终于彼此成全。所以宝钗黛玉后来和解,且互剖金兰。所以当冷面冷心的柳湘莲目睹尤三姐一腔热忱揉碎桃花,他也悟了。

人生一世,都在自我完成。

作者向来不显山露水。当他写贾敬生日热闹非凡时,秦可卿正向死亡奔赴;当他写凤姐生日时,宝玉一人独自去旷野祭奠金钏儿。不过都是世间炎凉甘苦。(金钏儿香菱正好此回在一处)

周瑞家的仗着主子势利,把"这些事也不放在心上"是其炙手可热,遭到黛玉冷眼而不正眼一瞧,似一盆凉水兜头而下,是点化。然与贾雨村那日遇着老僧而未开悟一样,周瑞家的正在局中,非经历"身后有余忘缩手,眼前无路想回头"不可。(续书中终被撵出)

冷子兴热衷名利,偏姓冷;惊心动魄一场送宫花,偏几处昏昏欲睡;周瑞家的色色周到,偏黛玉不领情。

周瑞家的是个工具人,是个镜子,镜中人捧了镜花水月般十二支宫花儿,竟把世态炎凉照了个遍,人间甘苦尝了个够,却是捎带手的工夫。可见曹公文学功夫。

作者将鼎稳稳举起又轻轻放下,但观者不可只见戏而不见鼎。要不然,三百年来才是举了个寂寞。

周瑞家的是丈母娘,冷子兴是其女婿,俩人一里一外、一前一后,一个小生一个老旦,一个喝酒一个送花,谈笑间把贾家前尘往事诉说,内囊倾尽。

看来丈母娘与女婿是绝配,里应外合眉来眼去就是一出好戏。

2021年6月

《红楼梦》中的时间问题

　　时间问题是个大问题。

　　《红楼梦》中的时间沿革,多现于人物的年纪。一些人物年纪却成糊涂账,读者不免耿耿于怀,以为瑕疵而遗憾、而抱恨。究其因则纷纭:或视以巨著体量而致的力不从心;或看作屡次增删过程中的败笔;或判为原著与续书者之间对人物设定有异而修订中的纰漏。凡此种种,不一而足,总之多归于谬误。

　　难说以上判断全无道理,但笔者以为,红楼人物年纪的问题,恐非如此简单。抛开确实存在的文本谬误而外,更有文学创作方面的考量。

　　文学所遵从的是情感逻辑。情感逻辑之于人的生命体验,若河水奔溢漫灌,而非理性逻辑演绎可以导出。理性逻辑由此及彼是必然,而情感逻辑则多偶然,因不可测而充满变数,所以生活盎然有趣。

　　我们有如此体验:倘把一天的生活经历严格按时间顺序记录下来,据此加以文学描述,结果却成了流水账。因为生活本就碎片化,缺乏一条明晰而理性的主线引领,生活轨迹常被意外事件打乱而背离原来的计划,要想整理成文就必须解剖依时间纷呈的素材,而据情感走向重建一个秩序出来,如此才成文章。这本身反映了文学创作的基本特征。

　　回到《红楼梦》。最使读者困惑的,莫若林黛玉的年纪。由贾雨村描述可知,林黛玉其时五岁,待母丧而入贾府时大概六岁左右,而镜头一转,至宝黛初见之日,却已是十一二岁。那么中间五六年哪里去了呢?若依据理性逻辑趋步镶嵌,则前后矛盾而暧昧不明,越算越糊涂。但如果现在放下对年纪的纠结,换一套思维,则不难意识到,作者所以如此安排,是其匠心独运的成果。因从情感逻辑出发,联系到宝黛二人是青梅竹马,则为使二人后来由情愫而上升为情爱,奠定现实基础。正如那日贾宝玉对林黛玉所言,比之薛宝钗后来者身份,他跟林黛玉天然有一份先到先得的情分,所谓疏不间亲。若无这部分,则宝黛之恋,纵有天上仙缘打底,仍落实不到具体,显得唐突。之于宝黛青梅竹马的设定,意味着薛宝钗在一些亲密关系中,缺乏参与感。这种落差正是三人互动中幽微而动人的部分。

但一个矛盾是,作者又必须安排一场初见即觉重逢的戏不可。由此完成对天上仙缘的呼应,又说明相似的灵魂必然相遇,为宝黛各自一腔莫可名状的深情打上深刻烙印。可想见,倘若初见时,二人是六七岁年纪,则这份领悟必然不够鲜明。六七岁时生命自主意识尚且朦胧,然则作者让宝黛彼此说出曾见过的话,显然不合情理。如此,不拘正常时间秩序,而遵从生命情感流淌,是高级写法。

另一个考虑是,若作者从林黛玉六岁进贾府时写起,二人共榻同寝,一直长到十一二岁的话,其间五六年就不好交代。该如何写呢?若完全实写,难免陷入琐碎。而五六岁的生命情境,全是懵懂小儿女状态,无非吃喝拉撒,读者一想而知,却不必深入察究,毕竟对于作品的营构而言并无裨益。作者只要让我们明白,他们是青梅竹马就够了。就如《西游记》中孙悟空被压五行山下五百年,诉诸笔端不过寥寥数语。作者没必要把这五百年间的情形事无巨细地告诉我们,但并不妨碍我们脑补;五百年间孙悟空身心所遭受的磨砺,只说他唉铜饮铁即可。

再者史湘云也跟贾宝玉青梅竹马长大,倘若一一着笔,相互扰攘,小说不免拖沓延宕,不会好看。

作者使用了非常现代的写法,依电影技法而言,仿若蒙太奇;从文学流派而论,则近于意识流。我们可以拿普鲁斯特的《追忆似水年华》作为参照,是作者对于往事的追忆,而追忆又不严格按照时间脉络。人物活动与事件发展总是随意识流动而自由穿插,年纪忽大忽小,一会儿童年一会儿成年。回忆若流水漫灌向生命每个角落,并无预定轨道。诉诸笔端时,则呈现一番纷彩而婉转的人生景象,但我们并不觉得繁乱。因我们进入作者描述的情景后,跟着他的意识漫游,随回忆之河蹚过他的一生。尽管时空陡转变幻,情感上毫无违和。

说到回忆,不妨把思绪拉回到自己身上,来体会我们自己生命情感的流转,也许更能说明问题。当我们回忆往事,以为遵从的一定是现实秩序,但倘若深想会发现,实际并不是。我们的记忆已经替我们将时空打乱重组。有时我们想起三岁前的往事,觉得历历在目,以为源于自己的亲历,但审察,却发现,三岁前我们对于自己是一片混沌,而那时许多记忆实际来自我们父母后来一遍遍的讲述。是父母的讲述帮助我们建立起三岁前的生命历程。事实上,从人的自我唤醒而言,三岁前的我们并不存在。我们心里实际并不存在"我"这样一个概念,"我"是由父母乃至身边亲人帮我们完成的。而三岁后许多往事,仍是重建的结果。人有趋利避害的本能，会使我们把一些痛苦回忆过滤掉，久而久之，那部分真实经历仿佛从未出现在生命里。再如你的某位小学同学或初中同学，几十年后别人提及，你抓耳挠腮也想不起他的事迹，翻出毕业照反复观看，仍无济于事。而这个人大概当初就被你的潜意识所忽略，乃至后来连"底片"也一并销毁。我们的大脑运转需要能量，为节约原则，替我们把潜意识里以为不必要、不重要的人事删除掉，好存储那些更有意义的人事。

所以，依真正的时间脉络，我们是无法把往事串联起来的，因杂乱无序，因部分缺失。而另一部分我们所以为的事实，不过是我们的幻想不断加强而重塑的结果。比如，我们总认为初恋的那个女孩儿最美，可当几十年后再见，不过如此。于是意识到，我们的记忆其实远非自以为的可靠。而数十年后再回味时，已经是潜意识加工整理后的信息重现，这种重现，遵循的是我们的情感逻辑。当回忆时，定然是那些在我们生命历程中留下深刻印记的或幸福或痛苦的体验相跟而来，于是我们把这种大脑与情感配合演绎的结果当作事实。

《红楼梦》正是一部个人生命情感体验孕育既久而向如风往事遥寄，至人生暮年时饱蘸血泪成就的文学作品。必然是对过往生命历程的打破重组。而成为文学，则对于材料必定有所取舍，不可能事无巨细。作者所要选取的，是为表现人物与构建情节而弘扬本旨所必要的人事，无关因素则务必剔除，否则何言创作。红楼故事虽有作者亲历的融汇，而更重要在于虚构的贯通。若无虚构，则照搬现实的文学难免归于末流。

以上经由对记忆的审视，以及对文学创作观念的探讨，发觉林黛玉必须这么写，这么写才合理。

再看贾宝玉的年龄。贾宝玉给人的感觉是忽大忽小，一时谈论人生领悟与人生哲学，仿若成人，而转眼则又"猴"在凤姐身上，或者被王夫人亲爱摩挲，又一时被薛姨妈揽入怀中，更遑论在老太太面前完全是稚子形色。这样的安排，仍然尊重人物塑造的需要而符合情感逻辑。

我们知道，贾宝玉之可贵，在其始终葆有一颗赤子之心。他深心不愿长大，他觉得成人世界是虚伪而荒谬的，因此对童真世界恋恋不舍。当他表露孩子气时，周围充满善意的甜蜜，无论姐姐妹妹抑或大丫鬟小丫头，都是可爱的，自带一份人之初的温存，而一旦成人，女性则沦为"死鱼眼"，男性成为贾珍贾琏之流。他对成人世界充满不信任，内心是抗拒的。因此与生命中的柔软部分相处时，他是个不折不扣的孩子，唯有在跟现实周旋时，假作一副成人模样，以满足世俗期待,这是不得不作出的妥协,这种妥协对追求真性情的贾宝玉无疑是痛苦的。他经过父亲书房时要绕着走,难说敬畏里没有厌弃,而遭遇一帮清客相公时,其虚伪表演使贾宝玉不胜其烦,只好敷衍塞责,及至后来听见贾雨村来就大皱眉头。

但即便如此贾宝玉,与薛宝钗林黛玉等人悟人生、打机锋时,又有深刻一面。其对人生的领悟又远非那些个名利场中摸爬滚打的老油条可比而深具洞见。作者让我们看到,贾宝玉生命里有深邃的部分,不过潜埋于心而化为一汪孤独。个人生命的丰盈与现实世界浅薄的落差,使他更愿意躲在脂粉队里而不必显于浊世。他生命里深情而深邃的部分,唯有向那些美好的生命托付,才得以伸展,一腔心事则只向林黛玉倾诉。作者让我们看到生命的多样性,让我们察觉贾宝玉的曲折心路。

这样的艺术安排,必然打破客观时间的束缚而入自由之境界。惟其如此,才不拘泥而灵动活泼。当我们随着贾宝玉的情感世界而恣意游荡时,忘了时间,反而更接近其生命本质。

另一个典型是贾元春。

一时从旁人描述可知,贾元春出生第二年,又诞下一个公子,即贾宝玉,一时又是贾宝玉生命教育的启蒙者。贾元春年纪的忽大忽小,仍然遵从情感逻辑。

当需要塑造贾元春与贾宝玉之间长姐如母的生命情境时,她必须比贾宝玉大许多,如此才符合此种设定。问题是,如果贾元春已是三四十岁的年纪,则又与贾家其他三春年纪拉开过大距离,使人产生两辈人的感觉,不利于把四人等量齐观。从这个角度而言,贾元春应当青春不远。而当她作为贵妃回家省亲时,则根据情节又需要安排一场跟贾宝玉之间的互动,这时就要塑造成大贾宝玉许多的形象,方不违和,如此才使后来特允贾宝玉跟姐妹们一起住在大观园具备合理性。

提到大观园,亦有说法。

我们知道,大观园是红楼儿女的青春王国。所谓青春王国,即一群小儿女之间的故事,必须发生在这样的地方,才具备情理上的合法性。联系现实中的封建礼教,这样的事不可能发生。非但元妃省亲不符合史实,且基于男女授受不亲的传统训教,贾宝玉也不可能厮混内闱中。但有了这个虚拟的王国庇护,则一切显得合情合理。但此合情合理,并非符合理性逻辑,所以,也就揭示了文学之谓文学的核心本质,就是想象之于现实的打破与重建,目的是为探寻进一步的真实,即文学艺术的真实。

文学艺术的真实，非同现实的真实。

如前所述，现实材料是碎片化的，没有一条明确的线索统摄而凌乱，便不足以构成文学的要素，所以现实的真实，反而远离真实，唯有加诸艺术创造，把现实中散碎的材料加以取舍，再提炼一条符合情理的脉络营建起来，形成清晰的情感路径，才接近本质的真实。这就是我们阅读好的文学作品时，明知其虚构而能进入其情境，不加怀疑的原因。

然而，这样的真实，不免造成文学作品赏析上的困境，因其真实而使读者按图索骥。对此，仍举例说明。

我们读《水浒传》时，为武松打虎的情节而紧张与兴奋，不知不觉捏出一把汗，读完则长叹息而如释重负。何也？

因细节。

我们说，细节是文学的生命，某种程度上无细节则无文学。

我们知道，人打死老虎，现实中当然是不可能发生的事。但当作者把细节精准刻画出来，写到老虎怎么携风而来，怎么叫怎么跳又怎么面露凶恶，以及武松听闻虎来时怎么一个激灵，而打虎时怎么运拳怎么使脚，怎么揪拿怎么闪躲。这时，我们因作者描述而勾起对现实体验的联想。我们固然没打过老虎，但我们可能曾经打过狗逗过猫，脑子里把过往打狗逗猫的细节与作者描绘的细节结合起来，以生命经验补充作品的留白，不知不觉仿佛是自己在打老虎，因而紧张出汗，过后感到疲惫的快意。打虎是虚构的，但其中细节莫不真切，都是生活中惯有的体验，所有体验组合一起，诉诸大脑而寄寓情感构建出真实。这是文学艺术的魅力，因此当我们读完武松打虎，对人能打死老虎这件事深信不疑，直到后来，理性分析告诉我们不可能。这里的不可能是理性上的不可能，而情感上，仍然认为可能，倘若武松不打死老虎，则武松没命，武松没命则看不到后面的精彩。

另一个例子，是卡夫卡的《变形记》，其中写了人变成甲虫的过程。

人变虫当然是荒谬的，但读者读来觉得身临其境。还是因为细节，每个细节都是我们日常所具备的体验。如何翻身，怎样跌落而腰疼，又如何仰面朝天爬不起来，这些体验我们都熟悉。随着作者营建，当把这一系列真实的细节，经由一个符合情理的意念联结起来，真实发生了，我们感到自己就是那条虫子。我们阅读这样非常怪诞的作品时，仍不妨投入真情实感而不觉其胡编乱造，这就是好的文学带给我们的领悟。

说明什么呢？

说明文学的真实，或者说情感体验的真实更易进入我们的生命，也就容易形成误解乃至偏见，把现实的真实与文学艺术的真实等同起来。

《红楼梦》之所以迷人，固然因为讲述方式奇幻而精彩，却非根本，根本在于细节描述使人如临其间而感同身受。对于一颦一笑一举一动，一盘菜一杯茶，一捧草一枝花乃至那些极其细微处的描绘，唤醒我们的日常生活经验与生命情感，觉得就如眼前发生，以为怀疑简直大不敬。且由于这样的作品如此丰满，其作者如此伟大，崇敬之心加持下，使我们觉得任何质疑都是对作品与作者的亵渎。

当然，不可否认作者亲历是其创作的现实基础，但仅有这个基础不足以构成一部伟大的文学作品，必须经由艺术的加持不可。可以说，《红楼梦》里面的人和事，有其原型，具体材料大多确有其实，但组合在一起，就不是对现实的照单罗列，而有太多虚构成分。

从开篇的神话到太虚幻境，以及甄士隐的梦幻，乃至西方灵河岸边的情缘，是完全的虚构。后来接入现实，对于人物的塑造亦虚构多多，读过《金瓶梅》的读者自然清楚，《红楼梦》对其人物形象与性格特征多有借鉴。

如此虚构，却显得写实，因为作品紧贴时代，细节描写又格外真切而能勾引人的丰富联想。

《红楼梦》的写法具备太多现代元素，其中有意识流，有魔幻现实主义与荒诞现实主义文学具备的特征。曹雪芹虽是三百年前的古人，其写作却具备卓绝的超越性，这与其作品中所反映的朴素的人文情怀相吻合，可谓中国人文思潮的发轫。

其现代性落实于时间，就在对客观时序的打破。惟其打破，才任意出入而提供释放作者才华的无限可能，才具备呈现这样一部空前乃至绝后的巨著的空间条件。作为具备现代思维的读者，若纠结于其中时间问题甚至归之于谬误，反而是对作者与作品的辜负。

实际上，作者一开始就已借空空道人与石头的对话说明。无朝代年纪可考，即提醒后来者切勿胶柱鼓瑟。作者对于时空秩序的背离而对于情感传达的忠实，正为艺术地呈现人生以及使人物获得某种领悟而打开了新境界，读者亦须敞开心怀迎接这样一种格局，如此方可领略《红楼梦》之精深绝妙。

而将红楼比附历史，乃至穷经皓首于故纸堆中寻求真实的做派，可谓"假作真时真亦假。"

2021年6月

《红楼梦》为什么难读

　　《红楼梦》成为难读的书，让我始料未及。回想自己初读《红楼梦》，在小学时，那时，家里不多的一些书，不知为何被我爸锁在柜子里，仿若深闺的女儿，反激起我的窥探欲。就趁我爸出门时，拿铁丝勾、用筷子捅，想尽一切办法，非把书弄到手。一读到《红楼梦》，即刻爱不释手，尤其宝玉与袭人初试云雨情那段，来回读不够，为下次好找，还偷偷做了个记号。那段情节，算是我的青春启蒙，真是惊险刺激中带着淡淡惆怅。好多字不认识，好多话不理解，但就对她上瘾，后来渐渐尝试通读。及至以后多年，不知读过多少遍，大约还要一直读下去。然而某天偶然看到，一项网络调查显示，《红楼梦》是最难读的中国古典小说之一，我困惑了，接着耿耿于怀，不免常想，到底是什么原因。

　　我想首先是时代的隔阂。毕竟《红楼梦》诞生于三百年前的古人之手，沧海桑田斗转星移，非但古今思维方式有差异，亦且情感模式也有诸多不同。传统中国社会是礼乐文化主导下的礼教社会，尤以儒家思想占据统治地位，则人与人的关系建立在等级之下，伦理之中。个人务必将自己镶嵌在以家族为基本单元的社会体系中方有立足之地，追求个体的独特性，被视为离经叛道，还可能遭到驱逐。而我们文明的发生方式，主要基于农业，个体脱离了人群，很难在需要精耕细作的协同生产方式下生存，则个体必依附于群体，才能实现个人价值。我们传统定义的成功，首要在光宗耀祖，而个人的成就倘若不能使祖宗面上光彩，不啻锦衣夜行。这跟今天很不一样。今天人们更加注重个人的完善与发展，追求个性解放，崇尚自由。随着传统社会结构的急遽震荡，围绕大家族的生产生活方式，随之瓦解，人情社会终将被契约社会取代。今天的人们读过去的《红楼梦》，便有诸多不解。

　　比如宝玉对黛玉说：我心里除了老太太老爷太太，第四个便是姑娘。这话倘由今天的男孩子对其女朋友说出，大概率当时就要收获失恋。原来我不是你的唯一呀！可在那时，则天经地义。宝玉再怎么疼爱黛玉，也要在伦理框架之内。

再比如,被反复争论的金钏儿事件。读者指责宝玉没有担当,怎么不向母亲王夫人及时解释,乃至求情,导致金钏儿投井而死。实际上,宝玉虽得阖家上下宠爱,但当父母真的严肃起来,他是不敢有不同意见的。况且,即使宝玉再怎么爱女儿胜如爱自己,可金钏儿毕竟是奴婢,且是母亲的奴婢,要承认自己行为不够检点,即意味着调戏母婢,后果非常严重。贾赦那么一把年纪了,向老太太讨鸳鸯的行为,依然为人所不齿,而至自取其辱。再说另一个冤主,就是背负百年骂名的王夫人,说她对服侍自己一场而视若亲女的金钏儿太残酷。究竟是不是呢?设身处地想,倘若王夫人公然承认是宝玉的错,则宝玉这个承载家族希望的儿子,就此毁了。宝玉是王夫人唯一的依靠,她能怎么办呢?只能撒谎。这不是个人品德的问题,而是一个家族的政治问题以及许多人的前途命运问题。这里又不得不牵扯另一个人,即薛宝钗。有人因为她安慰王夫人的话,说她无情过甚。固然薛宝钗是冷美人,但不至于连这点子怜悯心都没有。她当然深知姨妈的难处,既然事情已不可逆转,不如避重就轻,采取务实态度,更有意义些。所以她解劝王夫人,听闻王夫人要找衣服给金钏儿装裹之用,毫不犹豫就答应了。对姨妈是莫大宽慰,也未必不是她出于真心地对金钏儿的同情。

鉴赏古典作品,要回到历史情境下,再看人物行为与事件性质,而不是以今天人的价值观与道德准则要求古人。

然而,时代的隔阂,并不仅限于那时人的观念落后于现在,就作者的创作而言,更有超越时代的部分。比如,作者笔下的贾宝玉,以及他对女儿们的态度,就在今天看来也颇不可思议。乃至于今天许多人戏其为"中央空调",污其为"渣男"。

这就牵扯到作者曹雪芹的创作立意本旨与艺术追求。

曹雪芹所在时代,是中国封建专制最为剧烈的时代,个人理想被空前压抑。而累于家世遭际被命运抛弃的曹雪芹,对此更有痛切领悟。政治上,毫无前途。空有一身学问而独无以补天,甚至时常连生存都成问题。则耳闻目睹,亲身经历,数千年来被压迫的女性,景况就更加悲惨。那是传统儒学被程朱理学篡撰的年代,是"存天理灭人欲"的年代,女性的血泪浇筑了多少贞节牌坊。这点上,以曹雪芹为代表的历来落魄文人的悲剧,与自古以来女性的悲剧偷期幽会。许于某个荒凉之夜,对月独酌沉吟时分,触发了曹雪芹"为闺阁昭传"的雄心。他意识到,自来女性的社会地位与人生价值是被压抑的、否定的。一句"女子无才便是德",将女性拘定而成为男性传宗接代与玩赏行乐的工具。即便偶有赞美女性的诗句文章,也还是将女性类比男性才能加以肯定。比如花木兰、梁红玉,等等奇女子,莫不是说她们才干堪比须眉而令人侧目。其潜台词还是认为男性是天经地义的强者,女性要作出一番男子的事业才使人刮目相看。当然是男性视角下的男性霸权主义,及至爱情一如是。脍炙人口的梁山伯与祝英台的故事,若非祝英台假扮男性数载,则二人的爱情,庶无相携飞升的余地。传统中国社会,女子主动追求爱情并私定终身无异于淫奔,这代价不是人人承受得起。而要想突破,最后无非像戏曲《西厢记》与《牡丹亭》那样,要么落难公子中状元,要么一袭幽梦了无痕方可实现,否则就永无合法性,于是难免将悲剧改造为大团圆的结局。曹雪芹当然一方面肯定其叛逆,一方面又对其妥协得如此拙劣而深恶痛绝,就连他笔下的贾老太君也对这类才子佳人故事嗤之以鼻。

曹雪芹要开创新的故事模式。是的,这在中国文学史上前所未有,则这模式的根本立足点,就从确立女性作为人的独立价值开始。

曹雪芹认为女儿是水做的骨肉,而男子是泥做的骨肉。并将男子称为须眉浊物。这就一举跃出巾帼务必不让须眉,方可堪比须眉的窠臼。犹如波伏娃的理论,摆脱女性作为相对男性被创造出来的局面,承认女性就是女性,有其独立社会价值与人格尊严,这具有开天辟地的意义。而曹雪芹笔下,女性就是并行于男性的存在,且因女性天然享有的某些美好品性,而将女性地位置于男性之上。远古补天的是女娲,而在贾家行将衰败之际,励行改革的仍然是女性。虽说改革以失败告终,但那是命运的嘲弄与历史的摆布,而非女性的问题。倘若大观园中那些女性,能像男子一样,拥有创造与分配社会资源的能力,能够像男子一样求取功名四处行走,她们必将开创属于自己的天地。曹雪芹借探春之口说,倘若自己是个男子,自有一番道理。又借秦可卿托梦,将作为弱女子的见识和盘托出,至于王熙凤,则直使曹雪芹发出"裙钗一二可齐家"的感喟。齐家治国一理,这不是暗说她们其实可以君临天下么?至于她们的失败,则是冥冥中的注定。一来她们囿于男权牢笼而见不得天日,二来那样一个社会,终将覆灭是必然结局。而以贾府败落为象征,封建专制的倒下必然以一众弱女子的烟消云散为陪葬品。她们与曹雪芹一样无出路。但曹雪芹作为伟大作家,亦难免他的局限性。尚无一种新的理论给他指引——中国社会发生根本变革、直至女性开始苏醒,还要到两百年后的"五四"时期才能发端。他只能尽其所能创建大观园那样一个理想国,让女儿们得以庇护,小展其才,略施抱负,期盼更进一步实在是勉为其难的事情。

除凤姐探春可卿外,诸如黛玉宝钗湘云妙玉,乃至袭人晴雯鸳鸯紫鹃等等,无不各美其美而美美与共。设想,倘若她们活在今天的时代,必将或成为优秀的企业家与管理人才,或成为卓越的艺术家与文学家,即或作为普通人,也必可焕发属于她们的生命光彩。然而她们却最终难逃悲剧的命运,这不是她们性格使然,亦非所谓斗争使然,是时代的强加,是造化的波诡云谲。对此曹雪芹别无他法,唯有将一腔衷肠与忧愤诉诸于一个"情"字,情成为最后的救赎。《红楼梦》中诸多情节以及宝玉的最终出家,看似色空观念的延续与发展,实则未必。虽曹雪芹笔下有如茫茫大士与渺渺真人这样的正面典型,然随处可见毁僧谤道才是现实笔墨。曹雪芹对释道的态度是矛盾的,一方面作为迫不得已的开释加以肯定,一方面又不吝以有情人生的丰富精彩加以挤兑。所以空空道人目睹一段旷世奇谭后改名情僧,而通灵玉最终还要回到青埂峰下,则贾宝玉仍将回到警幻身边做他的神瑛侍者。对色空与情的矛盾态度,在文学家的曹雪芹,是无法协调而郁结于胸的遗憾,对于三百年前的古人,实在无法苛求,他已超越时代完成了自己的使命。

这种超越性,具备哲理思辨的品质,需要智慧加持去体悟。

其次,是写法使然。写作,必然涉及写什么以及怎么写的问题。写什么反映了作者的人生阅历与价值取向,而怎么写则取决于作者的艺术造诣与审美领悟。

《红楼梦》之前的中国小说,写的大约不外乎王侯将相、英雄草莽、神魔鬼怪、才子佳人。如耳熟能详的《三国演义》《水浒传》《西游记》等,终究不是老百姓自己的故事。

这固然是文学道统问题,亦与作者个人阅历有关,更关键是价值取向问题。从高高在上者回归世俗日常人物,意味着个人意识的朦胧觉醒,是人文主义乃至人道主义的初步萌芽。《红楼梦》虽说大面儿上写的是贵胄之家的兴衰,然细究之下,却无不是寻常人的喜怒哀乐,但这也容易造成隔阂。以往小说以讲故事为职能,故事内容则无不以血腥暴力或奇谋诡诈而见长而诱人。除上述提到的名著,《聊斋志异》虽写平常人,却是平常人的非常之事。而描写市井生活的《三言二拍》,则不免夹杂色情噱头,以及因果报应的俗套。至于《金瓶梅》,作为第一本文人独立创作的小说作品,使人叹为观止,却也处处流露说书的痕迹,亦因涉猎色情内容而使其艺术水准广被质疑。其中人物俗则俗矣,然其俗而恶,竟至于禽兽的地步,仍使人无法亲近。《红楼梦》则写人间的鸡毛蒜皮与人间的儿女情长,故事性便不如上述作品。许多人说,看来看去左不过一群小儿女哭哭啼啼、卿卿我我,不免脑袋昏昏而心绪闷闷,但严肃文学的发展趋势正在于故事性的逐步削弱。讲故事是通俗小说的拿手好戏,对于一般读者而言,当然是《故事会》一类更精彩,真正的文学爱好者,则必不局限于故事,而更注重对小说细节的体悟,更流连于那些说不清道不明、剪不断理还乱的思绪与情愫而欲罢不能。因为同处一个人间,人间的故事发生了千万年,讲来讲去,都成了约定俗成的规矩。许多通俗作家甚至有若干套讲故事的模子,有了素材只往里套。有人研究了莎士比亚的戏剧后得出结论,人类目前讲故事的框架,仍不脱莎翁当初创造的那些经典范式,虽有变通,亦不过颠倒次序罢了。读者早已审美疲劳,有了免疫力。这时,不那么注重讲故事,而专注于表达独特体验的小说,反而更能打动高段位的读者。现在常说,人活着无非一场体验。经验是过去的,道理是冰冷的,唯体验是新鲜而独一无二的,感受是带着体温的。像《追忆似水年华》究竟讲了个什么故事呢?似乎一直在讲,可又说不出个子丑寅卯,然而使人眷恋不舍的恰恰是作者那些精微莫名而转瞬即逝的小感受小幻想。仿佛那些不易捕捉却真实发生的一个个瞬间才是活过一生的证据。人生谁而无死,唯有投入爱过恨过认真体悟过,才是对世界与自己的拥有。唯有用心欣赏,才是以审美眼光度过饶有兴味的一生。

《红楼梦》恰好就是如此。尽管是一部残书,让包括张爱玲那样的优秀作家,与我们这样的凡夫俗子遗恨,然而静下心来想想,我们真的在乎故事结局么?其实结局已于开始道明。况且对所谓故事以及人物落幕方式的纠结,实则只为满足人的好奇心与窥探欲而已。这点上,倒是如张爱玲那样的人物,也不能免俗。红楼一梦,终究一梦而已。追索梦的现实意义,远不如回顾梦境中那份细若游丝而令人柔肠百转的情思。读罢《红楼梦》,萦回心头的永远是诸如"黛玉葬花""宝钗扑蝶""晴雯撕扇"等这样的细节,永远是宝黛的相知相惜以及对人世无常的感喟、对美好幻灭的惆怅。这一切,最终换来从对虚无的无奈到对眼前人事的珍重,感到把握当下每一刻,才是实在,而这些并不一定仰赖于故事。故事总有结束时,而人的牵念可以缠绵无际。借由此,对世界与自身的探索将永远陪伴着人类自己,这才是文学值得发掘与书写的。

相比诸如《三国演义》《水浒传》《西游记》等作品,《红楼梦》是真正人本位的立场,体现出作者曹雪芹朴素的人文主义与人道主义情怀,无意间论证了文学即人学的理念。写什么的问题,根本是价值取向的问题。

关于怎么写——

前已提及,许多中国古典文学名著,经由说书演绎而来。如四大名著中,除

《红楼梦》以外三部，无不是成百上千年来口耳相传的最终成果。而听书，在古代社会多为底层劳动人民的消遣，这当然不是说通俗就不好，阳春白雪与下里巴人并无高下之分。但一俟落实为书面，经由评书而改编、整理成型的文学作品，就朗朗上口的同时，缺乏含蓄蕴藉。人物塑造多扁平化而性格单一，少成长余地，描写不免重复而缺乏生动。而《红楼梦》的书写细腻委婉、空灵生动至于出神入化的境地。就需要更加丰富的人生阅历与情感体验，方能加以领略。加之，曹雪芹是个超一流艺术大师，如真与假，虚与实的相克相生、互幻互化，营造出神秘唯美的艺术氛围，这就罕有其匹。

而曹雪芹的人物塑造，更是前无古人后无来者。慢说主要人物丰富立体，就连次要人物亦寥寥数笔就栩栩如生。绝不脸谱化，绝无刻板印象，很难用黑白二分法区隔，不能以所谓好坏来大而化之。对王熙凤固然有批判的部分，却也不吝欣赏。红学前辈王昆仑有言，恨凤姐骂凤姐，不见凤姐想凤姐。就一语道出人们对凤姐的复杂感情。贾宝玉固然有怜香惜玉暖男的一面，却也有倚势压人乃至撒泼耍横的公子哥儿脾气。林黛玉固然聪慧过人才情俱佳，却也有刻薄小性多疑善妒的缺点。薛宝钗堪称山中高士而随分从时，却也偶尔雷霆一怒。诸如此类例子不胜枚举。曹雪芹笔下人物，无不是跳脱欲出的真人，而非完美无缺的圣人。这就需要放空心灵放下成见去体贴、去品咂，才解真味。然这种体贴与品咂的能力，除个人心性禀赋外，必要深谙人情世态而在人际关系中历练一番。当代中国社会渐近陌生人社会，而渐远熟人社会，随着家族血缘为纽带的人际关系网不再，人们日常交往追求务实高效，还哪有精力去琢磨他人幽微曲折的心思。如今，连恋爱关系都讲究价值交换，为爱奋不顾身只能在过往回忆中搜寻。人的情感在商业生活形态下变得功利而粗糙，如何理解宝黛二人的缠绵缱绻呢？"我为的是我的心"这话，让许多人一头雾水。宝玉见个女孩儿就体贴温存的行为，被戏"中央空调"，甚至于被污为"渣男"还有什么奇怪？

曹雪芹这种写法之下，人是新人，事是新事，情是新情。

世俗人眼中，宝玉就是个不务正业的纨绔子弟。即便在他母亲王夫人口中，也不过是"孽根祸胎"罢了。甚至就连他所钟爱的姐姐妹妹们，也调侃他是"富贵闲人"。谁懂他呢？唯有黛玉。唯有黛玉知道，宝玉的体贴，是从心底把人当人看。宝玉因为自己有玉，就希望姐姐妹妹们都有，而倘若没有，宁可自己不要。这就像一个小孩子自己有了好吃的，必定要全世界的孩子们都有，一旦他们没有，宁可自己不吃乃至扔掉。宝玉饶是挨了打，还说"为这些人死了也是值得的"。这话在旁人听来可不是疯？唯有黛玉明白，宝玉的疯话，饱含对人间美好的呵护之情，就像对荒村野店邂逅的二丫头的眷顾，因为她美好，所以总想亲近。甚至连宁国府房中一幅画儿上的女孩儿，也怕人家都热闹，独她寂寞了。宝玉与花花草草，鱼儿鸟儿说话，连下人婆子们都说他呆，唯有黛玉清楚他是情不情之人，所以当所有姊妹在园中嬉闹时，他俩一起葬花。也唯有宝玉听见黛玉一曲《葬花吟》才恸倒山坡之上。两个情痴情种在人间相知相惜，不管外人说三道四，在那个谈情色变，乃至谈情有罪的年代，他俩那些曲里拐弯儿的心肠，不被笑话才怪。也难怪有人读着没劲，因为压根不信。爱情最像宗教，信则有，不信则无啊。

此外，《红楼梦》还有许多艺术上的精巧构思，读来让人太费思量。往往草蛇灰线伏脉千里。人物命运有时藏在不经意的一首诗一句话里，一个不起眼的事件，可能导致一场蝴蝶效应，没有相当洞察力，未经长久研读便无缘窥其真理妙谛。

而结构上，与以往小说线性叙事不同，他是网状编织。一幅织锦一样，千头万绪而花样繁多。人物数百，关系复杂，许多读者连人名儿都常常记差了，何况七大姑八大姨的，还不得晕过去。

当然，《红楼梦》也有他天然的缺陷，毕竟是一部未完成的书，前后有许多不一致乃至矛盾的地方。一来，跟曹雪芹未删改修订完善就逝去有关，二来，与续书作者为自圆其说，篡改原文而偏离曹雪芹原意脱不了干系。加之传世以来，抄本至刻本版本复杂，专业研究者花费一世工夫方有头绪，一般读者难免云里雾里。而至于作者那些超现实主义的神来之笔，简直具有魔幻色彩。开头的神话，就为作品蒙上神秘面纱，而涉及黛玉年龄的处理，从进贾府到见宝钗，仿若前后脚的事情，可分明相隔数年。一是作者有其本身无法克服的难题，毕竟曹雪芹不是神仙——既要宝黛二人同吃同睡两小无猜，又要情窦初开一见钟情而说出似曾见过的话。二来也可视为作者的"蒙太奇"手法。把数年间的事用分镜头描述为一瞬间，这就具有后现代风格，时尚新颖。就需要读者既熟悉人物事件与情感脉络，又有丰富想象力，却不必胶柱鼓瑟——欣赏文学作品需要一点务虚精神，而不是事事较真。

还有，文化上的隔阂。有人会说，《红楼梦》是中华文化的产物，怎会隔阂？然则中华传统文化，在继承发展过程中，太多流变乃至隔断，并且《红楼梦》中存在太多满族人的生活情态与历史风俗。

所谓"只缘身在此山中"。许多时候，口口声声传统文化的人，根本不知传统文化为何物。就拿中华传统文化根基,儒释道而言,有多少人读过相关经典?而至于其中诗词歌赋、礼乐典章、园林建筑、饮食医药、妆容服饰,以及生活习俗,等等,都需要相当精深渊博的知识储备,才能读到时恰切对应,也才能以相应的心理与相关人物共情。

一个重要的人为因素是,所谓名著的经典化。非但《红楼梦》,但凡被奉为经典的名著,一旦光环加身,同时意味着被束之高阁。作为装点门面,看来亲切,翻来不免恐惧。历来专家们的考据探轶乃至论证,固然有助于对名著的完善与鉴赏,却也给普通读者造成困扰。自有"红学"筑起深宅大院,不免各房人等"争风吃醋",导致《红楼梦》被各路大神解读得过于高深莫测。非但学院派似乎不讲得云遮雾罩不足以显出水平,且野路之人亦必欲将之神化而企图自塑金身。甚至于不乏哗众取宠者,编造谣言,罗织奇文来达到不可告人的目的,使初读者望而生畏。对这样一部伟大著作而言,是令人惋惜的损失。

以上不过粗略分析,还有诸多阻碍人们阅读《红楼梦》的因素,无法一一罗列。然而这并不重要,重要的是,开始读。

2023年3月

为何读《红楼梦》以及如何读《红楼梦》

一本书能够读下去，并感到愉悦，首先在于好看，在于有意思。娱乐性虽非严肃文学的关键指标，可谁会对一本捧起就昏昏欲睡的文学作品有亲近感呢？如果说放逐荒野只能带一本书，无疑我会选择《红楼梦》。人生是这样的艰辛而人世是这样的芜杂，《红楼梦》里有我需要的慰藉，这是其他名著给不了的。在我看来，没有哪部文学作品，将常人的世俗生活写得那样细致入微又感人肺腑。作者的叙述真挚恳切却也不乏轻松幽默，以自况的坦然与自嘲的豁达，使悲剧的结局令人叹惋的同时还令人久久回味。结果反不重要，过程的精彩才是真谛；美好的幻灭恰恰愈加凸显了美的力量。《红楼梦》中好看而有意思的情节比比皆是，不觉使人沉浸进去，曲折幽微的心事被了解，无法言说的失落被体贴，深埋心底的尴尬被化解，似雾如霾的悲凉被温暖。跟着书中人哭，跟着书中人笑，于悲喜交加中，人生况味尽收眼底。以往小说中帝王将相、英雄草莽、才子佳人故事的高不可攀与遥不可及，一扫而光。《红楼梦》使文学回归民间，根植心灵。

读《红楼梦》所以入迷，在于每个人都觉得在读自己。其博大精深与丰富细腻，关照到所有人的思想情感，其语言典雅蕴藉，却也存着大量口语化的表达。用词精当传神，三言两语就将人物活脱拱出而毫无违和。这样的作品接地气，有不竭生命力。每每阖上书，"黛玉葬花""宝钗扑蝶""湘云醉卧""晴雯撕扇"，等等画面呼之欲出，成为中国文化的特有符号与审美意象。《红楼梦》与唐诗宋词元曲一道，成为我们民族认同的凭据。

我们为什么是中国人，因为我们知道自己共同的来路与归处，所以才有对于传统文化的继承与发展问题。北宋名相赵普曾言"半部论语治天下"，我要说，半部红楼懂中国。《红楼梦》将"传统"与"文化"这样的大词掰开揉碎，不再那么高深莫测使人望而生畏，使我们知道，原来传统文化就是我们祖先的生活方式，蕴含于日常烟火之中，这就比专业书籍的理论与专家们的教诲亲切多了。《红楼梦》这样一部文学作品，将建筑、园林、医药、饮食、娱乐、诗词、戏剧，等等传统文化之面貌毫无遗漏地囊括其中,又以通俗生动的语言如春风化雨浸润在字里行间,则阅读的过程,就是接受传统文化洗礼的过程。然而曹雪芹的伟大之处更在于,他对于传统文化的态度,并非一概加以褒扬,而是带着批判与审视的态度。如借宝玉"除明明德外无书",肯定儒家积极的部分,也借贾雨村等人的言行,否定其虚伪的部分。一面借禅机使宝玉开悟,一面又辛辣嘲讽那些利欲熏心的僧尼们。对老庄的逍遥自在不掩欣赏的同时,又不否定对现实人生的进取与担当。如此既有坚守又有取舍,非但使数百年后的读者与祖先的情思水乳交融,亦且教给后代对待传统文化的正确态度。传统文化是既往事实,然传统的不都是对的,文化中也有糟粕。传统文化必定要于繁衍中适应时代要求,不断注入新鲜血液,才能永葆青春。

人人活在传统与现代交织之中,又无不活在自我观照审视之下。由此,人的生命归属就是永恒命题。文化规定了我们为什么是这样的人,自我观照审视决定了我们要成为怎样的人。从历史来看,无论陈子昂的"念天地之悠悠,独怆然而涕下"还是曹操的"绕树三匝,何枝可依",抑或贾宝玉的"死了化为飞灰",都是有感于时空的无穷与人生的短促而太息悲慨。因为死亡横亘着,人的存在就不免荒唐。则对人生意义的切切追问就无有止息。人的肉体终将毁灭,而人的灵魂究竟皈依何处?传统中国其实是不大讲这个的。

孔子的态度是未知生焉知死。但人作为灵性生物,对魂之故乡的追索又无法回避。儒家教人积极入世,现实中的进取即全部人生意义。可这样的坏处是,人人活得匆忙压抑,人的灵性难以伸展。到了曹雪芹的时代,个性解放成为内在呼唤,摆脱社会赋予的集体属性而向内求取心灵归宿成为自觉要求。人是独一无二的个体,则每个人都有自我实现的自由。曹雪芹以文学家的敏锐捕捉到这一点,又因个人阅历加持,使其笔下人物无不个性鲜明,无不以各自的姿态实现着各人的人生价值。无论宝黛钗们信奉儒释道哪家多一些,都在自己的逻辑中周旋。悲剧则在于,无论他们如何想要活成自己期望的样子,最终无不怅然落空。这就是历史的诡谲,命运的捉弄,而绝非基于功利的成败得失可以一言以蔽之。在一个人人无出路的时代,不允许曹雪芹做进一步的探索,而只能抱着"为闺阁昭传"的朴素愿望。但他的书写本身因其显见的反叛性、与连他本人亦未觉察的前瞻性,在今天看来,仍然不啻振聋发聩的天问。

作为读者,阅读的同时,也将一再自问,人活着究竟为何?我个人的体会是,回来做自己。每读《红楼梦》都是对自己的提纯。作者将红楼儿女的命运收束于他们的青少年时代，固然有艺术审美上的考量，文学逻辑上的辩证，更在告诉我们，人当永葆赤子之心。

而如何读的问题，不会有标准答案，这里只谈个人体悟。

首先，是带着心去读，获得一切能触碰到的感性认识。而不是先看对于作品的鉴赏与分析，更不必听专家们的侃侃而谈。那样容易先入为主，造成刻板印象，阅读时为印证别人的看法与观点而有目的地查找蛛丝马迹且以为能事，却淹没了自我对文字的新鲜感，无法捕捉照应于无声处的情感体验。我们小时候看人，眸子是干净透彻的，眼里没有高低贵贱之分，不会以人的身份而区别对待，更接近于发掘人的本来面目。后来，受了一些教训，一些教育之后，开始用现成的观念打量，用既定的模式套用，给各类人事打上标签，固然方便我们对世界的认知与把握，却也造成对智慧的遮蔽。小孩子除了用眼睛认人以外，也用触觉、味觉、嗅觉体会与感受人世，这是多么可贵的初体验。简单原始却透明纯粹。世界是什么味道什么感觉什么形状，务必亲自尝试一番，是人的本能动作，任谁也无法剥夺这项权利。

小时候，我一位老师说过，"吃别人嚼过的馍，没味道"。

当然，读书总归要进阶的，一直停留在感性层面不是不对，是有缺憾。当读过数遍十数遍时，应当有些理性认识。

会发现《红楼梦》网状叙事结构的精妙与动人之处。一般小说，是线性叙事，或一条线，或两三条。而《红楼梦》像一棵参天大树一样，使人身在其下目不暇接。主干贯穿到底，而根须稳扎深植，至于枝桠则盘曲往复，相互联络又各自独立。这需要精读几遍，方可窥见，才能领略文学艺术形象之美的同时，体会抽象之美给人的享受，就涉及文学创作的技法问题。表达内容极端感性，而表达手段却需要无比理性。像一个厨师，做菜的火候固然有不可言传之妙，然每个细节的处理又都无不有迹可循。《红楼梦》中，几乎每个主要人物都有其成长轨迹，而这成长，无不伴随其生活阅历，而从情思体悟上来。贾宝玉因情而悟的过程，经历了几个阶段，与不同人的人生历程密切交织。林黛玉从不放心到后来听闻贾宝玉"你放心"的承诺而后安稳，即完成从步步惊心而至于自我超脱的过程。小说情节设置，也遵循作者事先设定的事理脉络。每件事的发生必有前因后果，必然推动人物命运流转，相比《三国演义》《西游记》等就高明得多。小说的内在规律，是诸多小逻辑的相互作用，导致大逻辑的必然呈现。偶然中蕴含着必然，而必然又常由偶然触发。曹雪芹具备这种非凡的谋篇布局能力，于中国文学堪称典范。关于《红楼梦》结构编织的论述前人暨多,在此毋庸赘述。

有了理性加持,使阅读快感更加强烈,更关键在于,《红楼梦》向我们提供了以审美眼光对待生活的启发。

人生是这样漫长而短暂,又是这样幸福与不幸。这般悲欣交集的一生,该将如何度过,是从来值得思考的问题。书中看似宣扬色空观念,仿佛到头来悬崖撒手才是真正解脱,然而曹雪芹的根本着眼点决不在此。他以贾宝玉出家而身后白茫茫大地真干净来结局,却并未否定对现实人生的深切关怀。否则就不会经由贾宝玉的眼睛与心灵,欣赏与体贴一众女儿的美好。而作者自己倘若笃信人生虚妄,又何来于举家食粥、满径蓬蒿时节,冒着文字狱的风险批阅十载增删五次、呕心沥血为"闺阁昭传"的巨大热情与勇气。

曹雪芹深知人生的不完美与人世的缺憾,所以才建造了一座大观园,作为呵护人情人性人心的理想国,更深知即便这个理想国终究难免幻灭的命运,却仍无法遏制对理想的守望。使人活下去的,非止于活下去的悲壮,还有诸多美好以待追逐。既然人生幻灭是注定之事,何不流连于活着时的每一份细微感动。生命无非一场体验罢了。

我来过,我看过,我触摸过,我经历过,我感受过体会过,每个稍纵即逝的瞬间成就我,消磨我,而终于无我,却使我永恒不灭。因为我所经历的美好,还将继续被经历;我所涉足的人间,沧海桑田之后还会有人来来往往,则我肉身如寄一场,而灵魂却于归去时分,留下我所能留下的痕迹,何尝不意味着我的永生。

是的,一切都将成为过眼云烟,唯美是永恒关照,唯爱是终极慰藉。也许当学会以审美的眼光看待世界,以爱的慈悲拥抱自己与他人,于这场独一无二的旅程,才算不枉此生吧!

2023年4月3日

卷 二　梦中人写梦中人

黛玉如诗

生命里若没有诗的滋养,再繁华的盛景也不过一片荒芜。

诗是什么?

我以为,诗是灵魂的寓所。

肉体在现实里歌舞升平、摇曳多姿,但倘若心灵没有在诗的世界里颠沛流离一回,纵马奔腾一次,人生难免落寞。

爱黛玉,就是爱着诗与远方。纵然理想被现实一再追索,有了诗与远方,一颗心便得安放。

有读不完的红楼,便有说不尽的黛玉。

恰如一千个人眼里有一千部《红楼梦》,各人心里住着各自的林黛玉。你可以不爱她,却无法抗拒她,正如你可以不喜欢一个潦倒的诗人,但你无法拒绝一首绝美的诗。

黛玉并不完美,却正因不完美才愈加鲜活饱满,一如有缺憾才是生活的真相。

黛玉最让人诟病的是她的"孤标傲世,目无下尘",说她尖酸刻薄,不及宝钗待人宽和。

关于黛玉性格的形成,毋庸赘言,前人已分析得够透彻了。这里,我只想强调的是——

于性格之外看人格。

没有经历过痛失双亲的孤寒、寄人篱下的无奈,就无法体会那"一年三百六十日,风刀霜剑严相逼"的凄切寒凉。

本为草木,以泪还债,已是先天不足;小小年纪寄身梁园,还要处处小心谨慎,难免敏感多疑。极致自尊的背后往往是极端的自卑,她的性情,是多舛的命运如刀斧劈凿留下的印记。是前世的宿孽,也是现世的悲哀。

而黛玉的可贵之处在于,身处侯门似海、风刀霜剑之中,却始终保持着人格上的独立与纯粹。面对尔虞我诈,世态炎凉,她的刀子嘴,不过是无奈下的自我保护。像探春一样公开反抗,甚至耳光伺候,她没靠山;如可卿般曲意逢迎,左右逢源,非她品格;似湘云那样大大咧咧,一切不放在心上,不是她秉性;出身书香门第,又不能像尤三姐、金钏儿那样决烈出一地烟尘。

怎么办?

只好以刀子般锋利的言语,对一切自以为的伤害加以反击。刀似锋芒有力,刀锋过处,碰到的却是坚硬的世态人心。回弹落处,是她那块柔软脆弱的豆腐心,最终不过更深地伤了自己。刀子嘴下那一颗纯良透明的心,愈自保,又何以自保。

黛玉的刻薄是自我保护,亦是天真率直的外露,但她终归是接地气的,否则就不会在宝钗到来之前也曾深得上下欢心,只不过后来在宝钗的对比之下才略显不足。

同样出身仕宦之家,正如鲁迅先生所言,妙玉是试图抓住自己的头发让自己飞离人间。本身依附于权贵,却用更加权贵的方式表达自己的轻蔑与不屑,犹如一只寄居蟹嘲讽自己赖以生存的壳。栊翠庵品茶,一众人不入妙玉青目,连黛玉宝玉都成大俗人,至于刘姥姥吃过茶的杯子更是"若是我吃过的,我就砸碎了也不给他"。固然高洁,却也难免让人觉出做作。妙玉有孤标傲世的性格,却没有独立于世的人格,这造成了她与黛玉的本质区别。

黛玉的抗争是为其人格独立与精神自由的维护,妙玉是为己没落的繁华与被践踏的尊严而强争。

有咏絮才的黛玉聪明伶俐,却不是一味地刁钻刻薄,更多时她是个有情趣的女子。这一点又和宝钗等人大不同。

人活着是需要一些情趣的,而一些情趣也正从癖好处来。一味随分从时体贴周到,固然赢得好名,生活却少了许多滋味。

人潜意识里最喜欢的其实是自己,这是王夫人更欣赏宝钗的原因。宝钗当然有宝钗的好处,这一点毋庸置疑。但可以想见的是,和宝钗过一辈子,生活中是多少有些缺乏想象力的。也许,贾政与王夫人就是例子。

宝钗信奉"女子无才便是德"的封建礼教,处世讲究中庸之道,行为追求不偏不倚。这样波澜不惊、举案齐眉的生活状态是非常符合封建迂腐文人之理想的,而这恰恰为黛玉以及宝玉所无法领受。黛玉和宝玉期望的情感状态是《西厢记》和《牡丹亭》所呈现的炽烈纯真、敢爱敢恨。

和黛玉生活在一起,可能不如俗世生活中男耕女织、夫唱妇随那样看似圆满和谐,但精神世界一定更加明媚。

黛玉是怀着理想又不安于现状的人,是一个可与其进行心灵交流与精神共鸣的人,这是诗人特质。若宝玉与黛玉在一起生活,可能不会姹紫嫣红,却也绝不会一潭死水。

精神上的饥饿比肉体上的饥饿更容易杀死一个人。

黛玉是非常具备幽默感的,这已是共识。有时还透着几分源自鲜活生命里自然迸发的俏皮。刘姥姥进大观园时是黛玉短暂生命历程中难得的几次欢畅快意时刻。她被刘姥姥逗得笑岔了气,"伏着桌子只叫嗳哟""笑得两手捧着胸口"。纯真可爱,憨态可掬。

在与其他人的相处中,黛玉也时常显出机智幽默的一面。和宝玉在一起时可以打情骂俏,二人独处时又彼此为灵魂知己;和姐妹朋友们一起又能谈笑风生,不时来个搞笑段子。和这样的人在一起生活,绝不会无聊乏味,只能把日子过得富有诗意。

群芳中,除宝钗外,钟爱袭人者亦不在少数。当然,袭人确有她的好处。袭人处事几乎符合一切封建礼教的规定,性格又温柔和顺。

但若跟袭人生活在一起,一定有那么快乐吗?

对一个平庸的大男子主义者,可能确乎如此。嫁鸡随鸡嫁狗随狗、衣来伸手饭来张口,岂不妙哉!可是对于一个有精神追求的人而言,厌倦袭人是迟早的事情。

黛玉是一个天性率真的人。她心思重,却不重心机;她嘴上刻薄,可过了就过了,从不记仇。

晴雯误以为门外是宝钗,闻敲门声而不开。黛玉失魂落魄,黯然神伤,过后并未记恨晴雯,而晴雯后来成了宝黛之间传帕的"红娘"。

就连心直口快、豪爽单纯的湘云也曾在背后议论过黛玉的是非,但你何曾见黛玉背后说过别人的不是?

黛玉待人,从来都是坦坦荡荡。她会把不满直接表达出来。黛玉完全是真性情,所有优点与缺点都能一览无余,这是至纯至真。

要知道,一个人把自己的优点展现并放大容易,而把缺点也毫无保留地袒露出来就不容易了。

这样的人,除却真小人,就是真君子。是心底干净纯粹的人。因此,请珍惜你身边那些不对你隐瞒缺点、袒露真性情的人吧！他们如此珍贵！

宝钗来了以后，黛玉心中确有不平，甚至有过奚落与嘲讽。但都是为了维护自己的爱而直抒胸臆。她清楚自己面对宝钗，处于绝对劣势。"金玉良缘"一说本就如一根无形的刺。宝钗有母兄，家境殷实。相反黛玉却如飘萍，无根无依，就连心中至爱也无人主张，只能在强烈的自尊与自卑、清高与懦怯之间无奈辗转。

她偶尔的胡搅蛮缠，只因在乎，为防失去。

面对风刀霜剑与凄风冷雨，对宝玉的爱以及彼此精神上的共鸣是她活下去的唯一支柱。

她，没有选择。

她一再地任性其实是在试探宝玉，试自己在宝玉心中的位置。要知道，对于一个用生命去爱的女孩儿，这种试探里有多少心酸与无奈，多少惆怅与凄楚。

你，怎可忍心求全责备？

那日，宝钗对黛玉推心置腹，劝诫她时，黛玉即觉如沐春风，心存感激；消弭了心中芥蒂，从此互相亲敬。

黛玉就是这样一个至纯至真而极富诗人性情的女子。你若真心待她，她会毫无保留全心待你。经过苦难的人，会对别人的点滴之恩牢记在心。

面对"情敌"，她没有隐瞒，不藏心机；有的，只是坦诚相待。

黛玉是用生命去爱，以自己入诗；她用泪还了前世的债，用生命成就了此生的爱。

她的爱，没有任何杂质。诗人眼里容不得沙子。

她的爱发于心，爱得纯粹。

她的情止于礼，礼数周全。她爱宝玉炽烈，却含蓄于心，爱得浓郁而不失自尊。宝玉和袭人、碧痕、秦可卿等人都有不同程度的肌肤相亲或暧昧，但和黛玉始终清白。黛玉是"质本洁来还洁去"，干干净净、坦坦荡荡。

她的爱，轰轰烈烈、惊天动地。她的"题帕"，她的葬花，她的焚书稿……无不是用生命写诗，无不以生命的温度来体谅、感知这世间人情。

她焚的是书稿，燃烧的是自己的心；她葬的是花，也是自己的灵魂；她写下的是爱，更是生命绝响。

除却宝玉，世间再无可配黛玉之人。甚而也许，就连宝玉的错失也是冥冥中注定。黛玉不属于任何人，她本身是至情至爱的化身，她本身就是一首诗。

正因为有了黛玉以及似黛玉这般的女子，让我们在看惯了风月与背叛、浮华和喧嚣后还依然相信爱情,让我们的内心在历经情感的风刀霜剑之后,还能感受到温暖。

黛玉其实从未离去,她活在我们心里。

一如我们内心对于诗的永恒向往。

> 天尽头,何处有香丘?
>
> 未若锦囊收艳骨,一抔净土掩风流。
>
> 质本洁来还洁去,强于污淖陷渠沟。
>
> 尔今死去侬收葬,未卜侬身何日丧?
>
> 侬今葬花人笑痴,他年葬侬知是谁?
>
> 试看春残花渐落,便是红颜老死时。
>
> 一朝春尽红颜老,花落人亡两不知!

让我们吟着这千古绝唱的诗句,荷锄把黛玉和那纷纷零落的花瓣儿一起埋在心底。

一抔净土,一缕香魂,一腔衷肠,一曲哀思……把她埋在梦里,埋在诗里,埋在远方……

2017年7月

贾芸与小红——最美的遇见

《红楼梦》里名字带"玉"的都不是一般人。比如贾宝玉、甄宝玉、林黛玉、林红玉、蒋玉菡、妙玉、玉钏儿，还有个刘姥姥杜撰出来的茗玉。宝玉、黛玉、妙玉自不必说。蒋玉菡虽是优伶出身，可是宝玉的好伙伴。丫头名字里带玉的，只有玉钏儿和林红玉。

林红玉就是小红。

小红也曾想在怡红院小小地红一把呢，可始终没有机会。就算在丫头堆里她也不过是个三四等的。平日里喂喂鸟，拢拢火炉，打打下手而已，至于宝玉的门，她进不得的。

地位不高，收入自然比不过袭人晴雯等上等丫头。但她的能力似乎又不弱。丫头佳蕙就说了，我们年纪小，上不去没什么可抱怨，怎么像你也算不到上等里去。可见能力和收入的不对等连旁人也看不下去了，渐生跳槽之心也没什么好奇怪。

可是她想跳槽却没有一句"世界那么大，我想去看看"的诗意。在一个等级森严、论资排辈的体系里，可见的未来要么熬到媳妇成婆，混个有头有脸的丫头当，要么就此沦落，届时配个小厮完事。

可她却偏不认命。没有机会创造机会也要往上爬。

机会说来就来。

那日，袭人找宝钗去了，晴雯恰巧不在身边，秋纹碧痕去抬水。恰宝玉正想喝茶，喊了几声竟无人应答，只有几个不中用的老嬷嬷。

机会是留给有准备的人的。悄悄地，小红来了。倒把宝玉唬了一跳，三言两语间，宝玉的痴性就上来了，看着这个往日不曾留意的模样俊俏爽净的小丫头就留了心。

可这刚刚腾起的一点小火星还没着起来呢，就被秋纹碧痕两个一桶泼泼淹淹的水给浇灭了。好在小红反应快，嘴巴伶俐，托言自己是来寻遗失的帕子。可秋纹也不是省油的灯,她立时明白,原来小红说自己有事,却叫她俩去抬水,是为了这么个"巧宗儿"。碧痕也是得理不饶人,说,不如我们散了,单留她在这屋里。

被当众奚落嘲讽一遭,搁其他丫头身上早不知怎么羞愧,怎么哭哭啼啼。可小红没有,她心里明白着呢。

秋纹叫她拿镜子照照,配不配递水。可秋纹哪里明白,这镜子照出的恰恰是她们这一干人的短视与无知,也照出了小红的通透与聪明。

当其他小丫头子得了几个赏钱就屁颠儿屁颠儿或者愤愤不平时,小红却有着不一般的见识。她说:"千里搭长棚,没有个不散的宴席。谁守谁一辈子呢?不过是三年五载,各人干各人的去了,那时谁还管谁呢?"

这样的话也就只有临死之前的秦可卿说过。连凤姐尚不能悟得这么深呢,却出自一个小丫头之口。

凤姐后来知道小红是林之孝的女儿,说林之孝两口子一个天聋一个地哑,拿锥子扎不出个声儿来,却有个这么伶俐的女儿。

这算不算上天给一对天聋地哑的老实人额外赏赐的一扇天窗呢?我们不知道。大概可以知道的是,穷人家的孩子打小见惯了人情冷暖,早早学会了察言观色。她们的聪明一半儿拜上天眷顾,一半儿则是在世俗风尘里滚爬出来的。这岂是同样出身卑微却浸淫在富贵窝里连戥子都不识的秋纹碧痕们可比的。

一样的花儿,却开出了不一样的颜色。

袭人的温柔和顺只不过为了顺利当个姨娘;晴雯所谓的反抗只不过是由着性子图嘴上一时之快,当得知要被赶出去时,她是宁可死也要死在里面的;而秋纹碧痕只是浑浑噩噩地随波逐流,根本没任何成算。

小红不一样,她是一朵开在旷野的蜀葵,只要有点儿水和阳光,就能扎根生长。她一直被忽视着,打压着,可她骨子里有一股韧劲儿。当怡红院这片土地已经无以安放她盛开在心底的枝枝蔓蔓,她一定要到一个更加广阔的天地里去伸展。她在积极准备着,等待机会的来临。

上天没有让她等太久,这不,凤姐已经远远儿向她招手了。

然而机会也要主动争取,她容不得别人从慢半拍的反应中醒过来,就已经撇下众人飘然而去。接下来就是一阵珠落玉盘似的奶奶长奶奶短,竟把别人眼里耳里一团乱麻似的四五宗事儿,给一双巧嘴捋得妥妥帖帖。要不是凤姐明白,还不把不知就里的人给绕到爪哇国去?

相声里讲究说学逗唱,一个报菜名儿的活儿是多少人多少日夜拿舌头和唾沫星子熬出来的。小红若是没有平日的留心观察与锻炼，怎么可能做到如此随机应变，对答如流？也难怪人中翘楚的凤姐都对她刮目相看，爱到无可不可。当即要把小红给挖过去，又惦记着认作干女儿，连辈分都整乱套了。

一入凤姐的法眼，前途自然是光明一片了。可小红不是那种得一点阳光就灿烂的轻浮之人，她懂得进退，会拿捏分寸。

小红笑道："愿意不愿意，我们也不敢说。只是跟着奶奶，我们也学些眉眼高低、出入上下，大小的事也见识见识。"

"愿意不愿意，我们也不敢说"既堵了别人说她攀高枝的指摘，又暗着奉承了凤姐。听起来自然而然，毫无牵强。

如此聪敏伶俐的小红，终归是一个十五六岁的少女，是开在墙角的一株蜀葵。既然是花，当然希望有蜜蜂来采。这根本无关风月，只是一个青春少女的情怀。可唯一能够接触的男子，只有一个宝玉，还被花团锦簇地包围着，偶尔见个面都要背着"不要脸"的罪名。

于是，当容貌清秀的贾芸蓦然出现时，怎能不下"死眼"去盯？她这一盯如惊鸿掠过贾芸的心湖，瞬间就泛起了涟漪。

其实，爱情说简单也简单，对上眼也就是那么电光火石之间。有的人四目相对若干年，却生生把彼此给瞅跑了；有的人拿着玫瑰等到花儿谢了，心儿憔悴了也没有等来想要的。而真正的爱情，就是这么自然而然地发生，悄无声息地到来。

如果说红楼里的爱情大多以悲剧收场，许多女子以悲情落幕的话，小红该庆幸，她遇到的是贾芸。

贾芸是后廊上住的五嫂子的儿子，单这一连串定语就已经把他和贾府撑了八竿子远，只不过是个同门的亲。贾芸的爹走得早，留下一个老娘守着一间房子两亩地，吃了上顿没下顿。

一没靠山二没背景，要想出人头地，难！

俗话说"穷则思变"，连乡野村妪刘姥姥尚知道打秋风，何况他一个十八九的七尺男儿。

他同样想改变命运，他要上进。

可贴上去的热脸却碰到了冷屁股。首次的尝试让命运跟他开了个夹生的玩笑。舅舅卜世人（不是人）、舅妈连一顿饭都懒得给。人情世故到这个份上难免不叫人心寒。可他没工夫骂娘，回到贫寒如洗的家里，好歹还有老娘留着一碗饭。

吃完饭的贾芸，眼前一片灰暗，漫无目的地走着，却蔫头耷脑地一头撞进了酩酊大醉、深一脚浅一脚的醉金刚倪二怀里，也撞开了自己的幸运之门。倪二是条汉子，当即解了贾芸的燃眉之急。

你以为倪二真醉了，他可清醒着呢，顺手掏出来的十五两三钱银子贾芸随后过了秤，连零头都不差。他敢借给贾芸，可见贾芸平日的表现还是不错的，起码不是贾府里那些日夜摸牌斗酒的主儿。这一称就称出了倪二的良心和贾芸的人品。

贾芸后来当了差，得了银子，第一时间就还了倪二的债，然后回家告诉老娘。可以想见一家人围住一堆白花花的银子，憧憬着未来的美好生活，笑得多开怀。

这银子却不是风刮来的，是贾芸的聪明才智挣来的。

他开始向贾琏寻差时，贾琏告诉他，"前儿倒有一件事情出来，偏生你婶子再三求了我，给了贾芹了。他许了我，说明儿园里还有几处栽花木的地方，等这个工程出来，一定给你就是了"。

贾芸听出来了，贾琏口中的再三请求不过是为了维护自己面子的托词，其实他是做不了主的，真正拿事的是凤姐。他说，叔叔先不要把我跟你寻差的事在婶子跟前提起，等到跟前再说。贾琏却说："提她做什么，我哪里有这些工夫闲话呢。"贾琏这就等于不打自招了。

贾芸这回知道该把猪头送往哪个庙门了。

还得送得自然而然，顺理成章。他打听到凤姐正在采办端阳节的节礼，正需要冰片和麝香。直接送又显得突兀，明显是求人办事。于是撒谎说是朋友送的，因为惦记着婶娘，所以今儿就送来了。

生活里，有些事情其实大家心里都明白是怎么回事，可话却不能明说。凤姐自然知道贾芸的心思，可明面儿上还得配合着把这出戏演下去。再说，二百两银子对凤姐来说比芝麻绿豆还不如呢。但就这芝麻绿豆的差多少人巴巴儿还不得呢。其间既有利益，又有人情世故的微妙处。贾芸就这么从一开始都不正眼瞧他一眼的凤姐处得了差。

当然，贾芸的能屈能伸之前我们就已经见识了。宝玉说他像自己的儿子，他立刻就能顺杆儿爬出一个干儿子来。还送了宝玉两盆白海棠，因此促成了后来的海棠诗社。这情商和应变能力可不一般。如果贾芸当时送来的是两盆牡丹呢？宝玉还会那么喜欢吗？可见贾芸是懂花的。

由懂花的贾芸来摆弄花花草草自然再合适不过。于是，他才有了名正言顺出入大观园的理由。才有机会把自己的帕子送给心里的小红，也把小红的一颗心从现实牵扯到梦里。

那时，自由恋爱在小姐间尚是见不得光的丑事，黛玉宝玉暗生情愫，可一个表白却是多少眼泪和纷争才换来的。何况一个下等小丫头和一个穷小子。

可他们偏偏于旷野里把爱情之花开得明媚。

遗帕传情似乎只能发生在宝黛这样的才子佳人之间。而于贾琏，则只要几根钗子和几锭银子就够了；于贾珍而言，只要生逼硬泡就能得手；于贾赦而言，我得不到的谁也别想得到。

可贾芸和小红这样一对小人物却把这样一场意外邂逅的爱情演绎到柔情脉脉、意味隽永，一点都不输宝黛间的缠绵缱绻。

小红被那一瞥醉倒，别人都以为她病了。她可不是病了，陷入爱河的人哪个不是病人？

不见时，眼里梦里都是他，见了却又装作没看见。不见时想他，见他时，更想他。而想念之间隔着的那层薄如蝉翼的距离，既远隔万重又近在眼前，最是让人熬煎又陶醉。

宝玉让李嬷嬷去叫贾芸。小红问，你老人家就真依了他去叫么？李嬷嬷说，可怎么样呢？小红说，万一他不知好歹，不来呢？

又说，既是进来，你老人家别和他一块儿进来，叫他一个人乱碰，看他怎么样……

知道他要来，又怕他不来，来了又怕不见，希望他乱撞……其实此时小红的心何曾不是已然小鹿乱撞呢？多么希望另一头乱撞的鹿也没头没脑就撞到了她这里，她心里那头乱撞的小鹿才能平息。

李嬷嬷一径走了好远，而她依然站在五月的风里……

如果说宝黛之间的爱情是理想中的爱情，那么小红和贾芸之间才更具现实里爱情的面目，是存于我们身边的爱情。

陷入爱里的人是纠结的，拘谨的，病着的。那个面对凤姐侃侃而谈的小红，那个面对晴雯等质问还能辩答如流的小红，在爱情里，也依然是个纯真的小女儿。她渴望爱情，大胆追求着自己的爱情。同时，她渴望生命得以伸展，渴望得到阳光雨露，渴望被关注，被爱护。

她也渴望能够出人头地，尝试着自己把握自己的命运。

如果说命运对那些大观园里的女子而言是一顶掀不开揭不掉的铁幕，小红起码是试图撑开一条缝隙窥见阳光的人。她没有在命运面前束手就擒。不管未来会在不可逆转的轮回里如何颠沛流离，至少此刻，她要把握。

她看透了天下没有不散的筵席，最终各人要走各人的路。只是，她已在路上，而有的人尚在迷梦里沉醉。

贾芸没有在那样的大酱缸里把自己染成陌生颜色，积极进取，努力摆脱命运的藩篱，让自己和老娘看到希望。他和小红的心路历程该是殊途同归。他俩的相遇是偶然也是必然。两个相似的灵魂终有默契。也许，今生的相遇只是前世轮回里的一个暂别。而引导他们重归一处的，一定是各自灵魂里散发的香气。

小红和贾芸的爱情在曹公笔下没了结果，但我相信他们的结果定会一如当初的相遇般美好。有些结果，不一定要到最后，于开始已然注定。

2017年10月

晴雯的诘问

晴雯死前是不甘的。她至死不明白自己究竟犯了什么罪。她搞不懂为什么啥都没做的反而比啥都做了的还该死。她后悔早知今日何必当初,她问了宝玉十万个为什么。

她等不到回答的。等不到回答的晴雯做了芙蓉花神,睡在花丛里,再不必承受人间的苦难。

让她睡吧,睡梦里还可以呼唤她的娘亲。

但我们要替她问一句。

这样,不如卖个关子——

先问一句与晴雯无关的问题:

为什么我们说花是美的?

或可说美在其大小不同、颜色各异,或迎春吐蕊,或逐雪缤纷;赏之姹紫嫣红而悦其千娇百媚,美在其有个性。个性是审美的前提,差异是个性的基础。由个性而共性,则是对美的进一步提炼。美成为一种价值,共性美的价值正在对个性美的尊重;个性美集合于共性美,却并不以损害其个体价值为前提。

当我们说到花的美,是表达笼统理念;只有当我们赞美某种具体的花时,才是对那花价值的确认,而对其价值的确认则彰显了那花的存在。

推花及人。

人如何确认自己的存在?

或问:我是谁?

我是谁? 我是张三嘛。

然审察之下发现,"张三"不过是"我"的一个代号,当剔除代号,我又是谁?

搜索枯肠发觉,得来回答是有关人的普遍概念。即我之于生物学、社会学、哲学或伦理学等方面的定义,却仍无法确认"我"的实在。

回答"我"是谁时,却回答了"人"是谁。

我们发现,自己被"人"的概念淹没了。

现在,要证明自己存在,就得把自己从人群中领回来。

就需要重新审视自我——

我之为我,正在我之与众不同;确切的我源于鲜活的生命情感体验,即源于对自身价值的体认。

我的价值独有,才不致个体之我淹没于群体之中。

通俗而言,活着,要活出自己,活成面目相似无异于基因的载体。

但现实往往是:人随着年龄增长把自己丢了,于是生命没有了归属感。原因是多方面的,有社会政治因素,有个人因素。就个体因素而言,磨灭个性是求安全的心理诉求导致,即人只有按着大众的面目来塑造自己,才有更多生存下去的可能。基于生物生存逻辑,物种个体特征与群体特征更近似者更容易被群体接纳。这解释了人类父母因何更偏溺于跟自己外貌或性情相似的子女(也解释了为何有"不肖""逆子"这样的词汇。"不肖"即不像乃父;"逆子"即不顺从之子)。基于此,个体淹没于群体而个性消磨于共性,有天然基础。于是我们看到,人在生命初始阶段个性鲜明而后渐愈趋同,乃至部分人最终完全丧失个体意识,根本上是生存需要。当然,除此外,还有社会选择的因素。

就是说出于社会政治需要,人为干预成为社会管理手段之一,相似面目的人显然更利于统治。

在特定社会形态下,当过分强调集体却不主张个体,则具备个体鲜明特征者被视为异类就不足为怪。甚至时而沦为集体牺牲品,其个性成为原罪。

而现代文明的基本特征,是对个体价值的肯定与对个性解放的追求。

这就需要重建生命个体意识。

而生命个体意识的重建,需要自我审视与自我反省。

要自我审视与反省,须具备承认个体差异的勇气,即尊重且接纳自己的个性,同时尊重与接纳他人的个性。

反省观照之下,就产生了尊重。尊重之下便产生敬畏之心,即对生命不同姿态有了理解,进而包容。包容涵养爱,爱的基本特征在共情能力与同理心,于是确认了人类普遍价值。

而这一切的前提,是自我的觉醒,没有自我的觉醒,便没有自我价值的确认。

现在,我们可以把酣睡的芙蓉花神晴雯唤醒了。

当晴雯向我们走来,其已历经一场生离死别的幻梦。如今梦醒,向我们提供一个全新视角。由这个视角观照,体悟晴雯形象的塑造之于曹雪芹对于个体生命意识觉醒的探索与肯定。

向来晴雯被作"反抗者"的面目出现,而以所谓"反封建"为名加以比附。但实际上由对文本的忠实来看,晴雯当不起这样的大任。非但晴雯,就是作者曹雪芹亦当不起如此重托。任何时代人物必有时代烙印加诸彼身。固然曹雪芹由于个人丰富阅历及其独特生命体验,而有超越常人的思想领悟,具备站在当代审视当代、继而观照未来的意愿与能力,但这种意愿仍是朴素的,其能力仍是受到局限的。对此我们既无法期待亦无法苛责,如我们无法要求一个地球人揪住自己头发飞向太空,其仰望星空就足以使人崇敬。

作为仰望文学星空的《红楼梦》,唯有回归文本,庶几更向作者本旨趋近一步,才有助于看清塑造晴雯形象的意义。

我们发现,晴雯之可贵正在其个体生命意识的朦胧觉醒。这觉醒以她维护自己的独特个性为表征。当然这种觉醒常常是非自觉的,甚而更多是无意识的。晴雯的坚持做自己,是对自我价值的荒蛮体认。这就已经不同于把自己生命价值完全托付于外的袭人。袭人活着的最大动力在谋取一个与之身家匹配的位置,做个太平姨娘即她的人生理想,她的行为准则与职业道德以此建立。这固然无法否认其生命内里涵养的温婉善良等美好品性,然根本上袭人的自我实现基于外界确认。

但晴雯不同,她是要活出自己的。她不全囿于自己是"丫头"的局限。尽管这种自我实现因其懵懂而必然蒙昧。她爆炭般的性情,正为其生命的本真提供某种庇护,同时,也成为压倒自己的最后一根稻草。由此我们发现,晴雯的生命缺乏一种自觉的反省意识。

就是说,她朦胧感到有一个"我"住在自己心里,却没法拿镜子照见。于是其言语与行为便一派烂漫天真。

未加自我审视的烂漫天真,生命能量若野马狂奔,若脱却强力庇护,往往多绚烂即多惨烈。

林黛玉的天真,是诗书加持并对自我生命之于天地而观照后的返璞归真。林黛玉时而小性时而刻薄,但大体不差,有自我原则与社会规矩的调适,否则也不会时时留意、处处小心。

林黛玉当然真性情。

但林黛玉的真性情,是不以损害他人为前提的灿烂绽放;偶尔误伤,亦属无心。

晴雯的"真性情"固然亦有可爱一面,却因缺乏反省而易走向自我放纵。

这是晴雯生命之殇;其天赋异禀而陨于小人之口才更使人倍加感伤。

说到此,有必要提及可能影响曹雪芹文学创作与哲学思考的源流问题。即肇于晚明时期李贽等人所倡导的"真性情",对于宋明理学"存天理灭人欲"的颠覆。囿于时代,固然体现出进步一面,却终归朴素,因而也容易矫枉过正。

回到红楼。曹雪芹基于对李贽学说中"真性情"的发扬,即对人文主义的认定虽处于萌芽阶段,但就促进人的自我觉醒仍有不可估量的意义。体现在晴雯身上,就是为谁活着的问题。为自己活的人,必定注重个人生命体验。于是我们看到晴雯的撕扇子这一举动,看似暴殄天物,实则是她对个人生命体验的尊重。潜意识里,这是把自己当人看。把自己当奴才者自觉是主子的消遣,而绝不会想到自己也可以有消遣的权利。就此而言,为曹雪芹代言的贾宝玉,以实际行动配合了晴雯,便是对她敢于为人的首肯。当然,这远未上升到所谓反封建反礼教与解放人性的高度,但却是曹雪芹朴素人文价值观的体现。这已然非常了不起。毕竟同时期西方已经有了成熟的"人本"观念,较所谓睁眼看世界第一人的林则徐早了近百年。

晴雯心中朦胧的"我",为其生命赋予了属于自己独有的价值,这价值的体现在对自我个性的尊重,而当其自尊受到损害时仍不妥协,则尤为难得。

反观袭人,当被宝玉踢了窝心脚以后把向来"争荣夸耀"的心灰下去了。其痛苦即其对依附于人的价值感的幻灭。

对于晴雯,当然不必拔高,但其所谓缺点亦无法一概予以批判,看到其刺人一面的同时,还要看到其可爱的一面。

归其根本,导致晴雯之死的,不过因她与众不同而已。不同处在她的掐尖要强、她的比别人漂亮,无非是个性鲜明罢了。至于她跟袭人等的冲突,无伤大雅。当有大观园这个理想国提供庇护,有贾宝玉之手焐着,尽可撒其野显其妖娆,但在恪守传统礼教的王夫人眼里,便是"狐媚子"无疑了。

而王夫人是最容不得个性的,她自己就是个"闷嘴葫芦"。

更在于作为封建道统的代言人,打压"狐媚魇道"不啻维护道统秩序;况对方还是个奴才。

而她对晴雯美貌的过度反应,则体现人性里某些幽微处。

即便如此,对王夫人的指责仍感无力。当生命尚未觉醒,当人的价值不得确认,当个体淹没于集体,而一旦形成全社会的无意识,及这种无意识下、强权对于弱者的损害成为必然,则晴雯之死必然。

不死于王夫人,仍要死于李夫人张夫人。

晴雯死去。晴雯不甘。

晴雯的不甘,要在百年后才照见——

花的美在其个性、在千姿百态,而一个健康的社会,人文生态必然呈现多样性。所谓人与自然的和谐之美,正在各美其美、美美与共。这种价值不得确认,当个性成为原罪、当美貌可置人死地,则欲加之罪何患无辞!

晴雯的泣血诘问,宝玉给不了答案,曹公亦予以留白。不回答更好,今天及以后这样的诘问还可以继续下去。

2021年4月

无用的宝玉

宝玉的无用有目共睹。

自抓周抓了脂粉钗环起，贾政便对宝玉摇头失望。后来，王夫人向黛玉警告，他是混世魔王，远着他就对了。直至贾府丫鬟婆子们亦调笑奚落，宝玉无用之名已尽人皆知。冷子兴向贾雨村介绍时，就笑说宝玉是"色鬼"无疑。

作者笔下之宝玉，则是"无故寻愁觅恨，有时似傻如狂……寄言纨绔与膏粱，莫效此儿形状"。

莫说作者之失望溢于言表，就是读者读来亦觉恨铁不成钢。更有女性读者言之凿凿：才不嫁这绣花枕头！宝玉的无用，大概有以下几个方面。

其一，长相酷似女儿。书中借黛玉之眼，观宝玉"面若中秋之月，鬓若刀裁，眉如墨画，目若秋波。虽怒时而若笑，即瞋视而有情"。单看辞藻，以为女儿无疑。这样长相，与中国传统审美观念下，对男子的期待实在不同。虽古代坊间也有以男子阴柔为美的风尚，但主流审美仍属意如贾雨村般"腰圆膀厚，面阔口方，剑眉星眼，直鼻权腮"。怪不得甄士隐一见贾雨村就觉得其有腾飞之相。设想一下，若甄士隐见的是贾宝玉，将作何感想。

宝玉妍美如花，固不会影响贾母王夫人疼爱有加，且还加分，但在他人眼中，女儿是柔弱的象征，有悖儒家对男子"修齐治平"使命担当的要求，作为正统儒家知识分子，贾政难免为此伤透脑筋。

使贾政伤脑忧心者非仅在宝玉长相，更在其承家无望，正是宝玉无用之其二。

贾家沐皇恩已历五世，繁华盛极，而危机也已潜伏。作为家长的贾政自然心知肚明。若说曾有贾珠尚可续耀门楣，谁料他竟早早抛闪而去，眼见荣府一门贾琏不成材，贾环贾兰年幼前途未卜，唯一的希望在宝玉这里亦落了空，难免王夫人在宝玉挨打后要一边心肝儿肉地叫唤一边想起贾珠寸断肝肠。贾政之打与王夫人之哭，是整个贾府的荒凉之叹。根本在人丁寥落。纵观整书，总在死人而不添新丁。起初,连贾府先人都不忍卒睹,托警幻仙姑给宝玉洗脑,然结果亦不尽如人意,非但阴差阳错完成宝玉的性启蒙,且从此更缱绻于莺燕丛中。后来贾政落在宝玉屁股上的板子,实则落在自己心上。这也罢了,宝玉还不喜读书。便是其无用处之三。

宝玉口头禅中,向来视贾雨村之流"国贼禄蠹",又不喜"仕途经济",看见"世事洞明皆学问,人情练达即文章"觉都睡不安稳,更别说宝钗湘云等常劝时,便如触了虎须,致使他人再不敢轻易提起。古代知识分子唯一出路便是仕途。既家族爵禄世袭无望,宝玉再不上进,凭祖荫坐吃山空,累世基业毁于一旦并非妄言。难怪爱黛玉的读者揪心,恐黛玉所爱非人,若真嫁了宝玉,莫非喝西北风去。如此宝玉,可不是一个无用的草包么?连在甄家仆人嘴里都成笑话。

以上是借他人之口的侧写,必然带了社会规范下的既有观念,即从来如此。然而借用鲁迅先生一句话——从来如此,便对么?

若我们把视角拉回人的自然本性,则宝玉之无用可谓大有其用。他对身边人可谓关怀备至:不忘晴雯爱吃豆腐皮包子,亦挂念着给袭人留下糖蒸酥酪。丫鬟们但凡有个大事小情风吹草动,他都风风火火,赚得一个诨名作"无事忙"。宝玉不但关心怡红院里丫头们的冷暖,还把爱的触角伸向大观园边边角角。记挂着金钏儿亦不忘鸳鸯,更为不能向亲戚的小妾尽心而慨叹自伤,后终遂其心而甘之如饴。他深知香菱平儿二人所受的委屈,想来,哪怕在自己这里得以片刻温存,亦不枉为人一场。至于尤家姊妹看戏时,宝玉怕众人气味腌臜而以娇贵之躯为她们遮挡出一方净土,该是怎样的体恤。当尤家姊妹先后玉殒,可想宝玉该有怎样一番黯然神伤。这是身边人的例子,不可胜数,便是贾府之外,宝玉听说傅秋芳才貌俱佳,虽未亲睹,亦遐思遥爱之心十分诚敬,爱屋而及乌,连傅家上门的婆子也怕怠慢了,忙命让进来。刘姥姥为取悦贾母而编造"茗玉"的故事,说者有心,听者有意。雪地抽柴的画面太美,禁不住牵动宝玉柔肠,变着法儿地怂恿茗烟搜寻;因无果而跌足长叹、神伤不已。这还是多少有点来由的人物,而更离奇的是,因惦念着墙上一轴美人的画儿,怕画儿上女子寂寞,要去陪她,结果撞破茗烟与卍儿好事,当卍儿惊羞逃走时,宝玉不忘隔窗嘱咐:放心,不会告诉别人……

这样的例子逐一举来,文章怕要写成流水账,只拣其若干可见,宝玉之无用,若抛开世俗观念而回归人之本性,皆是对人的体贴与关照,大抵是儒家的"仁爱忠恕"思想。仁而爱人,忠而以恕。

这就怪了,不是常说宝玉不喜儒家不爱读儒家之书么?但别忘了,爱不爱读书跟文化自觉是两码事。例如农村老太太刘姥姥，大字不识，但仍懂得成全别人的道理，文化跟知识是两码事。

再说，关于宝玉的不爱读书，也并非不爱读一切书，且不说他抱住《西厢记》等书读到废寝忘食，且他不喜之书中，并不包括"四书"。

宝玉不爱读书，是有前提的。结合他对贾雨村的看法，以及"国贼禄蠹"的口头禅，实际他所批判者，乃为沽名钓誉而读书，并非一概反对。他诗词歌赋能力虽不比钗黛，然亦属上乘，若无诗书加持恐不能为。

说到读书，想起一桩公案，就是关于宝玉挨打之后的黛玉之劝。

且说宝玉挨打后，黛玉见诸人散尽，方来探视宝玉，双目成桃，泣不成声，只抽抽噎噎说出一句"你从此可都改了吧！"

关于黛玉此劝，向来被部分读者引为黛玉亦如宝钗湘云等，劝宝玉读书而走仕途，果然如此吗？得看宝玉接下来的回答。

宝玉闻言道："你放心，别说这样话。就便为这些人死了，也是情愿的！"

若果黛玉之劝如部分读者之解读，宝玉此言简直莫名其妙。黛玉劝宝玉从此可都改了，而宝玉却说你放心，为那些人死了也是情愿的。稍加分析便知，这是他俩的默契，亦是心声。

黛玉所谓"都改了"，是让宝玉把为人尽心的"爱而博劳"都改了，意思是说，别光顾着疼惜关顾别人，也照顾照顾自己，少挨这皮肉之苦，并未如宝钗湘云她们要劝他读书而走仕途经济之路。宝玉自然心知肚明，黛玉的劝纯属心疼，因此宝玉才说你放心，为他们死了也情愿。试想，若黛玉亦如宝钗湘云，宝黛大概早生分了。这是宝黛二人的共识，亦即他们共同的人生理想与价值取向。

这理想与价值便是，相对于现实的功名与成就，他俩更关注内心的自我完成与生命的超拔状态。从现实伦理看来，宝黛皆未排斥儒家的君亲观念，如宝玉向黛玉表白时说，他心里除老太太老爷太太以外，第四个就是黛玉，这是典型的儒家思想。而黛玉日常待人接物亦大体上礼数合规周到，除非病中时。说明于现实人生，也就是本我层面，他俩亦有应付的能力与自觉，毕竟人不可能摆脱肉身而精神独存。但于超我的理想状态下，二人皆以老庄思想为指导，这是本我之上对肉身之于现世的超越。如此，本我的自觉加超我的完成，才促使自我之存在。除却本我层面，对儒家"仁爱"伦理的遵循，超我层面，更体现逍遥而自在的情爱观。所谓逍遥而自在是生命的自由状态，所谓情爱，便是对人世本真的追寻与眷恋。宝黛皆爱着红衣，尤其宝玉，除偏爱红衣，连海棠芙蓉胭脂一类带红色元素者,一并怜爱。红色代表生命热情,意味对人世的依恋。

以"情情"与"情不情"阐释,便是黛玉对人间情缘的无限专爱,以及宝玉对人间情爱的无限博爱,实则殊途同归。

由人及物及自然,是为天人合一。宝黛二人皆爱花,皆爱春天。春天意味着万物滋长,花朵代表生命的热烈。以花寓情,托花自比,是"齐物"思想的反映。宝玉因常跟花鸟说话而被人耻笑,黛玉亦有跟八哥儿的对话和对大燕子的关照,二人对人世与自然无差别对待。此谓"情情"与"情不情"的归一。情之所极,必因爱而浓烈绽放。这爱于黛玉,便是对宝玉的切切依恋,于宝玉便是对黛玉的拳拳呵护。这是独属于他俩的隐秘情感,也正是宝钗湘云她们总隔着一层的地方。想见,宝玉怎会听宝钗湘云的劝?宝钗湘云所劝,乃是劝宝玉遵从普遍价值体系,他们期望中的宝玉是被这种价值体系塑造后的宝玉,而非宝玉本身,至于袭人的劝,更有对未来安身之处的考量,唯黛玉不期宝玉成为任何人,她所爱者,就是宝玉本身。宝黛二人之爱,是对彼此的成全。

再看宝玉的无用。

其一,固宝玉貌似女儿,乃其生而使然,然其装扮亦向女儿趋就,则体现了他的格言"女儿是水做的骨肉"。这话成为书中人笑话宝玉的原因之一。但稍加分析便知,他以为女儿是水做的骨肉,在于强调水之德。道家对水之德性崇尚有加,提倡水之柔弱与上善。只是到了宝玉的语言表达,进一步抽象化与典型化了。我们看宝玉对秦钟蒋玉菡柳湘莲北静王等男子态度,并未见冠之以"须眉浊物",而宝玉对一干婆子亦谓之"死鱼眼"。可见性别不是问题。此"女儿"的表述,可理解为对美的寄寓与象征。因女儿如水之鲜活,正契合他对美的理解。

由于"女儿"是美的象征与寄寓,则天下一切美,皆有女儿之色与女儿之德。秦钟蒋玉菡柳湘莲北静王等人,皆面有女儿气。至于宝玉自己,更是藏在女儿堆即寻不出,则是对美的高度概括。所以,这是作者托宝玉之身之口之念之心,对美的意象传达。设想,这样的宝玉不长成女儿貌反而不像,更不美。

其二,宝玉的不能光耀门楣传承祖业,为他后来的勘破打下埋伏。如此则对于承袭家业而言,宝玉注定是无用之人。而后来的领悟于之前早现端倪。宝玉闻秦可卿之死吐血,已见识人世幻灭无常,后又经历金钏儿等人的死,更添对于生命本质的体悟。宝玉原要得了众人的眼泪而去的,直到见识龄官画蔷才知道各人有各人缘法。这不单于情爱是顿悟,更是对宝玉生死观的一次启悟。到后来金钏儿尤三姐一干人相继离去,宝玉连被泪水送去的念头都不要了,要化为飞烟,化为无迹。

这便如庄子妻死"鼓盆而歌"及"以天地为棺椁"。

到后来与黛玉"无可云证"的探讨，并谛听宝钗关于"寄生草"曲词的解读，从个人领悟到道家思想潜移默化，进而佛理加持，进一步促使宝玉生死观的渐变与形成，为后来断然步入白茫茫大地做足铺垫。

鲁迅先生说，"悲凉之雾，遍被华林，呼吸领会之，唯宝玉而已"，已经揭示，宝玉对于家族的没落是有经验与预判的，尽管是渐进的过程。宝玉领悟人世繁华皆过眼云烟的假象，现世不过寄存，寂灭乃是永恒。而这一切领悟的基础在于他本有慧根，从不为仕途经济而读书便显现出来。这是其三要讨论的。

宝玉的不爱读书，前文已经分析。中心在于他认为所谓的经世致用的"有用"之学不过是"国贼禄蠹"们营营于世的美丽借口。

但无论如何解读，宝玉的"无用"，体现了他对人世的观照与对人本身的关爱，体现在他对人生与生命的领悟。就是说，他并非为俗世中之"有用"而存在，恰以"无用"而为大用。如果"六便士"的有用是为活下去的不得已，而举头望月便是为活得自由而孜孜以求。试想，当我们为了生活而妥协，甚至不免蝇营狗苟时，若连仰望苍穹的权利都失去，那才是悲剧。

我们再回头看宝钗湘云的处世哲学。宝钗湘云是现世担当，而宝玉黛玉是对诗与远方的守望。宝钗湘云的担当与宝玉黛玉的守望，向来被对立起来。我觉得今天可以不必如此。正因为有宝钗湘云们为现世打下基础，宝玉黛玉们才有呵护理想的现实可能；反过来正因宝玉黛玉的呵护理想，才使宝钗湘云们的担当有了坚持下去的凭借。面包和牛奶、诗与远方，我们都需要。

作者黠慧有加又顽皮至极，早预料有人要骂宝玉的无用，于是开篇即借旁人之口及手中巨笔先行把他骂个体无完肤。

这是自占地步。

曹雪芹累于家世而科举无望，失"补天"之机而空负一身才学，陷入无用之境地，作为贵族后裔的清高及文人骨子里的骄矜，又使他不甘与"国贼禄蠹"为伍，以为他们的"有用"恰是"无用"且有害。相对于仕途经济之用，他更看重人间真爱真情的无用之用。种种复杂矛盾心理纠结之下，念及过往，联系当下，终以"满纸荒唐言，一把辛酸泪"假托而成红楼一梦，于是他的骂宝玉无用，便带了悲怆的自嘲与无奈的自况。宝玉的"无用"，是饱蘸情爱而对人世美好的诠释，是对生命本质的勘破与领悟，这勘破与领悟如此"无用"，却亘古有用。

2020年5月

姨娘,娘亲

一

《红楼梦》里没有赵姨娘外貌的正面描写,但据人类遗传学概率反推,毕竟她还生出个神采飞扬的贾探春,可见应当有些姿色,否则当初也不会垂政老爷青目。生下一男一女,说明也曾欢爱。在"女子无才便是德"的时代,作为小妾的赵姨娘,单凭这点,即便不能在人前做牡丹,在人后做一朵小蘑菇,当不难。但命运诡谲,她偏偏活成一株狗尿苔。不单在老一辈手里不讨巧,也难入一班叔伯妯娌的法眼,便是一班小戏子,也能拿她练手出气,更别说在自个儿亲闺女面前失了起码的威严。人生至此,不免难堪。

不禁疑惑,贾府这样体面人家,又是贾政这样头面人物,取个妾何至如此狼狈?

话说从头。

古代中国实行一夫一妻多妾制。娶妻讲究门当户对,贤良淑德是第一要求。而妾的标准多取决于色。就是说,妻是装点门面的,妾是发泄欲望的。对选妾而言,门槛儿就低很多,当然相应的地位也跟妻不可同日而语。

无论平儿、香菱、秋桐抑或准姨娘袭人,姿色都不错,但出身并不高贵。再联系贾母的话:只要模样好性格好,就是那家子穷,给他几两银子就完了……

贾母所谓的"性格好",可不是百依百顺,而是百伶百俐,从她对晴雯的偏爱可印证。想必贾太君给儿子物色小妾时,也遵循了如上原则。赵姨娘是有个性的,否则也难入老太太法眼。

老太太识人有一套,不至于看走眼。但那时赵姨娘终究年轻,人保不齐会变。那么,到底怎样的经历,使赵姨娘变得如此不堪?

赵姨娘是妾,妾也分三六九等。

七十三回,邢夫人训斥迎春懦弱时说:"你是大老爷跟前人养的,探丫头是二老爷跟前人养的,当年你娘比她娘强十倍……"

"跟前人"就是妾。

同是妾,迎春娘的身份比赵姨娘强十倍。以邢夫人的品性,说十倍是夸张,但也有基本事实依据。如此说来,赵姨娘很可能本是贾府家生的奴才,甚或是贾政身边的使唤丫头也未可知,因这层关系才得上位。作为下等的妾,赵姨娘日常需要参与针黹女红。

那日马道婆造访,跟赵姨娘索些布头,赵姨娘能拿出手的,不过零零碎碎。一来说明针黹女红是她日常的本分,二来说明手头拮据。作为从奴才堆里提拔的下等小妾,其地位可想而知,其日常艰辛也显而易见。人性都有向上伸展的渴求,作为半个主子的赵姨娘,进一步是主子退一步是奴才。夹板下的人生,不憋屈才怪。理想与现实的落差,久而久之,没有相当的涵养作定力,难保不出现心理问题。有人品性好些,或得文化涵养,如平儿香菱,也能委曲求全、安分守己。偏偏赵姨娘品性不好又没文化,却有点儿个性,心态失衡在所难免。

就是这样的赵姨娘,旁人唾弃,却在贾政跟前屹立不倒。甚至屡次出格后,除了被贾政呵斥几声,不见有实质责罚,这耐人寻味。

二

耐人寻味也还可以找到根源——

一、贾政和王夫人的婚姻是"讲政治"的结果,难说情投意合,跟赵姨娘则是你情我意,才符合天性。很难想象人前相敬如宾的夫妻,夜来吹灯拔蜡之际,再把一切办得有板有眼、循规蹈矩,能有多少乐趣。但赵姨娘却是小确幸、小野趣。当政老爹白日里于朝堂上惊涛骇浪后,驾一叶扁舟在赵姨娘的小港湾里轻轻泛起,哼着小曲儿,想必别是一番滋味。

二、王夫人作为一家主母,家里头的事儿,千头万绪,当珍珠熬成死鱼眼,性格强悍在所难免。参照后来的王熙凤,贾琏要"改个样儿",水晶心肝玻璃人的王熙凤竟一时反应不过来。可见公事操劳下,连私事也简化了程序。而放养惯了的赵姨娘相对王夫人,显然更有女人味儿。

三、赵姨娘对外人歹毒,但对亲近的人却袒护有加。女人有点儿小毛病才更可爱。回归了一个小女人的秉性。她们可能自私自利,却也更加真实。男人们当然也能借她们之口,说出一些自己无法出口的话,表达无法表达的情绪。

贾政和王夫人的交集更多是白天正襟危坐时,和赵姨娘的交集却多在月上柳梢头，人约黄昏后。

"话说那赵姨娘和贾政说话，忽听外面一声响，不知何物。忙问时，原来是外间窗屉不曾扣好，塌了屉成了吊下来。赵姨娘骂了丫头几句，自己带领丫鬟上好，方进来打发贾政安歇。不在话下。"

有动有静，有问有答，骂几句，笑几句，上床安歇。人间烟火、活色生香。

在感情方面，贾政和赵姨娘才更像一对儿普通夫妻。这画面，跟王夫人可曾有？

贾政曾说过一个尬笑话——

"贾政笑道：'一家子一个人最怕老婆的。这个怕老婆的人从不敢多走一步。偏是那日是八月十五，到街上买东西，便遇见了几个朋友，死活拉到家里去吃酒。不想吃醉了，便在朋友家睡着了，第二日才醒，后悔不及，只得来家赔罪。他老婆正洗脚，说：既是这样，你替我舔舔就饶你。这男人只得给她舔，未免恶心要吐。他老婆便恼了，要打，说：你这样轻狂！唬得她男人忙跪下求说：并不是奶奶的脚脏。只因昨晚吃多了黄酒，又吃了几块月饼馅子，所以今日有些作酸呢……'"

贾政虽不至于怕老婆，但这样一个笑话从他嘴里说出来，突兀不说，颇值得玩味。

人见人烦，花见花落的赵姨娘，至少在贾政眼里是一个合理而必不可少的存在。

但她的存在，有人不高兴。

三

许多人对金钏儿的死耿耿于怀，觉得因为一个玩笑搭上一个花季少女的命，怎么看都有小题大作的意味。这也向来是不喜王夫人者攻讦她的理由之一。

再联系王夫人对晴雯的处理手段，可谓雷霆之怒，几失王夫人平日庄重。

惯常的解读，把这两件事分别孤立看待，但如果把两个看似的偶然联系起来，就看出某些必然。

两件事看起来都有关"风化"，实际上却是触痛了王夫人的隐衷。

金钏儿和晴雯分别是王夫人和宝玉的丫头，又分别有上位的想法或可能，导致金钏之死的根本是她说的那句话："……该是你的就是你的……"玩笑归玩笑，多少暴露了她的企图心。

晴雯被逐,是王夫人看不惯她的"狂浪"。

晴雯由贾母安排给宝玉,本有作为姨娘培养的考量。

无论金钏儿的本意是什么,也不管晴雯自己是否有上位的意愿,至少从王夫人的角度来看,这是不守本分。

此时彼时……她会想起谁呢?

自然,她想起赵姨娘。

虽说半个主子不会从根本上对王夫人的地位有任何撼动,但起码在关乎夫妻情感秘事上,赵姨娘触动了王夫人作为女人的"核心关切"。

当然,这种心思不好表现在明面儿上。于是两件看似偶然的事件,在夹杂着公私恩怨时,成了必然。

金钏儿和晴雯事件,不是两个点,而是一条线。

这在老王家的女人,简直就是传统。

王夫人的侄女儿王熙凤打击谋图上位者,那也是稳准狠,看看她怎么整治尤二姐就明白。

和赵姨娘地位类似(并不同)的平儿,就乖顺许多,固然是天性使然,怕也有看在眼里明在心里的考量。

但与平儿不同,赵姨娘有她的谋算。

封建时代,女人要出人头地,一靠男人宠爱,二靠子女争气。

对赵姨娘来说,探春固然争气,却向来与她划清界限,至于贾环,光蒸馒头不争气。

子女靠不上,能靠住贾政,与王夫人起码也是三七分。囿于礼法,她不可能在明面儿上跟王夫人拼,但能于暗处占得先机也是优选。并且,这种事,王夫人也有难言处,她可以明着压赵姨娘几头,却无法阻止贾政去赵姨娘处安歇。

于是,王夫人的两巴掌,明着打在金钏儿和晴雯脸上,暗里拍在自己心上。

偏赵姨娘不是省油的灯。人家明着伸巴掌,她暗里躺枪。金钏儿对宝玉说:"我倒告诉你个巧宗儿,你往东小院子里拿环哥儿同彩云去。"

说者无心,听者有意。王夫人再也无法假睡,心头怒火熊起……

赵姨娘坏且蠢。她的坏是表象,蠢才是实质。世上的坏人多了去,但坏人往往都聪明,坏也不是唯一招恨的理由,有些坏人还让你离不开。但像赵姨娘这种由蠢衍生出来的坏,简直无可救药。悲剧也就注定。但我们关心悲剧,并不只因为悲剧的结果,更关注悲剧的过程。

四

赵姨娘是妾里的下等,这是她不甘心又不得不接受的命运。

但她也是有儿子的人。

虽说贾环的现实不足以使她母以子贵,但好歹也是贾家未来的继承人之一。人常拿赵姨娘跟周姨娘比,非是周姨娘高风亮节,实在是她一个孤家寡人,没什么争头。赵姨娘起码有些资本,她为自己争实质上是为儿子争。一个女人,娘家不行,婆家不容,纵得老公私下的一点温存,终究于大面儿上无补,于是儿子便成了孤注一掷的资本。人生对别人来说是一幕华丽的剧,对她则是赌局,因出身寒微产生的自卑与敏感又加剧了她下注的暴戾。赌徒的心态往往不惜狠下血本,因此为达目的害人性命也就在所不惜。

于是,我们看到的是一个锱铢必较、睚眦必报的赵姨娘,也是一个屡败屡战、屡战屡败,依然顽强争斗的赵姨娘。

现实里有一种泼妇,为了鸡毛小事也情愿撒泼打滚,为蝇头小利也要以命相搏。人们往往看到她们不堪至极的表面,却难以觉察她们逼仄生存的内里。除了天生的大恶之人,但凡能从容,没几个人动辄以尊严和性命赌明天。

现实里也有一种类似赵姨娘的人,对外人极尽刻薄,尽显市井流氓气,却对家人百般呵护,爱起来一样温柔缠绵。必须承认赵姨娘对凤姐宝玉的歹毒,但也无法否认她在面对贾环时的宠爱。尽管她这种爱是偏狭的、不健康的,但还原到人的本性来说,爱的过程可以卑贱,但爱本身终究伟大。

许多剑走偏锋的人,并非全然因为秉性,还跟际遇相关。同一粒种子可能因为被关爱而伸展明媚的腰肢,也可能因为遭厌弃而于人性深处绽放邪恶之花。

赵姨娘的现实显然不够从容,幼时为奴,不能接受好的教育;嫁为人妇,无法摆脱半奴半主的实际;当为人母时,却囿于礼法,儿女是正大光明的主子,自己倒活成不是奴才的奴才。不是所有人都具备在极端环境下从容捍卫尊严的能力,总有人渐被催逼出动物本能。

不幸,赵姨娘成为其中之一。

这样的赵姨娘,如生在粪堆上的狗尿苔,当最后一抹对人世的渴望褪尽,由浊臭滋养出了一个不安分的灵魂,看到牡丹于己的可望而不可即,又无法忍受安心做一株蘑菇的落寞,终于于黑暗中幻化出五彩斑斓的伞盖,不惜以命相搏,要撑出一片属于自己的天空……

好在天道公允,并不会因为一个人的恶而放弃对他施以悲悯,这悲悯便是不使他丧尽心底残存的良知。

相对其他人,赵姨娘这样的人在贾家败落之后,会有更好的适应能力,她更熟悉底层的逻辑。如果续书不是曹雪芹的原意,也许他会让赵姨娘活下来,而不是暴死。以曹公之悲悯,或许会给她一个于苦难中涅槃的、人性的闪回,最终完成自我救赎。

就这点而言,央视87版《红楼梦》电视剧做了很好的改编。

当面对远嫁的女儿探春,赵姨娘终于洒下悲凄之泪。

而探春那句迟到的"娘亲",也许是对这种闪回的报偿吧?

赵姨娘做了大半辈子姨娘,这回终于做了娘亲。

2019年5月

贾政的归农之意

贾政讲过一个关于砚台的谜语，不料成他自己的写照。从此人们想起贾政，便有一个严肃刻板的印象。贾政为人父子，又居着官，很少有亲自侍奉母亲或儿女膝下承欢的时候。偶尔沾老太太光，跟大家一起凑个热闹，还每每被生怕拘束了孙儿们的老母亲撵出去。官场上的贾政，从其言谈举止揣度，恐非贾雨村等狡狯之徒，当中规中矩、慎笃恭肃。贾政从出场到最后，没得什么升迁，不过换了几个不同的差。年过半百，高不成低不就，难怪一度要露出隐退之意了。

那是大观园工程验收时，贾政借视察的机会，一心要试宝玉之才。当一干人行进到稻香村时，贾政一时说道："倒是此处有些道理。固然系人力穿凿，此时一见，未免勾引起我归农之意。"

看似不过无心之语，年轻时读书不认真，很容易混过去。年岁渐长却读出荒凉。

贾家延世泽已历数代，繁盛至极，到了贾政这一辈，虽宁荣二府还分别有人袭着爵位，但实职却贾政一人。十里街红墙绿瓦内，人们向来看惯了贾赦的高卧，听惯了贾珍的娇纵，见识了贾琏的淫乐，淡漠了贾敬的好道；至于儿孙辈们，则镇日常闲，珠翠环绕、莺歌燕舞，打发静静流淌的美好时光；仿佛被老寿星庇护着，只要一家子还安享一天富贵，天就一天塌不下来。大观园里固然鲜花着锦、烈火烹油，但仔细思量发现，墙外奔忙的事，可依靠者，竟然只有一个贾政。

难怪贾政不讨喜。身处京畿龙潭虎穴之地，常言道：伴君如伴虎，自然深知庙堂之凶险，官场之诡谲，人情之冷暖。而纵观贾府，竟无一人可与之分担者。想来累世公侯之家，盛名之下其实难副。家里的事，王熙凤拆拆补补支应着，而门庭栋梁，却有独木难支之忧。此时此刻，望着稻香村一片田园风光的贾政，顿生归农之意，也就在情理之中了。然而贾政刹那的心灵小栖，却被一片天真烂漫的宝玉打断了。宝玉意思是说，园中的田畦阡陌，终乃人力之功，少了天然款曲。宝玉还要阔论，早被贾政猝然喝住，几欲着人叉了出去。

少年懵懂，青春轻狂，那时的宝玉，如何懂得父亲心头那份荒凉。

宝玉出去，尚可回来，仍不妨一头扎进青春的王国恣意顽闹，但贾政却是真的回不来了。多少人曾吟诵田园之乐，终而身不由己，似陶渊明者到底寥寥。人走到某一步，进退维谷，家与国，礼与法，不是你想抽身就能抽身；人生至某一刻，总难免感叹一声：处处都是人情世故。那时过生日，坐在席间不自在的宝玉，可以借口逃开，晚上再跟小伙伴们嗨，但倘若是贾政的饭局，硬着头皮他也得撑下来。也许过生日时收礼收到烦腻的宝玉永远不会知道，贾府门口两只石狮子左右，多少人巴巴儿盼着奉承呢，倘若一时北静王送了贺礼，又或贾雨村封了金银来，该冷落谁又婉拒谁？在孩子们看来，那是繁文缛节，在大人眼里，全是政治。人的社会身份可能带来尊荣，也可能是局限。就如一些官员们，在席间应酬时谈笑风生、活力无限，可到杯盘狼藉也没真吃几口。直到晃悠悠回家，才忙忙接过老婆手里一碗小面——不过是清水下挂面，再卧一颗鸡蛋。可也就是这碗清汤寡面里，反吃出真味，反格外暖心贴肺。到底在自个儿家，终究有一份从容。

如此一联想，便大概知道贾政的处境。虽说是京官，到底官位不高；至于宫里那位贵妃娘娘，说尊贵，一人下万人上，但尊贵还得由委曲求全打底，皇帝一句话就能翻云覆雨。

贾政的不如意与不得已，像现实里许多人到中年的父母，在进家门前，都小心翼翼掩饰过了的，然而笑着笑着，一不留神，还是把自己出卖了。

难怪要体自坚硬，身自端方。不过是逃在壳里的一只蚌。

贾政下朝回家，要向母亲请安，自然得打叠起十二分笑脸；回到自己这边，王夫人一向和善，却也不苟言笑；宝玉贾环没一个省心的，竟是见还不如不见的好。大概能略微松缓片刻，唯有去赵姨娘房里了。可也不是每次都称心，毕竟赵姨娘心头压着王夫人，一时发挥得好，就能生出探春，一时发挥失常，就要生出个贾环来，贼眉鼠眼的看着都闹心。无奈复无聊之下，贾政便只好跟一帮清客篾片们混在一起了。

清客们的嘴脸，谁人不识。向来趋奉惯了的，捧，是职业的捧；笑，也是职业的笑。天长日久，贾政生命里曾有过的一点子对人世的眷恋与热情，早淡漠了。

说起来，宝玉尽管有情到深处的孤独，到底身边有个黛玉，还有一群姐姐妹妹，他又惯能做小伏低，丫鬟们不大拿他当主子看，自然能一起说心里话；就连王熙凤那么厉害的主儿，跟前还有个平儿顺着，就算哪天不开心甩了门帘子，也有一份无法向外人道的亲近在里头；至于贾赦贾珍贾琏们，寻花问柳热闹着呢。思来想去，竟是政老爹最孤独。

贾政也不是自来如此，也曾是当初那个少年。少年哪有不轻狂，大概也曾真性情。只是后来被社会规范改造，终成一块端方的砚台。人往往如此，也曾想保持本色来着，最后事与愿违，蓦然回首，才发现已无回头路。怪不得那日稻香村贾政失态。宝玉不知自己一番议论，正戳到父亲痛肠。

看来，能聊解荒凉者，唯身边一帮清客了。但清客也不只有篾片的功能。

正如战国的信陵孟尝，豢养门客，不仅是装点门楣的需要。想来清客们也有自己的朋友圈儿，常常互相点赞捧场的。长此以往，互换信息，互通有无。以清客充当眼线，不单串联自己一派势力，也方便随时监听竞争对手，甚而掌握皇宫内人事动向，成为政治晴雨表。

天天跟这些人混在一起，贾政心累可知。但贾政心累的不止这个，更在于下辈中看不到希望。好容易养了个争气的贾珠，是接班人选，成人不久竟殁了；贾琏是大房那边的人，今虽在这边做事，到底不上进；宁府自不必提，早烂透了。可可儿盼着的宝玉，却是只在内闱厮混的主儿。大概政老爹那顿板子预备下好一阵儿了，要的只是一个契机。偏那天就撞上了，贾政眼内冒火，肺摇肝颤，从抓周起，新仇旧恨一起算，于是才有那一场暴风骤雨。

年少读宝玉挨打，疼宝玉、怜宝玉，如今才感到，当初那顿板子，竟是板板都打在贾政自己身上。

打了宝玉的贾政，更不招人待见，大概连作者也终于看不下去了，于是点给他一个学差，把他远远打发了。（谁知是不是贾政自己心灰意冷申请的？）

贾政走后，大观园成了宝玉领衔的自由王国，既建诗社又烤鹿肉；才吟罢风月便踏雪寻梅。

当他们大快朵颐时，大概忘了，正是有人在外艰难负重，才换来大观园里一份现世安稳。

也不知贾政出去几年了。

贾琏当初送黛玉时，不过一年半载，凤姐心心念念，要托人给他带大毛衣，贾政一去数载，竟不见谁曾为他略做绸缪。

许是真累了。这次从外地回京后，贾政"因年景渐老，事重身衰，又近因在外几年，骨肉离异，今得晏然复聚于庭室，自觉喜幸不尽。一应大小事务一概益发付于度外，只是看书，闷了便与清客们下棋吃酒，或日间在里面母子夫妻共叙天伦庭闱之乐"。

......

当初意气风发,寒窗苦读,胸怀修齐治平的抱负,一心振兴家祚、重耀门楣的贾政,风尘仆仆、鞍马劳顿地回来,于公于私,没有功劳也有苦劳,却见门口两只石狮子迷离的目光照出贾家下世的光景来,大概觉得也是气数将尽,无力回天,不若安顿倦躯,颐养天年。

想必这次,贾老终于可以如愿,泛若不系之舟了吧?

然而一声圣旨到——

皇帝送来的不是精神安慰奖,而是紫蟒之上、峨冠之下,锁链声若环佩叮当……

那时上路,贾政一定抬头望了望稻香村的方向吧? 只是上头空挑着的旗子,已不见"杏帘在望"。

2020年3月

秋窗风雨夕

　　眼见秋分已过,秋日渐深,黛玉的嗽疾也较往年更重一些,姊妹们轮番来瞧,固是一番好意,黛玉心里也正盼着呢,可终究病体劳形,心里不免又厌烦,而大家也都体谅担待,不怪她礼数不周。

　　这日宝钗来瞧黛玉,说着说着又说到这病症上头。宝钗不愧是个见多识广的,一番理论下来竟头头是道。想必那时黛玉定频频点头称是,心中感念这个曾被自己疑心的姐姐,竟这般会疼人。病中人最听不得他人贴心暖肺的话,更何况说者是温柔妩媚的宝姐姐。说着无心,听者有意,一时由身上的病触动心上的病,黛玉不免叹道:"死生有命,富贵在天。"宝钗终是大气,把调养之法安排得纹丝不乱。宝钗投之琼瑶,黛玉报之木李。终于黛玉向宝钗敞开心扉,怨自己素日里竟将宝钗误了,原来宝钗心里并不藏奸;又想起前日宝钗劝她不要看杂书的话,更是感佩。向来夸者没有骂者亲,宝钗这是不拿自己见外,于是,黛玉便把自家身世,若雨打浮萍般托出。说自己长了十五岁,竟无一个若宝钗这般教导……

　　难怪黛玉要如此感怀。想来当年自家也是列侯之家,书香门第,如今家道零落,寄人篱下。这强烈落差与疏离,换他人难保不牵动柔肠,况黛玉这般天性敏感而情思细腻之人。虽寄身外祖母家,锦衣玉食,一应用度跟贾家一干姊妹们毫无二致,甚至还更优厚些,但外祖母的疼爱中,终究寄寓了对女儿贾敏的哀思,而至黛玉身上,疼爱加倍,却也隔了一层;至于宝玉,两小无猜自是不错,却也正因此便有求全之毁、不虞之隙。好虽尽着好,到底男女有防,不如女儿家跟闺蜜在一起时的畅怀释意;而与贾家其他姊妹,更多出于亲戚间一份情谊,再说各人脾性不同,不好十分亲近。这时,同在"梁园"的钗黛便因身份上的相似而更易相契,况两人心性才情等量齐观,属同段位,便更有一份异于他人的亲厚。

　　此时,宝钗更进一步,谈起自己。说自己虽看似比黛玉强些,亦不过寡母愚兄相伴而已。宝钗的自降身段,完全打消了黛玉那颗高傲之心最后的防备,禁不住向宝钗发起了牢骚。当一个人向另一个人说出那些不为人道的难处时,便已然把对方当成自己人了；尤其当黛玉说到身在贾府的诸种不便处，宝钗更是感同身受。

宝钗知道，此刻便是解开黛玉最后心结的时候，于是不失时机说："将来也不过多费得一副嫁妆罢了……"这话等于含蓄说自己并无与黛玉争宝玉的心思。

既是嫁妆，又何来"费"？当然是说黛玉出嫁，也还不过是左右倒个手；这左右手，自然是贾家内部倒换个手续。其中隐含的意思，二人神会。黛玉此时脸红笑骂，但心底是不单感念且感动的。

至此，黛玉已认定宝钗这个姐姐了。而姐姐送妹妹燕窝，妹妹焉有不受之理。

宝钗被人多讽，以为她爱藏奸，且心机绵密，而至此一段，讥讽之人却作无视观。若我们将宝钗一番言语回顾，则不单见其真诚恳切，亦见其胸中丘壑。表达善意自是人之常情，能把善意表达得春风化雨，就见智慧了。

宝钗所来，是为探视，便因寻常走动而不显突兀；从黛玉病源论起，进而涉及保养之方，便自然而然，于是方子里提到燕窝，就是信手拈来。于第一步，宝钗打消了黛玉的防备。而后顺黛玉心思纹理切入话题，则黛玉说起家世就了无挂碍。黛玉说到伤感处，不免自怨自艾，这时宝钗联系自身，一下把自己与黛玉拉到同等地位，以同理心换得黛玉同病相怜，便是第二步。接着以嫁妆论事，消解黛玉心头最后一处块垒，继而提出送燕窝，则合情合理。

这样有礼有节又不着痕迹，为人解困却不使人尴尬，简直惠而不费。可见宝钗之为人周到处。这周到里，全是对他人的疼惜体谅与设身处地。如此宝钗，黛玉焉有不敬不爱之理。

宝钗说要送了燕窝给黛玉。虽燕窝尚在远处，却已使人感到一番浓情蜜意。然而黛玉此刻除了感念感动，怕还带着惆怅的吧？因为宝钗要回去了。黛玉送宝钗出门时，留下一句话——"晚上再来和我说句话。"

每回读书至此便不忍再往下看。因已听到黛玉声音，见她一双泪眼，怎样以纤手把了门楣，目送宝钗远去，却无法将一腔情思托付而枉自叹息——

只听她轻轻叫了声：姐姐，宝姐姐……

一部红楼大书，向来喜散不喜聚的黛玉何曾向第二个人说过这话？读至此不免掩卷，总不忍打扰她俩。毋宁守住风雨，让她姐妹好好说说体己话儿。起初伤感，而后甜蜜。一为黛玉终于找到这样一位知己，且是那温婉暖心的宝姐姐；二为两个卓绝女子的冰释前嫌而快慰。钗黛自来被好事者当情敌来解，为此不惜附加许多阴谋论上去，使二人之间显见的亲密也陷入不堪境地。可实际上，钗黛虽初有龃龉，但到底彼此都是冰雪晶莹的女儿，有相似品性才情，更兼各自家世涵养出骨子里的一份高贵,使她们很快知觉出彼此生命质地,终而惺惺相惜。现在借由这样一个时机而互剖金兰契,更让人觉得天公作美,佳人合璧。

观照宝钗言行,让傲娇如黛玉不住点头,服服帖帖,终而尽抛肝肠,让人不禁想到,或许这原是宝钗之苦心安排亦未可知;而之于黛玉,从其对自己的怨悔来看,亦似早已心怀惭愧,不过素来一身孤介而没有契机,而这样一个秋夜,便可谓天造地设了。

宝钗走后,天竟渐渐沥沥下起雨来。那时黛玉定然久久立于门前,直到宝钗脚步声随秋风潜入长夜,仍恋恋不舍,仍把宝钗的话品而又品,愈品愈暖,愈品愈酸,不禁抚了胸口一阵咳嗽,扑簌簌而下、那微凉如羽的两行,不知是泪是雨,便是当时目睹此情此景的秋虫儿,也要不忍,把一缕长叹隐入夜色去了。

支持不住的黛玉回身歪在床上,听雨打窗棂,看秋花惨淡,想秋叶萧瑟,闻声声漏断,不禁慨叹,不免又要自伤一番,便捉了纸笔过来,一首《秋窗风雨夕》,笔落而成、斑斑似泪——

秋花惨淡秋草黄,耿耿秋灯秋夜长。
已觉秋窗秋不尽,那堪风雨助凄凉。
助秋风雨来何速,惊破秋窗秋梦绿。
抱得秋情不忍眠,自向秋屏移泪烛。
泪烛摇摇爇短檠,牵愁照恨动离情。
谁家秋院无风入,何处秋窗无雨声。
罗衾不奈秋风力,残漏声催秋雨急。
连宵脉脉复飕飕,灯前似伴离人泣。
寒烟小院转萧条,疏竹虚窗时滴沥。
不知风雨几时休,已教泪洒窗纱湿。

从今往后,两个青春少女,无论黛玉,抑或宝钗,各自心上便多了一份牵念。正如此刻,窗外秋风秋雨愁煞,窗内耿耿秋灯夜长。黛玉不敢睡,怕错过宝钗,怕她素手执伞而来,切切地,把雨敲屋檐听成莲步轻移。

一首《秋窗风雨夕》吟罢,雨仍在下,宝钗或许会来,或将不来;来与不来,黛玉心中从此住了个姐姐,她的宝姐姐……

2020年11月

124

焦大的愤怒

焦大的焦虑很大。

焦大的焦虑很大不是因为他的脾气大,而是他的功劳很大。功劳很大的焦大得到的回报却很小。

于是,焦大终于忍不住了,他要骂人。他要红刀子进去白刀子出来。

焦大是个老革命。和贾家老太爷是过了命的兄弟。当年自己舍不得吃舍不得喝,去偷吃,去喝马尿,把领导从死人堆里背出来。这一背就背出了个"鲜花着锦、烈火烹油"的贾府来。

这样一个老革命,是应当住在高级干休所的。可偏偏让他一把年纪去做半夜里送人的勾当,他岂能不骂。

军人出身的焦大,不骂则已,一骂就要惊天动地。

他一骂赖二是"王八羔子",说:"焦大太爷跷起一只脚,比你头还高呢!"骂的是不公正待遇。

这样一个八九十岁的老革命你不让他颐养天年也就罢了,起码派个轻松的活计。偏要让他当个马夫。想你赖大赖二哥俩是什么东西,一个当了宁府的管家,一个当了荣府的管家。这口气怎能咽下。

二骂贾蓉,你爹你爷爷也不敢在我跟前"挺腰子",你倒充起主子来了。骂的是知恩不报。

想当年焦大跟着贾家老太爷九死一生才挣下的荣华富贵,如今你们躺在老祖宗的功劳簿上作威作福、鸡鸣狗盗,却如此作派恩人。

三骂贾珍等人,"爬灰的爬灰,养小叔子的养小叔子"。骂的是黑暗的现实。

焦大的骂不是喝醉了突然耍酒疯,酒只不过是引子。

他其实早就看不惯了。只不过原本是要"胳膊折了往袖子里藏的"。可再大个袖子也装不下那么多的蝇营狗苟呀!既然忍无可忍,不如打开天窗说亮话。

红刀子进去白刀子出来,话说反了,可理不反。他清醒着呢。他骂得层次分明、有理有据、重点突出、情景交融。

他醉了，却如此清醒。有的人明明醒着，却装醉。

于是，被骂者只好装聋作哑。

尤氏秦氏都道："偏又派他作什么？那个小子派不得？偏又惹他。"

可见尤氏秦氏对焦大是害怕的，知道他不好惹。不好惹是因为有把柄被人攥着。

王熙凤听到了，面对一脸呆萌的宝玉也只是打马虎眼蒙混过关。以王熙凤的做派，纵然骂的是宁府，似于自己无关，可到底一笔写不出两个"贾"来，再说她王熙凤从来都是个逞强好能的。但这个风头她是没法出了，她自知理亏，硬不起来。

焦大不但骂了贾蓉，连贾珍这个贾家的最高行政长官也顺带着骂了，这就非同小可。贾珍是最胡作非为的人。如果换作别人，丢了饭碗不说，性命能不能保得住还两说呢。可他对焦大颇有点儿无可奈何的样子，他做贼心虚啊。这不单是慑于焦大的功劳，更是怕彻底撕破人面，暴露了里头的兽脸，届时谁也不好看。

要说贾家全然不懂得感恩和怜贫恤老，也不客观。

你看贾府对那些个奶妈们，哪个不是尊敬有加？宝玉是骄纵惯了的，究竟对他的奶妈李嬷嬷还让着几分。贾琏举着一把剑把王熙凤杀得满院子跑，可对他奶妈恭恭敬敬，还给他奶妈的儿子安排工作。八竿子打不着的亲戚刘姥姥来打秋风，哪次不是满载而归？那些年老的有体面的老妈子老嬷嬷们哪个不是在贾府混得风生水起？

可这么一个积善有余而怜贫恤老的贾家竟容不下焦大这个大恩人。

焦大犹如杨家将里面的焦赞，属于家将。虽然都姓焦，可此焦非彼焦。

焦大不会做人。

但凡功臣，事成之后，或者安享荣华，一言不发；或者功成身退，隐逸山林。

你看看，历史上那些立了功又不懂进退的人几个能有好下场？

老太爷活着时，没人敢动焦大一根胡子，也不敢对他挺腰子。可见这老革命也是骄横惯了的，凭着一身老资格，只好由着他。到如今，物是人非，是一代不如一代了，他倒成了肉中刺、眼中钉。

眼看着大厦将倾，几世的基业要毁于一旦，不由得老革命心急如焚。可这对贾珍他们而言，就是如鲠在喉了。对焦大，是杀不得赶不得。不拔会疼，拔了更疼。

焦大行伍出身，没有文化，是个粗人。又不会世故圆滑、阿谀奉承。眼看着赖家兄弟盖了大园子，孙子外放了县令。劳苦功高的焦大当然不服气。

不但不服气，还装着一肚子忠诚。他骂的是贾家的不肖子孙，心疼的却是贾家得来不易的基业。想想看，只剩下门口两头石狮子干净的宁府里的那些见不得人的勾当，连焦大一个被排斥的马夫都知道了，其他人怎会不知？只不过别人不说罢了。别人崽卖爷田心不疼，可焦大是革命的亲自参与者，其中不易与艰险他深有体会。他不忍心啊！

他这一骂不要紧。对于贾珍贾蓉之类，不过是荒淫无道的生活里一个小小插曲而已。可有的人却因此得了心病，而且这一病，治得了病却治不了命。秦可卿治不了的心病何尝不是贾家治不了的天命。

焦大的骂犹如一声惊雷，霹雳而下却没有落出一点儿雨来。贾家的一门孝子贤孙一如既往地像门口的两只石狮子一样昏昏欲睡。

如果贾家老太爷地下有知，会不会后悔当年的戎马倥偬、九死一生呢？我们不好假设。

但，当年喝过马尿的焦大心中一定有过。不然就不会说"我要往祠堂里哭太爷去。那里承望到如今生下这些畜牲来……"

可世事就是这么荒唐。荒唐处不在醉着的人骂醒着的人，而在于醉着的人误以为自己醒着，把真正醒着的人当疯子。可这疯子也终究不明白，要倾下来的大厦是别人家的大厦，这大厦里何时曾有过属于他自己的一间茅屋。

于是，当年喝下去的是马尿，如今被塞进去的是马粪。

姑且把这叫作报恩。

2017年8月

门子，终究不曾入门

门子是个小角色，从热烈出场到黯然谢幕也不过一回之间。

此时的门子，是应天府衙门里的"小跟班儿"，其籍贯姓氏等一概无考。书上交代他原是葫芦庙内一个小沙弥，因庙被火烧之后，无处安身，想跳槽又"耐不得清凉景况"。于是趁年轻蓄了发，充了门子。在判断葫芦案时与他的顶头上司应天府知府贾雨村有一场精彩演出。最终因为雨村"心中大不乐业，后来到底寻了个不是，远远的充发了他"。

由献出护官符、协助判断葫芦案时的神气到被远远充发，其间到底发生了什么。让我们顺着他的出场来梳理一下这短暂而精彩的一出。

门子和雨村算是老相识。八年前雨村还是个寄居在葫芦庙里的落拓书生。彼时门子恰是庙里的小沙弥。他们是朝夕相处过一阵子的，不然为何八年后的门子还能一眼认出已是官服加身的贾雨村。只是八年后的再次重逢，物是人非，命运各异。

薛蟠强夺英莲案发，冯渊家人苦告。当贾雨村正欲发签拿人时，门子适时的一个眼神让雨村狐疑，于是休庭后把门子唤至密室。恰是这一个销魂的眼神从此改变了许多人的前程。

故人重逢，门子倒是不含糊。头一句便是：

"老爷一向加官进禄，八九年来就忘了我了？"

这话的潜台词是，想当初咱俩在葫芦庙里也算是一对难兄难弟，怎么你这一加官进禄居然就把我给忘了。这话说的有些没来由。

且不论此时二人身份的悬殊，就是老相识谁还能一天尽惦记着你一个昔日葫芦庙里的小沙弥不成。

当雨村表示想不起来时门子又说：

"老爷真是贵人多忘事，把出身之地竟忘了，不记当年葫芦庙里之事？"

听到这话的贾雨村"如雷震一惊"。

贾雨村什么出身？祖上也曾是仕宦之家，只是后来才没落了，乃至于受人资助求取功名。但骨子里的清高还在。

这样的人最怕别人知道自己的过往，门子恰恰口无遮拦地把雨村的底细给抖露出来，毫不避讳。不由得雨村闻言会"如雷震一惊"。

好在贾雨村毕竟是饱学之人，又是进士及第，自然有他的涵养。

便笑着道："原来是故人。"

贾雨村一句"原来是故人"不管是否出于真心，但起码礼数周全。这和一开口就说别人贵人多忘事的门子高下立判。

又给门子让座，门子不敢坐。

雨村笑道："贫贱之交不可忘。"

门子这才"斜签"着坐下。

"斜签"着坐下的门子是卑怯的，但嘴上说出的话却一点不卑怯。

这门子道："老爷既荣任到这一省，难道就没抄一张本省'护官符'来不成？"

雨村忙问："何为'护官符'？我竟不知。"

门子道："这还了得！连这个不知，怎能作得长远！如今凡作地方官者，皆有一个私单，上面写的是本省最有权有势，极富极贵的大乡绅名姓，各省皆然，倘若不知，一时触犯了这样的人家，不但官爵，只怕连性命还保不成呢！所以绰号叫作'护官符'。"

也许是贾雨村一句"贫贱之交不可忘"给了门子鼓舞。再说出"护官符"这档子事时，门子的语气竟像是一个老师在教诲自己的学生。这让"人间万姓仰头看"的自负而傲娇的贾雨村心里怎么想？

他宦海沉浮的贾雨村居然连这基本的官场潜规则都不懂，只能从一个门子口里得知。

从门子的描述来看，这已不是潜规则而是人人皆知的明规则了。连这个都不知道不要说长远做官，怕是搞不好连命都保不住。这就让贾雨村面子上很不好看。驳人面子的事，给谁心里都不爽。

毫不避讳、口无遮拦、驳人面子也就罢了，门子偏偏爱显摆。

当贾雨村问及"如你这样说来，却怎么了结此案？你大约也深知这凶犯躲的方向了？"

门子说："不瞒老爷说，不但这凶犯的方向我知道，一并这拐卖之人我也知道，死鬼买主也深知道。"

聪明人往往明明知道却说不知道,尤其在尔虞我诈的官场。有些事不知道最好,知道了藏在心里是明哲保身。可门子偏偏爱显摆。他知道凶犯以及一干人等的下落,却不知道祸从口出的道理。

当贾雨村问这被拐卖的丫头是何人时。

门子冷笑道:"这人算来还是老爷的大恩人呢!"

会说话的人不会把一切都挑明,总要据情况有所保留。门子把英莲的身份一下子摆明,这就让贾雨村下不来台。一方是一旦触犯连命都保不住的护官符上的薛家,一方是自己曾答应要寻找的恩人的女儿。公正办案吧,可能官位不保;不公正吧,良心不安。偏偏又遇上这么一位对自己知根知底的"故人"。这个态不好表。

这里,门子的冷笑显得意味深长。门子早已看穿了贾雨村的为人,知道他必然为了自己前程而选择自保。他这一冷笑等于赤裸裸揭开贾雨村道貌岸然的伪装。贾雨村此时恐怕已然由不爽生出了厌弃,只是引而不发。

只是贾雨村的城府不是一个小小门子能轻易揣度的。

贾雨村问,"只目今这官司,如何剖断才好?"

门子笑道:"老爷当年何其明决,今日何反成了个没主意的人了!"

门子劝雨村不如做个"顺水推舟"的人情。仿佛这案子如何剖断如何结案他早已了然于胸。

其实此时案子如何裁定,在贾雨村心里结局已定。但这个话贾雨村此时还不便明说。他不说不代表着可以由你一个小小门子信口开河。只是,此时的贾雨村只能"虚心"地将虚伪的表演进行到底。

雨村道:"你说的何尝不是。但事关人命,蒙皇上隆恩,起复委用,实是重生再造,正当殚心竭力图报之时,岂可因私而废法?是我实不能忍为者。"

门子听了,冷笑道:"老爷说的何尝不是大道理,但只是如今世上是行不去的。岂不闻古人有云:'大丈夫相时而动',又曰'趋吉避凶者为君子'。依老爷这一说,不但不能报效朝廷,亦且自身不保,还要三思为妥。"

又是一个冷笑。

贾雨村一个饱读诗书的堂堂知府难道不知道古人所云的那一套,偏偏要听从你一个门子嘴里说出这一番大道理来,还要在你跟前做一套正义凛然的表演。这一个冷笑,就不单是揭开了贾雨村正义凛然下的假面,更是深深地鄙视了。也许"充发"门子的念头已经落地生根。

然而,更要命的还在后头。

当贾雨村向门子"征求"如何剖断的意见时,门子自作聪明地抛出了一个自以为高明的"扶鸾请仙"的馊主意。这种荒唐的手段恰为儒家所不允。更何况贾雨村正准备在仕途上飞黄腾达之时,岂能授人以柄,留下这么个污点在身。于是,只好以两句"不妥"敷衍打发了聪明过头的门子。

已知"护官符"及其利害关系的贾雨村心中其实早已有了答案。所谓的问只是一种虚伪的表演而已。这一点从后来贾雨村判案时的情形得以印证。他深知冯渊已死,那些所谓家人无非是想得一些赔偿的银子罢了。钱一到手,立作鸟兽散。

两相对比,究竟谁的手段更高明,一眼便知。

门子不知其中曲直,喧宾夺主,俨然自己已成了审判者,真正的判官倒成了傀儡。此时的门子显然已经得意忘形。

一个毫不避讳、口无遮拦、自作聪明的门子面对在官场浸淫洗礼过的贾雨村,道行到底还是浅了些。于是"到底"被贾雨村寻了个不是远远地充发。

这一个"到底"道明了一切。说明门子的被"充发"早在贾雨村的计划之中。也许就在这次谈话以后就已坚定,只是一直在寻找一个合适的机会。机会一到,门子立马滚蛋。而且是"充发",这就不是开除那么简单。

这里还有一个不可忽略的细节,就是门子为贾雨村献上"护官符"的时机。

门子为何不早不晚偏偏要在贾雨村即将发签拿人时使眼色?这绝不是门子脑子短路一时冲动,而是有意为之。

试想,如果事先献出来,以贾雨村这个老江湖的为人,拿来一看,转念一想,一定会对门子说,你这个玩意儿我早都看过了……这样一来,门子的献符不但没有邀上功,反惹一顿臊。

如果事后献出,万一贾雨村已经作出了不利于薛家的判断,此时再献不是明摆着找抽吗?

因此,门子精明而敏锐地选择了在大堂上察言观色,静看局势如何发展,伺机行事。

没机会献便罢,如果要献的话,不能早献也不能晚献。只有在贾雨村将发签拿人时才是最佳时机。因为此刻将直接决定贾雨村未来的前途命运。

门子瞅准时机使眼色献出护官符等于挽救了贾雨村。你想,贾雨村能不感恩他吗?

可见门子的精明与善于钻营。但不幸的是他的对手是贾雨村。只能说天外有天、人中有人。

由门子一个眼神觉察案件可能暗藏玄机，充分证明贾雨村有着敏锐的政治嗅觉和见风使舵的变通能力。

一个在底层厮混的门子，又如何能窥见一个高明的政治投机者的机心。他们的斗法一开始就输赢已定。他们之间的戏，注定要一家欢喜一家愁。

回头来看，门子其实是个非常渴望改变命运的人，他善耍小聪明。他是"耐不得清凉"才蓄发还俗。当初他的出家可能只是无奈之举，估计也是穷人家的孩子出身。他有在尘世里追求上进的心，否则不会由一个无依无靠的小沙弥成为后来可以出租房产的房东。他生存能力强，有经济头脑。能觅得门子这样的差，说明社会活动能力也不差。能在贾雨村面前把官场生态说得清楚明白，说明他平时善于学习观察。他利用"故人"的资源攀附贾雨村，说明他有积极向上的想法。从给贾雨村献上"护官符"的细节能看出其精明。

倘若门子能从此求个安稳，俗世当有他一席之地。以他身上的这些特质，甚至还能在属于自己的世界里混得有模有样，虽不能达官显贵，但小富而安毫无问题。

偏偏他是个"耐不住清凉"的人。

如果他当年在葫芦庙里吃斋念佛时，能够稍微熏染一点佛心，即便没有慧根，起码能知道些许进退之道。即便没有开悟，如果多少能听进去一点真理妙谛，放下那么多他本身不能承受的欲念，也许做不了一个称职的小沙弥，起码还能做一个规规矩矩的门子。

可惜，他身在佛门时，心恋红尘；身处红尘中又有着德不配位的不切实际的幻想。

于是，他的悲剧已然注定。

2017年7月

尤三姐与柳湘莲

《红楼梦》是一道大餐,吃相自是斯文,冷不丁来一顿火锅,直叫人大呼过瘾。

这不,薛蟠头摇得拨浪鼓似的,打马而来;他把柳湘莲当成了自己的菜。也难怪,花样美男,又擅长在风月里客串,恰似如花美眷,倘不温存一番岂不辜负这似水流年。

薛蟠的算盘打得不错,一如当初的贾瑞,想来嫂子都是寂寞的,优伶命里便该着水月。爱扮优伶的二郎偏又姓柳,怎不教人从头顶痒到脚底板。

得了二郎密约,摇头咋舌的薛蟠,自是与天下浮浪子弟一般情状,所谓骄奢淫逸,毕肖毕现。远处,柳湘莲冷眼旁观,想必已于心里把要来的事实演习一番。结局不出意料。身陷泥塘,薛蟠只有呼爹喊娘的份。被风月淘换虚了的身子,怎禁得惯弄枪棒的二郎三脚两拳。

看冷二郎挥一挥衣袖绝尘而去,薛蟠泪眼婆娑,千不该万不该,不该心存如此龌龊的念想。

行文至此,不禁慨叹,原来一切骄横的东西,要剥下他的皮来,也不过外强中干。

红楼里的纸老虎不止薛蟠一个。

这边厢,尤三姐正跟两个人厮缠。一个是宁府长房长孙贾珍,一个是荣府长房长孙贾琏。两个贾家未来的接班人,流连花丛惯了的,就算知道自己的不堪,也难免存着红袖添香的妄想。二姐已然得了,三姐到手,岂不在唾手之间。在这样一个暧昧的夜,连槽前的马都不安分起来。跟着久了,主子的马也有了主子的脾性,见不得个新鲜的。马棚内,马在荷尔蒙驱使下蠢蠢欲动;屋檐下,人在灯影里鬼影幢幢。马咳人唤,夜幕下一番情欲该如何安放?这次,马是否得手成了未知的悬案,人却失了前蹄。只见两个在浪里行走多年的,一朝被浪打翻。跟三姐比浪,也不问问您那河沟里可泊得老娘这大帆船。贾珍贾琏两个浮浪子弟,才要起范儿,就被尤三姐几个花拳绣腿俘获在石榴裙下,狼奔豕突溜之大吉。真个是此须眉不若彼裙钗。谁曾料,姓尤的三姐不单是个尤物,竟还是个女中豪杰,竟眼睁睁把两个男人给嫖了。

贾珍贾琏不明白,是王八就只能对绿豆,况王八也不是说是个男人就有资格当。倒应了云儿那句话,我的儿,姐儿不开,你可怎么钻!

浪是一种风情,一种姿态,当作下贱,可不是猪油迷了眼。

而薛蟠的轻佻,却实实源于贱。

柳湘莲打薛蟠,自是情理之中,要怪就怪他的有眼无珠。

二郎是谁,那也是世家子弟出身,虽说如今没落了,但世家的底蕴还在,生命的底色尚存。

没有天生的冷,只有后来的寒。家道中落的柳湘莲,想必是经过了一些人间冷暖的故事,看透了世态炎凉,曾经的繁华转瞬成空。于是把一颗心冷了去,以冷眼觑着人间。一场场风花雪月,好似演给纷扰的人群,却于寂寞处演绎着独自的荒凉。戏里戏外,低吟浅唱,是一个人灵魂的高蹈。柳湘莲的冷,是直面惨淡的人生,把心底的纯粹幻化成舞台上的水袖飘飘。

这世间,没有从高处跌落一回,便无法体会绮罗丛里,香陌之上,谁与斗春风的落寞。

台上唱戏的柳湘莲,扮的是风月妆,台下看戏的尤三姐,早已陷落在风月里,这是不是冥冥中的注定?

故事由风月开始,缘起却与风月无关。柳湘莲什么人?台上能唱戏,台下能交好宝玉,心怀绝美爱情的理想,能把家传宝剑定信于人,也是至情至性。所谓冷面冷心,只是情到极处人孤独的假象。难怪尤三姐一眼就识破英雄。尤三姐识得柳湘莲,源于她识得自己的孤独,否则也不会在陷落风尘时,依然自称“金玉一般的人物”。

这样的柳湘莲,被尤三姐一眼相中,绝非偶然。相似的人总能于万万人中一眼识得对方——

那不是对方,只是另一个自己。

然世间琴瑟相和的故事需要机缘,更多时候你不得不承认,高山流水遇知音也难免被鼓瓦敲盆者当成臭味相投的不期而遇。于是,薛蟠的有眼无珠和挨打便是注定。

这人间,内容相似的人难求,外表相近的故事却一再上演。

想来,尤三姐之于贾珍贾琏,便也是柳湘莲之于薛蟠。

别忘了，柳湘莲也是个眠花卧柳之人，这跟尤三姐的陷落风尘何其相似。只是于风尘里看到霁月彩云需要慧眼。贾珍贾琏显然不是这样的人，他们必然以为三姐跟二姐是一类人，却不识风尘里也能开出莲花。莲花的洁，不在其人人皆可见的白，而在她出于污泥的不染。这里无意洗白尤三姐的过往，不得已时，为生存，谁没有放低过身段。在生存面前，道德可以暂时退避三舍。有人一出生就躺在蜜罐里，还嫌弃着那里的甜，有人一落地便要以命相搏赌明天。陆离斑驳的前世，捉襟见肘的今生，不堪怠惰的母亲，无能羸弱的长姐，才离寒窑又入狼穴的际遇，一切一切，注定无法扎就一堵安身立命的墙。所谓未来，不过是篱笆的影子，不能关照里头的人，却透出诡谲的命运之光。

那个时代，身为女人，又陷尘埃，为了活下去的希望，身体是唯一可驾驭的资本。好在尤家姐妹天生得一副好皮囊，这是命运于寒微处的眷顾，却也无意中成就又一个红颜薄命的注脚。

混迹于风月场，流连在水月中的尤三姐，并未失却金玉的秉性。这结论不单源于她的自诩。当所有人不识宝玉时，她能看到宝玉的可贵处。

尤二姐一类，皆以宝玉为草莽。三姐独说，他站在我们面前是为遮蔽那起子和尚的腌臜；嘱咐婆子们以新碗沏茶，是对身后这对儿金玉般人儿的关照。

人只道尤三姐是个尤物，殊不知她竟是个慧眼英雄。

由此，那日的尤三姐，能于人群中多看柳湘莲一眼，从此忘不了他容颜，并从此暗定终身，只是两个相似灵魂的偶遇。

只是，这千万人中的一眼，却是命中注定的殇。

命运是什么，是于不可见又不可说处织就的网。

这网对柳湘莲而言，便是他心头的"执"，是于污泥浊淖中的昂然奋起。他的四处流浪是不得已，假扮风月只是暂避锋芒，他知道自己是什么人，所以对薛蟠的错看愤然而起，挥拳相向。他打的是薛蟠的腌臜，打还的，却是自己的一身高洁；后来救薛蟠，救的不是薛蟠的不堪，是为自己天然禀赋的一腔义气。一种品质能成就人，反过来也是束缚。有些坚持，保留自我的同时，难免自编罗网。他的非绝色之人不娶，不在绝色本身，表明的是不妥协的态度。

于尤三姐而言，若陷落风尘是不可承受的命运之轻，则于风尘中坚持自我便是必须担负的生命之重。跟柳湘莲一样，她也知道自己是谁。如果陷落风尘是命运的无妄之灾，锁住命运的咽喉作最后一搏便是自我的绝地反击。她一边堕落着，一边寻求可以攀附的稻草，这稻草便是于凉薄的人间寻一个可托付的依靠,尽管渺茫,却因心怀微弱的希望而坚持着。然而命运并不会因为心存希望便不吝垂青。只有把希望寄托于天遂人愿。为此,她等了五年,五年的光阴,只为重逢那个当初她多看了一眼的柳二郎。

但贾珍贾琏一流是不懂的。

他们的不懂在于,对尤三姐而言,俯身屈就是为活下去而低到尘埃里,暂时的苟且是为了终有一日开出生命的莲花。这是无奈之下的决绝——既担了这个虚名,不如把这虚名坐实又如何;既然要逢场作戏,不妨大家好好演一场。

只是,命运的网也有疏密,对有人网开一面,对有人却是一网打尽。向来,男人们一个转身便是浪子回头金不换,对女人而言,便是一失足成千古恨。

贾府门口的石狮子不说话,看眼前人情世态如流,门前的十里街上,多少人一头钻进势利里去了,再不见出来。

至此,两个各自在风尘中独立行走的人,终于在彼此的意念里狭路相逢。

那时节,尤三姐鸳鸯剑在手,将一股雌锋隐在肘内,向着面前的柳二郎,一面梨花雨落,一面项上一横,便是把前尘往事斩为两段,倾倾慕慕转眼云烟,分离乍,便一缕香魂渺渺冥冥,不知哪里去了……

尤三姐一死,柳二郎抚尸长恸,幡然醒悟,也跟着跛足道人悠悠去了。

……

如果能重来,柳湘莲和尤三姐该如何看待这一场庄重的行为艺术,如果命运能回光返照,他们又该如何看待当初的执迷不悟。

然而不容假设。

曲终人散的名利场,熙熙攘攘,戏散了,还会重演,人走散,却是万古寂灭。

柳湘莲当初的后悔,是为三姐的不贞,柳湘莲的悟,悟于目睹尤三姐的刚烈。三姐的死,让他看到,三姐是真正懂得并欣赏自己的人,让他明白什么叫身在污泥心洁净,白璧无瑕待郎君。他一直以来等待的何尝不是这样一个人,这个人真的来了,却是在死的一刻。于是,两个最应该在一起的人,成了失落的鸳鸯……

成就悲剧的,是偏见,是执念,也是各自不经意罗织下的网。

没有天生的荡妇,只有被岁月践踏的破鞋。

出身、遭际、自己的老娘,都是无可选择的命运。尤三姐能选择的只有在红尘中舞蹈而不被污淖吞没,她的殉情不是幡然悔悟,而是以命相搏。

柳湘莲能痛打轻薄的薛蟠,也能挽救其于水火。自己一贫如洗也要留几百钱为朋友重修坟墓。虽然"纵有几个钱来,随手就光的",却在十月初一之前就"打点下上坟的花销"。

这样的人绝非心胸不够开阔。

尤三姐和柳湘莲,看似各异,却殊途同归。

一个曾眠花卧柳,一个曾陷落风尘,骨子里却都宁为玉碎、不为瓦全。正如那把断送尤三姐性命,又斩断柳湘莲三千烦恼丝的鸳鸯剑,其实是双璧合一,一体两面。俩人都有侠士风骨,必不容于浊流。故,一个死、一个隐。作者对照着来写,是二人人格与精神的交相辉映。尤三姐因情而耻,因耻而死,柳湘莲因执而困,因困而悟。对于两个相似的灵魂,未必不是最好的结局。只是这样的结局,未免让执书人悲叹……

如果一切能够重来……

然而太迟了。

当尤三姐"揉碎桃花红满地,玉山倾倒再难扶"……

当鸳鸯剑下斩鸳鸯,红尘再无柳二郎。

2019年6月

贾宝玉的生命美学与有情世界

一

贾宝玉说:"女儿是水做的骨肉,男子是泥做的骨肉。"

又说,未嫁的女子是美珍珠,嫁为人妇后就成了死鱼眼。

亏这话是书中人所说,若现实里有人胆敢直言,男同胞们不得讨个说法?更别说已婚女子,怕恨不能撕他的嘴才好。

但也不必着急。这是语言之于艺术与语言之于生活的区别。语言于艺术是高度抽象与概括,表达的是意象;语言于生活,则在交流与沟通,表达的是具象。这种差别造就了艺术与现实的隔膜,形成一种错位而陌生化的审美。又因为这艺术人物是贾宝玉,也就更不觉有愤然的必要。反之这话若从贾琏嘴里说出,才教人笑死。

贾宝玉是艺术人物,更是艺术人物中具备艺术气质者。

艺术气质不是说贾宝玉善舞文弄墨,吟诗作对。而是说他对自然与人生具备特别的敏感,通过对自然与人生的观照来体认自我心灵世界。他对自然风物赋予人格特质,常与花鸟说话,对石头发呆,亦对他人喜怒哀乐感同身受,不失时机就要体贴周全,为此不惜屡被嘲讽奚落而不改其本色。纵大病初愈时,见杏花已谢,绿叶满枝,望青杏不舍,进而由此想起择了夫婿的邢岫烟:不过两年便也要绿叶成荫子满枝了;再几年不免乌发如银红颜似槁,而不胜神伤……

诸如此类情节,红楼书中累牍。若通盘考量,凡此种种皆指向一点,即贾宝玉对一切美好皆存疼惜与眷顾。使贾宝玉疼惜与眷顾者,皆具相似特质:无论物与人,皆具美感。因杏花美而想到杏花凋谢,便心生不忍;由对杏花的美与不忍推及邢岫烟的美与美人迟暮,庶几痛断肝肠。

因美感触发某种联想寄寓,是人的移情与共情能力,是人的通感,恰是艺术之发端。移情与共情本人之常情,但若集至某种浓度而与特定生命能量化生,便结为艺术气质。于贾宝玉而言,对美的敏感与领悟,便为其艺术气质的基础,并进一步内化为其人格的一部分。以此诞生了贾宝玉的生命美学。

贾宝玉生命美学的内涵,联系他上述两句话加以概括,在于他认为以水之德所承载的女儿们的某些特质,是为美;反之,以泥之性为载体的男子们,其某些特质,则是丑。与此同时,之于女子,则婚嫁与否便成美与丑的分水岭。

这是贾宝玉生命美学倾向的基本判断。

虽已说过,语言往往之于艺术需要高度抽象与概括,但我们仍然禁不住追问这抽象与概括的心理基础为何?说这话的贾宝玉是否对于女儿存着偏爱而对男子心存偏见?又或是怎样的心理底层逻辑促使他对于已婚及未嫁女子有此分别?

试以分析——

贾宝玉镇日长闲而厮混于脂粉队中固是常态,但若据此说他对男子全然排斥,却不尽然。

向为贾宝玉所亲厚者,非但女儿甚众,须眉男子亦玲珑在列。比如北静王,比如柳湘莲,比如秦钟与蒋玉菡。与此类男子相交,贾宝玉非但未觉得“浊臭逼人”,甚而生出自惭形秽之感,只是面对如薛蟠贾雨村之流的男子,他才心生鄙弃与抗拒。

既如此,则水与泥的骨肉之说,是为美与丑的天然区隔,似不能成立。

然而当把与贾宝玉亲厚诸男子作观照,不难发现,他们具备一种共性:

无论面如美玉,目若明星,真好秀丽人物的北静王,还是风流妩媚的蒋玉菡,抑或眉目清秀,粉面朱唇,身材俊俏,举止风流的秦钟,无不具女儿情态。而至于柳湘莲,则根本就是兼具阳刚与阴柔之美,雌雄同体而若神一般的存在。

可见,这些与贾宝玉亲厚的男子,莫不被作者赋予女性化特质,即虽身为男儿却具水之德性。水德乃坤德。作者笔端加诸,则水之德性不单为女儿所独有,在一些美好的男子身心中,亦隐约可见,这就打破了性别局限。

可见某些男子也是水做的骨肉。

再说女儿。

女儿皆由水做成吗?

若说年轻美貌者诸如林黛玉、薛宝钗、晴雯、袭人、紫鹃、鸳鸯、金钏儿等一干人由水做成,当属毫无异议。但年轻美貌的女子,何止以上诸人。比如夏金桂,甚而其婢女宝蟾亦可谓妙龄美女;况贾府下层不也还游荡着诸如多姑娘与鲍二家的这样的绝色尤物吗？

她们是水做的吗？

显然不是。夏金桂与宝蟾之为人显为贾宝玉不齿，更别说多姑娘鲍二家的一类，简直为贾宝玉所避之不及。

可见女儿也不都是水做的，其中有些可能是水泥做的。

那么是说，唯未婚的女儿才是水做的吗？

然平儿香菱显然已婚，贾宝玉仍要设法尽心释意；亦有秦可卿、王熙凤等与贾宝玉关系密切，皆为已婚者。

看来已婚者也可能是水做的，只不过未嫁的女儿是水做的概率更大一些。

可见，所谓水做的骨肉，即秉赋水之德性者，而不纯以性别论。

再看另一句话：女儿未嫁时，还是美珍珠，一朝成婚，则成了"死鱼眼"。

贾宝玉之于未嫁的晴雯袭人鸳鸯金钏儿等一干人，极尽软款温存，可说她们还是美珍珠的缘故。但想来她们以后若无更高人生进阶，必定迟早或做姨娘或配小厮，甚或打发出去予平民为妻为妾，待年深日久后，谁能保证她们不会成为贾宝玉口中所谓"死鱼眼"？

便如林黛玉薛宝钗抑或平儿香菱者，虽身处富贵中，安于温柔乡，若假以时日，不也是未来的王夫人邢夫人，抑或赵姨娘周姨娘？且谁又能保证她们之中不存着个把"死鱼眼"？

而更至于又老又穷的刘姥姥，则更不知称其为何物了。

却未见贾宝玉对王夫人邢夫人乃至刘姥姥以"死鱼眼"的态度相待（固然中间交杂血缘亲情因素，但亦仅为充分条件而非必要条件），可见是否"死鱼眼"，不单以是否婚嫁定论。已嫁人的，也不见得都成"死鱼眼"。

以上分析可知：美珍珠与"死鱼眼"的界限在于是否被某种恶俗所玷污，而不纯以嫁与未嫁为依据。

二

话说从头——

对于把对美的疼惜与眷顾作为生命美学最高价值的贾宝玉，美好不免短暂易逝，故而伤春悲秋，但怕美人迟暮。因以软款温存向女儿们寻求他美的寄寓，企望美的永驻。而他的女儿是水做的骨肉与未嫁女子为美珍珠的判断，正是基于两者所体现的生命之美，在此两种女子尚未领受尘寰沾染而使其美得以保全，而这美又不仅存于女儿之中,亦存于某些男子之中。于此,语言经点化,便有超越生活而升华为艺术的可能。于是,作者艺术构思的心理基础形成了。

美的消逝固然使人惆怅。但更有一种人间悲剧,在于随着美的被尘世消磨而趋于其反面,从而呈现某种丑态。贾宝玉之所以厌恶那些"死鱼眼"者,概因此故。这便是贾宝玉之所以有美珍珠和"死鱼眼"论的心理上的底层逻辑。

通过以上梳理,对于贾宝玉所言两句话的内涵便有了重新认识与定义的可能。下面就作者艺术创作技巧与手法而言,进一步对其艺术特色加以分析——

首先,作者以女儿作为水之美好德性的载体,是其良好愿望的寄寓。

女子特有的温婉娇憨以及对生命更趋于直觉的情感领悟,更能触发美与美感之于人的体验。在"女子无才便是德"的时代,女子大门不出二门不迈,虽身心束缚,却也利于涵养为人的种种美好品性。不像一般男子广泛参与社会,性情更易被世俗所沾染。更有诸如贾雨村一类禄蠹,奋身跌入声色货利的大染缸,其品性乃至人性难得保全。

其次,把某些品格特质赋予某类人物,属于塑造典型人物的方便。赋予女子美好寄寓,更是作者高妙的创造,使人印象深刻、过目不忘。另一方面,美是抽象的,若无恰当载体呈现,易陷入空洞。而将美的内涵高度抽象概括后赋予女儿,是以女儿之美对人性之美的涵盖。

再次,由女儿统摄人性之美,含着作者对于女性的深刻同情。传统女性向来从属于男权社会。而以中央集权为特征的男权到达明清时,已至巅峰。作者作为时代见证者,对此不会没有深刻体察;且源于其特殊家世影响,其领悟更进一步。从这个意义上看,作者借贾宝玉之口对女儿的极尽赞美并非同时刻意对男子的贬低,而是对于那个时代的反叛。作者于对男权社会的反思里,发出对健康生命秩序的渴望与呼唤。

综上,围绕贾宝玉所说的两句话,以其生命美学的意涵及作者艺术创作上的特点试加分析判断。

分析判断若仅停留在艺术审美层面的话,还不足以领悟作者借贾宝玉之言折射出的、更广阔的文学意义。

贾宝玉具备独特艺术气质与人格,这气质与人格体现在对美好的疼惜与眷顾。而对疼惜与眷顾的观照,则赖于贾宝玉所建立的有情世界。

贾宝玉眼中心中世界,乃有情世界,以情加持而体察世间种种。情于他而言非但源于生命内里的热情,更带着救赎的力量。他对杏子生发辜负之情,对桃花常存眷顾之念，甚至与一切花鸟鱼虫对话，赋有情于无情中，所谓"情不情"；于人的世界而言，对身边诸人的疼惜与不忍，甚而为墙上一幅画中女儿的怜爱与惆怅，无不带着深刻的忏悔。其对人的悲悯与担待，源自生命的自我反省意识。

忏悔为救赎的前提。

实际上，说贾宝玉"情不情"并非全面。贾宝玉"情不情"又"情情"，可谓全情。

他借以忏悔而救赎者，便是以他的全情而"传情入色"。

而所谓"传情入色"，是以全情的姿态而入世阅历，亦是他赖以忏悔与救赎的契机。

览红楼书，所见"因空见色，由色生情，传情入色，自色悟空"云云。"情"成为加诸"色空"之间的第三极。作者之于"情"的引入而形成一个新的系统，成为贾宝玉自我实现与人生渡脱的法门。

"因空见色，由色生情。""色空"是"情"的前导与基础，

"传情入色，自色悟空"，"情"是"色空"的媒介与引领。

由此，则将所谓"大旨谈情"扩展至对"人间世情"的担待。

再反观作者开篇自况之语，则可见作者之忏悔，并非全然于飘零落拓之际对家世衰颓的荒凉之叹及未能承当中兴家业之责的愧悔，而更在对美好易逝的怜惜以及由此生发的对人生意义的终极追问。由此追问引发对闺阁中儿女之情的叹惋，而向一切人间之美追悼的延宕，进而以有情世界的胸怀，向更广阔的人世情怀寻求托付，以寻找现世人生的出路，是为由忏悔向救赎的转向。

最后再反观贾宝玉口中那两句话，便有其非凡人文意义，更有其哲学意义。

作为文学家与艺术家的曹雪芹，同时成就了哲学家的曹雪芹。

2020年10月

心疼宝钗

听蒋勋先生讲红楼,时而为其磁性的声音入迷,亦不禁为其悲悯动容,然听至宝钗,却每难认同。可见一部红楼,百般滋味在各人心头,他人所见终不过参考。

先生解读宝钗常用几个词语,如"经营""公关"一类。概谓宝钗之于贾府乃至对于宝玉有所求而求之不得,所以要经营,要公关。可我想问,宝钗出身皇商之家,品貌才情亦"冠艳群芳",她有何经营与公关之必要呢?即便而今家道中落不复以往,却也比之贾府不遑多让,且薛家不似贾家人事冗杂,娘母子守着旧产亦可风光度日。所谓"投靠",不过名头而已,贾家自身尚江河日下呢。再说"金玉良缘",宝钗本人并不十分上心。而归于个人情感,自与黛玉互剖"金兰语"后已然体面转身。至于以后假黛玉之名而嫁给宝玉,则遵命而已,非其本愿。坦率说来,宝钗深心究竟是否瞧得上宝玉,还在两可之间。

看来"经营"与"公关"有"贴标签"之嫌。

蒋勋先生解读宝钗,首先确定了一个立场,即宝钗或薛家想方设法甚至处心积虑要谋入贾府。有了这个预设,则如"疑邻偷斧",行动可见目的不纯。可当我们把"经营""公关"换成"体贴""周到"又将如何?

从文本入手。宝钗行事之体贴周到,得贾府上下人等激赏。别人不论,贾母的评价最有说服力,老人家可是自己说过不讲什么门楣高低的,只要性格温柔行事和顺便是好的。宝钗也确实有赢得老太太之心的实际行动,无论点戏抑或点菜,都出于对老人家一片孝心,实乃人伦常情。至于王夫人本是其姨妈,彼此亲厚何错之有?对其他平辈,则全无讨好的必要,大家合得来就多来往,合不来就少来往便是。而对于下人的降尊纡贵,是涵养使然,毕竟她身为贵族小姐,是体恤亦是体面。最直接说明问题的是其心迹。文本说,当得知自己与宝玉得到贵妃同等赏赐时,她心里没意思。

当然,从创作角度讲,"木石前盟"与"金玉良缘"两说,本为"二律背反",体现人生抉择之两难,亦是促使宝玉于灵魂而现实的自我完成之契机。倘非这样的不可解不可说,小说不会好看,也难以体味其观照下的人生纠结。更在于,由此把人性里的幽微表达到淋漓尽致。作者文学技法如此高妙,而人性又是如此吊诡,难免有读者意欲从复杂中脱身而寻求一个相对简单的方法,则"贴标签"不可谓不顺应。稍微反思一下,我们不也常常把认识未透彻的人忙忙归于某一类吗?我们不也常常因信息不对称而误会误伤吗?

想起往事。

约十年前。"红包"出世不久,而大家玩儿的还是QQ。不知谁把初中同学拉来组成一个QQ群。当初纯真,各别二十年后相遇,自是热情难抑、热闹非凡,为助兴,我常丢红包在群中。本来寻常,不过融洽情感烘托气氛,大家也抢得不亦乐乎。不料有同学问,这红包里的钱是真钱么?我隔屏会心而笑,不料另一同学回答,是假的,是个游戏。我愈觉欢乐,却不想纠正他的说法。接下来,那位同学又来了一句,说都是骗人的……

我当即愣住。

后来在大家的互动中,看到并非玩笑话。多数同学虽未觉得是"骗人",却仍归于虚拟游戏。我觉得有解释一下的必要。说是真金白银,钱是从银行卡发出的。其他人则可,但那个说"骗人"的同学仍然坚持。知道解释无用。毕竟作为新生事物,有个认识的过程,等普及开来大家自然明了。而我呢,看着自己信息中数百元支付记录,一笑了之。

成为我一个小小伤感。

想来曾经大家关系特铁,且我亦形象正面健康,不至于成为"骗子"。但毕竟二十年未见,其间可以发生多少事。心里仍是过去感情,但人已非昨。我想,我无法怪罪那位说"骗人"的同学,且他还是那时我最要好的朋友之一。也许基于某种人生经验或非凡阅历,使他有了防备之心,也可理解。我无法以过去心度未来心,更何况我忠于我心即可,至于其他,笑骂由人。也许当时发的"红包"金额也有问题,不该几十、一百地发,思忖,谁会想到无缘无故有人这么撒辛苦钱?我出于热心不假,但别人的疑心诚可谅解。

这事无声过去。后来又有了微信群,大家再次聚集一起,那时"红包"游戏已然司空见惯,我们仍然玩得快乐,我也不时扔个红包进去,却再不像过去大方,免得有出风头的嫌疑。

"红包"之事自然不足挂齿,却给我一个提醒,及至后来,促成我不断反思自己的契机。

那是数次主动提出帮助别人后。或因对方困难而主动借钱，或因其他麻烦而热情承揽。这么做，一来源于本性，见不得别人受苦；二来举手之劳而给人方便，是自来教养的结果。记忆中母亲就是个热心人，我在她的影响下，从小学起就是学雷锋做好事的先进分子。

但后来结果并不总是如预期般美好。虽初心并无任何功利目的，不为人的感谢，亦不为显示自己是个好人。有些得了我帮助的人反而渐渐疏远。曾经不解，甚至时而伤心，为曾经的纯真不再不甘，为当下的人情复杂失落。可是经过反复推思，觉得还要向内求。答案不在他人，只在自身。

我反省自己：固然出于好心，但这好心也许给他人负担。倘换位思考，若被动接受者是我，我的自尊心是否会受到伤害？是否会于感谢之外，觉得自己不如人？思想之下，自认不会生发此种联想，但无法保证别人不会呀！兴许人家当时觉得你解了他燃眉之急，但你的主动却也给人无形压力，甚至有些人以为情分一时难以报偿，反由情生恨，也是可能的。在读了一些心理学资料后，更加坚定了我的反思。我意识到，有时好心反遭抱怨，甚而因此失去一段友谊或收获一份仇恨，都在须臾之间。

这领悟，给我成长的机会。使我对人性有了进一步的了解。但了解人性并非为防范人性，恰是体谅人性，在有必要帮助人时，须掌握方法，不使他人有任何尴尬或亏欠的心思。最好是于无意之间云淡风轻，既帮了他人，又能保全一份淡淡君子之交。如此，非但过去的伤感成为嘴角一抹微笑，且后来再帮人时，少去许多烦忧。从此觉出人性深邃，却也终究值得信赖，就看怎么认识与把握。

这种认识与把握，从《红楼梦》中得来不少。

比如读到林如海周济贾雨村一节。林如海贵为朝廷大员，举荐彼时布衣之身的贾雨村时，言辞倒似欠着对方，而诚惶诚恐之至。我们固然可说这是作者为情节的安排，非但基于大家礼数，亦符合人物身份涵养。倘非如此之林如海，何来如此之林黛玉。林如海的周全，使贾雨村后来登舟而行时，多了一分洒脱而少却无数寒碜，礼数归礼数，涵养归涵养，本质岂非骨子里的善良？

由此进一步想到薛宝钗。

人情练达世事洞明如凤姐，说宝钗"不干己事不张口，一问摇头三不知"。连作者都跳出来说她"寡语藏愚，安分随时，自云守拙"。

但实际呢？

实际她最热心。

当湘云自夸海口要宴请,在宝钗提醒下才知自己囊中羞涩,宝钗随即帮湘云筹谋周措而解困,把一场螃蟹宴办得热闹非凡而成为大观园美丽一景。但过程中宝钗毫无张扬,不使湘云因此面上无光。后来宝钗见邢岫烟腰挂玉佩,问知是探春赠予,即刻分明探春用意,建议邢岫烟从实守分为主。可见宝钗之心思绵密妥帖处。而至于之前为王夫人因金钏儿之死开释,并把自己的衣服拿出来做装敛之用,就不觉奇怪。

诸如此类事例俯首即拾,看官们比我熟稔,自不必一一叨切。只需明了,宝钗每次帮助他人皆无所求,皆为雪中送炭而非锦上添花。她求什么呢?连自己住的屋子都如"雪洞"一般。她有自己的原则,不以身外之物而彰显,在于全以出世之心而实现入世之担当。

所谓"藏愚",所谓"守拙",不过是将心比心下的善良罢了。宝钗小小年纪,即懂得帮人的分寸,不使对方略有不安。若非如此则帮人心即分别心。或者说,她心里并无存着"帮"字。"帮"即成全他人之事,非但让他人记住,且自己亦不忘。而无分别心则无以为"帮",则过后即无痕。另一方面,对于一个成百上千人口的大家族而言,自家作为外来者,不主动介入,甚至避开是非,固然是自我摘清,却也是设身处地为人家着想。

曾记否?当初偶闻金钏儿之事,是王夫人自己主动提及。而抄检大观园后宝钗选择搬出,自然也有保全贾家脸面的考虑。

人的格局是有段位的。尤其于那些心性品行皆上流者而言,并非所有人都了解。他们亦不愿解释,于是"藏愚"在有人看来可能是"藏奸",而"守拙",则可能成"冷眼旁观"的漠然。

好在世上还有知音。黛玉经过一番纠葛琢磨后,终于知道,亲爱的宝姐姐非藏奸之人,而竟是个亲姐姐一般疼人的。只有相似的灵魂才能相契,唯同段位者方彼此认出而一见如故。作者明白写着,可仍有读者揪住不放。实际上,不放者,放不过的正是自己的心,关宝钗何事。

人生至某个时刻,我们顿悟:恨你的常常并非你所有意无意伤害过的人,恰恰可能是你曾有恩于他的人。

真是无奈。这就是人性,无关所谓人品涵养。又使我们反思,善良并非错误或缺点,是造物主的莫大恩惠。但善良要以何种姿态出现,考验善良的成色,也反映人的智慧。有人说善良还要带着锋芒,其实不必,善良恰恰要收敛锋芒。如此善良才温暖他人滋养自身。而根本在于,心中连"善良"的概念也不要有。善良是美好品质,却不必彰显,亦不必铭记。唯尽心而已,过后心无挂碍。则善良并非投资亦不为善良本身,仅因人的高贵。是善良使我们成为人类,而非相反。

人到中年,愈来愈觉出黛玉的可爱,简直时时挠着人的心尖尖,又不时挠挠人的胳肢窝,又惹人泪流满面。却也愈来愈觉得宝钗是心底一抹疼。她的心事谁了解?

然而也不必。当宝钗以她的方式自我完成时,本无需人疼。

她是山中高士,兀自晶莹,绝世而立。在一片白茫茫的大地上。

2021年6月

人生不过一场与自己的相遇

想起柳湘莲,总要浮现这样一个画面——

贴着地平线,一人一马,衣袂飘飘,长发冉冉,大漠孤烟的背景里,翩翩而来一少年,正要向他投去仰慕,俄顷,已不见。

这样的人,必有来如闪电去似疾风的潇洒飘逸。游走红尘阡陌之间,浪迹萍踪侠影深处;拱手相携谈笑风生,挥袖道别书剑流年。才把酒,分离乍,三杯两盏;醉眼微饧间,春山拂带,凝眸婉转。纵千般柔情,万种离绪,丘壑之中而惊鸿一瞥,浮光掠影又倏忽不见。跟他在一起,没有俗世纷扰,亦无人情纠缠。

然而,一切的前提是:那是灵魂相似的遇见。

不幸,此刻柳湘莲,却遇着薛蟠。

薛蟠之不堪,已见识了的。这时节,被酒盖了脸,巴巴儿地呻唤:小柳儿啊小柳儿,哥哥的可人儿啊小心肝。因近旁贾珍贾琏一干人助着,便更添一份肆无忌惮……

这便是风花雪月么?

这便是柳二郎不得不委身屈就的堂堂人间!

难怪他要生气。

好在还有世家公子的涵养提着,才不至即刻做出事来;而后宝玉因被赖大的孙子遣人请了来,二人廊下相见,春风化雨、温存无限,相形之下所谓意淫之周全与皮肤滥淫之下作,已现字里行间。

然而,顷刻相见,即要别离。柳湘莲要出去走它三年五载的,这倒牵动人的离愁别恨。又觉得挽留才是不解风情,毕竟江湖行走惯了的,任他自由,才是最好的担待。

柳湘莲坚决,贾宝玉不舍,这将是一场怎样的流连?

贾宝玉与柳湘莲遇到的,分别是另一个自己。柳湘莲是贾宝玉无法滋长于山野烂漫的生命里自由的部分;贾宝玉是柳湘莲不能被荣华涵养而必定以冷面示人的生命安稳的瞬间。

难怪要惺惺相惜;难怪有这样一场别离。

但薛蟠不管。薛蟠是旷野里恣意横行的狗尿苔。此时此刻,薛蟠心里想的是:小柳儿啊小柳儿,只要认了我这哥哥,你想发财就发财,愿当官则当官。

世事就是如此,有花前月下的浪漫就有瓜田李下的嫌隙;所谓风月,于有人是清风朗月,于有人却是盘桓苟且。

呆霸王一时寂寞开无主,柳湘莲驻马驿外断桥边。就这样,薛蟠不顾天雷滚滚,被荷尔蒙裹挟着浩浩荡荡而来——

然而却眼睁睁地,就从小柳儿身边过去了。

真让人恼却不是,恨又无言。

薛蟠被情欲冲昏了头脑。

面前一方苇塘,独不见舟横,冷不防回头是岸,岸边站立着的,恰是柳湘莲。

还要什么家!死了都要来的!

这是薛蟠贾瑞一类人的口头禅。情欲恰是横亘心头过不去的山。

说跪就跪,要拜便拜,管它天长地久海枯石烂,张口就来。

那时节,薛蟠心里定然以为得手,却不料来的是一顿贴心好拳;后背又早被柳湘莲点了两点。就在这三贴两点之间,惯养娇生的薛蟠已磕头不迭、叫苦连连……

倘若时光允许来一个"蒙太奇",此去经年的薛蟠回首往事,会不会于那镜头回放时节,想起被自己使人打个半死的冯渊?只不过物换星移,如今跪着的成了自己,那才是此一时也彼一时也,天上人间!

那年薛蟠抢了香菱在手,大摇大摆进了京、投了亲,没事儿人一样;至于进京的计划,是早有了的,说是惧祸逃走,压根没影儿的事。正如今天,自己跪在泥沼中,塘水腌臜,却也喝了几番,至于只使三分力的柳湘莲,此刻要打马而去了,一切只是计划之中,却又意料之外。

他年这月,人事变迁,打人与被打仿若一瞬间。报应不爽啊,这才是轮回有道,顶上有青天!薛蟠竟悟了。

这是后话。

此时此刻的薛蟠,还要向母亲妹妹哭诉一番呢。

这还了得,自来只有打人的份,从不见被打的份。眼见鼻青脸肿的薛蟠,慈母薛姨妈一把鼻涕一把泪,真真可怜见!

到底宝钗识大体,三言两语,就拂去薛姨妈疼子心切的心头之霾。

展眼已是十月,薛蟠旧伤未愈,那边厢转来了总管张德辉。薛蟠见了眉头一皱计上心来。何不趁此机会出去躲他个一年半载?这顺道么,也学着做一趟买卖。眼见长这么大个子,文又不文,武又不武,花着银子却不识戥子,风月中摸爬滚打,却连风俗远近道路一概不知。于是,一边设法告诉薛姨妈,一边着手打点本钱。

薛姨妈闻言,倒不在乎那几百两银子,却怕薛蟠在外生事。关键时刻,还看宝钗。

宝钗说,妈呀,他若真改了,是他一生福气,他若不改,也不能有别的法子,还不如让他去试试呢,左不过一半尽人力,一半听天命罢了。

宝钗说这话倒不稀奇,否则她就不是时宝钗,然而让人惊异的,却另有其人,那就是薛蟠。他说了——

"……明年发了财回家,那时才知道我呢。"

这话,是薛蟠的自省之语,却也是对读者的点悟——

原来所谓慈悲,并非因着报应不爽,因果轮回,而是给人一个反省与成长的机会。

从这句自省之语,看到了薛蟠的成长。

难怪柳湘莲要用脚尖向薛蟠点了两点。

这里,作者用"点"字,固然因薛蟠是"笨家"而不惯挨打的缘故,但仔细思量起来,更深一层,其实是点醒,也是点化。

这一点,却为薛蟠点出另一番天地。

我们也恍然大悟,原来人世中,各人有各人避之不去的局。

就如薛蟠的沉溺于情欲,是其自迷之局,而薛姨妈的溺爱薛蟠,则使爱亦成局限。无论沉溺或爱,局限了,生命便少了向某些方向的伸展。要突破局限,唯有打破。如此,薛蟠这顿挨打,看来实在难于幸免。

因一顿打,薛蟠有了自省;因一份心疼,薛姨妈有了对以往的观照。当思路打开后,就此觉得,大概薛蟠后来与柳湘莲的义结金兰也就不那么突兀,甚而合情合理。

这是明面儿上的。而暗处更有作者深意:正因薛蟠的出走,给了香菱的生命以伸展的机遇,也给了黛玉与香菱这一对儿仿若飘萍的女子,彼此关照的机会。

"大漠孤烟"与"长河落日",其中驿站与渡口,是向彼此命运的疼惜与眷顾。

薛蟠对于香菱的霸占,正是局限,而随着局限被打破,香菱这朵藕花才终有开放的时候。倘若不是后来进入大观园,随黛玉学诗写诗,联系其身世,该多么荒凉。作者给香菱创造这个机会,是于现实围起的黑幕中撕开一角,给卑微者以哪怕星点希望。

看到希望的,不止香菱,还有另一个,是尤三姐。

一切源于五年前那场戏。只因在人群中多看了你一眼,从此便忘不了你容颜。

她忘不掉的是柳湘莲。

当年,因风月而起的纷扰,是香菱与冯渊之间的情孽;此刻,于尤三姐和柳湘莲而言,人间自是有情痴,此情无关风与月。

情痴是谁?

是尤三姐,亦是柳湘莲。

怎见得?

一个非绝色女子不娶,一个非要素日可心如意,否则纵然富比石崇、貌比潘安、才过子建,也是枉然。

这份决绝,面目相似——

都是对自己的坚守与对现世的不屑,只不过,不约而同地,都掩映于那一场一场的风月。

于柳湘莲而言,冷面冷心下,实则热面热心。心倘不热,如何会于宝玉摘了莲蓬祭奠之时,发现秦钟的坟已经被柳湘莲事先修葺过了;而家贫如洗,身无分文的柳湘莲,却为朋友祭日早早筹划下了几百钱。至于冷面,看对谁。对薛蟠贾珍之流而言,自然冷面,而对宝玉秦钟,怕是春风拂面。也难怪生性爽侠的柳湘莲喜欢客串风月戏,那戏,也不过是一场戏罢了。不过是把一腔不为人道的落寞与幽情埋伏于一场一场的风月戏中,任怒骂、由笑谈。这冷,便是冷的高姿态;这冷,也只有宝玉懂得,也难怪薛蟠会错了意。

会错了意的还有贾珍贾琏。

贾珍贾琏跟前,有一个同样埋伏于风月中的尤三姐。人谓尤三姐是不可多得的尤物,殊不知,那不过是精心谋划给自己的一出戏。只是戏到了世人眼里,却成了"婊子无情,戏子无义"。

作为客串的戏子,冷面冷心的柳湘莲擅长的恰是风月戏;作为众人眼里"婊子"般的尤三姐,上演的却是有情有义。

情义何来?

这情——

这人一年不来,便等一年;十年不来,等十年,若这人死了再不来,则情愿剃了头当姑子去……

这义——

说着,将一根玉簪,击作两段。说:一句不真,就如这簪子。

……

只是这情义,尘俗之眼不能识罢了。

不能识的不只俗人眼,还有柳湘莲。

柳湘莲不识者,是尤三姐,亦是他自己。

他所谓"这事不好,断乎做不得了"似是对洁净的高标,实则为一叶障目。正如当日薛蟠遇柳湘莲打马而过。此刻蒙蔽柳湘莲自己的,恰是其内心执念。他以为,所谓干净者不过是贾府门前的两头石狮子,却不知那石狮子只是没有灵魂、任人摆弄的傀儡,而真正干净的,是身处污浊却一心向美的人。

有向美之心者,必有识美之能。

恰是尤三姐。

否则,怎会于五年前,就认定台上的柳湘莲。

否则,怎会唯有她懂得,宝玉切切挡在前面,其实是怕腌臜了她们尤氏姐妹……

这样一个慧眼英雄,对美的见识与回护当然自觉自愿,否则也不会说出自己是金玉一般人物这样的话来。

只不过,她依然错看了柳湘莲;正如后来柳湘莲亦错看了他自己。直到鸳鸯剑项上一横的瞬间,花红满地,他们才于彼此眼中照见对方、觉悟自己。

尤三姐之痴情,与柳湘莲之专情,看似两面,实为一体;尤三姐之耻情与柳湘莲之断情,看似分道扬镳,实则合二为一。只不过今生今世的自己,要以这样一场凄厉决绝,与来生来世的自己相遇。

正如柳湘莲当初点醒薛蟠,尤三姐之于柳湘莲,不过是另一场点化而已。薛蟠与柳湘莲,困于滥淫或专情,也是各自困于自己。

而尤三姐,何尝不也是困于自己的情痴却不自知。

当人珍重名誉时,名誉就是局限;当人耽溺于情欲时,情欲就是局限。

都说人生如戏,只是有人入戏太深,真就陷入自己编织的剧。就如台上的柳湘莲和台下的尤三姐,各自入戏,一眼万年。

　　柳湘莲不曾想到,自己当初点醒薛蟠,是无意中的有意而为;尤三姐不曾想到,当初的非柳湘莲不嫁,亦不过是看似注定的自以为。偶然与必然,真实与虚妄,看起来风马牛不相及,实则一体两面。于是斩断红尘过往与三千烦恼丝的,是同一把鸳鸯剑。

　　鸳鸯剑过处,寒冰侵骨;鸳鸯剑落下,花红满地——

　　柳湘莲终于看到,面前倒下的,是另一个自己;而尤三姐眼里的,那挂在墙上语笑嫣然的两道光,是否依旧冷飕飕,明晃晃,一如当初两痕秋水……

2020 年 3 月

卷三　红楼梦演群芳谱

世外仙姝寂寞林

一

那一年,贾母最疼爱的小女儿贾敏出阁,夫婿是前科探花林如海。

从北国到江南,逶迤而下,锦帏华盖,钟鼓谐鸣。

时值鼎盛的贾家把女儿嫁那么远,可见这林如海不一般。

的确,出身侯门,学问又好,为人温雅又有才干,可不正是乘龙快婿。当然,贾敏也不只贵族小姐那么简单。贾母给小女起名"敏"字,而非春花秋月一类,可见必有不俗之处。

这样一对玉人,可谓珠联璧合。

江南锦绣之地,物华天宝。林如海贾敏夫妇琴瑟和鸣、相敬如宾。日子像春水一般流淌。所谓现世安稳,不过如此。对女人而言,有一种爱的表达,是我要为你生孩子,生一窝孩子。

黛玉的降临,便是这爱的注脚。

无奈,贾敏许是生来芊芊弱质,黛玉也就先天禀赋不足。打出生起,除了吃饭就是吃药。

林如海仕途畅达,爱女萦怀,美眷环顾,所不足者,林家支庶不盛,未免略落寞些。

天遂人愿,一年后,贾敏又顺利诞下一个男婴,黛玉有了弟弟。一家人喜不自胜,但也让贾敏原本虚弱的身体留下亏空之症。

田里有苗不愁长,转眼黛玉四岁了,弟弟三岁,二幼子得如海夫妇悉心抚育,已能学文识字。一家幸福和睦、其乐融融。然而天有不测风云,黛玉幼弟突然因病夭亡,给了夫妇二人致命打击。从此贾敏身体每况愈下,每日请医问药,总无效验,幸福和睦的家庭一下子笼罩了一层悲愁。小小黛玉失去朝夕相处的弟弟,在父母的长吁短叹里,开始感受到生命的脆弱与世事的无常,一团绮愁在她的生命里淤积下来。

贾敏无力再育。林如海也曾续得两个姬妾，一二年间，竟再无胎结，渐次把心黯了下去，便将黛玉假充养子，聊解膝下荒凉之叹……

以上，是根据前后文对黛玉幼年光景的合理推测。之所以推测黛玉的幼年经历，因幼年际遇对人一生心性品格有着特殊而深远的影响。

黛玉的幼年，前期是一段幸福平静的时光。自从弟弟夭亡以后，伴随这个小家庭的便是波折未断。巨大创伤之下，黛玉之母贾敏早早亡故。父亲林如海身体亦不复从前，至终再无子嗣。

黛玉整个幼年时期，处于不断失去的过程。从弟弟到母亲，略大些，父亲也舍她而去，至亲至爱之人先后离去，加之多病多愁，无所依恃，在她幼小的心灵里，生命如漂萍飞絮一般，倏忽无常又捉摸不定。在尚不能对人生作出正确认识的年纪，遭遇一连串的重大变故，便有被命运抛离之感。

这种抛离感，使她喜散不喜聚。

生命亦真亦幻，一如美丽的肥皂泡，外头是炫目的光彩，内里写着随时可能破灭的惶恐与不安。

弟弟夭亡后，父母把所有的爱都倾注在黛玉身上。这种寄托与转嫁，是亲子之间的强烈依存关系，时刻有怕失去的焦虑。父母容易过度保护，孩子难免渐趋任性。而林家人丁不盛，黛玉从小缺乏玩伴，形成了内心的孤僻。孤僻的孩子常常陷入自我冥想状态。黛玉又天生敏感多情、心思细腻，天马行空的幻想编织出一个仅容自己自由出入的世界，而与现实世界疏离，唯有在自己的小世界里才能感受到自在与安稳，并不断强化，导致自我认知的偏差。

黛玉从小博览群书，积累了丰富的知识素材，容易把自己的主观意象和书中内容糅杂融合一起，形成自己独特的世界观。这种独特而美好的体验，加剧了她对现实的漠视，而更愿意遵循经由内心理想化了的诗意秩序。

父亲林如海正处于事业上升期，公务比较繁忙，对黛玉的教育教养主要由母亲贾敏来完成。贾敏本身是个矫矫不群的才女，又出身侯门绣户，深得母亲宠爱，心性自然孤傲一些。她对黛玉的要求比较严格，从两点可以印证：

贾雨村说黛玉遇到"敏"字，为避讳，常常念作"密"或者少写一两笔。诚然这是自来的习俗，是对长辈的尊重，当然也能看出其中的敬畏。

初入贾府的黛玉时常回想起母亲当年的告诫，说外祖母家与一般家庭自是不同，便知不可多走一步路，多说一句话。母亲去世时，黛玉方六岁，这句话已在她心底打下深刻烙印,可见日常起居坐卧的教养方面,母亲对黛玉的高标准。

五岁时,父亲林如海为黛玉请来了老师贾雨村。贾雨村的处事风格我们从文本已知,是个不循常理、不论黄道黑道的人。在对黛玉的启蒙教育过程中,难免潜移默化施加影响,以至对世俗规则愈加轻视。

接着,母亲的去世,让小小的黛玉又一次真切地面对死亡。再次让她看到了生命的虚妄无常,强化了幻灭感。她的意识里,人生是轻飘飘的,没有根基的。因此,常以飞絮蛛丝,落花流水来自喻。

陷入孤独之中的黛玉,常和花鸟说话,与天地对诗,在自我的世界里形成了诗化的人格。为躲避现实的冷落,她靠诗意里的温情取暖,获得心灵的慰藉。

很快,她被外祖母接到了贾府,这是完全陌生的世界。想起母亲的教诲,又看到贾府三等下人穿戴已是不凡,目睹那么多繁杂的规矩礼仪,不免时时留意,处处小心。

黛玉内心的苦闷无人能懂。虽外祖母把自己对女儿的爱加倍偿付于她,物质上极尽关怀,可精神上,她依然是孤家寡人一个。唯一能理解她的,只有一个宝玉。父亲去世后,回家料理时,只有宝玉天天惦念着她。因此,对宝玉的强烈依赖便是自然而然。对其他人却总愿意保持不即不离的状态,她喜欢独处多于相聚。聚了就要散,还不如不聚。

内心缺乏安全感的女孩子很容易自卑,身体又不好,对生命又感到无力。未来不可期许,未知不可预见……找不到出口,只好沉浸在自我的世界里,把自己化为一首首诗,化作一个诗意的存在。《葬花吟》就是最显著的体现。她写的是诗,也是自己。一切美好的,易逝的,弱小的,离散的,漂泊的,感伤的事物,都可以触动她敏感多情的心灵,不自觉地把自己代入其中也沦陷其中。

这种自我的诗化又容易形成自恋。

她不被命运关爱,现实又缺乏温存。除了宝玉和贾母的格外关照,人们更多赞赏的是宝钗那样的人缘儿好的孩子,就连起初亲厚的湘云后来也公开说到宝钗诸多的好处。如此一步步加深与外界的疏离。她看到落花流水,就想到自己的身世,因而物伤其类。嘱咐丫头把帘子打起来,怕燕子找不到家门;每当寂寥时,就和鹦鹉说话,教鹦鹉念诗。对燕子与鹦鹉的爱怜,恰是她的自怜。

由自怜而自恋,只隔着薄如蝉翼的距离。而极致的自恋又会豢养出极致的自尊。

自卑,自怜,自恋,自尊,一脉相承,互为因果。

自尊是自卑的表象,而自卑是自尊的内里。自恋是自怜的归宿,而自怜是自恋的起点。如此纠结之下,便如一只刺猬,时而将自己包裹起来。为自保却也常常给他人无意的伤害。因自卑而敏感多疑,因自怜而总要自卫,因自恋而自我沉醉,因自尊而显得刻薄。

于是,隔三差五就见她耍小性子,而耍小性子的黛玉,不过是在印证、在寻找。寻找一份可依赖的安全感,印证在爱情里的存在感。

而这份安全感与存在感,唯有在宝玉那里才可以获得。宝玉成了她现实与内心世界的支柱。一旦支柱抽身而退,她的世界必然轰然倒塌。

直到后来,宝玉的一句"你放心",驱散了笼罩在她心头的悲云愁雾,她与宝玉二人的情感世界总算雨过天晴。

而与宝钗,那天互剖金兰契后,终于发现,一直以来认定的对手,不过是自己的影子;不过是一直在与自己的影子纠缠磋磨,伤了对方更伤了自己。从此"孟光接了梁鸿案"。

但她的自尊依然是强烈的。

当和宝玉一起看《西厢记》时,宝玉说"我就是个多愁多病身,你就是那倾国倾城貌",黛玉立刻"微腮带怒、薄面含嗔",说宝玉拿"淫词艳赋"欺负她。

可前面她还说对《西厢记》《牡丹厅》一类的书是"越看越爱看"呢,为何这会子又成了欺负人的"混话"呢?当然不是她真恼,而是内心的矜持和自尊接受不了这种赤裸裸的表白。她感到了爱的冒犯。

又一回,宝玉当着紫鹃的面开玩笑:"若共你多情小姐同鸳帐,怎舍得叠被铺床?"气得黛玉撂下脸发脾气。

可宝玉来时,明明听见她在床上忘情长叹"每日家情思睡昏昏……"

其实,她内心对宝玉的爱是炽烈的,却又怕被看透被说破的惶恐。她的自尊如此强烈,强烈到使人心疼。

黛玉的敏感多疑与小性子大多使在宝玉身上。陷入热恋的女孩儿对自己的心上人撒撒娇、耍耍脾气,不正是彼此深爱的证据吗?不也是恋爱中人儿的可爱吗?别人看来烦恼,可对人家来说,恰是甜蜜,恰是幸福。

风平浪静的恋爱该有多么无聊无趣。

看一个人,不只看他说了什么,做了什么,还要看他曾经历了什么。岁月在我们身上留下什么,我们也往往还给世界什么。只是大多时候随着成长与成熟,我们会蜕变,最终成为被大多数人认可的样子,而不仅仅是自己喜欢与期待的样子。

但是,有些特殊的经历或伤痛,就像在心上砍下一个角,伤口痊愈了,可疮疤依然在,当被不经意触碰时,依然会疼,甚至流血。每个人的心里也总有一个角落,别人走不进去,自己走不出来。

有些痛,是命运之痛,面对它,你无能为力。

有些伤,是无心之伤,伤别人,也伤了自己。

通过推测与梳理可知,黛玉身上那些棱角与毛刺,是命运赐予她的生命之重,终将在无法预知的时候以不可控的方式表达出来。

然而,黛玉身上更多的是她的可爱。曹公的伟大就在于,塑造了一个丰富的、立体的黛玉。就像塑造红楼里其他人物一样,有优点又有缺点的人才是真实的,可亲的。一个完美无暇却须仰视的人终究虚假,也不可爱。

黛玉是一朵在苦难里开出的芙蓉。这朵凄美动人的芙蓉,短暂而诗意的一生,用至情至真至爱把自己埋在春天里,也以花雨缤纷把思念植入爱着她的人的心底。

二

《红楼梦》里最清醒的女子,恐怕是宝钗和黛玉了,她俩勘破了。宝钗的勘破是空,而黛玉的勘破是绝世而立的孤独。

有人会说,一个被姥姥疼舅舅爱,心上人宠着,姐姐妹妹们陪着,丫鬟们侍奉着,不愁吃不愁喝,放个鞭炮都要被老祖母抱在怀里生怕吓着的人怎么会孤独?分明是矫情。

这大概是把寂寞当成孤独的缘故。所谓寂寞,是心无所属的百无聊赖;所谓孤独,是灵魂的绝世而立。对有人而言,孤独不过是一种姿态。而黛玉的孤独,是写给自己的一首挽歌,犹如一曲《葬花吟》。

花朵,代表着美好和希望。人们爱着花的灿烂,却无人在意花褪残红之后将归何处。当别人簇拥在一起赏花时,孤独的黛玉却荷把花锄去葬花;当别人要挖掉池塘里的枯藤败叶时,她要留得残荷听雨声;当别人为聚而乐为散而悲时,她却喜散不喜聚。

她真的喜散不喜聚吗?

不过是看透了。聚,固然让人一时乐而忘忧,而散才是人间常态。天下没有不散的筵席。

正如今时我们,遥想当年,无论是毕业时的豪言壮语,还是朋友间的惺惺相惜,当初曾许下多么美好的愿望,可终究,我们走着走着,就散了。不是我们不愿意在一起了，我们终究要长大。长大后的我们有属于各自的一片天空。再聚首，我们唱着同桌的你，热泪盈眶，可终究明白，再也回不去了。

黛玉也是喜欢聚的，不然，那日不会对宝钗和宝玉说，今儿你来了，明儿他来了，这样间错着来才不至于冷落。固然是一句带着醋意的讥诮，又何尝不是她的心声。正因为太喜欢聚，所以才更害怕散。

顾城说："你不愿意种花，你说，我不愿看见它一点点凋落。是的，为了避免结束，你避免了一切开始。"

黛玉深知，所有如花美眷，终将付与似水流年。这不单是感时伤逝，更是对生命的彻悟。她留着残荷，仅仅是为了听雨声吗？她听的是生命流逝而匆匆的脚步，她疼的是眼前春景终成落花流水春去也，她恨不能胁下生双翼，随花飞到天尽头。她又不忍，害怕她们凄清落寞，害怕她们陷于污淖，只好把了锦囊来，用一抔黄土收了那香肌艳骨，与自己，与花魂鸟魂一起埋葬。

如果说，这样的孤独还是源于对身世的感怀与对生命强烈的幻灭感而生发的孤独的话，那么，还有一种孤独，是情到深处人孤独。

爱人不在，是庭院深深深几许，不见玉人登朱楼的孤独；爱人来时，是闻得马蹄响，倚风凭阑干的孤独。于是，所有的凄风冷雨、兵荒马乱，到最后不过是一句：我为的是我的心。

我只为我的一颗心。而这颗心要的无非是一份被懂得，被理解罢了。当她知道他也是为了他的心，并让她放心时，她的一颗漂泊无依的心终得安放。而孤独却依旧未曾远去，依然如影随形。

宝玉懂得她的心，却未必全然懂得她的孤独。

所以，当宝玉说这些残荷败叶可恨时，黛玉却说，是李义山诗中唯一喜欢的一句，偏你们要拔了去。

因为孤独，所以热烈，所以纯粹，所以决绝。

这世间，有一种孤独，生如夏花，寂若流星。如张国荣，如海子，如林黛玉，如《霸王别姬》里的程蝶衣。

他们可以在自己的世界里绽放到极致。极致的爱恋，极致的绚烂，极致的寂灭，极致的永恒。本质上，他们都是孤独的人，也是不愿苟且的人。他们终将以死来完成自我的救赎。他们就像在孤独里盛开了千年的花，最后以死亡把这种孤独盛开为永恒。如果终究无法摆脱俗世的羁绊，也不会随波逐流。纵使孤独终老，也不愿被浮华轻易染指。

于是，许多人只看到黛玉的小性、矫情、刻薄，只因不懂她的孤独。

其实，每个人的内心，或多或少都是孤独的。

只是，有人终于把孤独当成了寂寞，于是，用繁华消遣，以锦绣装点。而有人守着孤独，如守着一扇窗。等待着，只愿为一个人开启。如果等不到，宁愿它永远紧闭，哪怕锈迹斑斑。

好在，黛玉遇见了宝玉。黛玉爱着宝玉，毋宁说是爱着宝玉的懂得。因这份懂得，宝玉之外的男人都成了臭男人。而灵魂深处的孤独，却只有与她自己相伴。这是独属她一个人的地老天荒，与他人无关，与爱无关。

不是因为冷漠，更不是爱的不够彻底。只为爱得纯粹，爱得高洁。所以芙蓉一时成了浑身带刺的玫瑰。一遍一遍刺痛着、试探着宝玉，却抗拒着宝玉的任何一丝轻薄。所以她自比"每日家情思睡昏昏"的崔莺莺，可听到宝玉说"若共你多情小姐同鸳帐，怎舍得叠被铺床?"时，气得撂下脸发脾气。

这样的黛玉，一如绝世而立的芙蓉。只为懂得的人开放，更是一道自我绚烂的风景。不可亵玩，哪怕最亲近的人也不行。

三

喜欢一句话:"我能承受多大的诋毁，就能承受多大的赞誉。"出自何人之口，已不可考，但这句话，适用于《红楼梦》里毁誉参半的林黛玉。

《红楼梦》太红，红便是非多。是非多不是书里真有那么多是非，而是这世间本是个是非场。化用鲁迅先生一名言:

这世间本没有是非，谈论的人多了便成了是非。

《红楼梦》里被非议最多的莫过于宝钗和黛玉。没办法，《红楼梦》不是那种主角儿自带光环的俗文。如果宝钗和黛玉自带"伟光正"和"高大上"的光环，那么，只好弃之如敝履。

还好，幸运的是，作者是曹雪芹，即便有光环，也会不经意间投下些许绰绰之影。有缺点的人才是真实的，真实的人才够可爱。某种程度上来说，《红楼梦》不适合给俗者读，虽然最初确是通俗读物。

《红楼梦》是一面镜子，照见自己并不奇怪，因为里面有你心中的至纯至真、至善至美。如果照出了妖，就算你把那镜子砸成一万个碎片，一万个碎片照出的依然是一万个妖怪，却不会遁于无形。有多少爱慕黛玉的人，就有多少讨厌黛玉的人。爱慕或讨厌不在她本身好与不好，只关乎喜爱与否。

喜欢与否,就看能不能与他感同身受。可问题是,现实里有林黛玉这样的人吗?

没有。

现实里有其才者不一定有其品,有其品者又未必有其貌。而品、才、貌兼得者只有一个黛玉。这样的黛玉只能活在书里和喜爱者心里。黛玉容貌之美,毋庸赘言。而更可贵者,乃其美貌之下的真与纯。这是大美。这真,是俗世中人无法直视之真;这纯,是烟火男女难望项背之纯。尤其面对爱情时,她的真与纯让人感佩,让人心疼。

宝玉"情不情",而黛玉"情情"。她为的是自己的心,又无法确定所爱之人是否明白她的心。因此,所有的刻薄与小性不过是小心翼翼的试探。这也难怪,对于在任何一个如水的女儿面前都要尽一份心的宝玉,黛玉的安全感简直如履薄冰。设身处地想想,有一个被花团锦簇的多情男友,不刻薄小性反而才奇怪呢。在那个"父母之命,媒妁之言"的时代,身边连个替她主张的人都没有。礼教约束,又不能越雷池半步,于是,两个相爱的人"你证我证,心证意证"。她对宝玉的爱,是灵魂相契的真纯之爱。她的刻薄小性并非徘徊于共享单车和宝马奔驰之间的纠结。爱就是爱,无关其他。这爱的真纯,自然也照出了现实的鄙琐。

真性情不以好坏论。如果说黛玉是真性情,那么,宝钗当然也是真性情。自然,赵姨娘也是真性情。

然而,真性情的下面,却有着截然不同的底色。宝钗的真性情是看空以后的返璞归真,所以"珍重芳姿昼掩门""淡极始知花更艳"。黛玉的真性情是对生命自由的捍卫,所以,她要随花飞到天尽头。二者殊途同归,都为摆脱现世的羁绊,是对通达生命真谛的追求。都有对人生的妙悟,是以智慧和善良为底色的。有人以李逵类比,进而批判真性情者,或以赵姨娘的真性情比拟黛玉的真性情。是的,不能否认李逵和赵姨娘的真性情,可他们的真性情没有智慧也没有善良打底,更没有对人生的通达与妙悟。

就像意淫和皮肤滥淫皆是淫,痴情与痴欲皆是痴一样,这淫淫之别、痴痴之别是"知"与"识"之间的差别,也是"德"与"慧"之间的差别。当然也是宝玉和贾赦之间的差别。真性情对有人而言,是一顶美丽的帽子,而对另一些人,只不过是一块遮羞布。以伤害他人为前提的真性情,就是耍流氓。除了对爱情真,黛玉对其他人也是至诚至真。给送燕窝的婆子和送茶叶的小丫头佳蕙两把钱,固然说明她的通晓世故人情,却也表明了她的待人真诚,这点在对待香菱学诗上也有充分体现。当然,在对待刘姥姥时无心而讥,对于一个自小深居侯门的贵族小姐,因不谙人间疾苦而偶出诮语,实难苛责。宝钗后来不也跟着颦儿起哄吗?又何尝不是纯真下的无心之伤?

既然黛玉对人如此真挚诚切,为何还"人多谓不及宝钗"呢?

这要看"人多谓"的是哪些人。宝钗宝玉、贾家三春等,显然不是"人多谓"者。而湘云在排除了"情敌"嫌疑之后,和黛玉之间也毫无嫌隙,凹晶馆联诗不是和互剖金兰契一样,是最温馨美好的画面之一吗?

那么,"人多谓"者,大概就是那一众婆子了。可大观园里又有几个人能真正入了这一众"死鱼眼"的"青目"。锦上添花溜须拍马她们信手拈来,看人下菜碟儿、落井下石不也是手到擒来。正经的主子迎春,被她们骑在头上耍,刺玫瑰探春协理荣国府伊始她们还要等着看笑话呢,就连凤辣子如果不是厉害些,不知被这些人怎么整治呢。至于晴雯司棋香消玉殒不也是平常吗?唯独对鸳鸯不敢明目张胆。太岁头上的土,她们不敢动。但背后议论谁敢保证没有?那么,议论寄人篱下的黛玉就不是猜测了。所以,可以说黛玉对周瑞家的是刻薄,但如果理解成给这些惯于嚼舌根的人一点下马威,也合情合理。

当然,把宝钗和黛玉放在一起对比,并非以黛玉的真反衬宝钗的假。宝钗也是真性情,前面已经说过。只不过宝钗勘破之后,有一份淡泊。在她眼里除了母亲和哥哥,其他人都是差不多的。她亲厚王夫人和宝玉也并没有因此对赵姨娘和贾环另眼看待。

而黛玉的勘破是绝世而立的高洁。她爱花,更怕花随流水,陷于污淖。她生于人间,却不食人间烟火。黛玉本是为还泪而来的绛珠仙草,人间于她,是暂居而非久留之地。

因此,黛玉的死,是不幸,也是幸运。

那日行酒令,当宝钗如牡丹"冠艳群芳",占得花魁时,让人隐忧,同样是作者心尖尖的黛玉又该如何安置。放心,作者心里的黛玉本不是常人能识能赏的花,她是出尘不染的芙蓉,其美是风流妩媚而洁身自好的美丽。她和宝钗的美,没有高下之分,只是各花入各眼。世人喜牡丹者众,爱芙蓉者寡。可这终究关牡丹与芙蓉什么事。

黛玉的菊花诗,写的是菊花,也是她自己。"孤标傲世偕谁隐"是她自己的写照。她自问自答——

"想要打听秋天的消息却没有人知晓,我只好背着手轻声地询问东篱:你的品格如此孤高傲世,又有谁能够和你一同隐居?同样都是花,你为什么又开放的这么晚?落满霜露的庭院和园圃多么寂寞,鸿雁南飞蟋蟀低吟你是否相思?且不说整个世间没有能够和你谈论的人,你如果懂得人的话语不妨和我小叙片刻。"

和陶渊明一样,他们都是隐者。而不同之处在于,陶渊明的隐更是一种姿态,他以隐来反衬五斗米。而黛玉的隐则无关尘世烟火,她是一首诗,隐在诗意里。

这样的黛玉,再多的"人多谓"不能湮灭她的高洁,俗世的毁谤只能彰显她的品格。

黛玉的才是"堪怜咏絮才"。她的文才了得,这是共识。可如果以为仅仅如此,那还是小看了她。

黛玉喜欢吃暹罗进贡的淡茶。凤姐说,我明儿还有一件事求你,一同打发人送来。

神通广大的凤姐难道也有求人的时候?她求的是什么事呢?行文至此,凤姐还未来得及求黛玉呢,就被马道婆给治倒了,卧床一个月才好。

直到第二十八回,宝玉在王夫人那里匆忙吃了中饭,迫不及待去贾母那里看林妹妹。有这么一段:

可巧走到凤姐儿院门前,只见凤姐蹬着门槛子拿耳挖子剔牙,看着十来个小厮们挪花盆呢。见宝玉来了,笑道:"你来的好。进来,进来,替我写几个字儿。"宝玉只得跟了进来。到了屋里,凤姐命人取过笔砚纸来,向宝玉道:"大红妆缎四十匹,蟒缎四十匹,上用纱各色一百匹,金项圈四个。"宝玉道:"这算什么?又不是账,又不是礼物,怎么个写法?"凤姐儿道:"你只管写上,横竖我自己明白就罢了。"

宝玉写完了字就赶紧找林妹妹去了,到了贾母那里,却不见林妹妹,因问:"林妹妹在那里?"贾母道:"里头屋里呢。"宝玉进来,只见地下一个丫头吹熨斗,炕上两个丫头打粉线,黛玉弯着腰拿着剪子裁什么呢。宝玉走进来笑道:"哦,这是作什么呢?才吃了饭,这么空着头,一会子又头疼了。"黛玉并不理,只管裁他的。有一个丫头说道:"那块绸子角儿还不好呢,再熨他一熨。"黛玉便把剪子一撂,说道:"理他呢,过一会子就好了。"

……

原来凤姐所求的乃是裁剪之事。以往只知袭人嘴里的林妹妹不动针线,大半年绣了个荷包还给铰了。却不知,原来高手都是关键时刻才出手。凤姐放着时常做针黹女红到半夜的宝钗和湘云不求,偏来求黛玉,可见她的技艺足以和晴雯并驾齐驱。如果不是身子弱,玩儿起针线活来,一定是行云流水。

黛玉对宝玉说:"我虽不管事,心里每常闲了,替你们一算计,出的多进的少,如今若不省俭,必致后手不接。"

说到治家理财,当属凤姐探春她们。可黛玉这寥寥数语却也绝非闲笔。黛玉不只有比干还多一窍的聪明,还有人多不及的智慧。若让她来理家,想必也是不差的。要怪只能怪她那弱柳扶风、病若西子的身体。黛玉的才还体现在教学方面。她教香菱学诗的情景许多人深刻在心。由浅入深、寓理于情的谆谆教诲已不必多言。虽然就全面的才而言,黛玉略逊宝钗。然钗黛之才,一正一奇,相得益彰,构成了大观园最迷人的景致。

这样一个品才貌兼得的黛玉,当然只属天外,浑浊尘世自然不会有她的容身之处。然而,《红楼梦》又是一部具有现实主义精神的世情小说,作者虚构林黛玉这样一个人物的意义何在?

林黛玉是一个诗化人格的理想主义者,又不只有出尘离世一种面貌。她的优点与缺点同样鲜明。作者赋予林黛玉世外仙姝品格的同时,又给予她尘世中小女儿的各种情思与缺点,这样的黛玉才是我们心中的黛玉,她是接了地气的仙子。喜欢闫红老师文章里的一句话:"对于灵魂格外深邃的人来说,知己是个奢侈品。"面对大观园里那些个冰雪聪明的可人儿,黛玉的知己不过宝钗和宝玉二人而已。期望俗世里的我们真正读懂黛玉,已然是一件奢侈的事情了。能有这样一个黛玉喜欢着,爱着,对读者来说是幸运的,幸福的。感谢曹雪芹。

有人喜欢宝钗,不过把宝钗当成习了字学了文的袭人,把"温柔和顺"当成了"随分从时"。而讨厌黛玉的人也是把"孤标傲世""目无下尘"的她看成了身在佛门,心系红尘的妙玉。

宝钗就是宝钗,黛玉就是黛玉。她们不是任何人,只是她们自己。而我们呢?是否也该回来做自己?

四

我爱你是我的事,与你无关。我为的是我的心。

张爱玲说:"一恨海棠无香,二恨鲥鱼多刺,三恨红楼未完。"说的是恨,其实是极致的爱。因爱而生恨,往往爱有多深,恨就有多深。

世间多少痴情都是开始于一句"我爱你",结束于一句"我恨你"。当深爱时,爱是一种折磨,恨又何尝不是。由爱生恨的故事,千古未绝。然而由爱而恨之外,还有一种爱的去处,叫作——

我为的是我的心。

多少人心里爱着黛玉,现实里却努力做着宝钗。因为黛玉是带刺的玫瑰,而怕刺的人又何曾真正懂得黛玉。

在爱人的眼里,扎在身上的刺不过是烫在胸口的一颗朱砂痣。别人眼里的芒刺在背,恰是爱人心中的月色撩人。

既然"木石前盟"已然注定,如果这个哪里曾见过的林妹妹和似曾相识的宝哥哥就这么一路走下去,她是他的绛珠仙子,而他是她的神瑛侍者,一切将多么美好。

可偏偏半路上来了个"金玉良缘"。

一木一金,一柔一刚。冥冥注定,这金似乎专为克木而来。于是,一株温柔的绛珠草便在风雨里把自己开成了玫瑰。而这妖冶的玫瑰却不在土里,而是身在花瓶。

这是一株寄人篱下的玫瑰。

因为失了庇护,被人怜惜而剪了来。因为怕被遗忘,又不时扎一下靠近她的人。

没了根的玫瑰,一如没了妈的孩子,无论多大都是孤儿。这样的孩子,往往多愁善感,也最害怕失去。

多少人爱着黛玉,却为她的哭鼻子、使小性子大伤脑筋。

她为宝钗靠近宝玉而大加讥讽,为了憨憨可爱的湘云一句"爱哥哥"耿耿于怀,为金啊玉啊麒麟啊之类的黯然伤神。人人眼里都是她的刻薄,却不知那是她内心极度的不安全与怕失去。别人失去一朵花瓣,对她,意味着失去整个春天。世上有无数美好的男子,却只有一个懂得她的宝玉。

当两小无猜的亲情里忽然有一天生出一颗爱的种子在心底萌动的时候,她除了心跳,还带着几分惶恐。于是,这爱增长几分,她心底的敏感与多疑就增长几分。她疑虑的是,宝玉是否明白她的心;她惶恐的是,如果在宝玉眼里这不是爱的种子,只是亲情一点点扎了根;她敏感的是,自己分明知道爱情的滋味和亲情是如此纠结在一起却又如此不同,又隐约对宝玉是否也有同样的情愫却不确定。

她分明感到宝玉近在眼前却又远在天边。他们之间隔着一段金玉铺成的距离。而这距离,很有可能会变成一抹凄凉的望眼欲穿。更可悲的是,这条金玉之路相隔的千山万水,只是自己内心的扑朔迷离。谁让你是插在花瓶里的玫瑰,只能等着别人靠近,半点由不得自己。于是,你不放过每个以身相搏的机会,把每一份爱变成扎人的刺,扎在别人身上,痛在自己心底。

现实中,那些苦苦爱着的女孩子,向心爱的男孩儿闹别扭发脾气,不也是为了验证那个男孩儿心里到底有没有自己吗?只不过被不解风情的人当成了无理取闹。

其实,她们需要的并不奢侈。只要一个温暖的拥抱,一场热烈的亲吻,就能驱散心头所有的疑云。

而黛玉心头的云,不是一朵,是满天乌云。宝玉身边有太多优秀的女孩子环绕,偏偏又是天生的多情,恨不得得了所有人的泪来葬他。黛玉心头的乌云聚了又散,散了又聚,一次次凝成暴风疾雨,不为打湿别人,只为等待那个为自己撑伞的人。面对金玉质的宝钗和湘云,她有一万个理由来确定自己的不确定。可有些愁,愁在心头,压在胸口,却偏偏说不出口。一个十三四岁的女孩子,爱又不能言说,想说却连个倾诉的对象都没有。于是便把满腔惆怅肆意成阑干的泪,落成纷纷花雨。幸好身边还有个慧紫鹃明白她的心思。说出了“万两黄金容易得,知己一个还难求”这样温暖知心的话来,让黛玉感受到了穿透乌云的一线光明。

可是,那样一个父母之命、媒妁之言的时代,黛玉身边竟连一个为她主张的人都没有。虽然姥姥宠着,舅妈爱着,可毕竟这种事,叫她如何开口。这难言的愁,一再地化为刀斧,削尖那扎人的刺。

若没有那劳什子的金玉之论,她又何必把自己看得这么紧,以至于穿上冰冷的铠甲,不惜与全世界为敌。

直到那天,那铠甲撑不住心里万千的愁,猝然碎了一地。

她说,“我为的是我的心。”宝玉也脱口而出,“我也为的是我的心。难道你就知你的心,不知我的心不成?”

她终于知道宝玉其实是知道的,一切的一切都是为了各自的心。她等这一天实在等得好苦。

可明明爱着对方,却为何说是为了自己的心?

有一种爱,和被爱的人无关,只与自己的心有关。你爱着他,便是爱着他的心疼,他的心疼又何尝不是你的心疼?你爱着他却深深打动了你自己。你因为爱他而更加深深地爱着自己。你爱着他的心,何尝不是爱着自己的心……

当黛玉终于明白,原来宝玉和自己一样心疼着彼此的心疼,都是为了自己的一颗心。她那颗敏感脆弱的心终于不再悬得那么辛苦。

迷雾已开,可乌云还远未散去。

黛玉知道,彼此这颗心是超乎亲情之上的爱情之心。可自己的心在宝玉心里又有怎样的分量呢？

她该问谁呢？她又能问谁？

也许，除了问那漫天飞舞的花瓣儿，还有自己永不凋零的眼泪……

直到宝玉送来那几块让她饱蘸血泪，书成一腔柔肠的帕子，才把彷徨着的一颗心兜定。

直到宝玉说出"你放心"。

直到宝玉点头叹道："你皆因总是不放心的原故，才弄了一身病……"

黛玉听了这话，"如轰雷掣电……只是半个字也不能吐，却怔怔的望着他……"

两个人相对无言，只有滚滚泪流……

黛玉为宝玉明白自己的"不放心"而放心。

终于理直气壮地说："有什么可说的。你的话我早知道了！"

是啊，知道了。

也终于把一颗沧桑如雪的心给放下了。然而，她终于还完了所有债，他得了她所有的泪。又各自走散。

她为了自己的心，他也为了自己的心。

身不在一起，心却永远在一起了。

有一种爱，与恨无关。开始于"你好"，结束于"谢谢"。初识无言，缘尽亦无言。由来一梦，梦醒情空……

再也不用你证我证，心证意证。亦不必是无有证，斯可云证。无可云证，是立足境。

只好无立足境，是方干净……

由大荒而来，归离恨而去。

缘起缘灭，亦幻亦真。各自分定，自色悟空。白茫茫大地真干净……

黛玉死前心里想什么，说了什么，成了一个永远解不开的谜。续书里写的是："宝玉，你好……"

可见，连续书者也因宝黛二人超乎俗世的爱情而不敢确定。但唯一能确定的是，黛玉说出来的绝不可能是宝玉，我恨你。

因为，他们为的不是天长地久。而是，为的是我的心。

为自己的心而爱的人，心中永远不会有恨。

2017年10月

山中高士晶莹雪

一

林黛玉曾有过两个假想的情敌，一个史湘云，一个薛宝钗。史湘云的热烈纯真，如宽阔的湘江奔涌而来，起初也把黛玉吓了一跳，及至跟前一看，原来这河，水势很大却是清澈见底，黛玉一下就放了心。宝玉想拿老道送来的金麒麟，拿眼示意她，黛玉点头默许了。从此水暖花开。

可到了宝钗这里，黛玉几乎是做着梦时，头发丝都会过敏的。黛玉眼里的宝钗，就像深不可测的汪洋，实在摸不透、猜不准。

就如两个武功高手对决，处处是他，又处处不见他，想发力却发现拳脚都使不开。

于是，像个淘气的孩子一样，对着空气胡乱踢打一番。这实在是对未知的恐惧与自己内心的深刻不自信。

黛玉的不自信，自有她的缘由。无论家庭现状、才情、人脉，综合来看，她都处于下风。这就成了她心头的一根刺，于是时时揪心、步步惊心就不那么奇怪。

人一旦对另一个人形成固有偏见，则感觉他的举手投足都是有意针对。从黛玉自己心里把宝钗树立为爱情路上的假想敌那一刻起，她就已经把自己置身于十面埋伏与风刀霜剑之中。从此，她成为一个病人。可是，宝钗真的如黛玉想的那样吗？宝钗爱过宝玉吗？

爱是什么？

每个人心里对爱的预期是不一样的。但每个人心里一定不断地重复设定过一个爱的对象，这个对象一定有着自己认同和钦慕的一些特质。包括容貌、身材、言谈、学识、思想等。也可以说，我们爱着的那个人，其实也是我们自己想成为的那个人，爱着心里的那个人何尝不是爱着另一个自己。

于是，当某天那个人真的出现在你的生命里，一瞬间，你觉得你找到了，他就是你心底一直期待的那个人。

这种灵魂的相互吸引总在电光火石之间发生。

而宝黛初遇时就立刻碰出了火花。这并不奇怪。相遇彼此的刹那，不过是从心里不断设定的意念突然走向了现实。所以，每个被各自灵魂所吸引的人初识，都恰似重逢。

这大概就是爱情刚生出来时的样子吧！

可是，宝玉和宝钗初会却平平淡淡。对宝钗的评价还是出自第三方之口。可见，二人初次见面并没有擦出火花。而爱情这个东西很奇妙，第一眼的眼缘往往能决定未来的走向。

宝钗和宝玉第一次比较私密的接触，是宝玉探望病中的宝钗。宝钗提出要看宝玉的那块佩玉。她边看边默念着那玉上的字，恰被丫鬟莺儿听到，说："这话倒和姑娘项圈儿上的两句话是一对儿。"这一下，自然勾起了宝玉的痴性，非缠着宝钗看她的项圈儿，宝钗半推半就间给了他看。宝玉看完也把项圈儿上的字念了两遍，这时，莺儿正巧接了话，笑道："是个癞头和尚送的，说必须錾在金器上……"话没说完就被宝钗适时打断了。

如果把这一出拍成一个小品的话，该是个非常有意思的场景。怎么看都像宝钗和丫鬟莺儿联手演了一出双簧。

既是戴在内衣里的类似护身符一样的物件儿，必然不会轻易示人。可丫鬟莺儿又是如何得知这么详细？可见薛姨妈或者宝钗私底下是和家里人讨论过这个话题的，被莺儿听到。否则以宝钗的低调作风怎么可能让一个丫鬟随口说出。宝钗的默念两遍，莺儿的及时接话，宝钗的嗔怪和半推半就，都像是导演安排的一样，严丝合缝。最后还把一句莺儿嘴里最重要的话给截断了。当然，后面那半句是绝不能当面出口的，否则让宝钗一个大家闺秀颜面何存？

空气里透着那么一点点暧昧，又隔着薄薄一层纱，刚刚好。

这个场景历来被引用和讨论，许多人认为这是宝钗有意导演的一场戏，有意把宝玉的心思往"金玉良缘"上引导。

我看不尽然。就像小时候，有的孩子会戴金锁、银锁一类的护身符。去串门儿时，关系要好的男孩儿想看看女孩儿身上戴的宝贝，这是一种欣赏。被人欣赏当然是一件令人愉快的事情，但女孩儿又不免娇羞，于是半推半就地取下来，互相翻看，带着自怜自爱的骄矜，对着上面的字，嘴里念念叨叨。这情形几乎是一样的，平常无奇。

宝钗毕竟豆蔻年华,也有少女情怀,也有渴望被人关注和欣赏的小女儿心思,再正常不过。但据此说宝钗有意引导,恐怕不足为凭。还有一点可佐证:莺儿替宝玉打络子,宝玉夸奖宝钗主仆,莺儿顺口说:"你还不知道我们姑娘有几样世人都没有的好处呢,模样还在其次。"说明莺儿作为贴身丫鬟也曾与宝钗同衾共榻,因此目睹并打问过宝钗金锁来历亦在情理中,彼时不过见景而出无心语罢了。

无论如何,金玉之说终归是被传了出去,从此有了"金玉姻缘"的"传说"。

那时没有自由恋爱一说,少女怀春也只能在宫闱中,见不得人的。于是,宝钗得了元春的赏赐,知道独她和宝玉的一样,便觉得没意思起来,并刻意躲着宝玉。

这种心态也是青春期少男少女的特点。比如一个班级,大家私下讨论谁和谁怎么样。男孩子还好,女孩子一定会作出划清界限的动作,以主动躲避来回应传言。

得了赏的宝钗为何会觉得没意思呢?是少女的心思被人妄测后的烦恼。如果说宝钗故意把宝玉向金玉良缘引导的话,宝钗此刻应该是高兴才对啊!

宝钗躲着宝玉,可宝玉最喜欢的就是往女孩儿堆里凑。那天,一众姊妹们在一起凑趣儿,高兴了,你看看我的手链,我看看你的串珠,热热闹闹。就像我们小时候,如果哪位亲戚从远处带来什么新玩意儿,兄弟姊妹们也都要戴出来互相比比,满足一下小小虚荣心。

宝钗心里虽然觉得没意思,但戴一下起码也是对送礼之人的尊重,至于往后还戴不戴,则看心情。

宝玉本是痴人,被宝钗那水葱一样丰腴细嫩的胳膊一撩拨,立马呆了。眼里看着,心里意淫着:这胳膊如果长在林妹妹身上或可摸一摸,然而……

青春少女的宝钗焉能不羞?丢下串珠跑开了。留下一只"呆雁"被黛玉的手帕惊醒。

别说宝钗为啥红着脸跑,如果是你,你也跑。

也许,此时宝玉和宝钗二人的情感处在朋友间的互相欣赏之上,或许还有一点淡淡的喜欢也未可知。

爱逗花弄草的宝玉,终于被老娘抓个正着,被老爹打个半死。

宝玉挨打之后,第一个来看的是宝钗。她拿来了药,这是实际关心;又说了话,也是心里话。她说:"别说老太太、太太看着心疼,就连我们看着也……"

没说出来的话一定是"心疼"二字，或者起码是心里不好受。

心疼是什么，心疼是爱护，爱护那个人才会感同身受，疼着他的疼。

接着到来的黛玉说出来的话就满满透着这份疼的感觉，眼睛哭成了桃儿不敢出门，勉强出来了，见面只有一句："往后可改了吧……"再哽咽难言……

只有心上疼着他的疼的人才会说出这样的话。根本不必搬出什么老太太、太太做铺垫。我就是疼你，与他人无关！

而宝钗未出口的话，也有些许的疼，但还没到临界于爱的那种疼。有姐弟亲情的疼，有朋友间的怜惜，也有少男少女间的一点点超出喜欢的暧昧。

这暧昧比喜欢多一点点，离爱还隔着十万八千里。爱是精神的共鸣与灵魂的相契。

那天，恰巧姐妹们一时都出去了，宝钗看见袭人留下的针线活儿，即刻情不自禁。呀！好鲜亮的活计！也不知是活计本身的鲜亮还是上面的鸳鸯突然打动了她，这是她少有的真情流露时刻。

那是宝玉的肚兜，一个男子的贴身之物。宝钗当然清楚。只是这点点暧昧就像悄悄透过她捉起针线的、指缝间的阳光一样，尽在把握，不多不少，刚刚好。

然而，随分从时似宝钗，也偶有失态的时候。

一次是宝玉故意拿她开玩笑引起的。

宝玉和黛玉闹别扭，错过了薛蟠的生日宴。宝玉撒谎说自己身上不好所以没去，其实宝钗心里明白，只是不愿揭穿，就配合着宝玉演戏，又语带双关地讽刺了宝玉。

宝玉也是没意思，又拿宝钗比作杨贵妃来打趣，这可触犯了宝钗的底线。杨贵妃是红颜祸水的典型，加上想起自己哥哥薛蟠的不堪，她罕见地愤怒了。

她说："我倒像杨贵妃，可没有一个好哥哥好兄弟做得杨国忠！"正没出口发泄呢，结果给倒霉的丫头靓儿给碰上了，她偏偏此时来寻扇子。

宝钗指着她厉声说："你要仔细，你见我和谁顽过，有和你素日嬉皮笑脸的那些姑娘们，你该问她们去！"

宝钗这么发火，是头一次似乎也是最后一次，作者甚至用到了"厉声"这样的词。

明着骂的是靓儿，其实是指桑骂槐。

"你见我和谁顽过？"

我和你们平时都是以礼相待的，没有随便开玩笑，拉拉扯扯。你要开玩笑就和你平时一起嬉皮笑脸的人开去……

黛玉才得意，打算取笑一下宝钗。结果被宝钗一个"负荆请罪"的典给恰如其分地怼了回去，把宝黛二人反弄了个大红脸。

宝钗为什么这么生气？可见她平日对宝玉在一帮丫头里面厮混以及和黛玉的嬉闹是有些不满的。而这近乎愤怒的表现却大大超出了宝钗平日的涵养。这超出的部分是什么呢？

除了看不惯，有没有一点点醋意呢？

恐怕有，然而，也不过仅此而已。

还有一次，是被哥哥薛蟠妄测她喜欢宝玉，宝钗听了以后整哭了一夜。这是宝钗难得的落泪场景，而且还是一整夜。

因礼教约束，就算心里喜欢一个人，被人知道也是很丢人的，况且被自己的亲哥哥妄加猜测，能不气恼？这一夜的哭里，除了在哥哥那里受到委屈，是否还有一点被戳中心事的痛呢？也许有一点点，还是不过仅此而已。

直到那次宝玉梦魇里说："什么是金玉姻缘，我偏说是木石姻缘……"

宝钗听见不由一怔。

为什么是"怔"而不是"惊讶"或者"生气"呢？

一方面，宝钗只知道金玉良缘的说法，至于木石前盟这个说法她是不知道的。

其二，她没有惊讶是因为心里对宝黛二人的亲近早有心理准备。

其三，她其实从未爱过宝玉，所以不必气恼。

是的，宝钗对宝玉的感情基础建立在姐弟亲情之上，又带有朋友间的互相欣赏，外加一点少男少女间的情愫。这种情愫在喜欢之上，在爱之下。他俩始终保持着这种不远不近的距离。

也因此可见，其实宝钗从来都没有把黛玉当过一个对手来看待。从未面对，何来相对？或者说，起码宝钗并不是一个称职的对手。黛玉是全身心投入，而宝钗不过是，有那么一点点暧昧，却刚刚好。

对于黛玉来说，一旦认定就没有退路，只有一往无前。而对宝钗来说，在这刚刚好的距离里面，本就没有前进的欲望，于后退而言，不过是轻轻撤回半个身位而已。

她在不知不觉中已然悄然退出了这个并不怎么好玩的游戏。她根本没有太多热情去参与。甚至说退出都不太恰当，因为她从未真心想走进宝玉的心门。

当然，有人说，宝钗一开始就对宝玉完全无感，那也不尽然。你看看整部红楼，尤其前半部分，基本都是宝玉围着黛玉转，而宝钗时常围着宝玉转。乃至于宝钗来串门儿的次数太多，被晴雯公开埋怨，并让黛玉因此躺枪，让袭人无辜挨了一记窝心脚。如果对一个人完全无感会如此吗？再说，以宝玉对女孩子的温柔体恤，女孩儿对他产生好感不是很正常吗？

宝钗最被诟病处，就是扑蝶那次所谓的故意陷害黛玉。宝钗假借黛玉之名使了"金蝉脱壳"之计。其实，你会发现，这种计策宝玉也用过。有一次，藕官在大观园里给药官烧纸祭奠，被夏婆子揪住不放，宝玉为了开脱藕官的责任，说是黛玉让藕官在此焚烧旧书稿。

难道宝玉也是陷害黛玉？

其实，那不过是情急之下的一种反应，而这种反应又具有现实合理性。以黛玉做掩护谁能奈她何？小红也好，夏婆子也好，能对黛玉构成任何现实威胁吗？

所以，陷害一说，恐难成立。

如此看来，黛玉的对手其实是她自己。

她自己与自己的执念和妄想做着风云激荡的斗争，而想象中的对手其实一直风平浪静。

宝钗也没有把黛玉当作对手。她的对手只有一个，就是她自己。

最终她们二人随着一次推心置腹的谈话，化解了彼此所有的误会，成了非常要好的姐妹。

这种和解，于黛玉来说，其实是自己与自己的和解。对宝钗来说，是一种成全和自我修炼。而宝钗的整个成长过程就是一个自我修炼的过程。

曾经的她，也有过一颗天真烂漫的少女心。

二

曾经的薛宝钗，也是幸福得像朵花儿一样。

出身皇商之家，富贵有余。被父亲宠爱，教书认字，经见了许多人情世故与人间真相，见识了许多风物，开阔了心胸和眼界。

然而，小孩子的天性，总挡不住对未知的好奇。大人越藏着掖着的东西，孩子们就越想看个究竟。于是，年幼的宝钗便趁着大人不留神，偷偷翻出祖父留下的杂书来看。其中不乏《西厢记》《牡丹亭》之类在大人看来极易移人性情的"小黄书"和其他禁书。

这个过程一定是惊险又刺激的。

面对父母时,是一副无辜的乖乖女儿的样子;背着大人偷偷在被窝里看着那些似懂非懂、让人脸红心跳又欲罢不能的文字,如痴如醉。

好几次暗暗告诉自己这样不好,可还是忍不住。心里有只猫爪爪在挠,实在是痒痒啊!

于是边自责边偷看,内心充满羞耻和愧悔交加的莫名兴奋。

终于还是被大人发现了。一向疼爱有加的父亲破天荒地轻轻敲打了自己女儿几下。身上不疼,却疼在心里。父亲从来都视自己为至宝,连一句重话都不曾有过,而这次父亲居然动手了,说明这件事的确非同小可。

这事渐渐也就过去了,可那些书和书上说的话却深深印在了脑子里。

其时,在江南某地的林黛玉,比薛宝钗还小了几岁。在母亲慈爱的目光注视下,盘膝坐在父亲的腿上,父亲的胡子在他如午后阳光般温暖的微笑里翕动着,抚弄着小黛玉的额头,怪痒痒的,又有一种说不出来的安静平和,日子从指尖轻缓流走……

门前的芙蓉几度开放,也把她小儿女的情丝蔓延在每个清秋浅夏。一如彼时薛宝钗,博览群书,同样有过被那些旁杂禁书引发的莫名的兴奋与不安。

是的,我们之所以那么怀恋着青春,因为青春实在太过美好,而我们每个人斑斓不一的人生中唯一最相似的就是青春。

"此情可待成追忆,只是当时已惘然。"

谁的青春没有过懵懂好奇,没有过悸动与烦恼呢?

只是,当时谁也不会明白,青春时的经历对以后的人生将会产生如何的影响。懂得,那是若干年后的事情。

那时的林黛玉和薛宝钗一样,是地里的青苗,在阳光雨露滋润下,活泼烂漫地成长着。若时空交错,倘若见面,她们定会是一对要好的小伙伴儿。

可命运总会在不经意间翻手为云覆手为雨,人在命运面前,仿若一叶孤舟。

宝钗的父亲突然去世,留下没多少文化也没什么主见的母亲和一个五岁起就顽劣不堪的哥哥。在内心的苦难中成长的小宝钗,必须收拾起心中童真童稚的小儿女心思,从此她要为母亲分忧,为家庭的未来打算。而命运的诡谲之处在于,给你一样儿,总会拿走一样儿。它给了薛家一个聪慧空灵、温暖漂亮的薛宝钗,却也给了她一个一无是处的哥哥。

在一个男尊女卑、崇尚女子无才便是德的时代,企望宝钗去抛头露面是不可能的。哥哥又是扶不起的阿斗。小小年纪的宝钗面对着生命的无常,早早体会到了人间悲欢离合,也渐渐见识了人情冷暖与世态炎凉。每当夜深人静时刻,那些看过的书从脑子里跑出来,和她进行心灵的对话,隐约凝练成了她对这个世界与人生的体悟与看法,也逐渐形成一套属于自己的行为准则并内化为一种自我要求。

也许,在某个深夜的梦呓中,她会喃喃说出一句谁也听不懂的话:"赤条条来去无牵挂……"

而此时的黛玉,享受了几年无忧无虑的快乐生活。这一切随着母亲的离去而烟消云散。父亲忙于公务,婆子丫头们又没多少文化,于管教无着。于是就任由她恣意生长,把一些世俗教化也慢慢疏离了,淡远了,渐养成了天性好自由不喜约束的性情。

身边没有知音,只好走进诗书的海洋,自由翱翔。与书为伴,与诗为友。困了和一朵花说说话;累了向笼子里的小鸟诉诉苦。为春的到来而欢欣,又为花的凋谢而感伤;为一个偶然的心动而自言自语,为书里的某个人物而黯然神伤……她是自由生长的芙蓉,枝叶伸展在诗意的天空,灵魂有飞鸟一样的翅膀。

过两年,父亲林如海请了一个叫贾雨村的落魄文人做先生。黛玉身子弱,学习也是有一天没一天的,这先生当得自然也是优哉游哉。

时光陡转,曾经一样的两棵青苗已然在岁月的风尘里抽发出了不同枝叶,她们分别以不同的姿态,拥抱着未来的天空。并将在往后的岁月里开出不同的花,结不同的果,然后,回归一个相似的天命……

此刻,她们由于不同缘由先后来到贾府投亲。

贾府确实是个好去处,一群知诗书懂礼仪的才子才女们相伴,后来又有大观园这个理想国的庇护,可以把贾府内外那些见不得人的去处隔开。

虽然从小过的都是饭来张口衣来伸手的日子,可于宝钗而言,她是接过地气的,她知道一餐一饭的来之不易,明白了天下没有不散的筵席。她从未荒废了针黹女红,她知道有人饿着肚子时得拿自己的衣服去当。薛宝钗的少女之身下,那与生俱来的慧根,已然在往日的博览群书和人情世故催发下,枝蔓丛生。

只是,这超越年龄的早慧也会为自己带来一些烦恼。当然,这烦恼她是看不到了,因为来自三百年后的一些读者。

而黛玉对尘世疾苦尚浑然不觉,作着"盛世无饥馁,何须耕织忙"的诗句。在她依然天真烂漫的少女心里,一切都是自然而然,米饭就是用来吃的,六安茶就是用来喝的，就是这么简单。她生活在自己的世界里，活在诗意里。

如果说人生有三重境界的话，第一是物质世界，第二是精神世界，第三是灵魂世界。

宝钗和黛玉早已超脱物质世界，进入了精神世界。这源于她们的聪慧以及相同的爱好——看书。一个丰富而美好的灵魂一定离不开诗书的滋养。

她们虽然风格迥异却也有许多精神相通。她俩文采不相上下，而就博学来说宝钗又更胜一筹。这样的两个人本质上不可能成为有些人期望的狗血三角关系中一员。

这是后话。

于黛玉而言，诗的世界就是她的精神家园。她在这个家园里有着永远排遣不完的对青春的伤怀，有诉不尽的郁结于胸的百转柔肠和千古风流，对命运流转的哀怨，对流水落花春去也的悲戚，对梁间燕子无情的无奈，对世间凄风冷雨如风刀霜剑刻于心的感同身受。因为她是执着的、痴迷的，所以生命里充满悲苦，而她又把这悲苦和自己的情爱以及血泪化成诗，最终也把自己变成一首让人们千古吟唱的诗。

单从这个角度来讲，黛玉的精神世界是出世的。而宝钗的追求并不止步于精神世界。

她要的是灵魂的自由，乃人生的第三重境界。

她从小的见识和历练本已是一个入世的过程，因此才体悟了人间疾苦与人心冷暖，书籍的滋养又让她通达精神境界。如果说通达精神世界是一个出世的过程，那么要想获得灵魂的自由，又需要积极入世去经历、去体悟。

没有历经入世的所谓出世只能叫逃避。

只有经历过现实的酸甜苦辣，才得以最终达到灵魂的超脱。从这个意义上来说，黛玉和宝玉所缠绵纠结的精神世界，痴迷红尘的执念和他们各自在内心建立的虚无缥缈的自由王国，何尝不是某种形式的逃避呢？他俩是为了逃避入世而精神出世。

宝钗于物质世界入世，又于精神世界出世。而出世恰是为了再入世。

三

出世再入世是一个自我修炼的过程。

宝钗吃下去的是冷香丸，而尝遍的却是各种人间真味，悲喜炎凉、苦辣酸甜。

冷香丸体现了两大特点——

一、冷,这冷不是冷漠,而是理智与冷静。感性认识如果不能通过理性加以判断,形成理性认识的话,就没有形成智识,因此人就不可能真正看透,不可能真正彻悟。

二、历经春、夏、秋、冬,还必须契合年时节令才可以。这就是随分从时、顺应自然、顺应趋势。

于是,薛宝钗以出世之心而入世。

何为出世之心?

就是心无挂碍,不为功名利禄所累,不计较个人恩怨得失,放下执念,达到一个融通圆满的境界。

何为再入世?

去勇敢承当生命赋予的责任,寻找生命的真谛,完善自我人格,获得"任他随聚随分"的坦然。

无论面对聚散离分还是死亡,这凡俗的世间从来都是"风团蝶阵乱纷纷",乃是常态。

而想拥有一份生命里最深刻的沉静,拥有超然于命运之上的姿态,就得有着"几曾随逝水,岂必委芳尘"的定力。

这是由小我转化为大我的过程,也是生命得以返璞归真的过程。

如果她热爱虚名浮华,怎么会住在"雪洞"一样的地方?

是因为节俭吗?未必。她在修行,身外之物于她而言毫无挂碍。生命的本质是向朴素的,她已是明心见性,所以,一切矫饰于她而言没有任何意义。因此,她不施粉黛而能艳冠群芳,衣着简朴而明媚如春。

如果说一开始还要吃几粒冷香丸以免凡心偶炽的话,此时则不必了。

有人说她喜欢巴结奉承,可她明知道贾母并不喜欢这样的风格却为何还要弗其意而行,换来贾母的一阵批评?

如此会察言观色、洞悉人性的宝钗怎会不知道这一点?

这是一种内化为自觉的修行,与别人的好恶爱憎无关。坚持本真,绝无谄媚。

而身在佛门的妙玉则是极尽奢华与炫耀,可见其心本在红尘。

宝钗过生日时,她挑着贾母爱看的热闹戏点,夹软烂的食物给她吃,这完全是作为晚辈的孝敬之心,这是美德,何来拍马屁一说?

做与不做,如何做,完全在我。

随分从时绝不是毫无原则地妥协退让。

做"更香谜"时,她应当知道贾政向来的喜好,却并无曲意逢迎,因此引来贾政的"不详"之评。

若说她讨好王夫人的话,就该远着被王夫人和贾母讨厌的赵姨娘才是,可她分配礼物时,从没忘记赵姨娘和周姨娘。连赵姨娘这种人都对她赞不绝口。

如果她有心拉拢宝玉的话,为何亲口说对宝玉和贾环一视同仁?她是这么说的,也是这么做的。

邢夫人同样是个不太讨喜的角色,可她对邢夫人一样礼敬有加,还体恤帮助邢夫人的侄女邢岫烟。这是众生平等的慈悲之心。

有人说她冷漠。对于金钏儿的死,帮着王夫人说话。可此时金钏儿已死,王夫人心里也满是愧疚,难道要她义正辞严地批判王夫人吗?再说金钏儿的真正死因她是不知道的,王夫人没说实话而已。

她对王夫人的安慰是出于本分,而给金钏儿衣服也是同情。古人注重袍泽之情,她能把自己的新衣服给死了的金钏儿穿而毫无避讳,这是悲悯心。

同样,对湘云和香菱的体恤与资助,不再赘述。

湘云对宝钗评价极高、极热情,而宝钗之于湘云则一直保持着恰当距离,群而不党。湘云也曾为此埋怨,只是她一时无法悟得其中真意而已。

俗话说"君子之交淡如水"。和朋友保持一种不浓不淡、不疏不亲,让彼此都舒服的距离难道不更好吗?

对尤家姐妹的死去和柳湘莲的突然失踪,宝钗态度看似平淡,实则是把人生的无常看透了的理智与冷静。各人有各人的缘法而已。

至于抄检大观园后的明哲保身,这也是人之常情。毕竟她是亲戚,出了这样的事谁也得避嫌不是?

宝钗时常劝宝玉读书。又说许多人其实是被书害了,他也误了书。因为那些人没把书读明白,这样的糊涂虫读书越多,害处越大。

她说的读书是辅国理政之读书,而不是贾雨村之流的国贼禄蠹们的读书。贾雨村那样的读书人把读书看作求取功名利禄,满足个人私欲的不二法门,可不是被书害了,也误了书吗?

她眼里的读书人应当是有责任、有担当,为国为民的人。

因此,把宝钗的思想和贾雨村的思想归于一致是荒谬的。

宝钗的《螃蟹咏》已经说得很清楚了,她对贾雨村一类的贪官污吏同样深恶痛绝。

而宝钗反对别人看杂书的原因是,怕别人移了性情,走火入魔。

可是她和黛玉宝玉不都看过那些杂书吗?

问题是,能达到他们这样悟性的人又有几个?

王熙凤说宝钗,不干己事不开口。可在协理大观园时她赞成探春大胆改革的同时,又以道家无为而为的精神作为补充,兼顾了下层群体的需求,彰显悲悯与智慧。

她只是不愿热衷于牵扯到个人私欲下的恩怨当中而已。

宝钗一直劝诫宝玉读书,同样是为了让宝玉能有一份担当,而不是劝他去做国贼禄蠹。

从宝玉的悟禅机来看,他还在身后,而宝钗则已飘然在前。黛玉和宝玉执着于儿女情长,进入了各自的理想世界,出离了尘俗,获得了精神的自由。却终因放不下的牵绊而无法抵达灵魂的自由。因此,他们是痛苦的。

宝钗早已看清一切都不过赤条条来去无牵挂,白茫茫一片大地真干净。

她是放下了。

以放下的姿态入世。

既然看透了人生终究是虚无的,没有意义的,那人为什么还要活着呢?

乃是一种体悟。以一颗了无挂碍的心涉入尘世间,去勇敢担当又不为名利所累,回归本真、明心见性,感受一切来自大自然又回归大自然的过程,获得肉体与精神乃至灵魂的和谐统一。这个体悟的过程就是有意义。凡世间存在的事物,必有它存在的合理性。

这样来看,世上又没有完全没有意义的事情。就像探春说的那样,大观园里的一个破荷叶,一个枯草根子都是有用的。

而有的人则完全陷入了虚空之中。既然人生没有意义,不如消极避世,归隐山林,如历史上许多隐者;或隐于自己内心的理想国,如宝玉和黛玉,皆是小隐。

所谓"小隐隐于野,大隐隐于朝"。

所谓"好风凭借力,送我上青云"——

把一种漂离不定,让人观之心生悲戚的小事物赋予它如此的定力与生命活力,这是一种积极的生命姿态,更是一种高渺的人生境界。

是"珍重芳姿昼掩门"的持重;是"淡极始知花更艳"的淡泊;是"赤条条来去

无牵挂"的看透。是"菩提本无树,明镜亦非台。本来无一物,何处惹尘埃"的空之境界。

宝钗之无情,乃是极情。

极到深处似无情,任是无情也动人。

身在红尘,而精神出尘于外,以出尘之心复入尘世是为了追求灵魂的自由,为了返璞归真。

唯如此,才能做一个真正的我,空我而无我。

这样的薛宝钗,她已经彻悟了。

而这样的薛宝钗,还会去抢那个所谓宝二奶奶的位置吗?

四

宝钗到底有没有争过宝二奶奶这个位子呢?

来一起梳理一下。

先看薛家投奔贾家的理由——

"……凡仕宦名家之女,皆亲名达部,以备选为公主、郡主入学陪侍,充为才人、赞善之职。"

可见宝钗的这次"待选"是选公主、郡主们的陪侍去了。当然,一个"凡"字也说明这几乎是命令性的文件,她只能遵照执行,亦不能作为她热衷虚荣的证据。

这是其一。

其二,薛家爹爹死后,宝钗一个女儿家不好抛头露面。哥哥薛蟠又靠不住,"一应经济世事,全然不知,不过赖祖父之旧情分,户部挂虚名,支领钱粮"。很显然,如果不是靠着祖宗的脸面,恐怕薛蟠连这"皇商"的差事也保不住。眼看江河日下,到贾府存身其实也是为了寻个靠山,毕竟是实在亲戚。

也就是说,薛家本不为这"金玉姻缘"而来,又何来的举家而谋呢?

再看所谓"金玉姻缘"——

从薛宝钗佩戴的护身符来看,说是要有玉的来配。问题是佩玉的其实何止宝玉一人,多了去了。又没有具体标准。贾琏不就给了尤二姐一个九龙玉佩吗?那时玉佩是常见之物。

看来这也是那和尚糊涂,没有交代清楚,或者他直接就是专门来捣糨糊的。

宝钗的"金"之所以和宝玉的"玉"联系起来,形成"金玉姻缘"一说,纯属偶然事件。

薛宝钗自己对夫婿的选择标准如何，作者没有写。只能从她平时的言行来判断了。

她劝宝玉用功读书，专注仕途经济，但她对那些被书害了的人同样疾恶如仇，说明她心目中的理想丈夫应该是博学正直的辅国理政之材。这些贾宝玉符合吗？显然不。

那么，这是不是薛宝钗对自己心目中未来夫婿的鼓励和期许？

但是在古代父母之命媒妁之言大于天的时代，她怎么能够保证未来一定会和宝玉在一起呢？如果是她个人私下的想法，那她应该爱着宝玉才对，可是前面已经说了，她根本没有爱过宝玉。说为了贪图富贵吧，薛宝钗自己家就很有钱，而且与此同时贾家也在走下坡路。宝玉也不是宝钗眼里的绩优股，他根本无心仕途。

许多读者其实是被影视剧和教科书影响了。教科书里写的"以宝黛钗三人的爱情为线索……"这一"权威"论断确实深植许多人内心。再就是影视剧，为了制造戏剧效果，一个眼神一个动作都会给观者造成某种暗示，而那不过是编剧和导演自己的理解而已。

再说，他俩的思想境界也不在一个频道上。宝玉纠缠在儿女私情里不能自拔时，宝钗早已经彻悟了。

他俩也没有什么共同语言。思想有分歧，怎么可能聊到一块儿呢？

从舆论环境来看，宝黛的姻缘是被贾府里大多数人默认的。无论贾母还是王熙凤，甚至丫头下人眼里嘴里都几乎默认了这段姻缘。

至于宝钗自己，自从以半个身位默默抽身而退以后，更是坦坦荡荡。

她自己也公开拿宝黛二人开玩笑。

一次是宝玉从马道婆的巫蛊术中醒过来，黛玉忙念阿弥陀佛。宝钗因此打趣儿她俩说，如来佛祖太忙了，要讲经说法……还要管人家的姻缘。如果宝钗心里不坦然，怎么会开这样的玩笑。

还有一次，黛玉要认薛姨妈为干妈，宝钗故意打趣儿说认不得。黛玉问怎么认不得？宝钗说，我哥哥的亲事还没定，怎么把邢妹妹先说给我兄弟了？黛玉猜错了。宝钗笑道："不是这样，我哥哥已经相中了，只等来家就下定了，也不必提出人来，我说你认不得娘的，细想去。"

后面，薛姨妈直接说不如把你林妹妹说给宝玉岂不"四角俱全"？惹得娘仨一阵笑闹，画风是满满的温馨。

如果宝钗有这个心，还能这么跟黛玉开玩笑吗？

而且黛玉和宝钗自从那次互诉衷肠以后关系一直很好，情同姐妹。又认了薛姨妈做干妈，和宝钗的堂妹薛宝琴俩人关系很密切。薛家确实没有这样的意图。

这样一看，无论从主观、客观还是舆论上都是宝黛的"木石姻缘"占绝对上风，而不是所谓的"金玉姻缘"。

因此，把这场爱情理解成三角恋是不准确的。把薛宝钗的"随分从时、藏愚守拙"看成城府深，工于算计，以及强加给薛家的阴谋论根本站不住脚。

《红楼梦》未完，至于后来的情节已不得而知，但依然无妨我们根据前面的判词和一系列暗示作出判断。

黛玉泪尽而亡，宝钗和宝玉结为夫妻以后，宝玉出家，宝钗独守空房而终。

这样的安排更加突出了悲剧的主题。

黛玉为自己而活，为心而爱，为情而死，爱得惊天动地，死得轰轰烈烈。活着时得到心上人的宠爱，死了葬在爱人的眼泪和漫天飞舞的花雨里。还一生之泪，留绝世风华，赚得千古悠悠的爱慕与思念……

这样的生命历程，虽短暂，不也很唯美吗？

黛玉之死可说是悲剧，也是幸运，死当其时，死得其所。

而薛宝钗的悲剧在于终究无法摆脱的天命。

如果说精神与灵魂层面的宝钗已经获得了通透与彻悟的话，作为精神和灵魂之载体的肉身，却不得不在无情的命运里流离辗转。

她能主宰自己的思想却无法主宰身体。

那是一个身体发肤受之父母而不可违，唯纲常与礼教是从的时代。

宝钗随分从时、知书达理。她是一个美丽、聪慧、博学、善良的女子，是一个从身体到人格品性近乎完美的女子。这样的女子不但符合封建道德礼法要求，更是女性中的翘楚与典范。

把她安排嫁给贾宝玉是悲剧的开始，而不是终结。世人皆以为，她千辛万苦争来这么个结果，可谁又知道她想要什么，谁能懂得她的心。黛玉为的是自己的心，宝钗何尝不是为自己的心。只是黛玉的心尚能得以安放，而宝钗的一颗心却始终无人懂得。

如果换作别的女子，内心里一定是痛苦挣扎的，无法抗拒那滚滚而来的漫天的黑，那是一种怎样苍凉的孤独。

宝钗也一定曾经感到孤独过,那是一种翩然出尘而俯视芸芸的落寞。然而,她终究是悟了,放下了,了无挂碍、明心见性。

　　当她把一切放下时,已经无所谓出世入世了,一切都已浑为一体,圆融通达了。

　　贾宝玉也终于在阅尽千帆、历幻磨难后彻悟。

　　空蒙天地间,当宝玉踏雪徐徐而去。

　　而她,薛宝钗,正值一句山中高士晶莹雪——

　　心里早已是轻舟已过万重。

　　身在凡尘,心是佛心。

　　渡尽劫波,荷影摇曳,钟声回响。

　　梵乐悠悠,仙声渺渺——

　　　　　　菩提本无树,明镜亦非台。

　　　　　　本来无一物,何处惹尘埃。

白茫茫一片大地真干净……

黛玉当初是和自己的心和解,而宝钗最终与自己的灵魂和解。

这白茫茫一片干净的大地,又何尝不是作者与自己的和解。

　　　　　　　　　　　　　　　　　　　　2017年9月

遥遥一梦春归处

元春省亲时,把不敢擅入的"外男"宝玉一把揽入怀中,摸着他的头说"比先竟长了好些",一语未终,泪如雨下。不由让人想起刚进贾府时的林黛玉,被贾母一把揽入怀中,儿啊心肝肉地叫,叫得人心碎。

书里没有明写此时宝玉的感受,想必对于这个像母亲一样的姐姐,宝玉心里同样有着无限的依恋和伤怀。可一转身,等元春再次居于上位,成了众人跪拜的元妃时,姐姐还是那个姐姐,弟弟还是那个弟弟,可他们之间隔着的又岂是站着和跪着的距离。他们之间,近在眼前,又远在天边。

纵再深的情也穿不透皇宫里那堵高耸入云的墙和密密匝匝的防卫。世间最伤人的不是远在天边,而是进退不能、恍若隔世的又近又远。

当宝钗提醒宝玉把"绿玉"改成"绿蜡"时,当黛玉把替宝玉作好的诗扔过去时,宝玉的心又早已在身边的姐姐妹妹身上了,乃至于需要善解人意的宝钗提醒一句,谁是你姐姐!坐在上面的那位才是你姐姐。

元春省亲是《红楼梦》里最热闹繁华的场景,把"鲜花着锦、烈火烹油"这句话诠释到了极致。可火焰的另一半是狼烟。当火焰熄灭,余烟袅袅,大观园这幅秀丽多彩的山水人物画上,画满了热闹与欢笑,而那缕悠悠荡荡的烟,终于幻化出一汪背景,是洇向亭台阁榭间的悲云愁雾,人人氤氲其中,却又淡漠以对。

元春走了,大观园开始一轮又一轮的诗情画意。至于春天,不过是诗人笔下口中淡淡一抹愁绪、一首带着伤感的诗句。当夏日的阳光灿烂如潮,谁还能记得初春的渐行渐远。

王夫人嘴里时常念叨的是早已死去的贾珠,老太太疼爱的是心头肉宝玉。谁曾想起念起,在春的序曲中冉冉而临的元春?

世间繁华与她无关。给她的影像,唯开始铺陈堆砌,尔后为追忆留存在角落发黄的底片。只有得了她的赏赐,大家热闹在一处时,才偶尔念叨一句;念叨不是惦念,却有隐隐怨怼:偏和林妹妹的不一样!一样的竟是宝姐姐!不一样的没意思，一样的更没意思。没意思的不止宝玉宝钗，还有个敏感的林妹妹。当宝玉兴冲冲拿着亲姐姐的赏赐送给林妹妹时，又碰了一鼻子灰。于是，这赏赐最后的结果，是一个大家都没意思的结局。不知彼时深锁高墙内的元春如果知悉，会不会更加没意思？会不会把这份心也慢慢淡了去？

可她不会知道，也不能知道。这变着法儿的赏赐，是她唯一的惦念与维系。探春过生日时，她记得送给这个妹妹几样儿小玩器。高墙内的清冷生涯并没有绝灭她小儿女的情思。可当她自己生日时谁又记得？

她生了一个好日子，可也更是大家的好日子。在没有节日也要编排出一个节日的大观园里，正月初一这天，所有人都可着劲儿地热闹，可这热闹与她无关，这样的日子只适合大家一起诗酒尽兴，却不宜感悲伤怀。大家过的是自己的节日，却不是她的生日，她生在这一天，究竟是幸运还是生不逢时？谁知道。

人们知道的，是她在皇帝身边享着荣华富贵。

乌进孝抱怨年成不好，也奇怪着贵妃娘娘为何不把皇帝的金银财宝都搬到贾家来。他不知道的是，贵妃娘娘是贾府里的唯一，却也只是皇帝那三千佳丽的其中之一。即便她有这份心，身却如一个小兵，进退全不由自己。

得了金银锞子的荣耀，很快散去，谁也不会记得这锞子和几个小玩器、几个串珠背后，还有一位在繁华里荒凉着的女子，把思念织成绵绵密密、丝丝缕缕。

元春的赏赐，换来跃跃欲试的索取。无人能懂赏赐出处，有一条搁浅沙漠深处的鱼。她赏赐的不是别人，是赏给自己。是自己与自己的相濡以沫。赏赐给亲人的锞子和串珠，不过是期望着它们能穿越时空，换回一丝给她自己内心的、亲情的眷顾与温暖——这是她唯一能够给予自己的赏赐。

为一句"当日为何把我送到那个不得见人的去处"，惹得大家泪雨滂沱时，是多少带着一些哀怨的。这一刻的哀怨与不幸和大家都有关，可等眼泪风干，彼此挥手，一切又只与她一个人有关了。

贾琏在省亲前的一番歌功颂德和贾政在觐见时的感恩戴德早已为这悲情做了一个无限高贵而荒凉的注脚。在他们心里，眼泪也是闪烁着巨大荣耀与光环的眼泪；而在元春，哀怨的泪水却将淹没在煊赫之下、富贵之里，终于了无痕迹。

此刻元春，能泪流毕竟是幸福的，尽管幸福如此短暂，如浮光幻影。

人皆以为黛玉眼里的不尽之泪流淌着悲愁，却不知她的泪里蕴含着的幸运。这挥洒的眼泪于有人而言，是招之即来挥之即去的情和爱，可于有人而言，却是望眼欲穿、求之不得的奢望。

在那个不得见人的去处，有泪，只能往心里流。明着不敢哭，也不能哭，只好在夜深人静的时候，心里呼唤着往日的丫鬟抱琴，把一腔思念与幽怨化作一缕缕琴声。操琴的指尖划开夜色四合的天际，也拨动了自己的心弦，一弦一柱间，华年悄悄流走。

终于进了家门，那根紧紧绷着的弦，霎时断为两半，扯动了一腔幽怨，她的泪一如决堤。

家是什么？

家是一家子人围着桌子，七大碟八大碗地狼吞虎咽、大快朵颐。然后，把喜悦横七竖八地铺排在家里的角角落落。碗筷可以暂时不洗，形象可以暂时不顾。可偏偏有人连回家、连流泪都充满着仪式感。一喜一怒的表情都得按着程序来。那些随驾而来的宫女太监们盯着呢，谁知道此刻的真情流露会不会成为往后的呈堂证供。

只好把最贴心的体己话说成政治宣言。

把儿女情长说成官话的元春，规劝这一屋子的亲眷们"何必过悲"。却不知他们的悲，悲在一时，而她自己的悲，却要背负一世。

悲到深处，无语泪流。可她依然期望着从自己的体温里分出一点，给别人取暖。她体恤身份卑微的小戏子，乃是为对方着想的感同身受。那个不得见人的去处，一定有许多类似的身份卑微的下人，如同眼前的小戏子一样过着清冷孤寂的生活。她把"红香绿玉"改成"怡红快绿"，因深知花团锦簇背后是一片荒草萋萋。可是她的善良与温情并不能给她自己的人生涂上一丝亮色。

走出短暂的温馨，命运再次把她还回那片遍被寒凉的荒野。

终于，宣言已毕、筵散人去，这里的一切繁华再次与她无关。无论是日常的诗酒快意，还是节日里的盛装铺排，都不会有贾元春的影子。她的名字，也再不会被主动提起。

不知那些大大小小的节日，高墙深宫里的贾元春是如何度过的。可以想见的是，一定不会像我们小时候一样，围着大人、吵着闹着要压岁钱，要可心的糖果。她能要什么呢？她只能企盼悬在半空的圆月，能分一点光亮，给这繁花似锦里的清冷孤寒，带来一丝暖意。

她送出字谜让弟弟妹妹们猜，怕也是她寂寥时一个人玩的游戏。弟弟妹妹们热热闹闹猜着了，送回宫里，权当是他们隔着时空陪自己玩儿了一回吧。

她最疼爱的弟弟宝玉得了赏赐，却是第一时间欢奔乱跳地送给林妹妹。

好在这个她疼了一场的弟弟终究是懂得她的,也是唯一一个懂得她的人。当别人为了元春的每一次加封而欢欣鼓舞时,宝玉却不以为然。其他人对元春的关心,体现的是他们对家族命运的关切与担忧。只有宝玉明白,姐姐每登高一步,离皇权越近,离人间越远。人人都喜欢往高处走,却不见登高必跌重、高处不胜寒。

其实,也怨不得亲人们。贾家当初把元春送到那个不得见人的去处,一定有着情非得已的难处。要想画好一幅画,没有一个好的背景是不行的。没有这个背景衬托,再美的山水人物都是空中楼阁。

只是,随着经年的岁月冲刷,背景在人们的脑海里变得影影绰绰,终于淡化为笼罩在心头的一团薄雾。

起初,元春一定曾被家人时常惦念,可再多惦念,也越不过厚重的宫墙,于是,她终于成为一个符号、一个关乎荣辱兴衰的晴雨表。

宫里的生活是清冷的,清冷让她保持一份冷静。她说,盖这样一座大园子太过奢靡了。无关节俭,是她深知,奢华深处,往往万劫不复,再回头已无去路。这是她的隐忧,也是谆谆劝诫。是她在皇权漩涡练就的一份稳重精细和强烈忧患意识。别人眼里楼台亭阁,是她内心大厦将倾。只可惜,一个清醒的人唤不醒一群沉醉在梦里的人。

然而是梦,终有一醒,醒来人们回头再看时,那个当初试图唤醒他们的人已经永远地睡去了。也好,再也不用背负这辜负了她一生的、那么多人的富贵迷梦。

她累了,让她好好地睡吧,睡吧……

续书里说元春是因为沐泽今上隆恩,日子过得太好,心宽体胖,被一口痰迷过去的,可我更愿意相信,她是被那个叫高鹗的人给气死的!

二十年来辨是非,榴花开处照宫闱。

三春争及初春景,虎兔相逢大梦归。

荡悠悠芳魂一缕远逝的贾元春还会做梦么?会不会想起那时候,她在前面走着,稚气未脱的小玉儿摇头晃脑跟在后面,一口一个姐姐,她回眸一笑,甜甜地答应着,空气里弥漫着阳光的味道。

她会不会又做起那个做了千万次的梦:初春午后,带了弟弟妹妹们一起抓蝴蝶、捉迷藏,忽然,弟弟妹妹们发现姐姐不见了,他们于是找啊找啊,心里划过一丝悲伤。这时,藏在山石后面的姐姐扮成一只小兔子跳出来,她摸着泪眼婆娑的宝玉的头,小玉儿破涕为笑。

只是这次姐姐藏得太久,大家都忘了她藏身何处,以为姐姐又在吓他们,他们各玩儿各的,好不热闹。

好久好久,姐姐再也没有从石头后面探出她温暖的笑妍。

这次,他们真把姐姐给丢了……

2017年11月

千里东风一梦遥

探春是带刺的玫瑰,连贾府的小厮们都知道的。至于千万熟稔红楼的读者,更了然于胸。然而我每读红楼至探春,觉其动人处,反不在其精明强干,却为其精明强干下的隐忍与柔软而恻隐与不忍。一如往往最光鲜的外表下,藏着最荒凉的景致,最懂事的孩子心里,埋伏下最多的委屈。

且说那日得知宝玉出门,探春要宝玉为她捎买的,不是别个,竟是诸如小竹篮小香盒小风炉一类的小顽器。何时最见真情真性?大概是独处的时候。想必这样的小顽器,正是一个人时摩挲抚弄的东西。慰人心者,并非奇货珍玩,而是人间烟火。

想那时探春,抖了钱而述说时,该有怎样的娇憨。

这钱还是几个月来攒下的。

可想得见,闺中女儿柔肠,是如何密织于若蛛丝儿的凡常日子。而于翘望中,要网罗的,便是不为人道的小情思、小意趣。终于等到宝哥哥,当她比划着时,仿佛那些小顽器正在眼前。是一份唯有他们兄妹间领会的默契。他们是亲人,是知己。

作为投桃报李,探春给宝玉做鞋。做鞋事小,情谊可贵。但这份温情,却成为探春被指责的口实,这是后话。

可见曹公笔墨之旖旎,常于闲处而淡着一笔,一个人的另一面,已惊鸿一羽而皱了一池春水。

余韵延绵处,从宝玉向邢岫烟。

宝钗在与邢岫烟的交谈中,得知探春为怕人家皆环佩玲珑而独邢岫烟敝衣素履,遂以玉相赠。玉器,除装饰,还有寄寓在里头。可见探春对邢岫烟,除了体谅,还有基于其人品心性而生的一份珍重。

这份细致,唯懂得者能体察。

探春是有心人,她周到体贴。但正如那些惯于成全他人者,当烦心事儿轮到自己身上时,却要独自承受。

是无可回避的生命之殇。

探春之殇,正来自她的生母赵姨娘。娘与姨娘,一字之差,却相距万里。赵姨娘是妾也罢了,更有一个猥琐不谙人道的兄弟贾环,于是两厢交加,一幕幕狗血剧便轮番上演。

所谓卑微者,便是最容易被激怒者。愤怒往往是为面子。没有里子的人,自然把面子看得比天大。于是,为一双鞋,为二十两银子,为一瓶蔷薇硝,赵姨娘都要风风火火闹一场的。闹无非自伤的结局,她并非没有领教过。但她仍要来的。来了不免一霎风一时雨,而终为风欺雨淋的却往往是她自己。来了又去,带走的不是天边的云彩,而是亲者痛仇者快。

但这次不一样。探春暂为理家,成了名副其实的当权派,赵姨娘心中,焉不有趁机出口恶气的想法。她兄弟赵国基不愧赵家人,踩着点儿就死了。死就死了,还死出个二十两银子的落差。死人的卑微落实在活人心上,赵姨娘岂肯善罢甘休。不蒸馒头争口气,也要闹它一闹。但赵姨娘一腔烈焰,却迎来亲闺女一盆凉水,这下赵姨娘不干了。不干了的赵姨娘,唯有一张嘴是大杀器。她说探春是拣了高枝的雀儿。

难怪赵姨娘要闹,眼见前几日袭人的娘去时,不就得了四十两的抚恤么?且袭人左不过是个准姨娘,倒把自己这正牌的姨娘给巴巴儿压了一头。

况且人家主子都要拉扯奴才的,自家闺女倒好,胳膊肘往外拐。

赵姨娘要闹,闹得是满腹委屈;探春针锋相对,对的却是顾全大局。

赵姨娘闹得忒不像话,逼得探春说,她眼里只有老爷太太,其他人一概不知;又说她只有个九省都检点的舅舅,却不知还有个舅舅叫赵国基。

探春这话非但让赵姨娘下不来台,亦让多少读者寒心。无论怎么说,儿是娘身上掉下的肉,就算为娘的再不堪,一点薄面总要给的。

况凤姐托平儿带话:再添补些也使得。

亲亲不过娘舅,隔隔不过肚皮。再说规矩不也是人定的?

赵姨娘找谁说理去?说不过女儿,更讲不过理,一口恶气出不来,只好攒着。这就等到了几个戏子。

话说为一瓶蔷薇硝,赵姨娘一个耳刮向芳官拍过去。她忘了芳官一干人是戏子,演戏正是她们的专业。于是文的武的粉墨登场,一场戏下来,倒把赵姨娘顶了个人仰马翻。烂摊子别人懒得收拾,自家人闯了祸还得自家人了却残局,这可又一次苦了探春。好在探春有自己的格局，不能当面失了身份，只好背后对姨娘说，那些个小丫头子们，原是些玩意儿，喜欢呢，和他们说说笑笑；不喜欢便可以不理他。便他不好了，也如同猫儿狗儿抓咬了一下子，可恕就恕……

可恕者不是恕人，正是恕己；恕己是为自尊，而自尊者人尊之。

探春一片苦心，赵姨娘再愚钝，也该领悟了些儿吧？而于探春，过往那些隐忍与担待，更向何人道呢？就说那二十两银子的事儿吧。

赵姨娘指摘探春胳膊肘往外拐，但常言道向人向不过理。袭人她娘那四十两，是按规矩，且由王夫人自出的。虽袭人作为准姨娘，这标准的确存着暧昧，但代理终究灭不过总经理的次序，况且这里头还存着幽微难言的人情世故呢。

王夫人待探春，虽面上淡淡的，但心里却疼她。原因大家自然心知肚明，皆因赵姨娘屡次让她寒心，因了这一层，关系就有些微妙。这恰是探春的为难处。但探春对王夫人却一贯恭敬有加。想当初老太太因为大儿子贾赦纳妾的事，而迁怒于王夫人时，探春挺身而出，为王夫人仗义执言而将尴尬化解。

探春认王夫人为母亲，而不知赵姨娘这个娘亲，固然因礼法之故，却也是她于夹缝中的筹谋周全。

探春深知赵姨娘愚钝，连探春宝玉之间的亲情都要吃醋的，加之兄弟贾环每每不争气而惹是生非。但自己身为庶出，便是平常，一句多话也说不得的，况为代理家事而于大庭广众之下。

吴新灯家的一干人心怀叵测。平儿转述凤姐说添补亦可的话，一来自己落了好，二则正可量得探春深浅。但这些并非关键，关键在于背后还有王夫人瞅着。王夫人赏给袭人她娘四十两，本是两可之间，可到底有身份压着，倘探春徇了私情，置王夫人颜面何存？

探春苦心，正是以看似不近人情的防卫，为赵姨娘提供着庇护。

若探春公开与赵姨娘站在一起，将使赵姨娘母子三人陷入更加不堪的境地。人因探春好，看在她面上，对待赵姨娘与贾环尚有些许顾忌，若不然呢，则想见二人处境更可堪忧。

于此观照下，再看探春所为，深明大义固然是其本色，却也难说她的隐忍不是另一种姿态的担待与周全。

身为庶出，探春不单要为自己正名，亦以一种难为人道的强硬姿态使赵姨娘与贾环庇于其羽翼之下。而她外表愈冷，则内里愈热。

想那日蔷薇硝事件后，探春与人言，赵姨娘是受了小人"调停"。

知母莫若女。探春对于赵姨娘,实际从来都是上心的,否则怎会识破他人忿恚。而至于私下说猫儿狗儿可恶,已纯然是母女间的体己话了。

而就日常来说,赵姨娘与探春母子之间的互动想必亦不可少。那日赵姨娘破天荒竟来探视黛玉,黛玉一望便知是赵姨娘看过探春后的顺水人情。黛玉能一口断定,可见赵姨娘来了不止一回两回。

可见,探春母子之间于私下始终保持着一定程度的互动,只因不为人道的难处,而要呈现一种复杂纠缠的局面。可惜赵姨娘无法领悟,而探春又何能明言。

如此想来,赵国基抚恤金事件中,李纨曾言——

"也怨不得姑娘。她满心里要拉扯,口里怎么说得出来。"

这无心之语竟戳中探春心事。概因李纨孤儿寡母处境,许更能设身处地吧。但探春必定要断然否认的。

她维护的是规矩,更是王夫人的权威。

她驳回的不是李纨之语,而是心上荒凉的纠缠。

红楼女子个个难逃悲剧的命运,而这悲剧到探春这里,却因其格外坚强被人忽略被人误解。就如那场中秋夜宴,一干人皆已散去,唯年迈的老太太强打精神,那时节陪老太太的,正是探春。探春是荒凉里的清醒者。她深知家族隐患,当初抄检大观园时,打在王善保家脸上的一巴掌,已表明心迹。

想来那响亮的一巴掌,非但于家族命运是提醒,更打出她历久隐忍下的委屈。

于探春心性而言,若岁月从容,她是甘于做个摆弄小竹篮与小风炉的小女子的,她亦不乏小儿女情态,闲来练练书法,起个诗社,诗酒年华,莫不静好。

而那日不得已说出若为男儿身,自有一番道理的话。不是真要建功立业,是隐身于悲决后的寒凉之语。

她是老鸹窝里飞出的凤凰,但凤凰终究是老鸹抱出来的。想当初赵姨娘指摘探春拣高枝时,可曾想到常使凤凰回眸处,却正是当初那个寒窝呀!

现在,凤凰真要拣了"高枝"而去,老鸹将要失去最后的庇护。

一帆风雨路三千,把骨肉家园齐来抛闪。恐哭损残年,告爹娘,休把儿悬念……各自保平安。奴去也,莫牵连。

清明江边,将天各一方之时,抛却所有世俗牵累,终于卸下心头防卫,可以放声呼喊一声娘亲了。想必那声娘,是呼唤着赵姨娘,更是喊给自己。声声呼喊里,把过去多少没喊出的娘,都补偿了。

2020年12月

湘江水逝楚云飞

　　曾看到过一个研究,说一个人具有的异性特质和自性特质融合度越高,这个人受欢迎的程度就越高。现实里也许张国荣是一例,《红楼梦》里也有一个这样的人物。她是人见人爱、花见花开的史湘云。对于红楼人物,读者向来各有偏爱,因这种偏好差异带来的笔墨官司成书至今绵延不绝,可唯独到了史湘云这里却达成高度一致,即便不那么喜欢她的人也绝难找到讨厌她的理由。

　　跟爱凤辣子相似,喜欢史湘云者,首先喜欢她通身的气派和气场。没有前奏没有过门儿,冷不丁就敲敲打打地来了。所差异是,王熙凤一出场,似一出热闹剧,还没看清唱的是哪一出,唱词已响彻云霄。史湘云呢,就像捉迷藏的顽皮小孩儿,突然从门后蹦出来,做个鬼脸吓人一跳,你正疑惑时,她嘴里已经"爱哥哥"长"爱哥哥"短地跳过来挠你痒痒,真真让人又爱又恼。

　　相对其他主角儿给人的印象,史湘云没有明确的性别意识。仿佛史湘云不是男孩儿也不是女孩儿,史湘云就是史湘云,她是个独立的存在。只有当宝玉和其他姐妹们嘴里叫着"云妹妹"或"史大姑娘"时,才略显出些女儿意味,可转眼闹将起来的史湘云,立刻就成了假小子。这个假小子的史湘云,是个永远也不会长大的孩子。

　　谁不喜欢孩子,谁又会跟一个孩子斤斤计较呢?

　　因为她是孩子,则一切顽皮作闹都合情合理起来。有她嫌闹,没她冷清。看红楼每到湘云处,恨不能一把拉她出来,顽作一处才好。

　　孩子气的湘云一派天真烂漫。

　　当她知道有鹿肉,便把宝玉拉到一边悄说:哎!爱哥哥,听说有鹿肉,不如咱们要一块,自己拿了园里弄着,又顽又吃,你说好不好?宝玉也是个顽皮爱热闹的主,焉能不喜上眉梢?于是,两个活宝一拍即合,描绘了红楼里一幅活色生香的野炊烧烤图。听他俩对话,活脱脱我们小时候和小伙伴打了麻雀,恨不得立时要烧着吃的样子。

湘云不单吃相生猛,喝酒也尽显英豪。她酒足饭饱,醉卧花荫,香梦沉酣时,不觉已是乱云飞渡,红香散乱……嘴里还叽叽咕咕说着酒令,娇憨如此,怎不叫人又爱又笑。

史湘云是个天生的行为艺术家,她女扮男装时,成功骗过了老祖母,近前看,竟比女儿打扮时更加俏丽可爱。脑补一下画面,让人怜爱又绝倒。

可转眼画风骤变,听说邢岫烟把过冬的衣服当到了薛家的当铺,她撸胳膊抹袖子就要去抱打不平。可以想见,粉面朱唇的假小子瞬间成了一头尥蹶子的小鹿。

这样的湘云,充满生命元气又青春逼人,一扫百年望族沉疴下的颓丧;又有不同于钗黛姐妹们气质的迥异气象,如玲珑划向湖心的棹,怎不搅乱一池秋水。

生命力如此健旺的湘云自然是个急性子,当知道大家开诗社未请她,急得无可不可,立逼得人接了她去。她才思敏捷,可以以一当五,动辄连钗黛的风头一并盖了去,简直天下滔滔舍我其谁。

湘云有男子英气,亦不乏女儿媚态。

你把她当个假小子呢,她一口一声"爱哥哥"又让人心里酥麻。可这种酥麻终究不像宝玉看见宝钗白胳膊就想摸一摸的那种,而是过去把她胳膊掖进被子,又忍不住回身想要捏捏她的脸蛋、刮刮鼻子。

湘云便有女儿态,也从不娇滴滴,却是明晃晃大刺刺。当初和黛玉一处睡时,黛玉把自个儿裹得严严实实,湘云却大白胳膊横陈,简直霸气侧漏。

这样的洒脱,竟让人忘记她是大家闺秀,是名士风流。

也许正是她身上天真烂漫与不拘一格的特质,激起了身边每个人对童年的返顾与潜意识里的叛逆情结。作为一群青春少男少女,试想,在一个等级森严的豪门贵族家庭里,礼教对人性里的纯然天真有诸多规范,而人生来具有叛逆的天性。别人行立坐卧都要察言观色、随分从时,到她这里变成大口吃肉大碗喝酒。就这喝醉了席地而睡的英豪气,怕是许多当代女子也只能是心里仰慕眼里歆羡,更遑论贾府里一众千金小姐。不敢,时常不是不想,而是不能。于是,湘云便把一些个别人看来不敢不能的禁忌给轻轻突破了,别人等于变相地在她身上把叛逆之心托付。而在湘云的一派天真烂漫面前,似乎冰冷的礼教也知趣地默默回避了,不单同龄人,就是老辈人也难免不被她感染,她的率真不羁便是替每个人重温了一把童年,释放了骨子里爱自由的天性。

这样的湘云,自然是书里书外,老少通吃。

有趣的是,和林黛玉身世近似的史湘云为何具备如此特质?林史二人生命姿态何以如此迥异。

在很多人看来,史湘云的成长史本身就是一部心灵鸡汤史;相反,林黛玉反向的伸展简直成了被某些人诟病的毒蘑菇。

究竟该如何看待这种差异?

首先,归于小说创作中的人设问题。

黛玉是西方灵河岸边的绛珠仙草,她来到人间的目的就是要用眼泪来报恩的。怎样的人才能有那么多眼泪呢?多愁善感的人呗。于是,黛玉先天就被安排了爱哭的基因。而湘云则是不同于其他众人的别样风景。单从"白首双星"的角度看,如果没有乐观宏阔的胸襟,又如何熬得过牛郎织女隔河相望的渺渺流年。

除却人设,人的性格特质形成不外乎两个方面。一是先天遗传,二是环境影响。

先天遗传因素常非人力可干预。从林黛玉母亲贾敏的多病和早亡能否间接可知林黛玉的基因存在某种先天不足呢?当然这只能是缺乏足够材料支持的猜测。这里主要看环境影响,因为相对可参考材料较多。

进贾府前,弟弟夭折后的林黛玉相当于独生女,又从小体弱多病,因此在家里集父母百般宠爱于一身。来到贾府之后,上有贾母庇护,下有舅舅舅妈爱护,外有姐姐妹妹保护,内有宝二哥哥呵护,跟前还有丫头紫鹃的悉心照顾,时间长了,难免娇贵些。

湘云自襁褓中便没了父母,她在黛玉进贾府之前就常跟着贾母住了,从小跟宝玉一起长大、一起玩乐,常常史家住一段时间,贾家住一段时间。两家都是豪门望族,人丁鼎盛,湘云儿时不会少了玩伴。她像吃百家饭长大的孩子一样,身体健康,适应能力强,胸襟开阔,也更懂得人情世故。

黛玉由于父母是后来逝去,对于已懂人事又尚未成熟的她来说,因此多了一份幻灭感与抛离感,难免孤僻些,难免喜散不喜聚。也因此对人情冷暖的风吹草动多了一份敏感。

而湘云是"襁褓之间父母违"。襁褓中的婴儿自然不会对父母有任何具体印象,也自然从小没有体会过父母之爱。因为没有体会过,所以就不容易伤悲。原本就"没有",也就无所谓失去。

相比之下,黛玉家族支庶不盛,自然从小缺乏玩伴,又体弱多病而养在深闺。可以想见，她日常喜欢幽思冥想，与花鸟鱼虫为伴，和燕子说话，看落花流水春去也，看开到荼蘼花事了，看秋雨敲窗被未温，看冬来萧索满眼凉，年复一年，感时伤逝内化为人格的一部分。

吃百家饭的湘云可没时间感时伤逝，她还要女红针黹呢！她的时间和精力都被劳作与应付各种人情关系所填充，便有哀伤，也只能暂时寄存心灵一隅，待可寄寓之人方诉衷肠。

命运诡谲又不可捉摸，它赐予湘云苦难，又同时给予她一个更加广阔的生命空间，于是，在不停流转中，湘云的生命更加呈现向外的张力。

而黛玉则是向内发展，一切拜命运所赐的悲苦都被她内化为充满悲剧色彩的诗意化人格。

面对相似的苦难，湘云实现了和苦难的友好相处，而黛玉则以苦难入魂入诗，化为一体。

当黛玉在自我的世界里颠沛流离时，湘云头顶的天空已然伸展了蓬勃的枝枝蔓蔓。

然而，如果你认为湘云单是这么明媚这么一览无余，那就大错特错。

宝钗对湘云说，说你无心，却又有心，有心吧，终究嘴太直。

一个从小吃百家饭，从小女红针黹，从小周旋于不同人群而深谙人情世故的湘云，怎么可能如此简单。

湘云自有她的心机。她特地给鸳鸯、彩霞、袭人准备了三个戒指，仔细包好郑重送过来。这三人中固然有和她玩得最好的袭人，可同时三人也是贾府最有权势的三大秘书，其中深意，不能算妄测吧？

螃蟹宴时，她想到了所有人。连常被忽视的赵姨娘和周姨娘，甚至李纨的丫头，她都记得。这固然是善良，是周全，难道不也是心思缜密吗？

没办法，人人都有个靠山，湘云得靠自己。虽说贵为公侯小姐，虽有贾母护着，可毕竟亲叔婶不是亲爹娘，老祖宗也不过是姑奶奶。毕竟天真烂漫不能当饭吃，不察言观色，不关注人情世故怎么立足？

湘云告诉黛玉，自己有认床的毛病，每换个地方就睡不着觉。

看到这里，让人心疼。原来她并非人人看到的那个没心没肺的傻丫头，原来她宏阔的志量下，心的一隅，也有不为人知的内伤。

认床的史湘云，偏偏居无定所。

她自小在贾史两家来回跑。就在贾家，她至少和黛玉、宝钗、迎春、李纨一块儿住过。可即便心细如发的黛玉都居然不知道湘云有认床的毛病。当湘云好不容易能在一个地方睡安稳，又不得不换个地方的时候，不知她是否会彻夜无眠，不知她心里会想些什么，是反复吟诵的诗句还是想象里面容模糊又清晰的爹娘？

当月明星稀时，她小心翼翼地辗转反侧，怕惊醒旁边浅眠的黛玉。第二天，仍然是那个简单快乐的史湘云，没有人知道昨夜无眠的她，心里是否曾划过一丝感伤。

也难怪当宝钗搬出大观园时，一向对宝钗崇拜亲厚有加，甚至连跟着黛玉笑话一下宝钗都不肯的湘云会说，好狠心的宝姐姐，弃了我们而去。

其实，她从来都怕无故的离去，一如怕潜伏在心底、时而诡谲时而迷离的命运。

回想当初黛玉和宝玉天天玩在一处冷落了湘云，湘云噘起嘴巴埋怨道爱哥哥眼里只有林妹妹时，才明白她心里的失落。

人人都说黛玉敏感，其实湘云又何曾不敏感。世上没有不敏感的诗人，也不会有哪个心里没有藏着失落甚至哀伤的诗人能吟出“寒塘渡鹤影”这样的诗句。

其实有人的坚强，不过是一直都在假装坚强，久而久之弄假成真，当别人和他自己都被这假象迷惑时，他真的成了自己心里曾期望的模样。

可当湘云躺在那寄人篱下的床上时，辗转的无眠还是出卖了她，她内心里终究还是个敏感脆弱的小姑娘。她终于把自小便隐藏起来的心事一览无余地说给亲爱的宝姐姐。对长不大的湘云来说，宝姐姐无疑是个长姐如母的角色，她从宝姐姐的宽厚平和里感受到陌生又熟悉的母亲的味道。

可当有一日，连最心爱的宝姐姐也弃她而去时，才真正促成湘云心灵上的一次拔节成长。

那是中秋月圆之夜。身边没了宝姐姐的湘云第一次感到彻骨的寒凉，也才慢慢读懂了林黛玉的孤独。史湘云联曰：寒塘渡鹤影。林黛玉对曰：冷月葬花魂。

同一轮圆月下，是两样心事，两样的心事里却有着似曾相识的孤独。而此刻，唯有两颗同样孤独的心，才可以相互慰藉。

但无论如何慰藉，却也遣不散笼罩在大观园上方的悲云愁雾。这一回后，该走的走，该散的散，无论眼前是否还有美酒佳肴，有四海高朋，有莺声笑语，有鼓乐吹笙，联了这首诗，饮尽这杯酒，各自奔向天涯的路，没有尽头……

湘云，该是一夜之间长大的吧？

只是,湘云啊,莫要怪你的宝姐姐不辞而别,她并非弃你而去。当一众人抄检大观园的脚步纷沓而来,又绕"蘅芜苑"而去时,她已知是梁园虽好却非久留之家,也知纵然深情难却,不过——

终久是云散高唐,水涸湘江。
这是尘寰中消长数应当,何必枉悲伤?

与其道别,不如心里默念一声——
各自珍重。

2018年8月

误入空门的名士

　　妙玉因嫌弃刘姥姥用过的茶杯，而被对天下苍生心怀怜悯之士耿耿于怀。于是，妙玉纵万般好，也变得面目可憎。

　　可他们选择性地忘了，妙玉和贫寒人家的女儿邢岫烟却有十年贫贱之交。当命运际会，她俩再次相遇时，邢岫烟说，妙玉不但念旧，而关系较之以前更进一步。

　　妙玉是瞧不起穷人吗？

　　不。

　　在有人眼里，世上只有两种人，富人和穷人。

　　而在有人眼里，世上之人，分为高雅之人和世俗之人。

　　妙玉所恶者，并非穷，是为俗。

　　你看看，当宝玉以妙玉日常使用的"绿玉斗"为"俗器"时，妙玉立马翻脸：恐怕你们贾府未必找得出这么一个俗器！可当宝玉换了一个说法之后，妙玉立刻转怒为喜，殷勤向宝玉沏茶。

　　在妙玉眼里，出身高贵低贱所造成的人际差别，远没有气质上的高雅与俗气来得这么泾渭分明、云泥高下。

　　这么说，有人一定不服：既然如此，为何妙玉见了贾母就眉开眼笑，把平日倨傲瞬间变成了几个"忙"和"笑"。

　　要知道，妙玉也是"读书仕宦"之家出身，此刻，虽家世没落，可涵养在骨子里的家风和教养还在。她对贾母，恭敬又不卑不亢。且贾母本身也是个懂得隔水听音的脱俗之人。

　　高雅也有段位的。

　　在自称"槛外人"的妙玉看来，世上除自己以外，其他人都可谓程度不同的俗人。相对而言，宝钗和黛玉便是俗人里的雅士了。一贯骄矜的妙玉，拉着她俩衣襟到自己房间，含着渴望被理解的惺惺相惜。

理解是什么？

理解，是一种懂得。

理解里包含宽容与接纳，我不认同你，但我理解你。

理解与懂得，比爱和认同更加难能可贵。

因此，就不难想象，当妙玉看到宝玉回书里自称"槛内人"时的一份感动。这绝不仅仅来源于异性之间的仰慕，之于妙玉，这是灵魂上的谐振——

在妙玉，这世间，唯有自己是出尘于外的"槛外人"，与此相对，当别人以"槛内人"自称时，便是一种深深的懂得。

这里，我们不对妙玉的这种自诩作价值判断，仅就她彼时的心境来分析。以此，宝玉在她心里的分量必定变得不同。

很有意思的是，同样目无下尘的黛玉在面对妙玉时，却没了往日的"敏感"和"小性"。乃至于被妙玉说成"大俗人"时，居然没有如同以往的不忿。其实，这里面暗含了黛玉对妙玉的一份理解。黛玉一定恍惚觉得，遇见了另一个似曾相识的自己。这是高手间因懂得而自然生发的体谅与相惜——尽管在妙玉看来依然不够对等。虽然，黛玉最后拉着宝钗出去了，但并不妨碍这种微妙又有趣的对彼此的认知。

这种认知从何而来？没有证据表明她们之前有过交集。可要知道，相似的灵魂总会互相吸引。再说，贾府里从不缺小报记者和狗仔队，他们评论起某人来，有时还真有些见地。

回看妙玉和贾母之间的一来一往，也不简单，是两个高手之间在意念里进行的一场"推手"。

其间，只有宝玉是清醒的，他在留意观察。

贾母在众星捧月中旖旎而来，派头十足；而妙玉通过几"忙"几"笑"展现出大家闺秀的教养和气度。这是二人气场上的初次碰撞。

接着，妙玉捧茶以奉。贾母说，我不喝六安茶。妙玉答，这是老君眉。

这是拱手行礼中的目光相接与试探。试想，如果没有妙玉的深谙茶道与人情练达，奉上的是清苦的六安茶，那么，接下来的局面会如何？

妙玉行了礼，且未雨绸缪。她深知徜徉在温软富贵乡里的贾母，喜欢的是甜爽口味，而不喜出家人的清冷枯索。因此，在她出招之前，妙玉已有了应对之策。

贾母又问，这是什么水？妙玉答，旧年蠲的雨水。

这一招后，两个高手终于试探出彼此分量。可贾母到底是红尘里浸淫大半生的人,她没有直接接茶杯,而是通过丫鬟之手——

也只饮了半盏,顺手就给了旁边的刘姥姥。

一场"十面埋伏",终以一个"滑音"翩然而过。于不动声色之间,在意念里已完成了一场"惊心动魄"的你来我往,而呈现给众人的却是云淡风轻、言笑晏晏。

唯宝玉明了。

宝玉因此才会不请自来,屁颠屁颠地跟着宝钗和黛玉去蹭茶喝。宝玉的留意说明什么?

他知道,传言中的妙玉确非俗人。只是,妙玉的不俗,懂者寥寥。

私密圈儿里,又是另一种风景。妙玉拿给宝钗和黛玉的茶具,不在高贵,而在珍奇,就像我们为知己者拿出自己束之高阁的、心爱的藏品以待一样。而我们知道,藏品是不以实用为主要目的的,体现的是一种志趣和品味。拿藏品待人,很不寻常,是为珍重。

不仅如此,此刻的茶水,也不再是旧年蠲的雨水,而是梅花上的雪水。

此刻方知,妙玉对贾母,只有恭敬,而绝非亲近。也终于明了,其实贾母根本不是妙玉意念中真正的对手。一起喝着雪水坐而论茶的人,才是能走进她心里的人。恭敬里往往透着远,而讥诮间,却往往透着近。也因此,当妙玉说黛玉是"大俗人"时,黛玉才不似以往。

这里插一句。有人总像纠结于秦可卿屋里的那些珍奇一样,对妙玉的这些茶杯念念不忘追究其来历。其实,毕竟是小说嘛!作者于这两处用了幻笔而已——

以秦氏之陈设暗喻红尘欲念;以妙玉的茶杯暗喻其为人高洁乖僻。这不,连器名都透着一丝不近人情。若非要胶柱鼓瑟,那是自讨苦吃。

黛玉进门后,坐在了妙玉的蒲团上——试想,在宝玉屋里,当宝玉拉过来一个枕头时,黛玉说也不知是哪个婆子用过的,语言里充满了嫌弃。因为她爱着宝玉一人,所以宝玉之外的所有男人都成了臭男人;因为高洁,婆子们都成了臭婆子。同样的,因为怕受了俗气的腌臜,妙玉对刘姥姥显示了比黛玉曾经的刻薄更甚一筹的厌恶。其实,她们厌恶的并非刘姥姥身上的贫贱,乃是沾满了烟火气的俗。

也是因为人格气质的相互吸引,才有了后来的黛湘玉三人中秋联诗。而宝黛钗湘玉五人,都深受庄子的影响。

此时的宝钗是个晶莹剔透的旁观者,她洞明澄澈,却不着一语。此后,她和妙玉之间,纵然不远,却如天各,再无交集。当然,这和俗不俗无关。

关于这场茶,引来了不尽的笔墨官司。

难怪,三个冰雪晶莹的女儿,和一个聪慧乖觉的宝玉,他们之间,只要遇在一起,即便没有故事,本身也是故事。

只一个"绿玉斗",便引发了多少人的无限遐思,并赋予如妙玉给宝玉的那一份粉色书笺一般的、清甜浅红的暧昧滋味。

可真相究竟如何呢?

有人甚至把宝玉的不请自到视为妙玉的欲擒故纵;把妙玉的正色而谓宝玉喝茶是沾了钗黛的光视作"欲盖弥彰";把印在绿玉斗上的唇印幻想成宝玉和妙玉二人意念里的一场甜睡生香……乃至后来的踏雪求梅竟成了一场语焉不详的幽会……

当然,自称"槛外人"的妙玉,之于红尘的暗慕之心,自然不必否认。那十几棵香雪海似的红梅和她头上的云鬓黛丝已然把一切出卖。可倘若据此,把一场茶会当作她心恋凡尘,甚至春心萌动的证据,还是牵强。

当妙玉拿出自己前番常用的"绿玉斗"时,可曾想过,除了妙玉本人以外,宝黛钗三人是并不知情的。否则宝玉也不会信口把它称为"俗器"。因此,所谓黛玉的"吃醋"与否和宝玉、妙玉二人意念里的唇痕相依,本身就是臆想。

妙玉准备好的两件罕物,本就为钗黛二人而备。至于不请自来的宝玉,"前番"常用的绿玉斗,只是妙玉临时的应对。在常用前面加一个"前番",说明这杯子只是妙玉之前曾用过,至于当下,很可能使用的另一只杯子而已,只是没有明写出来。可见,给宝玉绿玉斗喝茶,并非妙玉的刻意。而在妙玉看来,品茶终究不是牛饮,所以最后拿出的大茶杯只是临时客串、用以阐明茶道的道具。而宝玉居然也就不解风情地喝了,他没用妙玉的绿玉斗,可不是为了怕黛玉吃醋。话说回来,如果宝玉当初知道绿玉斗是妙玉的杯子,还真就喝了也未可知。可惜,此中秘密,唯妙玉一人知而已。

当然,同样不能据此否认这动作后面的独特意味。

对于一个正常女孩子来说,自己日常使用的杯子,即便是以前曾用过的,都绝不会轻易给人用,不单是洁与不洁的问题。

妙玉的举动里,当然存在让人遐想的空间。里面一定有归于性别吸引下的某种微妙情思存在。但还远没有上升到世俗情欲的层面。充其量,就是一种因为感念宝玉对自己的懂得和男女间彼此倾慕而产生的朦胧情愫。

而这情愫产生的首要条件和根本原因，还是因为她认为的宝玉对她的一份懂得。

要知道，懂得有时候比爱更抚慰人的心灵，能拉近彼此距离。

相类似，有洁癖的黛玉，可以大大方方地和宝钗共饮一杯茶，可以自然而然地坐在妙玉的蒲团上。这绝不仅仅是洁癖与否本身能说明的问题，根本上源于因心灵的相印而生发的亲近感。从心理层面上来讲，在她们看来，不俗的人自然也是干净的人。

因此，相对于一般认为的、掺杂着世俗情欲的看法，我更愿意认为这是宝黛钗玉四人之间的一场心灵盛会。虽然他们各自的看法和想法并不一定全然相同。

妙玉对黛玉"大俗人"的嘲讽，恰恰证明了她对黛玉的珍视，意味着她对黛玉有着完全异于他人的期待。

而后来的踏雪求梅，则是更进一步的、宝玉和妙玉二人世界的灵魂交会。黛玉深知这一点，她说，别人去了反不能得了。这恰也是一种懂得。只是，懂得和懂得之间的距离，于宝玉和黛玉，是爱人和知己；于宝玉和妙玉，是高山流水遇知音。

亦可见，黛玉的豁达远超一般想象。

宝玉和妙玉之间的朦胧情愫之美，少一分则冷，多一分则亵。

不要把世间男女的最终归宿，都归结于情色肉欲……

只是，那一日，这朦胧的美，之于妙玉和宝玉间，因为一场雪，而由抽象幻化出了具体。当宝玉捧着一束红梅踏雪而去，妙玉那粉红恬淡的情思，便深埋在红梅的幽香里了。

胸怀红梅的妙玉，不是一般怀春少女。

别人许是"满园春色关不住，一枝红杏出墙来"。

而她，一定是——莫道香雪红似海，暗魂一缕为君开。

彼时，踏雪而来的宝玉和妙玉，四目相对，唯有暗暗地、不能言说、也无法言说的一段情愫，随着折下的一枝枝红梅，化成梅朵上簌簌而下的雪，融在各自的手上、心里。

然后，默默转身，无言道别。

看着他远远儿地去了，她轻轻关门，把一缕无法言说的情丝，一半儿关在门里，一半儿留在门外……

世俗的爱恋和情欲，总是要表达的。即便是暗恋一个人，也期望着对方有所了悟。可这里，妙玉之于宝玉，没有任何表白。只有她自己清楚这杯子是自己的，也只有她一人享受着这份被懂得所带来的温暖与亲近，只有自己对自己内心的倾诉与疼惜。

于淡淡的小儿女情愫之外，更有一份被懂得的渴望。

因为对于她，几乎无人能懂。

一起朝暮相处若许年的发小邢岫烟，算是妙玉的半个朋友。可邢岫烟嘴里的妙玉，依然是个"怪癖"的人，甚至不男不女、不僧不道。

一向稳重厚道、从不说人坏话的李纨说厌恶她的为人。

怡红院里，看到妙玉写给宝玉帖子的丫头们，更是把她当作一个虚无缥缈的笑话。

对于所有人而言，妙玉是个游离于世外的人。

就连黛玉，在妙玉眼里都成了"大俗人"……

可见她的高处不胜寒。

然而，她孤高自许的外表还是被一纸"槛外人"的自我标榜出卖。

其实，她渴望被懂得。

尤其是渴望黛玉宝玉这样的人懂得。否则不会那么明显地表现出对黛玉的失望，和对宝玉谓"绿玉斗"为俗器时的嗔怒。

当贾母他们一班人离去时，她返身就关门，差点把别人的影子夹碎在门缝里。

可当那个中秋月圆之夜，联诗品茗之后，她立在门前，远远地看着黛玉和湘云消失在夜色下，萧瑟秋风投下一缕孤独剪影，也不忍回身。

两次关门，一次是把世俗深隔的毅然决绝；一次是，雅韵关不住，循芳而去的怅然。

刘姥姥和宝玉各自的一杯茶，妙玉截然不同的态度，在于通过对比，彰显妙玉对高洁的固守和对世俗的痛恶（当然，至于对俗的理解和刘姥姥究竟俗与不俗，不是这里讨论的重点，重点在于妙玉的自我认知）。

当她自称"槛外人"的时候，把自我关在了尘俗之外。只是，少女天然的芳心到底无可断绝，一如她不曾剪断的青丝。只是，把一切赋予院子里的红梅。日常的修修剪剪，便是一次次的犹豫徘徊。最终，压抑不住的情思，傲放成几树幽香清远的梅香，拐了几道弯儿，旖旎上坡，直扑斯人心怀。

自称"槛外人"的妙玉,其实于槛外,一只脚若有似无地搭在门槛上。

而自称"槛内人"的宝玉,于槛内,一只脚同样轻描淡写地搭在门槛上。

只是后来,他们各自不得不迈出一步时,却走向了相反的方向。

那时,槛内的宝玉真的走向槛外,带着看空后的决绝。

而槛外的妙玉,不得不迈向槛内,终淖污泥。

他的向往,曾是她的不得已。

而她的不得已,终成他的归宿。

如果说,黛玉是零落凡尘的名士,是归于诗意里的隐者。

那么妙玉,就是误入空门的名士,是藏在空门里的芳魂。

同样出身姑苏;同为"读书仕宦"家景;同为孤儿;同样体弱多病;同样被建议入空门,只是一个最终向左,一个向右;同样孤标傲世;同样单纯天真;甚至同样做了一回先生,一个教香菱作诗,一个教岫烟识字……

妙玉,是黛玉向左的样子。

黛玉,是妙玉向右的样子。

都说晴雯等是黛玉的影子,其实,黛玉和妙玉才是彼此的影子,也是彼此的真身。

只是,妙玉由于有佛门的庇护而更加彻底。

黛玉有了宝玉的爱而涵养些许温软。

她们这样的人,在一片可以自由伸展的天空下,必然绚烂绽放,一旦赖以存在的环境和土壤消失,必然凋谢枯萎。

对黛玉来说,宝玉的爱,就是她心灵得以自由的天空。

对于妙玉来说,那道门槛,就是抗拒一切尘俗的凭借。

妙玉的师傅有洞若观火的先见之明。她知道这样的妙玉,必定不能为世俗所容。她给妙玉指出一条路,这条路就是后来得以实现的、通向贾府栊翠庵堂前的那道空门。

妙玉是幸运的,也是不幸的。她幸运在于栊翠庵的短暂岁月,尽管清冷孤寂,却也是一堵阻隔世俗伤害的墙,偶尔还能和宝玉黛玉湘云他们,做一个美妙年华里少女怀揣的梦;可以含着娇嗔叫自己一声"闺阁"之人。而她的不幸,正在于良辰美景奈何一朝而去后,不可预知的命运。

相比而言,黛玉比妙玉幸运得多,她盛开在春天,陨落在秋季,葬在爱人的相思与眼泪里。

倘若时空可以变换，人事能够更迁。倘若妙玉身为男儿，一定会像竹林七贤和陶渊明他们一样，过一种绝尘而去又超然物外的名士生活。

可造物主的怪诞之处在于，当刘伶阮籍陶渊明们孤标傲世、目无下尘，甚至放诞不羁时，人们报以热情的讴歌和赞美。而到了同样怪诞的妙玉这里，一切都成了日后淖入污泥的原罪，似乎一切都是活该和咎由自取。

其实，人生有时无所谓对错。所谓对错，往往是人为的定义和牵强附会。就像妙玉的出家是不得已一样，那样的时代，身为女儿又有鲜明个性，何尝不是一个时代的不得已。

那年中秋的联诗，自信要把黛玉湘云诗句里的颓丧反转过来的妙玉，终究不曾反转。字字句句都是比黛玉还绵密的孤独寂寞。只是，她不知道的是，此刻命运已然悄悄酝酿着一场没有如果，只有结果和未知后果的悲剧。

当她看着黛玉湘云远去的背影，其实，属于她青春年华里的好日子，也已悄然抽身而退。

错的不是她的洁癖，而是身外的污浊。

错也不在空门，而是那只把她推入空门的命运之手。

如果说悲剧就是把美好摧毁给人看，那么妙玉的悲剧，便是红楼一切美好被摧毁的极致。

不知，后来的妙玉还会不会想起那个笙歌如水、月明如镜的中秋之夜；不知她面对一直刻意关闭起来的俗世之门猝然洞开，会不会如那只被惊起的白鹤般步步惊心。

然而，一切都回不去了。

后来，栊翠庵的红梅开放时，因为没有人修剪，而把树脉伸展得那样潦草肆意。

当大雪漫天时，再也没有人踏雪而来，轻轻叩开那紧锁的门扉。

2017年12月

人生如棋是残局

"千红一窟"的《红楼梦》，是一首"万艳同悲"的挽歌。泣血为词，以泪谱曲。在"大厦将倾""昏灯将尽"的基调下，纵灵动欢跃的音符，终难逃命运罗织的五线谱。这悲曲里，有人是高潮迭起后的余音绕梁；有人是低回婉转下的缠绵悱恻；有人是过门；有人是休止符；有人是起承后的不知所以；有人是转合后的戛然而止。

红楼歌罢，人们记住黛玉的眼泪、宝钗的超脱、湘云的可爱、妙玉的高洁，唯忘了木头似的二姐姐。怜香惜玉的宝玉，问的最多的是，林妹妹哪儿去了？宝姐姐在不在？云儿来了没有？甚至为一个杜撰出来的茗玉不惜大费周折，为萍水相逢的二丫头失魂落魄，到了二姐姐这里，却是有没有她，都使得。

迎春一生，淡淡一曲，如滑音飘忽，生如一场意外，死亦不过是为诗人的多情徒添注解。那首动人的《紫菱洲》歌，密密匝匝堆砌的意象，是唱给温柔可亲的二姐姐，还是诗人触景伤怀的应景之作？无从分解。

她也从不曾想过要分解什么，她迎来了春，却在别人于春日的喧闹里，独自沉默、驻足遥望。

那日螃蟹宴，大家吃好了，酒酣耳热，各自找寻各人的欢乐：有人闲坐，有人钓鱼，有人看鹭。她独坐花荫下，淡淡地穿着茉莉。玉人娴花照水，多美好的画面！若岁月能够从容，倘流年可以驻足，将是多么动人的定格。

可轮回里，谁不是生命的过客。时光从不因善恶之别，而让谁的华年绚烂，谁的影子斑驳；命运的青目，也从来都只关照书本上的传奇故事，几未照亮现实里不为人知的角落。

贾迎春，这个习惯置身《太上感应篇》的女子，终于死去。阶陛下，虎狼依然环伺，紫菱洲里藕残香谢，却未等到如愿的因果；棋子罗列亭中，却成无人问津的残局。微风中飘来一句无力追问：这一切，到底是为什么……

是啊，为什么？莫非上天缔造美好，是为拿来磋磨？为何好的开始，却不能留住好的结局?

　　注定是一个得不到答案的为什么。世间又哪有那么多为什么。有些开局,即是残局。就像有些花,她的存在,只是为迎来春天。春来了,她却湮灭。

　　与她无关的,是春天;她逃不掉的,叫命运。

　　大观园里,命运的弃儿岂止一个。黛玉、湘云、香菱、晴雯,等等。却没有谁的孤独如迎春一般彻底,她是现实和精神世界里的双重孤儿。当林黛玉在潇湘馆里垂泪时,尚可以重温儿时的美好时光;记不得父母容颜的湘云,还能醉卧于花丛中,做一个关于父母的甜梦。可现实里,有着父兄的迎春,却连编织这样一个梦想都是奢望。真正的残酷,不是打破你曾拥有的,而是派你一个不属于你的,从此,绝灭你所有幻想。

　　父亲放任,兄长冷淡,姊妹忽略,甚至连出生都是一笔语焉不详的糊涂账,这样的迎春,不是孤儿是什么?

　　她被整个世界疏离了。当黛玉荷着花锄顾影自怜时,尚有漫天花雨相伴。当迎春于花荫下穿花时,连影子都不忍卒睹,远远儿躲着她。

　　一个人的幸福感,很大程度上来源于被爱、被需要,能爱、能需要。能为迎春所拥有的,唯有忽视和冷落。只好将目光投向那本《太上感应篇》。她要在那里寻找一个关于命运的合理解释。

　　这让我想起作家虹影笔下《饥饿的女儿》里的六六。作为一个尴尬的私生女,六六从小被父母疏离着,她很困惑却不明就里。当无意中从大姐那里得知关于自己身份的秘密以后,她开始追寻,一个是养父,一个是亲生父亲,一个是历史老师。其实,一开始,连她自己都不知道自己到底在寻找什么。直到和历史老师有了亲密接触以后,从他身上,她感到了父亲的气息。原来她寻找的,是精神上可依赖的父亲。然而,如父亲般的历史老师,给她的,依然是虚幻。她只不过是老师走向命运的刑场时猎取的最后一件祭品。她彻底走向迷失,最终选择逃离。

　　六六的幸运在于,她还可以选择逃离。假使没有一个可依靠的肩膀,还可以靠自己。

　　可迎春能逃到哪里去?命运已撒下天罗地网。靠不得别人,亦靠不得自己。只好逃进那本《太上感应篇》里,希冀心灵的依托;在围棋里,试图窥视她读不懂、看不透的人生。在因果轮回的耳濡目染下,她相信冥冥中,定有一只掌管与裁决善恶的正义之手;在交错的棋枰里,在黑与白的对决中,她体悟到的,是进退全不由己。于是,只好任其摆布。

她莫非不知,谈着因果的太上老君,身边还有个灵官把守;满怀慈悲的菩萨前面,还有个韦陀加持。

虚无的因果终究不是理想中安全的庇所,厄运从不曾以善良为名放过谁。可悲的并非善良,而是把善良作为对抗邪恶的武器。《太上感应篇》是浮光幻影中的象牙塔,却不是能拍死邪恶的如来神掌。

因善良而洞开的门户,若失去了正义的庇护,因果这贴在门楣上的神符,招来的往往不是同情和怜悯,而是循味而来的虎豹豺狼。

其实,命运并不是完全没有投来寄望,身边曾有"哼哈二将":一个司棋,一个绣橘;一个是可以大大方方去后勤部砸场子的猛将,一个是巧舌如簧的发言人兼外交部长。给任何一个稍微有点个性的主子,城堡岂能轻易攻破。可将再勇也架不住主帅束手就擒。如此"朽局"(绣橘),注定"死棋"(司棋)。

当她把一切交给命运主宰时,命运却跟她开了个玩笑,只是这玩笑要以生命为代价。

以为宽容与忍让能换来成全和妥协,却不知她自己,恰是这场妥协的筹码。当父亲贾赦把她许配给孙绍祖时,贾母无可奈何,叔叔贾政反对无效,哥哥贾琏漠不关心;当伤痕累累的迎春抱着最后的希望回娘家求助时,抓住的不是因果赐予的救命稻草,依然是一场充满"温情"的妥协……

想起作家严歌苓笔下《扶桑》里的女子扶桑,一个有着地母特质的女子,她应对全世界的只有宽容和隐忍。这种具有地母特质的女子,对于一切的苦难与加害都选择了包容与承受。你甚至都感觉不到她们在忍辱负重,让决意拯救的人都感到无力和绝望。她们期望着苦难像沙滩之于海浪一样,以自己的宽容和接纳把一切不平与加害不动声色地克化。

然而,扶桑终有疼她的大勇。可迎春却迟迟等不来她期望中的因果。于是,这个可怜的女子,她的苦难是如此丰富,她本身却又是如此贫乏。甚至连祈求都是那么无力,得到的回应是——不过是小儿女间的正常打闹。

王夫人的看法,许是出于人之常情与无可奈何间的想当然,侯门闺秀的她,哪里能想到人之常情外还有一种姿态,叫绝望的呐喊。

同样绝望的还有施暴者,平时锥子扎在身上也不叫一声的迎春,在面对中山狼的虐待时也一定是沉默的。沉默就像猜不透的谜一样笼罩在孙绍祖的心头,更催发了这匹急于揭开谜底的豺狼变态的施虐欲。

池塘一夜秋风冷,吹散芰荷红玉影。

蓼花菱叶不胜愁,重露繁霜压纤梗。

……

世间再无那个坐在花荫下、一针一针把自己的心事穿进茉莉花瓣儿的女子。

晴雯临死前喊了一夜的娘,同样没有母亲的迎春临死前会喊什么呢？也一定是一声一声飘零于凄风冷雨里的娘……

不知身在彼岸的迎春还会不会手捧《太上感应篇》,念念有词谈着因果。

怨不得贾母她们妥协,怨不得王夫人隔靴搔痒的劝慰。毕竟儿女亲事,遵从的是"父母之命,媒妁之言",除贾赦,别人只能建议而没有决定权;且彼时贾家也已霞映西山、江河日下。

也怨不得迎春不反抗。作为"千红一窟"中一朵,谁又曾逃脱。

是时代的悲剧,也是人性的悲哀。

针对她诸如懦弱之类的指责,因其命运惨烈而格外残忍。

别人得了赏,她没有,不争。

哥哥嫂子不在乎她,不怨。

其他姊妹去见南安太妃,独没有她,不急。

宝玉说她不会作诗,没她又何妨,不介意。

下人偷了她的东西去赌,不恼。

……

如此迎春,实际上是标准的大家闺秀。相对其他姊妹来说,也曾度过一个完整的青春岁月。固然没有卿卿我我,少了些许热闹,却也在自己营造的小世界短暂安宁。

有时,我们不禁设想,如果迎春生活在现代社会将怎样？

……

2017年11月

西方宝树唤婆娑

那日,贾母大观园里宴请刘姥姥,绮罗丛中久惯了的,大家何曾经见此等野趣,直笑到乱云飞渡,藕红香榭,眼见有人笑喷了饭,有人滚到祖母怀里,有人伏着桌子嗳呦,有人笑岔了气,有人手指他人说不出话来,就连向来端稳有度的薛姨妈也撑不住,口里的茶喷了探春一裙子,此刻唯有惜春,离了座位,叫奶妈揉肠子。

大概是难得的人生高光时刻,惜春的揉肠子教人念念不忘。多希望把画面定格,正如姹紫嫣红的春天,要留住才好,怎忍她流水逐了落花,却终归是一声叹息。似瞥见"离了座"一瞬,使人蓦然心惊。想来他人皆有慰藉,唯惜春要向旁处寻那一星半点的温存,目光所及,只好把少女一腔欢情托付隐痛的柔肠。

也难怪,于惜春而言,疏离是许久以来的常态。若有人应春而生,有人为迎春翘首以盼,有人于春深处探春而归,则必定有人要为三春散尽发出一声叹息。仿佛因着送春最后一程的使命,正如此刻的惜春,繁华盛景隔着一座山的距离,却是命里注定要追寻的十万八千里。刹那间,心底西方宝树已然婆娑,而长生果亦于婆娑间影影绰绰。

惜春是宁府贾珍胞妹,贾珍贾惜春,合起是"珍惜"。敝帚自珍,所惜者非惜春而另有他人。当父亲贾敬一味好道求仙而胡孱,当兄长贾珍为不伦之恋而颤巍巍倾尽所有,惜春哪儿去了? 我们看不到。就像我们看不到她生母一样。恍若元宵节佛前的灯海,是猜不出的谜底;就像大门口的两头石狮子,眼看车马喧阗,目送柳绿花红,于锦绣中一隅,生生把自己活成一个冷眼旁观者。可——不旁观又如何?

都说最小的孩子是父母的打心锤锤,偏到惜春这里却是姥姥不疼舅舅不爱。那日贾府元宵夜宴放炮仗时,贾母搂着秉性羸弱的黛玉,王夫人搂着心肝宝玉,薛姨妈搂着湘云,宝钗是专爱自己放大炮仗的,连凤姐儿都被尤氏笑说要搂了去,就没人想到最小的惜春在哪里。

迎春和惜春,不啻为红楼群芳中存在感最弱的两朵金钗。迎春尚如鸵鸟躲进《太上感应篇》,到惜春这里,则是进退失据。

贾母固然慈爱，毕竟隔了一层，再说两个玉儿是冤家，疼不过来呢，到惜春这里能分到多少爱便十分可疑，从凤姐那里亦可见端倪。凤姐是看人下菜碟儿的高手，眼见她周全了这个，又排喧着那个，所周全与所排喧者都是贾母眼里的红人，却未见她对惜春青目有加。若说粗心，毕竟她还惦记着邢岫烟，毕竟邢岫烟后头是她的婆婆邢夫人。都说在家靠娘，出门靠墙，到惜春这里，靠娘亲，娘亲不在，只好钻进奶娘怀里。奶娘怀里揉了肠子，抹去眼角笑出的泪；泪有干的时候，片刻温存，敌不过后来落寞，终究还得靠自己，终究把自己靠成一堵冰冷的墙。

墙是篱笆墙，投下的疏影横斜里，一任斑驳陆离的心事，无法倾吐，难以言说，一言一说即是错，于是无论海棠社里的诗酒年华，还是踏雪寻梅琉璃世界，惜春弱小的身影似有若无地存在又疏离着。正应了作者笔下形容尚小，身量未足的描绘，无法挥毫泼墨，唯有小心晕染。一幅云霞满纸的画里，绚烂深处，极尽荒凉。

画出大观园，是老祖母的交代，却也是无意中的成全。

贾母要把这繁华描摹于丹青，唯恐富贵不能久留似的，诉诸笔端便有了凭借，却正把惜春从尴尬中解救出来。宝玉说过的，二姐姐和四妹妹不善作诗，没了她们也使得的，惜春监场官的角色也就形同虚设，不过应景罢了，于是正好借故请假一年，乐得独自清净。既然狂欢是一群人的孤单，孤单是一个人的狂欢，莫若于亭轩缥缈、山水相逢处，暂把一腔落寞付与流年。

然而终于躲不过。那时宁国府前，老家奴焦大跳骂："养小叔子的养小叔子，爬灰的爬灰。"后来柳湘莲亦忿忿然："东府连猫狗都不干净，我不做这剩忘八。"石狮子固然置若罔闻，柳湘莲的牢骚亦庶不关己。但兜兜转转，惜春还是听到了、感到了。不然怎会说："我清清白白的一个人，为什么教你们带累坏了我。"又说："不做狠心人，难为自了汉。"还说："善恶生死，父子不能有所勖助。"

……

原来她早知道的，她早勘破了的，她早觉悟了的。难怪抄检大观园时那么无情，后来面对尤氏质问又那么决绝。

难怪她当初画园子画了那么久。

众人笑道："那里能年下就有了？只怕明年端阳有了。"贾母道："这还了得！他竟比盖这园子还费工夫了。"

黛玉道："论理一年也不多。这园子盖才盖了一年，如今要画自然得二年工夫呢。又要研墨，又要蘸笔，又要铺纸，又要着颜色，又要……"

众人哪里知道，惜春费的何尝是工夫，不过是把难言的心事密密匝匝掩埋于一描一画中罢了;黛玉何曾想到,研墨铺纸不过是掩人耳目,不过是把对青灯古佛的向往铺排进一寸一拃的意念里罢了。何尝是二年的工夫,竟是她一生的功课。

尤氏说惜春"糊涂",说她"冷心"。于贾珍声色犬马里忍辱浸淫,又于日复一日的苟且妥协中求存的尤氏哪里体悟到一切如浮光泡影的道理,更不会体察三春将尽大厦将倾的端倪。若说王熙凤在秦可卿托梦后依然执迷不悟是陷于贪嗔痴,尤氏对惜春不解与不忿,糊涂的正是尤氏自己,而冷心,也是她及他们冷在前。

当惜春跟智能儿在一起,当她说要断了三千烦恼丝,没人体会这看似平常的言笑晏晏,已伏下多少荒诞。哥哥贾珍连假珍假惜都不见,嫂嫂尤氏不冷不热,荒凉尽头,婆娑树慧根已生,长生果向着十方佛。若说惜春与智能儿的顽笑,尚谓小儿女的童言无忌,而等到了抄检大观园,面对入画声泪俱下的求情时,惜春的无情与决绝,恰是当头棒喝。

历来被人诟病的,以为惜春向佛之人却毫无慈悲。须知渡人即渡己,惜春以霹雳手段,何尝不是对入画的救赎,亦是她自己的解脱。知道终归是要散的,不过繁华落尽归于寂灭。惜春有如此慧根,入画未必有。跪地求情的入画满眼她哥哥存着的金锞子,唯不见身后的荒凉。入画不曾入画,而惜春早已于一笔一画中而入化境了。这无情中的有情,决绝里的慈悲,又几人能体味?

那时,她就跟世界划清了界限,那时,她已将那三春勘破,只待一个契机。

惜春的曲子《虚花悟》里说:"将那三春看破,桃红柳绿待如何?把这韶华打灭,觅那清淡天和。说什么,天上夭桃盛,云中杏蕊多。到头来,谁把秋捱过?则看那,白杨村里人呜咽,青枫林下鬼吟哦。更兼着,连天衰草遮坟墓。这的是,昨贫今富人劳碌,春荣秋谢花折磨。似这般,生关死劫谁能躲?闻说道,西方宝树唤婆娑,上结着长生果。"

仿佛于宝树婆娑之间,累累长生果之下,看到当初的惜春与智能儿。她们那日说了些什么呢?一定有过相约的吧?她们愿意彼此等着。后来失散的智能儿还要回来的,只是渡尽劫波后,再不似当初儿女情长,卿卿我我。青灯古佛,晨钟暮鼓中安之若素;法相庄严,拈花一笑间莲瓣端坐;许彼此偶望,一眼万年,前尘往事成云烟,大观园氤氲其间,已是久远的事了。是真是假,面目不清了,一场梦而已。连当初的约定都不那么真切,又或许她们从未曾见过,一切只是幻影,一如当初的藕香榭与暖香坞,林花谢了春红,太匆匆……

此刻面对的,是惜春?是智能儿?谁又能说得清呢……

2020年5月

216

人算终不如天算

    贾府有个管家叫林之孝,林之孝两口子,一个天聋一个地哑,却生了个好女儿林红玉。林红玉因为重了宝玉黛玉的玉,被改称了小红。这一改倒好,小红染了大红,被大名鼎鼎的王熙凤给看上了。王熙凤看上小红不为别的,只因小红会说话。会说话的小红能把一堆话说成一堆花,把张奶奶王奶奶不会说成刘奶奶赵奶奶,一连串的奶奶比画下来,各是各的奶奶,分毫不差。王熙凤听了话,乐开花,眼前这不就是人才吗?于是没二话,毫不犹豫把小红收入麾下。人常言小红有才,但有才的小红能出头,还不得仰仗王熙凤这个伯乐识得千里马?

    识得千里马不只是说王熙凤眼头亮,而是说她善于洞察人性。这可了不得。圣人不是曰过吗:知人者智,自知者明。而这智与明的功夫可不定然来自书本,更来自人情练达。于是没读过书却人情练达的王熙凤,在管家任上,对下知人善任,侍上讨巧承欢。加上原本就是水晶心肝玻璃人儿的禀赋,于是治理起贾家里里外外的事儿来,井井有条。也于是才有她此时如日中天的地位。一部红楼大书,敢跟贾母斗嘴的还有谁?唯有王熙凤。

    王熙凤深知贾母被众星捧月惯了,面儿上看来无限风光,但其实心里可不那么想啊。高高在上固然是儿孙辈儿们一份儿孝敬,但也就是这孝敬把她给箍起来。而她又是个好玩儿的老太太,但好玩儿可不等于好蒙哄呀。况且老太太见多识广,活了七十多啥人啥事儿没经见过?所以这里头的分寸就不好拿捏,但这点子微妙难不住王熙凤。老太太说她是猴儿,她也就真敢在老太太头上打秋千。看热闹的只道那是因为王熙凤得宠的缘故,却不懂其中奥妙。情不知那是两个高手之间于意念里的太极推手。

    若这个还不明白,咱再往后掰扯掰扯。至后贾家中空,不是越来越入不敷出吗?然后不就有了凤姐贾琏两口儿与鸳鸯演出的一段儿双簧吗?但大家知道,王熙凤身边有个平儿是总钥匙,那鸳鸯可就是老太太的保险柜。老太太为保鸳鸯不被贾赦讨去做小老婆,不惜把自个儿大儿媳当众一顿数落,还连带着王夫人躺枪，可见她对鸳鸯的信任程度。要说未经贾母暗许，鸳鸯能跟凤姐两口儿干那吃里扒外的勾当？鬼才信。

自家人暗里推手，这又为啥？

你看老太太一天天儿地四处乐呵，心里可是门儿清呀。贾家那点儿老底子，内囊都倾上来了，但她能怎样？她是这家族的旗帜也是门面啊。她要撑不住，就等于根基动摇了，那些依附于根基的枝枝蔓蔓不定得乱成啥。这可又是老太太与管家王熙凤的默契。反过来你再看贾家最后一个中秋，那时王熙凤病倒，所陪者唯有一个东府的尤氏。而尤氏又是个老实人，讲个笑话吧，不热闹，反透着冷清。那时你就知道老太太内心的荒凉了。

荒凉的不止老太太，还有王熙凤。或者可以说，王熙凤心里早就荒凉了。心里荒凉的王熙凤暗中早早儿把算盘打得噼里啪啦响。但这是后话。

现在，她还得一展她那不出世的才干。要不然怎么好叫凤辣子。

王熙凤的才干用得着我说吗？当然不用。

王熙凤的才干数百年来被人说了不知几升几斗。我今儿呢，不过是试着拾点儿零零碎碎。

说到这儿，首先想到的就是王熙凤跟尤氏姊妹及贾珍父子那一场好戏。

结果明了，但过程值得说道。尤二姐的分量凤姐不是没有掂掇过的。就说靠山，有东府尤氏这棵大树；资源呢，尤二姐长相不比王熙凤差；至于口碑，起码在下人那里尤二姐还更胜一筹。但这非关键，关键是贾琏已经连自己的体己细软都交给尤二姐保管了。一个男人对一个女人是否死心以及对另一个女人是否衷心，就在这一点上了。意味着尤二姐将要威胁到凤姐的地位了，这与之前的多姑娘及鲍二家的有本质不同。那俩，用贾琏与凤姐私房话说，无非是“改个样儿”，是馋猫换换口味。但这次这个不好对付，不能打打杀杀了之，于是，凤姐谋划上了。鉴于综合考量，整体策略更宜稳扎稳打。具体措施，可以围点打援、内部分化、各个击破、釜底抽薪、借刀杀人，乃至猫哭耗子，等等。

首先得把尤二姐围起来，让她断绝与外界联系，同时制造舆论，占领道德高地。其次跟尤氏撕破脸闹一场，轻松瓦解东府势力联盟。再次对具体个人精确打击。至此尤二姐的靠山彻底失守。还不算凤姐高明处，她的高明在于釜底抽薪。适时把尤二姐从前诸般旧事透露给老太太。如此一来，使尤二姐进退失据，自己则进可攻退可守，于是使出借刀杀人一招简直游刃有余。最后以一场猫哭耗子剧终而拉上大幕，赢得结果的同时把过程也粉饰得严丝合缝。

这是凤姐自编自导自演的一场大戏,可谓她演艺生涯巅峰之作。凤姐演得好固然因演技好,但此仅其一;其二是她把能算到的都算到了,除了那个侥幸漏网的张华。但这也是后话。

经此一役,再回头看,之前什么放高利贷啊、弄权谋私啊一类,简直信手拈来;更别说与多姑娘及鲍二家的两场,连过门儿都算不上。

唯独值得说道说道的,倒是那个倒霉鬼贾瑞的事儿。

贾瑞之死,使凤姐为人所诟病既多,观点无非是,贾瑞罪不至死。但凡事有个前因后果,这就有必要把之前扔下的话头弥过来。上次不是说到王熙凤心底荒凉吗。

这荒凉从哪儿来呢?

来自凤姐对秦氏的那次探视,那次俩人分别说了两句话。

凤姐叹道:"天有不测风云,人有旦夕祸福。"

秦氏说道:"治得了病,却治不了命。"

凤姐固然因境生情而物伤其类,但秦氏的话却大有深意。秦氏病着是事实,但这病却从命上来。而秦氏所谓命为何物,在贾府是尽人皆知的秘密。使秦氏败于命者,无非"淫"字,且这淫字里还加了一个"乱"字,这就难免不对凤姐有所触动。恰此时,贾瑞出现了。嬉皮笑脸的贾瑞让整个园子漾在淫与乱的交错中,此刻尚沉浸在为闺蜜之病忧虑中的凤姐,焉能不于心底咬碎银牙,惩治贾瑞的念头便当时埋伏下了。至于后来贾瑞仍不思悔改,屡屡纠缠,终使凤姐痛下重手。虽未见得必欲置之死地,但手段可谓霹雳,但这究竟还是个人恩怨。及至后来秦氏托梦,告诫凤姐眼前繁华不过大梦一场,不若早日回头早作打算,也算为贾家谋一条后路。

说完这话,云板骤起,秦氏香魂一缕悠悠天外,但她的话,凤姐到底记下了。

于是,紧接着就有后面的弄权铁槛寺,以及后来种种。

人都在环境里成长,于权衡中学会机变。

若无后来发生的一系列事情,王熙凤无非推迟推迟该发放的月钱,赚几许利息。但事有机巧,造化人的往往是突如其来、意料之外。前有贾瑞点醒,后得秦氏点化,一丝隐约的不安已经使王熙凤感到异样。而这异样还要等到后来种种事上一一磨炼又一一验证。磨炼的结果是,王熙凤胆子越来越大,手段越来越狠毒;而验证的结果则正如贾瑞当初的败人伦与贾琏后来的靠不住一样,点醒继而铭刻:这家迟早是要散的,那时难免食尽各投林,不若自己早做打算。

(因此我们是否可以说,王熙凤当初收下小红,而小红偏偏是头一个说出"天下没有不散的筵席"者。这算不算冥冥中的缘分?)

由异样而不安,由不安而荒凉。王熙凤终于开始她分裂而又统一的人生之路。于是整个贾府便由贾母与王熙凤,一个精神领袖一个行政总管,一唱一和支应着。也唯有她们这种段位相近者,能够彼此懂得而惺惺相惜。但懂得也好,相惜也罢,归于日常还得演绎到云淡风轻,局面维持到哪天算哪天(这局面大概还有探春宝钗可知)。用老太太的话说,自己到时眼闭了,倒落得清净。而于王熙凤这边来说,这只是其一面,她还有深藏的另一面。她是维持者,也是拆毁者。

也唯有王熙凤这种生命力健旺而天造地设的大才当得起这分裂而又统一。

维持因事关大局,拆毁是为自己谋划。

而这步步为营的谋划正来自当初由一点异样到一点不安的渐渐累加,以此填补她内心巨大的幻灭感。于是口口声声说扫一扫王家的地缝子也能让贾家过一辈子的凤姐为何那么贪财,或可理解。也因此,从不相信什么阴司报应的王熙凤为何在女儿巧姐的名字上却讲了迷信,庶几了然。

王熙凤到底留了一手。她心底到底也还存着一点点敬畏。然而也正是留下的一手把自己推向深渊;又因为存着的一点点敬畏使这阴鸷后来应在女儿巧姐身上。

至此可以看到,每一招每一步莫不在王熙凤的算计之内。但人算不如天算,当年给了贾瑞救命的人参,不过是些须末,而后来自己保命时,到手的也还是些须末。原来手持风月宝鉴的贾瑞没有参透,而身在镜中的王熙凤亦未参透,他俩不过是镜子的正反面。

而对尤二姐当年使出的大杀器,也终究还向了自己。算来算去没算到人性还有个上升的空间。张华一念之间成就自己,也成全王熙凤一个白茫茫的结局。王熙凤当初也曾有过一念,那是她一念之善而向刘姥姥,终由巧姐代她完成罪与罚的救赎。

不知后来秦可卿与王熙凤于天上相会,是否会想起当初各自说出的一句——

秦氏当时说:"治得了病,却治不了命。"

而轮到王熙凤时,却变成另外一句:

算得了人,终算不过天。

2020年11月

命运是副七巧板

中国人是细腻温情的,愿意把生活归结于"酸甜苦辣咸"五味。尝尽这五味便是历练了一个完整的人生。

这是一种历尽沧桑后,方冷暖自知的况味。

而跳出自我来观,人生又多姿多彩。尽管我们曾渴望着的未来,它时而鲜亮时而暗淡,可终究无法阻挡命运之光穿过生活的棱镜,幻化出精彩纷呈的人间。

于是,我们便把这五味杂陈、七彩斑斓,叫作人生。

于是,当七月七出生的巧姐,遇到了刘姥姥的外孙板儿,便是两张风格迥异却殊途同归的白纸,以这五味杂陈和七彩斑斓为调色板,描画出一个由秀色满园到返璞归真的人生。

初读红楼,对年幼的巧姐入选金陵十二钗正册颇为不解。后来终于明白,《红楼梦》一如一幅高妙的国画,最精彩处不在画端,而在留白。一部伟大的小说,其伟大不止于话内,更在话外。话外之音,如琴之余音;琴音已绝,余音绕梁。

这样的留白和余音,在巧姐身上至少体现在如下三个方面。

其一,是对王熙凤的补写。

跟作者一样,读者眼里心里的王熙凤无疑是精彩而复杂的,很难用一句话甚至一篇文加以概述。因为王熙凤身上体现出的人性里的光明与黑暗,也恰是我们自身人性里的亮点与暗点。

面对人性的亮点,我们有欣喜,可面对人性的暗点,我们又有几许悲哀与无奈。悲哀在于,你不能无视它的存在;无奈在于,你明知道它会啃啮你的肉体和灵魂,却又时常不得不对之俯首称臣。

从王熙凤身上,我们照见了自己,可又无法使之明晰。是啊,世间最难了解的那个人,不是别人,恰是自己。

王熙凤的命运最终以悲剧收场。而这剧里,启幕和闭幕,没有酝酿与推波助澜,一如她不见其人便闻其声的笑,笑着而来、飘忽而去。高潮处,戛然而止。合上书,当厚厚的帷幕把凤姐的欢笑与憔悴、精明与疲惫关起来时,总让人有意犹未尽的怅然。

意犹未尽的其实不止我们,还有作者。

作者深谙落幕之时的心有不甘,于是便在戏里埋下了几颗蜜饯,以为余音,以为留白,不至让人回味起来,只有苦涩,没有甜蜜。

这蜜饯,便是巧姐和板儿,于繁华热闹中演出的一场旁人看来不动声色的戏。以一个佛手一个柚子为道具。当大观园的才子佳人们铺排着他们的诗酒年华时,两个稚子,也在哭闹与嬉戏里,无意间为后来的人生画卷描出淡淡的一个伏笔。

关于这个伏笔的解读,我不太认可"脂砚斋"的说法。如果把佛手和柚子仅仅理解为冥冥中佛法加持和因缘度化,则依然没有摆脱因果宿命论的俗套与窠臼。我们知道作者曹雪芹恰是一个不屑于流俗的人。

我的看法是——所谓"佛手",即"福寿"。

所谓"柚子",即"有子"。

这是作者对"枉费了卿卿性命"的王熙凤的一种代偿。

王熙凤尊贵固然不假,可她何曾有过福寿?

精明强干的外表下,隐藏着的是一颗千疮百孔的憔悴之心。生前失人心,夭亡背骂名。

而她另一个主要的悲剧来源,恰在于她的无子。

如此强悍的凤姐,之所以也有被色鬼丈夫贾琏杀得满院子逃的时候,在于她少了一个最重要的资本,那就是将来可以顶门立户的儿子。

在那个时代,尤其是男丁单薄的贾府里,这才是最大的危机所在。然则同为女眷,孤儿寡母的李纨就相对从容许多,为何?

除了她的德行与为人,最重要一点是李纨有个儿子贾兰,可王熙凤没有。这也恰恰是王熙凤之所以以恶毒的手段对付尤二姐的根本原因。

跟喜欢凤姐的读者一样,作者对凤姐这个人物是始终存着怜惜的。于是,他让凤姐的缺憾在女儿巧姐身上得以补偿。巧姐日后和板儿的"福寿""有子",便为补齐这缺憾与短板。

其二,以巧姐最终和板儿的结合,实现对人性良善的嘉许。

虽然作者的字眼里有"留余庆"和"积阴骘",但若因此认定巧姐的结局是"因果报应",那是误解——

迎春手里的《太上感应篇》以及其他诸多事实已经说明,这里不再展开。

王熙凤和贾母、王夫人等对刘姥姥当初的体恤是善举,刘姥姥后来对巧姐的救赎是报恩,也是善举。如果只看到了贾府里的善,而没有刘姥姥的报之以善,这善良依然显得单薄,也不是作者笔下想表达和读者心里所期待的。

这里体现的,并非因果轮回下的"现世报"或"后世报",乃是对人性里良善部分的嘉许。

其三,是作者对自身命运际遇的投射与思考。

巧姐从襁褓到少年时期被迫离开贾府,和作者自身的命运与际遇是高度重合的。可以说,某种程度上,巧姐的幼年和少年时期的经历也是作者同期的经历。而后来巧姐归于田园生活的恬淡与安宁,又何尝不是作者本身的写照与期许?

作者在经历了从车马喧阗到门可罗雀的家世变故后,完成了由凤凰变麻雀的沧桑之变,从而看穿世事、洞彻人情、悟尽人生,从此安然于男耕女织的田园生活。他终于明白,轰轰烈烈的理想与追求,到头来莫若守着一亩瓜二分田的安宁与恬淡。

所以,作者要让巧姐若一湾清流般,流淌在山涧、徜徉于大自然的怀抱。这是繁华落尽后,内心的希望之种,而埋种之地,则是最疾苦却又最具人间温情的"荒村野店"。

其实,这种暗示早现端倪。那个让宝玉牵念和歆羡不已的、于荒村野店织布的二丫头,正是后来巧姐的样子。

所以你看,曹公可有闲笔?

二丫头的出现并非闲闲信手拈来;板儿和巧姐的一场哭闹戏,竟是一场大戏!

巧姐的结局,续书里写成了嫁到有钱的周地主家。这就不但违背了判词,也违背了作者一开始着重强调的一个"巧"字。

当初,尊荣显贵的王熙凤求乡野村妪刘姥姥给女儿起名字,那是一段富贵与贫贱交相辉映、翩翩起舞的美妙画卷,也是一段活色生香的锦绣文字,续书者大笔一挥,给辜负了!

巧姐若果真嫁到了周地主家,又何巧之有?又怎么体现当初刘姥姥嘴里的"遇难成祥、逢凶化吉"?

一个"巧"字,不单是巧合,更含着巧姐"生不逢时"又"恰逢其时"的命运之诡谲与岁月之流转。

与此相对,87版电视剧的处理是非常不错的。

巧姐流落烟花巷中,巧遇刘姥姥,这时的"巧遇",是含着泪的,是悲喜交加又恍若隔世下力拔千钧的"巧"。

且看——

刘姥姥满脸堆笑:"妈妈,您就让我见一见那孩子吧?"那老鸨冰冷地吐了一句:"不行!师父正教曲儿呢!"姥姥老泪纵横,拉起板儿:"走!咱回家,卖房子、卖地!"倾家荡产也要赎回巧姐。

这一处理,类似"脂本"里对尤三姐的处理。

寥落风尘中的苦难与救赎,更能彰显命运纠缠而涅槃下的卑微与可贵。犹如一块有瑕疵的玉,比一块无瑕之玉更具美感。

书里若隐若现的巧姐,一如留白,看似漫无边际,却蕴含一个七彩斑斓、五味杂陈的宏阔图景。

由富贵到苦难与波折,再到恩遇与救赎,最终重归安宁与恬淡。命运,一如色彩斑斓的七巧板。

而所有一切,最终以一个白茫茫大地为背景。

可以想见,卖了田地的刘姥姥带着板儿,赎出了巧姐,祖孙三人走在茫茫白雪之中——可真是一场知人事的雪啊!

它使一切繁华与残败了无痕迹,将烟花柳巷里的腌臜无奈严严实实覆盖,重还一个清清白白的世界,为巧姐带来了重生的希望。此时的巧姐,带着干干净净的身躯和心灵投奔到虽贫苦却有人间真情的"荒村野店";被一场大雪洗尽铅华的巧姐也从此跟着板儿过上了虽平淡却幸福的生活。他们留下的足迹被晶莹的雪花填平,一如抚平了所有沧桑与伤痛。

从此,身后的世界,了无挂碍。

经年后,当纺车声嗡嗡响起,巧姐抬头看天,西天里,太阳洒下余晖,心底再也没有悲念,记忆里也不会留下一丝过往的痕迹。只有太阳余晖的金线和纺车上的丝线密密匝匝织在一起,把幸福和安宁织成嘴角的一抹浅笑。

板儿就快要从田里回来了,她放下手里的线,挽一挽垂下的发丝,每根发丝间都有阳光的味道。

她像一只轻快的小鹿奔放在田野上,她的欢快纯真,一如当初宝玉遇见的二丫头。

2017年12月

老梅也有墙外香

周瑞家的送宫花,穿夹道从李纨后窗下过,隔着玻璃窗户,见李纨在炕上歪着睡觉呢,遂越过西花墙,出西角门进入凤姐院中。只听那边一阵笑声,却有贾琏之声入耳;继而房门响处,平儿端着大铜盆出来,叫丰儿舀水进去……

终是曹公巨笔,雪隐鹭鸶飞始见,柳藏鹦鹉语方知。

一样人间,两番情致。一个鸳鸯戏水,一个长日寥落。当凤姐贾琏鱼水之欢时,李纨一个人歪着,便摹尽世情冷暖。

那时李纨会想些什么呢,不得而知。想必待她起身时,日头已高照西窗了吧?当年对镜贴花黄时景致,已仿若远梦。芭蕉冉冉,风来雨驻。贾珠离去数年了,屋子格外空旷,唯娇儿笔砚搁在桌上镇守一些时光。想到儿子琅琅书声,便是安慰的罢?夫复何求。于这繁华锦绣之中,一株老梅向晚,唯暗香浮动,而月已黄昏。

想来造化真真弄人。曾几时,以书香门第大家闺秀,嫁与豪门绣户如意郎君,不二年又得贵子,正是素年锦时、未来可期。不意夫婿他竟一病夭亡而去,如今落得寡母孤雏,镇日长闲,专事女红针黹、陪侍小姑,不过竹篱茅舍而自甘其心罢了。

连手势都没有,只是苍凉的背影。

《红楼梦》中李纨,存在感向来极弱,常要于众人语笑嫣然的罅隙,才觅得其一言半语,亦不过陪衬罢了。因此,便给一些不甘寂寞的读者落下口实,使人察觉人性之幽微。向来存着一种恶意,以所谓"可怜之人必有可恨之处"而解释一切身处卑微者。归于李纨,则无论其贞静也好独守也罢,仿若原罪,甚而罗织所谓"贪财好利"的罪名,更使李纨形象归于黯淡。只因她是孀妇,便独卧也是短处,惜可几吊钱更就面目可憎起来。而之于青春的湘云,却能勾画出一幅海棠春睡的美好画卷,而至于凤姐的巧取豪夺,更无可辩驳。谁让湘云正当其时呢,谁让凤姐是女强人呢。对于弱者而言,人们给予同情自是天然,而又因其弱,便于同情中开出恶之花来，也是人间常态。

俗言道："寡妇门前是非多。"看来不是一句空话。便本没有是非，也有人偏要造出一些是非来。

若抛开一切偏见，我们将看到怎样一个李纨呢？

想那时，探春传书宝玉，要起诗社。当群彦毕集，商及此事，不料寡嫂李纨却早有此意，直呼"雅得紧！"而竟自荐掌坛于当仁不让。又推举两位副社长，一霎时不单自取别号，还为宝钗觅得一个雅称。其热烈不下一班诗人，其情态更仿若天真烂漫的少女。只不过，自有一份为岁月濡染的成熟加持。便向凤姐讨来赞助，一番筹划，一场关于青春生命的华美盛筵，竟在李纨的周全下热烈铺排开了。

后来，果见李纨才情。虽作诗亚于众人，但其鉴赏能力却得到一致公认，而其公道处更为人所叹服。试想，若无李纨从中牵线搭桥，则青春之美，美则美，难免若空中楼阁。于此可见，李纨内里的生命之火并未熄灭，不过以一种不为人道的姿态涵着罢了。

难怪后来，李纨要搂住平儿腰身摩挲不止呢。肢体接触，向来能予人身心抚慰。而这一切李纨也曾拥有，只是今不比昔，惟借着平儿一番寄寓罢了。终于摸到平儿的钥匙，更有一番感叹。钥匙者，掌柜之物也。"掌柜的"是丈夫隐喻。当她搂住平儿摩挲着时，摸到久违的温情。

非是丫鬟素云羡慕别家热闹，到底自家过于冷清了些。其实李纨身边也有几个小丫头陪侍的，只是贾珠走后，知道空守的难处。物伤其类，不如打发了。这是李纨良善处。

而如此良善的李纨，却觉得妙玉可厌，则成一桩公案，为人龃龉。

那时雪中即景联诗，宝玉照例落第。李纨要宝玉向妙玉讨梅花来，且明言不喜妙玉为人。妙玉固然过洁世同嫌，却与李纨素无瓜葛。但细思之下，李纨当初掣花签时得老梅一枝；而为妙玉整日侍弄的，正是满园梅花而已。虽人分槛外槛内之别，却因梅花而使彼此生命有了观照。可谓一样花开，两处落寞。

一个是囿于宗教而心向红尘的少女，一个是为礼教束缚而胸怀美好的少妇。大概同病相怜的尽头，便生同类相妒。这是命运之殇。因妙玉的存在，使李纨心事如影随形。偏妙玉园中有梅花绽放，而李纨的稻香村里，亦有百棵杏花灿若云霓。无论梅花抑或杏花，都是生命力的象征。毕竟韶华不可负，辜负人的是诡谲的命运。李纨不喜的，原非妙玉，而是通过妙玉照见自家心事。

稻香村与栊翠庵，究竟哪是存身之所，哪是囚心之地？

提到稻香村，便想起当初大观园题匾额时往事。稻香村引发贾政归农之意，却给宝玉一番发挥的契机，说眼前景致不过人为穿凿。这便无意中戳到贾政痛处。想来贾政为家族苦苦支应，却终因其平庸的资质而勉为其难，不免心生倦怠。但亦深知宦海浮沉，开弓没有回头箭，他的归农之意不过言不由衷。这是贾政的不得已与矛盾处。

现在，这矛盾处又为李纨占据。一边灼灼华年，一边耿耿寂寥。所谓"槁木死灰"不过是天不假人罢了。于是，李纨的生命力，便唯有趁着众人起诗社时，暂得一回伸展。要不是现实局促，谁不愿岁月静好；若非流年清冷，谁不知诗酒年华。

这矛盾，也体现在儿子贾兰身上。

且说那时众人欢会，唯贾兰不至，被贾政斥为"牛心左性"。似贾兰年纪，正该天真烂漫。岂不见，连大他许多的叔叔宝玉仍然有精致的淘气，而到贾兰这里，却早早学会了察言观色与仰人鼻息。懂事的孩子，总要体味更多人间冷暖。

想当初闹学堂时，于贾兰的沉稳里，可见端倪。

想来兰花的香，与老梅的香，都是隐忍蕴藉的。

由是，李纨的"歪着"与凤姐的莺声蝶语自是不同；而她所以惜可钱财，还不是为弱者的安全感而绸缪，怎忍指摘？

只是在兰桂齐芳之前，这支老梅还要一如既往地自甘又不甘着，且任人评说又何妨。不自甘又如何。若说当初得意后来落寞，是拜命运所赐，既然烈火烹油而终于大厦将倾已然注定，则今日的荒凉提前上演，何不是予她的体谅。

李纨身上，可见整个贾家的缩影。似有心无力而后继乏人，又隐约可寻而未来可期。演绎的，不过照旧是从枯草衰杨到歌舞场的轮回，到头来仍旧荒唐一梦。于是李纨的命运，正是打在贾家繁华深处的楔子。

于是，李纨的寂寥之睡，与凤姐的欢愉之睡，便是后来中秋哀夜宴与凤姐生日会之间的蒙太奇。无不是乐中生悲。

凤姐判词里的"反算了卿卿性命"与李纨判词里的"如冰水好空相妒"一样，不过大梦一场，兰桂的芬芳，并未与老梅一缕幽香相迎相携下去，枉与人作了笑谈。但于白茫茫大地真干净处，我们仍然记得当初有那么一枝老梅，曾于冷寂当中，又向热烈之外，以她自己的姿态，留下淡淡一抹幽香，渲染一个苍凉的背影……

2020年12月

卿本佳人有何罪

　　秦可卿由出场到死去不过寥寥数回,却也留下了最多的悬疑。围绕着她的是是非非历来读者争论不休,至今难以定论。她到底是完美女神,还是风流荡妇,漫说读者厘不清,恐怕作者自己,也是矛盾的。字里行间的闪烁其词和语焉不详,无不透露出作者内心的纠结与彷徨。然而,有一点是清晰的,作者生命里一定曾有过一位类似的女子,给他留下难以磨灭的印记。毋宁相信,宝玉莫名其妙吐出的一口鲜血,同样是作者呕出的心血。

　　秦可卿无论外貌抑或品性,都堪称完美。作者笔下,连黛玉和宝钗,也是白璧微瑕,可给予秦可卿的几乎都是赞美。从阅人无数的老太太到见识浅陋的小丫鬟,无不交口称赞。这就和秦可卿本身的悲惨下场形成了强烈反差。又加上和公公贾珍之间不明不白的纠葛,令秦可卿的形象愈加扑朔迷离,更诱使人想要剥开她身上一袭华服,而一探究竟。

　　就文学创作技法而言,通过渲染神秘诡异的气氛而塑造一个浑身充满矛盾的秦可卿,具备强烈的艺术冲击力,使人过目不忘。且便于与"警幻仙子"及其妹妹可卿实现对接。此外,也跟甄士隐与贾雨村一样,承担了"工具人"的角色。一方面作为引子,引出诸多人物及相关故事情节,一方面又通过她表面的"鲜花着锦,烈火烹油"凸显整个贾家"金玉其外,败絮其中"的实质。同时以对王熙凤的托梦阐释"月盈则亏,盛极必衰"的道理,为整部书奠定了繁华深处埋伏着无限苍凉的调子。借着对宝玉"以情警幻"的失败,说明无论救赎者抑或被救赎者皆面临的困境:人人都有其局限,一切都是"天命"。人生一世,不过大梦一场。执着于幻梦,无异于"反认他乡是故乡"。

　　作为"工具人"的秦可卿,无疑出色地完成了她的使命。然而对她的种种猜测依然甚嚣尘上。书里的秦可卿是不幸的,更不幸的是,读者往往淹没于八卦而忽略她本身的美,及作者赋予她更深层次的意义。我想这也同样是作者的不幸,他一定不期望读者眼里的秦可卿,仅是一位沉沦于淫欲而被阴谋裹挟着的美丽皮囊。

还是抛开恼人的一切，看看这个可爱的女子本身吧。

春来了，冰雪依旧覆盖着大地。可究竟掩盖不了冰冷下面的暖流潜涌。宁国府门口的两头石狮子是否也有那么一丝蠢动？

然而，那些个梅花确乎是开的。许是憋了三季的缘故，一开起来就呈现怒放的姿态，引得游人流连。连那些猫儿狗儿们，都被撩骚得打打闹闹，来抚平那点子抓又不是、挠又不行的悸动。这样的春日，合该发生点事儿，才不致辜负了。

这不，她来了，她来了。她袅娜纤巧地出来了，只挥一挥衣袖，就把她的宝二叔款款迎进了自己屋里。

真甜真香啊！就是这里了。踏进门槛儿的一瞬，宝玉一定听到了骨头酥脆的声响。双眼迷离过处，唐伯虎的《海棠春睡图》静卧墙上；秦太虚的对联飘来阵阵酒香；武则天的宝镜映出青丝如瀑；赵飞燕舞过的金盘流光泛彩；伤了太真乳的木瓜蓬勃莹润；寿昌公主的卧榻软款温存……

难怪那猫儿狗儿们，一到了这里，都解了风情。

轻些儿罢，勿扰了宝叔叔的好梦。

一梦梦到天上。天上有美酒佳肴，美眷环伺。关键——关键有个人间绝无天上唯一的可卿。便抛却三千红尘，把年华虚掷，醉倒在这温柔乡里，安卧于花丛深处，又有何妨。恰似金风玉露一相逢，便胜却人间无数。

在这个美好的春天，少年的宝玉，把蕴积了十几年的生命能量，化作一股滚滚暖流，倾泻如礼花绽放。如果说之前对女儿们的尽心，是出于生命内里的自然流露，一如春阳里娇羞的凉风，影影绰绰，而当红日终于喷薄而出，无可遏制的生命的热情从温柔缱绻中猛然唤醒，宝玉迎来的，将是一场告别童真而向青春宣示的礼赞。

春梦已醒，猫儿狗儿们尚意犹未尽。可卿却听见宝叔叔在梦里呼喊着她那不为人知的乳名。她是迟疑的，她是惶惑的，那一霎马蹄杂沓，脚步纷纷。或许还有一朵红云从眉尖飞向了发梢。她惊鸿一瞥，有意无意地目睹了一个男孩儿向男子淬变的过程。

醒来的宝玉，回味梦中的可卿，回顾眼前的可卿，竟一时不知身在何处而欲语已忘言了。只觉大腿间有一丝凉意轻轻滑过。

宝玉遇到这样一位启蒙者，是幸福的也是幸运的。

天天天天，身边那些蝴蝶般飞舞的姐姐妹妹们，就生命能量来说，毕竟还都是些孩子。她们美丽可爱,却缺乏性感——一个成熟女人由内而外散发的让人莫名悸动又安全舒适的性感。

谁的青春不潦草——若在那个悸躁不安的年华里,有一位成熟婉约的女子轻轻来到身边,携带诱人的体香,丢一个眼风——哪怕只是梦里,也将抚平棱棱角角的落寞与枝枝蔓蔓的忧伤。可哪来那样的好运气呢,毕竟不是每个青春男孩,都能托生在石狮子拱卫着的贾府,都能叫贾宝玉。只能把一腔水样的春愁,交还给望眼欲穿的天空,或深埋进春天的夜里。

宁荣二府,美好的女子灿如星辰,然而,能称作性感者,寥寥;而性感又美好如斯者,唯可卿一人。

秦可卿是个让人欲罢不能的女子。

她的美,神秘如梦。

而她的身世又如此扑朔迷离。

堂堂宁国府的少奶奶,居然是从"育婴堂"抱来的孤儿,养父也不过是个小小五品官。这对于讲究门第出身、势利眼的贾家来说简直不可思议。而对她的描写,多用春秋笔法,给读者留下了无尽想象空间。也难怪作者。美好的女子,如美好的诗词,只可赏,不可解,不可说,一说皆是错。美到极处,便超越了一切逻辑。

她第五回才出场,十三回就死了。她兼具钗黛之美。她梦一般的,飘然而至,悠然而去,让爱她的人遐思万端,回味无穷。

然而,美至如此,其幸也,其不幸也。

鲁迅先生说,悲剧,就是把美好的事物毁灭给人看。

罂粟是花,也是毒药。作为花,风华绝代,作为药,断人肝肠。可究竟是花还是药,全不由己,得看落于何人之手。

可卿终究陷于泥淖,终于被毁掉了。她毁于贾珍贾蓉这样的猥琐男人,更毁于人性中的曲折幽微。她太性感,她太有女人味,太完美,罕有人不醉倒在她的温柔乡,况且生逢一个既为女子便为原罪的时代。大约唯有曹雪芹那样的男子配得上他吧?若有幸曹雪芹家族不至败落,人生不至荒凉,而珍重她,保护她,爱着她,宠着她,她必然拒绝一切诱惑而妖冶盛开,免于沦为穿肠毒药的命运。可惜曹雪芹这样的男子千年一遇,太过稀罕,而似贾珍贾蓉那样的男人一抓一大把。

可终究他们曾经相遇的呀!

否则曹雪芹又如何对这个梦一般的女子耿耿于怀,念念不忘。乃至字里行间虽然闪烁其词语焉不详,却仍然鸿爪雪泥,有迹可循。

想必某个春日的午后,阳光灿烂,猫儿狗儿们在转着圈儿打架,一朵美丽的花儿将透过枝叶的阳光满把盈握,衣袂飘飘,环佩叮当,轻轻摇摇而语笑嫣然地走进一个少年的梦里。而终于当某天大厦倾覆,铅华褪尽,又成为那少年一声声才下眉头又上心头的惆怅……

然而,假设终究只是假设。惆怅却真切而又真切。这个在最美的年华里香消玉殒的女子,是不幸的,也是幸运的。她如在风尘里摇曳的一株罂粟。成熟后,果实里流淌着让人沉溺的魔鬼之泪,连那美到摄人心魄的花朵,都成了罪恶的象征。然而美丽何罪之有?恶之花,是恶之人摧发的。

幸运的是,这花在成为罪恶的果实之前陨落了。否则,她将如何在目睹恶人以淫威和悖伦之刀,刀刀深入、寸寸见血,收获着满足的狞笑之后,还能绽放出生命原有的色彩。

当贾蓉平静地填了房,继续着声色犬马的日子;当骄奢淫逸的贾珍"不过尽我所有罢了",办完一场豪华的葬礼,那喧嚣的鼓乐渐于寂静无声……当宝玉辗转于姐姐妹妹们之间时,是否还能想起那个美丽的侄媳可卿?

2017年11月

根并荷花一茎香

读红楼每至英莲一节，就想，若执笔者非雪芹，而更作他人，当如何？

想那时，元宵夜仍将灯红酒绿、花团锦簇。那么，风雅恬淡如士隐，贤淑知礼若封氏，更兼小女英莲膝下承欢、共享流年，定属人间胜境无虞。若如此，毋宁不要一部伟大作品，而全其一家永继，便因此而徒增一个大团圆的滥俗桥段又何妨？起码英莲不似日后凄凉。

然世事不容假设，人生无法重来，曹公雪芹，作为应世而出的千古一人，书写时代正是他的使命，必得挈了如椽巨笔描绘他所经见的人生。而人生自古若无斑斑血泪，便无以谓人生了。

于是，关于英莲，一出悲剧便从此粉墨登场，用其一生践行那句"有命无运"。也于是，便有了后来那个傻乎乎、呆兮兮的香菱，使人日后再遇元宵节时，心头总浮现一团悲云愁雾。然而与掩卷拭泪的书外人不同，书中后回所见香菱，却总有一派烂漫天真。

无论何人眼中，香菱总在玩、总在笑，乃至妙笔如雪芹，亦不加额外点染，而直以"笑道""笑嘻嘻地"等词汇简单勾勒，其傻其呆已毕肖。如此香菱，一副全无成算的样子，仿佛不知有汉无论魏晋的桃花源中人一般。在周瑞家的尚为其身世感喟之际，却仍见其一派懵懂。便是那日黛玉为《牡丹亭》辞藻而情思缠绻、无以自持时，却由香菱一掌拍回现实。当柔媚遭遇憨态，两个同样来自姑苏的女子，偶合于这样一幅场景，不免使人唏嘘。

不禁要问，为何同样际遇坎坷，性情却殊异如此？这大概从那门子当日一番言语里可寻蛛丝马迹。那时相遇，门子盘问香菱来历，香菱自谓全不记得，只说拐子是她亲爹，而后哭泣不止。她分明是被打怕了的，并非全然忘记。人在应激下的自我保护，使那些伤痛深埋起来。就如那些不幸落于岩隙的花种，若非忘却脚下无泥而心向阳光，是难以存活的。

于是，在一场一场接踵而至的灾难来临时，选择麻木，便是最好的保全。如此,才有了个呆头呆脑的香菱:当人家慨叹"天下没有不散的筵席"时,她在跟一帮小戏子玩儿"斗草";当污了裙子而脱换时,临宝玉面忘却男女之大妨,连羞涩都慢半拍;而当袭人说要把从香菱身上换洗下来的裙子送还时,她竟忘了自己穿的正是人家袭人的裙子,却要袭人把裙子送给小丫头。人情世故上是如此单纯,毫无心机。这样一种选择性的遗忘及遗忘后的烂漫天真,不免使人为之心疼;而要宽慰时,却因其浑然无知而恻然一笑,不知所以。

世间就有这样一种苦难,使人不以为苦难;世间就有这样一种人,苦难加身时,以麻木应对。

然而她不选择麻木又将如何呢?

四围全是网罗,是壁垒。所谓一步错,步步错。自三岁被拐,但凡命运的转机都与之擦肩而过。眼见长到十二三岁,遇到个痴公子冯渊,以为罪孽从此可满,却又遭官司而入虎口;而遇着故人(门子与贾雨村)时,仍陷于利益权衡中,成为投桃报李的棋子;及至作为小丫头熬到姨娘的位置,亦不过三五日便被当成"马棚风"……

麻木往往是弱者最后的堡垒。

回顾香菱遭遇,比之红楼其他女子,其苦难无人可与之比肩者。读者常怀以同情的晴雯,实是个副小姐;便是自小被卖入梨园行的芳官,仍得宝玉庇护;就连向来使读者哀惋的黛玉,其"风刀霜剑"更多源于诗人气质下的自怜自伤。唯独香菱之悲苦货真价实。

然而即便如此,香菱却并未如一般受压迫者那样走入另一个极端,未因遭遇而扭曲,要与人为敌,成为类似赵姨娘那样的人。究其根本,怕与其出身禀赋不无关系。到底有诗书之家的底子,有源于父母心性的天然加持,使她与不断下坠的命运狭路相逢时,人性不至堕入不堪境地。

那日向黛玉学诗,想起往昔来京路上,目睹眼前景况,正合了那"大漠孤烟直,长河落日圆"的诗句,从此诗窍洞开。可见无论遭际如何悭吝,禀于心、赋于性的诗意尚存。而诗意恰代表一份对生命的向往与执着。大概源于其麻木中仍坚守的一份敝帚自珍。

香菱学诗,是其人生难得的宝贵时光。固然是大观园这样一个理想国客观成就,与宝钗黛玉的成全亦密不可分,然其自我救赎的种子,早于麻木中埋伏下了,如若不然,为何宝钗提出要带其入大观园时,已深知其歆羡。

说到这里,有必要顺带提一下宝钗黛玉各自对于香菱学诗的态度。就宝钗的劝止而言，无非是先一步的明识，联系她当初劝黛玉不要读杂书，是怕因读杂书移了性情从而自误。

可以想见，香菱若因为诗词移了性情，从此对生命的自我实现有了更高要求，必然不满足于薛蟠的粗鄙无识。但她本是无根漂萍，无法为自己提供庇护，则受更大的苦便是必然。这正是宝钗对她的体谅。

而黛玉不同于宝钗者，在于对自我实现的一份决绝；再联系与黛玉类似的妙玉，其孤高并非全为取一种姿态，因对于某一种人而言，若活不成自己，则这样的生命是没有价值的。他们生来的使命，在于自我的完成，纵付出生命的代价亦不足惜。

只是各人禀赋境遇不同，因而呈现不同面目。于黛玉、妙玉，是玉不成便玉与石俱焚；于香菱，则是陷于污淖仍要图存。然究其实质，三人皆为根并荷花而一脉贯之的相承，于是，三个来自姑苏的女子，以各自的姿态实现着自己，并使生命中那可贵的部分得以保全。

至此，可见香菱对于自我的实现，其实一直都以一种卑微的面目潜于心、涵于质而并未褪色。

只是日常所见，便是那个呆头呆脑、没心没肺的香菱。于是，当她为薛蟠遭人毒打而哭肿了眼时，谁又了解一颗卑微讨好之心下埋伏着的若菱花的心性。正如后来香菱面对夏金桂时一番言语——

"不独菱角花，就连荷叶莲蓬，都是有一股清香的。但他那原不是花香可比，若静日静夜或清早半夜细领略了去，那一股香比是花儿都好闻呢。就连菱角，鸡头，苇叶，芦根得了风露，那一股清香，就令人心神爽快的。"

香菱心上到底明白。她清楚自己是谁，亦知此生谁属。当薛蟠远走避祸，当命运丢盹儿打瞌睡时，她便要趁机为那一点微茫的希望付出无限深情。

她要学诗作诗。当艰难困苦四面袭来，学诗作诗是她实现自我的唯一方式。而一入诗歌世界，她如醉如痴，夜不能寐，反复吟哦，一再推敲，以她所以为的方式与过去作深彻告别，亦寄望于哪怕虚构的诗情画意而重塑金身。与诗的邂逅，是她一个人的战争，是涅槃重生。为此不惜一次次失败，又一次次重来，而希望终如一线熹微拂面，那时她正在梦中——

梦中，她得了此生佳句。

真希望那时一切鸟儿雀儿都不要鸣，任她多梦一会儿，想那飘蓬般辗转的一生，能有几回如此，能有几回感受到一个真实的自己，感知到生命的价值，而终于可以不再卑似秋虫,微如草芥……

那日渡口,当一幅大漠孤烟、长河落日景象冉冉升起时,便可知,非但其诗情诗意从未湮灭,便是她的身世,她亦是深知且记得的。否则怎会在遇到冯渊时,说罪孽可满了,而在向黛玉学诗时笑道:好歹教给我作诗,就是我的造化了……

她的"罪孽可满",便是向过去的告别;而她之谓"造化",正是向自我的救赎。

然而正如开头的假设一样,一切只是美好却虚妄的寄寓。若元宵火起是一场注定的无奈,而元宵火罢,便亦是一场不得不面对的幻灭。所谓人生,不过向死而生。

于是,纵然假设,也终觉荒唐。倘若当初没有一个叫作霍启的人,也没有葫芦庙那场殃及池鱼,而亦没有后来一场一场、一段一段催人泪下、蚀人柔肠的或人为或天造的际遇,就定能圆满一生么?

未必呵!

贾雨村,甄士隐。当真事隐去,而假语存焉。当贾宝玉梦遇甄宝玉,于"假作真时真亦假,无为有时有还无"中,原来一切皆是注定。当初姑苏甄家,不过金陵贾家与江南甄家的替身罢了。所谓人世,不过你方唱罢我登场的纷乱罢了。

于是,想要悲悯香菱而使红楼大书作者易人的企图,也就成为茫茫一片空惘。纵换人执笔又如何,无论怎样书写,人生不过大梦一场。

2020年11月

一曲青春的挽歌

> 霁月难逢，彩云易散。
>
> 心比天高，身为下贱。
>
> 风流灵巧招人怨。
>
> 寿天多因毁谤生，
>
> 多情公子空牵念。

一首《晴雯歌》，恰似青春挽歌。难逢的霁月，易散的彩云，譬如我们短暂的青春。一个人，一生的时光，融进短短的几句歌词里，留下的，是无尽慨叹。

那日，病中的晴雯，披头散发，衣衫不整，将箱中一应物什囖啷倾倒于地时，已然踏上不归路。至被撵出大观园，几日水米未进，昔日香茗盈口的时光顿成追忆，此时抿一口陈茶亦是奢侈。好在宝玉赶到，换了袄，又赠指甲，诉几许衷肠，鼓打五更，香消玉殒……

晴雯一死，有人欢喜有人愁。愁的是宝玉，欢者何人，已是不写之写。想必荣府某处，有人已额手相庆了吧？

临死的晴雯对宝玉说："我将来在棺材内独自躺着，也就像还在怡红院一样了！"

晴雯已知必死，心心念念的，还是那个她已回不去的怡红院。

晴雯把怡红院当归宿，却至死不明白，她注定只是怡红院的过客。

回顾晴雯短暂一生，可谓"战斗"的一生，就惨烈程度而言，不可谓不悲壮。和上级斗，跟平级掐，对下级狠。唯罔顾自己"心比天高，身为下贱"的事实，于是，"毁谤"在所难免，"寿天"已成命定。

若时光倒流，我们会看到，能把上司宝玉气得无语顿足的，只有她晴雯；敢给袭人等同事甩脸子的，也是她晴雯；对犯错的下级不留情面的，还是她晴雯。更遑论那起子小人们，全不入她的法眼。至此，晴雯已把能得罪的得罪了，不能得罪的也得罪了。晴雯将自己置于灯灼火炙中却不自知。而她所得罪之人，或隔岸或登船，人人执火，个个踊跃，必欲除之而后快，所欠者，惟一霎秋风而已。到了抄检大观园时，一张大网已罗织于诡谲夜色中，而此时病恹恹的晴雯，如扑火的飞蛾，一头扎进，再无归路。

如此晴雯，无怪乎被冠以"不作不死"的恶号。她的死，亲者痛、仇者快。

一

晴雯自小被卖与贾府管家赖大为奴，因赖大的母亲赖嬷嬷去贾府时常带着她，贾母见了喜欢，赖嬷嬷作顺水人情，把她孝敬给贾母做了丫头；贾母见其行事爽利、模样儿又俊，后又赏给宝玉做了贴身丫鬟。

晴雯模糊的出身，让人想起被拐卖的香菱。然而不同处在于，香菱之前有一段关于身世的来龙去脉，因遭际坎坷，而颇得同情。反观晴雯，所生所养所卖者，一概无考，仿若无根飘萍。又因香菱性情行事与晴雯截然迥异，使香菱被人包容怜爱，到了晴雯这里，爱者爱深，恨者恨切。不免疑惑，两个相似的人，缘何后来人生际遇如此不同。

赖大当初买晴雯是为奴，恐不大有为父母者的教养之心，无非以奴的标准加以调教。好在晴雯天生一副好皮囊，又巧舌能言，颇得赖嬷嬷欢心。

但奴才终归是奴才。很快，晴雯被孝敬给贾母，以贾母惯常的行事为人，最喜模样儿好又百伶百俐的丫头，自然是喜爱不尽。至此晴雯可谓有了好去处，得到公主般的娇养。于老太太而言，有这么个可人儿，在身边欢喜一日是一日，自不必考虑她长久的行事。晴雯如一株旷野里的花儿，恣意烂漫地生长，放任了性情，难免养成高眼界、高姿态，一般人难入她眼。

顿顿有肉吃的孩子，便不会为前程谋。

老太太自然不必考虑晴雯的前程，她关心的是宝贝孙儿的喜乐。于是，晴雯从富贵乡又到安乐窝，从此跟了宝玉。在宝玉眼里，凡好看点儿的女儿便是水做的骨肉，何况晶莹剔透的晴雯，不捧在手心才怪。晴雯在老太太那里好歹要顾忌规矩，到了宝玉这里，终于放肆起来。反观香菱，幼失怙恃，学会了察言观色；少被劫掠，适应了寄人篱下的生活。加上有慈爱的薛姨妈和温厚的宝钗在侧，好歹感到一点温情，加上她自己聪明好学，涵养出隐忍温顺的性情。

这些，都是晴雯所不具备的。

相似的出发点，途中遭遇各异，便注定了迥异的人生。命运之于晴雯，开局太悲,过程太顺,渐渐竟使她迷失了心性,恍惚了自己的身份。这,便是"心比天高,身为下贱"的根本。

她心里,跟宝玉不过是"你"跟"我"的区别;她眼中,袭人是西洋花点子哈巴儿;她目下,那些下级丫头都是"小蹄子",动辄要揭皮。凡此种种,向来被讨厌晴雯者所不齿,亦被喜爱晴雯者冠以"反抗精神"与"平等意识"。

果真如此吗?

二

有人说,晴雯之可贵,在从不把自己当奴才。

这评价于晴雯,简直成其自觉自愿的平等意识,以及借此衍生的反抗精神。

某种程度上,意识源于"见识"。见识是客观存在的主体反映。要认清客观环境,必然有一个从认识到思考的过程,正确的认识与思考,必然离不开自我的苏醒和教育的加持。有了个人的苏醒,再加上教育,才能形成觉悟,形成一定的价值判断,因而由自觉自发的感性层面上升到自觉自愿的理性层面。

所谓反抗意识,不是凭空而来,必然由自觉的不合理不公平,进而形成自愿的求合理求公平。反抗的本质是平等意识的觉醒,而平等意识最终要以反抗作为基本诉求。

晴雯有反抗精神吗? 有。

晴雯的反抗源于平等意识的觉醒吗? 不见得。

自己不想做奴才,只是苏醒;不忍见他人做奴才,才是觉醒。

如果我们暂且把晴雯的自我反抗当成她个人的苏醒,且看她是如何对待同类的。

晴雯斥:"什么'如何是好'! 都撵出去,不要这些中看不中吃的就完了!"

晴雯骂:"那里钻沙去了! 瞅我病了,都大胆子走了。明儿我好了,一个个的才揭了你们的皮呢!"

晴雯怒:"你瞧瞧这小蹄子,不问他还不来呢。这里又放月钱了,又散果子了,你该跑在头里了。你往前些! 我不是老虎吃了你!"

显然,晴雯可能有自我苏醒,但远未觉醒。

至于所谓"反抗精神",也有人为拔高。试问,她要反抗什么? 在怡红院,唯一给她庇护的人是宝玉,她要推翻宝玉? 在贾府,是贾母王夫人给她生存空间,她要打破自己的饭碗?

她的"反抗"，绝非自觉意识，而是渴望不受约束下的自我性情的自由伸展，是朦胧的，无意识的。她的苏醒，确实具备朴素的个人意识的萌芽，却远未形成思想。

这样的人在当代，无非说她有个性，却不会酿成什么悲剧。但，那个时代，晴雯的行为，却于礼教不合。

礼教是什么，是家法，也是国法。

造成晴雯悲剧的根源，不在所谓反抗精神，而在礼教不容，所谓"不合时宜"。

概括起来主要有三点：

一是天性使然。其人生来天真烂漫。

二是教育的缺失。赖大基于奴才的需求，缺失必要教养；贾母给她副小姐的待遇，缺乏必要教育。

三是不愿长大。头顶副小姐光环的晴雯，一俟迈入怡红院这个安乐窝中，有宝玉袒护，袭人包容，加上颜值高，手艺好，自然傲娇一些，必然放纵一些，却不懂收敛与反思。她的心智始终停留在懵懂少女时代，一头扎进青春的王国里，不愿长大。

她的风流灵巧，她的与众不同，与那样一个时代格格不入，她的自我意识已经萌芽，却不具备认清与把握的能力。又无人引导，朦胧的自我意识只好胡乱生长，却不得升华的空间，又不甘自毁，只好在任性与糟践中走向陨落。

没必要人为拔高晴雯，也不必轻贱她。总有人的意识走在时代的前列，尽管那意识，本质上可能只是无意识，但这种超前，恰于文明进步的前夜，使后人抬头望见星火。

知觉晴雯可贵，是后来者，晴雯自己，却处于混沌中。

混沌的晴雯也有自己的诉求，她的诉求是什么呢？

三

当袭人挨宝玉窝心脚吐血而把要强的心灰了大半；当小红为前程在凤姐跟前把一段话说得如珠落玉盘且发出"千里搭长棚，没有不散的筵席"这样的慨叹时，所有人都对未来有个谋划。这时，晴雯在干什么？

她在撕扇子作千金一笑，她在装鬼吓人，她在为宝玉免于挨打而出馊主意，她在病补雀金裘……

她在自我的世界里绚烂着。

所谓未来,在她如海市蜃楼。

如果她有上位的准备,对前程有自己的谋算,就不会冒着生命危险补雀金裘,更不会在病中嗐唎一声,把那箱子连同自己的命运置于脚下。她只是觉得该当那么做,至于结果,从未衡量。

天真的晴雯,只在做自己;烂漫如晴雯,从不以身相许赌明天。

想着上位,就会对主子言听计从;心里想着前程,就不会不顾惜性命。怡红院,大丫鬟小丫头们谁不是变着法儿地往宝玉跟前凑。只有完全不在意前程的晴雯,才会忘记"身为下贱"的地位,才会拿命去兑眼前一刻欢欣。她选择了当下,便要于未来付出代价。

如此晴雯,当得一个"勇"字。

知死不辞,勇也。原来你们心心念念的好前程,人家明明早就不要了呀!

而"勇"的背后,是"憨",是"痴"。

"今日既已担了虚名,而且临死,不是我说一句后悔的话,早知如此,我当日也另有个道理。不料痴心傻意,只说大家横竖是在一处。不想平空里生出这一节话来,有冤无处诉。"

是为"憨"。

"我将来在棺材内独自躺着,也就像还在怡红院一样了!"

是为"痴"。

如果说之前对此还有怀疑,到了晴雯临死,在输得河干海净时,眼看就要咽气退场的当口,晴雯终于后悔,并借由灯姑娘的嘴,进一步印证——

灯姑娘笑道:"我早进来了……谁知你两个竟还是各不相扰。可知天下委屈事也不少。如今我反后悔错怪了你们……"

当一些人义正辞严地污蔑晴雯是"狐媚子"时,由灯姑娘这样的人说出这样的话,何尝不是莫大的讽刺。

晴雯和宝玉的感情,是纯洁的,是明净的,是一派烂漫天真。

袭人之爱宝玉,如母,又爱又忧。她顺着宝玉又常规劝宝玉,为的是要把他引上正途。晴雯则不然,你疯我就陪你疯,你傻我就陪你傻。只要是宝玉要求,晴雯不辨对错,陪着他干,替他打掩护,从不考虑后果。晴雯之爱宝玉,如知己。

论起来,抄检大观园起于她帮宝玉逃学装病,最终兜兜转转,后果由她吞了。

这样的晴雯,因其天真烂漫而得宝玉钟爱,又因天真无知而让读者叹惋。

书中说袭人有种痴性,侍奉谁时,便眼里只有谁。我看这个评价倒更适合晴雯。晴雯眼里心里,只有一个宝玉,只有一个怡红院。

晴雯跟宝玉吵架,宝玉说要回太太,打发她出去,晴雯含泪道:"你只管去回,我就是一头碰死了也不出这个门。"她临死前,也是含泪跟宝玉说:"我也是痴心傻意,只道横竖这些人都在一处。"

为什么?

因为这怡红院,她分明是当成家的呀……

四

晴雯是孤独的,她在大观园里没什么朋友,这点不同袭人。真正属于晴雯的快乐时光,其实屈指可数。其中缘由,半因她的自负,半因自卑。而她的自负,除了天赋优越与恃宠而骄,还有一部分源于她的自卑。自卑和自负是两个极端,却是殊途同归。袭人受了委屈大不了说一声"老子娘接了去",就把宝玉吓个魂不守舍,到了晴雯这里,只能是一头碰死也不出去。她知道自己没有退路。说赌气的话,也是需要底气的。

晴雯是个叛逆的孩子。口口声声要出去,真的要出去了又苦苦求告,多像一个跟母亲斗气的孩子,嘴上说着打死也不回家,可傍晚看见自家屋顶的炊烟,把每一处风声都听成母亲的呼唤。

再悲惨的人,有个家,有个妈,人生就有退路。

晴雯没有。

于是,如黛玉对宝玉一次次的任性其实是试探一样,晴雯对宝玉的胡闹,难说没有寻求安慰的成分。某种程度上,撕扇子是为了渴望被纵容,实际是缺爱。

可能有人说,晴雯得了贾母和宝玉的百般恩宠,怎会缺爱?有句话说:人终其一生走不出童年。走不出童年,实际是走不出童年里爱的阴影。旁人再多关照,比不得至亲之人哪怕偶尔一次纵容。晴雯的任性,其实是这阴影的投射。

只是,她错投了地方。

在晴雯看来,怡红院就是家,宝玉就是自己的亲人,因此才会说"横竖要在一起",才会说什么你呀我呀的,毫无尊卑顾忌。

她无父无母,从小被来回转卖,最渴望家的感觉。怡红院对宝玉来说是居处,对其他丫头来说是职场,对晴雯来说却是唯一的家。于是,她眼里不揉沙子,容不得他人的偷盗行为,看不惯他人的"鬼鬼祟祟",因此才为了维护怡红院而不顾个人安危,乃至在搜检大观园的时候披头散发冲进来砸场子……

她不是在捍卫自己怡红院副小姐的权威,而是在护巢。

又因为宝玉的宠爱和别人的包容,才使她毫无危机意识,认为只要宝玉在,便是现世安稳;只要大家横竖在一起,便是岁月静好。她就像活在象牙塔里的天真少女,以为凭真本事,凭洁身自好,做好她自己,就足够,却不知墙倒众人推的道理,便是宝玉自己,也是个"银样镴枪头"。于是在一场风雨之后,那个她以为的家,也倾覆了。

有人说晴雯之死,在于她的"作"。先不分辨,且看——

不作又如何呢?

不单际遇相似的香菱难以善终,便是贵为皇妃的元春,也一样难逃悲剧的结局。这恐怕才是曹雪芹真正要表达的。在那样的体系下,没人可以幸免,与身份无关,与性情无关。

同样悲剧的,还有逆来顺受的迎春、奋起反抗的鸳鸯、逃避现实的妙玉、随分从时的宝钗、雅量高致的探春、豁达豪放的湘云……

所谓悲剧,并不在于"作"与不"作",而是意识与现实的不相匹配。当模糊的超前意识不得不屈从于滞后的现实时,悲剧便发生了。

设想一下,如果晴雯侥幸不死,又当如何?

有人说她会活成赵姨娘。

我不同意这种说法,且不说她不具备成为赵姨娘的潜质,更不会有成为死鱼眼的可能。

赵姨娘的样子,是品性和岁月苟合的结果,晴雯品性跟赵姨娘不可同日而语。晴雯注定不会妥协,她的生命一如青春的美好,只能在青春的年月里阵亡。

晴雯终其短暂一生,都在寻找爱,寻找一个港湾。这个港湾只能是家,是母亲。这点晴雯是缺失的。最后那一夜,喊的不是宝玉,她喊了一夜的娘。

······

晴雯喊出的是娘,也是一曲青春的挽歌——

五

晴雯死了,一如我们永远逝去的青春。

读者之于晴雯,如她本人一样,向来爱恨分明。

爱她者有爱她的理由,恨她者有恨她的缘故,水火不容。然而这多像我们的青春,充满惶惑与纠结,交织无奈与心酸。爱也爱得耀眼,恨亦恨得切齿。可无论青春是多么的虚妄又真实,它都曾存在过,发生过,既然存在,无法忽略,既然发生,必要正视。

晴雯死于抄检大观园之后。

抄检大观园的结果是,宝玉房里的晴雯、四儿、芳官,迎春房间里的司棋,惜春房间里的入画,以及那十几个唱戏的女孩子被逐;宝钗为避嫌借口母亲生病搬出园子;不日迎春也被贾赦许了孙绍祖……然后黛玉夭亡、探春远嫁……

当绛云轩里蛛丝绕梁,潇湘馆中竹疏篱落,犹听得一声"红楼曲",游游荡荡,当空寥落……

这是青春的挽歌。

随着哀婉的曲调,一出悲剧就此彻底拉开序幕,剧中人尚未从梦中醒来,不及彼此挥手道别,新人已成故人,今昔已然往昔。

回首凄风冷雨中的大观园,旧日盛景,恍惚如昨,今又来思,枉然一梦。

大观园,曾是宝玉等一干少男少女的青春王国,在这个青春王国里,他们相约结社、赏花、联诗,他们竞相绽放生命的能量与华彩。黛玉葬花、宝钗扑蝶、湘云醉卧、香菱学诗、妙玉送梅、宝琴踏雪……

这一切,随着青春的远去,永远湮灭在白茫茫大地里了。

晴雯之死,恰是青春挽歌的序曲,是人生向青春的狂妄与娇羞、任性与纯真的挥手道别。随着青春的渐行渐远,终于隐隐看到一个不愿接受的现实。无论你是否接纳,它都来了。于是,只好与过往来一场决别。

伴着涅槃的阵痛与逝去的流殇,有人彻悟,有人放逐,有人沉默,有人寂灭。在那青春少不更事的年月里,是必然付出的代价。

2019年5月

难与人言是本分

中国向来不乏这样一种女性：她们安于命运分派，生下来，活下去，并不问这生与死的意义。她们从少女到人妇及至做到母亲，每个阶段都能恰好寻到属于自己的位置。做好饭，供奉了祖先，照应了公婆，关顾了丈夫，再把儿女们安顿妥帖，才想到自身。

这样一种平凡而卑微的母性，使她们以为，生儿育女与相夫教子，便是生就的使命，而一生所遵循的价值，只是无条件地付出。或者说她们从自己的付出与被他人的需要里约略看到自己的影子——也仍然是背影。

这平凡与卑微，使人首先想到她们的特质，便是隐忍与本分。

因而想到《红楼梦》中的袭人。想到袭人便想到她待宝玉的情分，这情分里便多有中国传统女性所具备的特质。

为会秦钟，向来不喜读书的宝玉竟巴望着去学堂。早早起来，袭人已把书笔文物一概收拾妥帖，坐在床沿上发闷。袭人见宝玉醒来时，"只得"服侍他梳洗，并一口气讲出一通关于读书的道理来，宝玉连连点头称是，说："你放心。"

说"你放心"，说者或为敷衍，听者却更不放心了。若为母子，娘不在身边，哪有个放心的缘故？

想来此段文字，读红楼者莫逆于心。也是曹公巨笔，一个"发闷"就把整个氛围点染出来。袭人所闷何来，想必无非若为人母者，要送子出门时情状：盼儿早出息成就功名，又是如此不舍；而于矛盾中一时想到诸般俱已妥帖，又怕落下什么东西，要思量一番。当目睹娇儿憨态，竟一派天真，只好收了万般思绪，"只得"为儿梳洗一番。想来这梳洗便是另一种的抚爱摩挲。纵千般不舍，仍要作出一番笑脸来，再把昨晚一夜未眠所想到的殷殷嘱咐一遍，说：念书时想着念书，不念的时节想着家些。怕儿不好好念书，又怕儿只顾念书而忘了想家。家是啥？是娘亲。怕儿忘了想家，分明是怕儿忘了娘亲。

袭人又说：功课宁可少些，一则贪多嚼不烂，二则身子也要保重。

念书固然重要,但为娘的念念不忘仍是自己身上掉下那块肉。做儿子的,能不说放心?能不听一句应一句么?宝玉固然淘气,去学堂也不过虚应罢了,但袭人口声里一份情谊却是真切。终于送到门口,还要交代了衣服与小火炉等事项,正如任何一位唠叨的母亲。儿已走远,仍望着那背影哀哀切切,万般言语在喉,再难出口,唯把一腔心事付于凉风。风啊,你慢些儿……

袭人之于宝玉,哪里是侍婢,俨然就是一个母亲。

而把母亲的卑微表现得更痛切的,则是宝玉挨打后。

那时,众人皆按他们生命里该当的角色,报之以恰逢时宜的哭声。

王夫人的哭,哭得有章有法。说宝玉固然该打,但老爷你也要保重,况打死宝玉事小,倘或老太太一时不自在,岂不事大。

作为生母,王夫人疼宝玉那是真往心尖尖上疼。但仍哭得识大体。于痛哭之际的劝说客观公允、公私兼顾。心上护儿,嘴上护的是老太太。护老太太是真,更为堵住贾政。堵贾政就哭到贾珠,哭贾珠是说看在老夫老妻份上,不要绝她后路。想来诸般哭皆是痛,而最痛处,仍然在这一句"后路"上。非但牵涉家族兴衰,更情知儿子于己意味着什么。若无宝玉,王夫人的位置会不会被赵姨娘占据,也说不准。

难怪王夫人哭出"苦命的儿"来,牵动李纨心事,也跟着大放悲声。苦命的儿,何不是苦命的自己?母亲护儿,也护自己;孀妇哭夫,也哭自己。纵为人母人妇者,难说没点子私心。

这时老太太闻声赶到,边训贾政边不觉滚下泪来。目睹当下情形,一哭就哭到心肝儿肉的地步,不免又想起自己"操了这半世的心"与"不争气的儿",直哭到贾政也灰了心。

老太太疼宝玉。一来是宝玉招人疼。但招人疼不至于"操了半世的心"。宝玉才多大个人,就"半世"了?老太太操的是这一大家子的心。之所以让老太太操心,是因为她生了个"不争气的儿"。儿不争气是因为几世家业有可能毁于平庸的儿手里。难怪贾政一听便灰心。

宝钗也哭了,哭的是亲情友情下的一份疼惜。黛玉眼睛哭成了桃儿,黛玉所哭者,是自己心上人。至于其他下人婆子,蘸了唾沫星子当眼泪擦罢了,擦的是人情世故。

以上诸人之哭,各有痛楚,亦各有私心。

那时袭人呢?

却"满心委屈,只不好十分使出……"

可不是。那时节,乱纷纷,主子们哭,下人们瞧,人人皆忙碌,色色都热闹,灌水的灌水,打扇的打扇,唯袭人插不下手。

袭人待宝玉,纵有一份为娘的心,却到底不过奴才的身。看似人人在哭,样样都热闹,但哭有哭的学问,闹有闹的秩序。哪儿轮得着她袭人呢。

等终于回到私房,才咬了牙说声:我的娘哎,怎么下这般狠手……

想来各人各样儿的哭法,唯袭人更像一个母亲。唯她不为自己哭,而只为宝玉哭。要说私心,这便是她唯一的私心。

想来也不奇怪,向来有"生的不如养的亲"这说法。虽袭人之于宝玉谈不上养,却也是捧着护着宝玉长大,于耳鬓厮磨的诸般细节中,更涵养一份厚于他人的情分。

有的人就是这样,为一个人,愿意把一棵树当整片森林。

而袭人因对宝玉一份情,早把自己当成贾家一分子了。

想那时袭人故作要离了贾府,宝玉情急之下要向老太太求情。

袭人说:"但只是咱们家从没干过这倚势杖贵霸道的事。"

袭人与晴雯闹了别扭,袭人向晴雯描述她跟宝玉时,冲口而出的是"我们"。

无论"咱们"还是"我们"都是情急之下的真情流露,而这最能表明心迹。可见在袭人心里,早把自己看作贾家一分子。

联系袭人身世。想她年幼家贫而卖身于贾府,幸而在贾家,吃穿和主子一样,也不朝打暮骂,于是便生出一份归属感,想来也是人之常情。又因其天生一份痴处,与内涵一份忠厚,表现于对待主子时,就有一份忠诚。

袭人所谓忠诚,便是隐忍与本分。

之谓隐忍,在于袭人从自身出发有一份主仆间的观照;而所谓本分,便是在这观照下为自己找到的位置。

隐忍与本分一体两面,互为因果又互相矛盾。所以她受得了委屈,也对与自己类似出身者有一份担待;所以偶尔失口说出"咱们""我们"时,潜意识里便有她所以为的那个"位置"。

这"位置"正为袭人所一贯珍视,那是她体认自身价值的凭借,但也因此而成为她的局限。

她侍奉贾母时,眼里便唯有贾母,侍奉宝玉时,眼里便唯有宝玉。此可谓自我体认下的自觉。这自觉,体现在她对本职的遵循,从不因个人性情而辜负尊卑次序。这就不似晴雯。晴雯真率，要常常忘了自己身份的。晴雯与袭人的不同处在于，她对尊卑次序并不怎么上心，而对真情真性的眷顾，则奋不顾身。因此作为丫鬟的晴雯可谓懒惰，而作为知己的晴雯，可为补雀金裘而不惜奋命。晴雯做事原则，秉持着她自以为的准绳，而非全然的伦理秩序。因此她敢于跟宝玉撕扇子，也敢于自作主张惩戒坠儿。晴雯是天真而含混的，因此至死不甘，她心中没有一个"位置"指引。相反，袭人一切出发点，在于心底有明晰的"位置"。因而，当她保护春燕免遭她娘责打时，出于对本阶层的同理心。同样，当宝玉要赶走晴雯时，她带领一干丫头下跪求情，乃至后来晴雯要被逐出时，她帮宝玉出主意保全晴雯。与此同时，当袭人向王夫人进言，要宝玉跟宝钗黛玉湘云等姊妹分开居住以免人口舌时，仍然是对于"位置"的忠实与自觉维护，而非纳投名状。

她的位置感就是她的"本分"。

但袭人的"本分"却常常是统一又矛盾的。就如她准姨娘的位置一样模糊不清。统一，在别人的期待与她自己的体认有模棱两可的相似；而矛盾，则在并无明确的说法。就如宝玉挨打时，她心若慈母而身为侍婢的尴尬。

由此统一而矛盾可知，袭人实际跟晴雯一样有其天真而含混的一面，只是出发点不同而姿态各异。晴雯爆炭的性子更易于被觉察。而袭人温和的性情，使人很容易把她的矛盾忽略，因其界限不明而谓之藏奸。

谓之藏奸，多源于她跟晴雯的对照。

就两人性格来说，日常相处难免口齿龃龉，袭人若成心抓晴雯把柄，晴雯其人性如烈火，口角伶俐，可谓俯拾皆是，又何必在晴雯被逐时下跪求情，而更于抄检大观园后替宝玉为晴雯出主意？

而所谓袭人是王夫人眼线的说法更是捕风捉影。若袭人惯为王夫人耳目，为何王夫人却并不识得晴雯？

另一个至为关键的被作为袭人恨晴雯的佐证，则是宝玉见阶下海棠花枯死半边而慨叹时，袭人说："她纵好，也灭不过我的次序去……"

但一向为攻讦袭人者所忽略处，是下文中对袭人的心理描写——

袭人听说，心下暗喜道"若不如此，你也不能了局……"

可见袭人是为宽慰宝玉才作此说，是为策略而非恨语。

而当晴雯被撵出去，宝玉要袭人关照晴雯时，原来袭人已将晴雯素日所有的衣裳以至各什各物都打点下了，为免生事，晚上悄悄叫宋妈拿出去了，把自己攒下的几吊钱也给了晴雯……

因之可见，无论袭人之于晴雯，抑或之于向王夫人的进言，皆出于"本分"下的公心使然。

但就如袭人之于宝玉，其公心也，其私心也，一而二，二而一。

若说袭人毫无对姨娘位置的想法，也不客观，要不怎会被宝玉误踹后，把争强的心灰了大半。且当日宝玉强与袭人初试云雨时，袭人曾表明心迹，自以为已予了宝玉的，也就半推半就间从了。

只是这公私之间，本就难以分明。尤其对于袭人，如前所述，其自身的统一与矛盾处与天真而含混处，并不易察觉。

且人性向来复杂。而曹公笔下袭人作为一个鲜活艺术形象，从来不是单一的脸谱化的塑造方式。分析袭人形象，当脱离对于是非忠奸的两极分化，承认人物本身的多变与复杂。为说明，试举一例——

比如当袭人听了茗烟的话，宝玉挨打因薛蟠而起时，忽略宝钗在场而直抒胸臆，置宝钗于尴尬境地。虽是情急之下，却也是真性情的显露。而当后来宝玉因紫鹃激将法致病时，她竟直闯潇湘馆问罪，无意中冲撞了黛玉。

由此可见，袭人也有不隐忍之时，正如薛宝钗也会偶尔发脾气。

就作者本身态度而言，若说"贤袭人"的名号尚不可靠，则袭人与黛玉的生辰在同一天，则可谓"花缘"巧合。农历二月十二是花朝日，万花之神的生日。而黛玉葬花与花气袭人的意象，就《红楼梦》于人物对照映衬的写法而言，难说不是作者有意安排。并且，书中使宝玉说要为之剃了头当和尚去的，唯袭人与黛玉二人。

可见作者悲悯。

袭人之所以多被误解，正在其性情及性格的复杂，也因此可见作者妙笔生花的艺术功底。

袭人的忠往往是盲目的，于公于私常纠缠不清。在于她本身见识阅历上的一种混沌状态。人常谓袭为钗副，但那不过是从写作手法上而言，不可全然将二人等同对待。宝钗不是袭人简单的升级版，宝钗的随分从时是诗书加持与心性空明下的主动选择，而袭人的温柔和顺，则源于其生命底色中一份温厚，因自带朴拙而天真。袭人受见识学识家世等因素所局限，只能与宝钗互相观照，却不能简单类比。袭人的行为准则与人生价值，建立在被他人的需要上。她生命的完成方式，不经由她个人生命的伸展而实现，必定依附于她所服从的人事安排。

袭人对宝玉，上升不到爱。即便有爱，更是类似母子或姐弟的亲情之爱，而这亲情之爱,除却天性纯良的部分,还有她对自我"本分"的遵从。

于是,对于文章开头把袭人与宝玉以母子类比的说法,应当是,袭人所忠于的是她心中那个类似母亲或姐姐的"位置"。

由此可想,倘若某天袭人被迫嫁人,而所嫁非她意属,她会流泪,但流泪也还要在花轿中而秘不示人,她的泪要流得周到而妥帖。大概无需多久,她又可以衷心服侍那个当初要她流泪的人了,且仍然温柔和顺。这跟所谓奴性无关,也跟爱情无关。世上就有那样一种人,她的存在要通过别人而体认。

本质上,她忠心的不是自己不是别人,而是忠于她的本分。这已很难做价值判断了,说是悲剧却并无悲剧实质,说不是悲剧又不忍,大概因此才更加动人,才更有说不清道不明的艺术效果,才让人体验到人生人世那些难以言传的况味。

类似袭人这样的女性,从古至今不都存在着么?

2020年12月

平平淡淡才是真

年轻时,生怕不热闹,平地也要起一声惊雷;多愁善感的年纪,为一场无聊风雨也要赋予些诗意,所谓"为赋新词强说愁"。我们总怕被别人冷落,也怕冷落了整个世界。

金戈铁马的快慰平生终于没有到来,蓦然回首,人已中年,才发现,心底真正渴望的乃是一份不多不少,不增不减,刚刚好的恬淡与安然。

小时候看《红楼梦》,看热闹。许是童年时的清贫,过于简陋的物质生活,限制了对繁华的想象。于是,当看到红楼梦里的富贵闲人们,把一个没来由的节日都铺排到超越了我们所掌握的、少得可怜的关于奢华的词汇时,极大地满足了好奇心,也挑逗着贫乏的想象力。

后来,又看到诗意、看到了苦难、看到了悲剧。为那些个美好而脆弱的生命感怀悲叹、默默流泪。直到一朝春尽,红颜已老,花落人亡两不知时,阖上书,发现所有的繁花盛景与苦难诗意,半点不属于我们,属于我们的,只是那个继续平凡而真实的自己。

一如我们爱春天,便爱着牡丹与芍药的绚烂,怜惜着打碗花和狗尾巴草的不为人知,可最终,真正陪我们度过春天的,却是那些行道旁、田埂上、一簇一丛的,如萱草般平实的花朵。

千红一窟《红楼梦》,有阆苑仙葩的黛玉,有冠艳群芳的宝钗,有刺玫瑰探春,有枯枝寒梅的李纨……而芳华尽处,再回眸,让我们心底暖流涌动的,却是一支明亮而不耀眼、寒微而寒酸的萱草,她平实淡然,静静开放。

她就是平儿。

平儿,名字里就自带平凡。乍一看,平平常常的出身、平平常常的处事、平平常常的待人、平平常常的活着。可一个人倘若从来平常而安好、平淡而真实地活着,又岂是寻常。

作为王熙凤的陪房丫头,死的死、散的散,唯平儿留了下来,成了王熙凤的心腹与总钥匙、贾琏的通房大丫头。

按说，通房大丫头不过是还没拿到"牌照"的准姨娘。可对比正印的赵姨娘、周姨娘们，平儿拥有的，却是一个截然不同的人生。俏而不争，平而不庸，连一贯不偏不倚、不把人物脸谱化的曹公也忍不住从幕后跑到前台，借宝玉之口为之嘉许："思平儿并无父母兄弟姐妹，独自一人，供应琏凤夫妇二人。贾琏之俗，凤姐之威，他竟能周全妥帖……"

王熙凤是个女中豪杰，也是个母老虎。为私利可以暗中取张华的性命，连同娘家带来的心腹旺儿都看不下去。可平儿偏偏不但没被母老虎吃掉，还得了老虎的宠爱。

二人同寝一室、共侍一夫，平儿甚至偶尔还敢摸一摸老虎屁股，给王熙凤摔摔帘子。这样的平儿，让王熙凤又敬又爱。

平儿周旋于不管香的臭的都往屋里抱的贾琏和山西老陈醋一样酸的凤姐之间，还能自保，在错综复杂的贾府里，被主子厚待、下人敬爱、旁人赞叹，这样的平儿，想不爱都难。

爱平儿，乃是爱其平、爱其德、爱其才、爱其俏、爱其善、爱其智、爱其美。

平儿之平

在表面风平浪静、暗里风起云涌的贾府，平儿能把一碗水端平。

无论是和贾琏、王熙凤，还是和村妪刘姥姥，抑或是和人见人烦的赵姨娘，平儿都能友好相处，体现了她的平和。

对贾琏和多姑娘偷腥事件的巧妙处理，体现了她不多事、善于平息矛盾的处事态度。玫瑰露和茯苓霜事件的处理，平了冤情又让双方彼此心服口服，乃是公平。

一方面帮助王熙凤放印子钱，又能体恤别人的难处，主动提出给袭人支取月例，俟后再扣除，见其平衡。

作为在王熙凤和贾琏之间夹缝里求生的平儿，自有她的难处，我们自然不能只以审视打量的态度看她。作为眼前人，她深知王熙凤日常做派可能带来的负面影响，于无声处背着凤姐做了许多好事，潜移默化中消解了一些潜在的矛盾冲突。

平儿之德

平儿从不仗势欺人，而是同情那些与自己地位相当或更为低下的奴才们。

他劝凤姐:"得放手时须放手""什么大不了的事,乐得不施恩呢?"

兴儿说:"倒是跟前的平姑娘为人很好,虽然和奶奶一气,他倒背着奶奶常做些好事,小的们凡有了不是,奶奶是容不过的,只求求她就完了……"

贾府里下人小子们的"毒舌"我们多次见识过,他们私下的许多评判和看法,不得不说是一个比较客观的视角。

面对鸳鸯的嫂子"小老婆""矮人面前不说短话"的挑拨,平儿立即维护鸳鸯说,别听差了,并没有人封她们小老婆,也没家人仗势……平儿不受离间又真心维护朋友,上下立德,无怪乎能立于不败之地。

平儿之才

作为王熙凤的"总钥匙",平儿是不可或缺的得力助手。凤姐虽精明强干,可也架不住事事亲力亲为。有些不便出面的事,还得靠平儿去张罗打理。探春协理荣国府虽然没她的份,可时时能看到她的身影在王熙凤和探春她们之间来往穿梭。

管理,不只有面子上的章程,若少了私下的润滑和缓冲,许多事其实不好办,也办不好。

甚至,她能虑凤姐所未虑及。

金钏儿死后,几家仆人常来孝敬东西,凤姐不明白这几家日常不大管事的人怎么忽然就亲近起来。平儿说,金钏儿死了,这些人必定要弄这两银子的巧宗儿呢,凤姐恍然大悟。

可以想见,以王熙凤和贾琏二人的做派,如果中间少了平儿这么一个屏风式的人物,还不得把内里的不堪都抖搂尽了。平儿看似是王熙凤的提线木偶,其实有着独当一面的才能,若不是囿于身份,真可谓裙钗一人可齐家。

平儿之智

贾琏趁着凤姐生日偷腥,凤姐审问小丫头时,巴掌带着风噼啪乱响。平儿说:"奶奶仔细手疼。"

初看这话,让人忍俊不禁,再细一琢磨,透着平儿急中之智。既达到规劝的目的,又站在主子的立场,凤姐听了舒服又有台阶下,还为小丫头子解了围。这样的劝,两边都不得罪,各方共赢,岂不妙哉!

贾琏和多姑娘厮混被平儿得知,她采取的是息事宁人的态度。她知道这是猫儿嘴馋偷食,影响不了大局。

可鲍二家的这个婆娘不知深浅,竟堂而皇之诅咒凤姐横死,劝贾琏把平儿扶正了,恰好被凤姐和平儿撞破。这话暗里是夸平儿,实则让平儿无辜躺枪,平儿果然挨了打。可她并没被凤姐一巴掌打昏了头脑,她冲上去打鲍二家的,是先下手为强,她要为自己打出一个立场,否则,让凤姐这个醋坛子怎么想?

可挨打以后的平儿并未怨怼,还当众给凤姐台阶下,凤姐心里对平儿只能是满满的惭愧和敬意。

对多姑娘,是能瞒当瞒,而尤二姐则不但威胁到凤姐,也关乎平儿自己的切身利益。这次她不得不说,但事后又同情照顾尤二姐。尤二姐死后,平儿偷拿出二百两银子交给贾琏办丧事,这可不是虚伪,这是大关节上的明理,又不失细微处的善良。

平儿之善

刘姥姥忙赶了平儿到那边屋里,只见堆着半炕东西。平儿一一地拿与她瞧,说道:"这是昨日你要的青纱一匹,奶奶另外送你一个实地子月白纱做里子。这是两个茧绸,作袄儿裙子都好。这包袱里是两匹绸子,年下做件衣裳穿。这是一盒子各样内造点心,也有你吃过的,也有你没吃过的,拿去摆碟子请客,比你们买的强些。这两条口袋是你昨日装瓜果子来的,如今这一个里头装了两斗御田粳米,熬粥是难得的;这一条里头是园子里果子和各样干果子;这一包是八两银子,这都是我们奶奶的。这两包每包里头五十两,共是一百两,是太太给的,叫你拿去或者作个小本买卖,或者置几亩地,以后再别求亲靠友的。"说着又悄悄笑道:"这两件袄儿和两条裙子,还有四块包头,一包绒线,可是我送姥姥的。衣裳虽是旧的,我也没大狠穿,你要弃嫌,我就不敢说了。"平儿说一样刘姥姥就念一句佛,已经念了几千声佛了,又见平儿也送她这些东西,又如此谦逊,忙念佛道:"姑娘说那里话?这样好东西我还弃嫌!我便有银子也没处去买这样的呢。只是我怪臊的,收了又不好,不收又辜负了姑娘的心。"平儿笑道:"休说外话,咱们都是自己,我才这样。你放心收了罢,我还和你要东西呢。到年下,你只把你们晒的那些个灰条菜乾子和豇豆、扁豆、茄子、葫芦条儿各样干菜带些来,我们这里上上下下都爱吃。这个就算了,别的一概不要,别罔费了心。"刘姥姥千恩万谢答应了。平儿道:"你只管睡你的去。我替你收拾妥当了就放在这里,明儿一早打发小厮们雇辆车装上,不用你费一点心的。"

对这个八竿子打不着的亲戚,黛玉说她是母蝗虫;妙玉言语间充满鄙弃。就算是怜贫恤老的老太太和王夫人及一众贵族小姐们,她们的调笑与施舍里也多多少少带着一点俯视的意味。可经过平儿这么一样一件地把铺满一炕的物件摆置一遍,你看到的,不仅仅是体恤和怜悯,更像是出嫁的闺女对老娘的殷殷孝心。

这样一堆丰厚的馈赠,若一股脑儿打包给她,也无可指摘。可"这一个、这一条、这一包……"如缕缕和风细雨,暖心而不着一痕。

老太太和王夫人她们的善良与真诚固然也是出于本心,可经平儿之手再这么一摆置,件件条条都满含了融融温情。

真正的善良,是成就自己善意的同时,也不忘成全别人的自尊。

有时候,不恰当的善良会成为对别人的一种伤害。

平儿嘱咐刘姥姥,下次来时,把瓜儿豆儿的带来一些。这是告诉刘姥姥,咱们这是礼尚往来。好比我们在帮别人时,也会对对方说,下回我也有求于您呢,这是让对方心里别有负担。

尽管刘姥姥依然一口一个菩萨、一口一声道谢,可等她再来贾府时,可以不用再点头哈腰,不用再以一个打秋风的人的心态而来,多了一份安然和坦荡。

同样是善心,平儿的这份设身处地与其他人却有不同,也是源于不那么悬殊的身份差异而自然生发的体谅。

但她的善良,又不是迎春式"滥好人"的善良。善良本是一种生命的底色,可当善良已经成为对他人和自己快乐幸福的桎梏时,善良也会成为恶的帮凶。

她当初说出贾琏和尤二姐之事,恰是没有滥用善良。虽然间接导致了尤二姐的身亡,可两害相权取其轻,如果一任情势发展而无动于衷,以凤姐的决烈和贾琏的善变,最终的结果恐怕会更具毁灭性,届时就不是尤二姐香消玉殒那么简单。而后来对尤二姐的同情又是发自内心对生命的体恤和敬畏。

平儿是真善良。

平儿之俏

平儿是平和的、温良的,可若据此认为她寡淡,还是低估了她。

作为一个已为人妇的女子,她并没有活成宝玉嘴里的"死鱼眼",她依然是一颗明媚的活珍珠。

能让贾琏这个浪荡子偷而不得,平儿的俏让人无可抗拒。她淡而不寡、明而不艳。她能把贾琏勾得火起,又一袭香风绝尘而去。她孟浪着自己的孟浪,却没有投怀送抱的轻佻。这样的女子让男人欲罢不能。

她无疑是美的，竟让初见的刘姥姥误以为是凤姐；让怜香惜玉的宝玉一有机会就要尽一份心，弥补一份遗憾。

平儿又是可爱的。在得知贾琏因贾雨村之故被父亲毒打后，从来温软的平儿破天荒地爆了粗口。她骂出的是"杂种"，表达的却是对贾琏浓浓的爱意。平儿的娇笑顾盼和嬉笑怒骂里，是媚而不俗的风情万种，如男人胸口朱砂痣。难怪漂亮风情的凤姐时时防范、处处留意。

试问，哪个男人一旦醉倒这别样的温柔里，还能全身而退？

这样的平儿，是男人心中的完美女子。

我们爱着黛玉，可她活在诗意里，活在仙界，为爱不惜以命相搏的谪仙人，我们做不到；我们敬宝钗，但她是随分从时、不喜不悲的山中高士。我们也许可以学她沉默，却学不来她的淡泊；我们喜欢凤姐，又不具备她的杀伐决断之功；我们欣赏湘云的热烈单纯，却有时也难免受不了她的没心没肺；我们钦佩李纨的本分厚道，可也不喜欢她一如槁木死灰。

······

最后发现，我们心里最喜欢的，是如萱草一样平实而明媚的平儿。

男人爱她，因她有母亲的胸怀、姐姐的宽和、妹妹的娇俏、妻子的温存、情人的风情、邻家大姐的阳光、菩萨的心肠······

女人想成为她，成就她的一世温婉善良、风姿绰约、安好静美。

黛玉宝钗湘云离我们很远，只有平儿在我们身边。

平儿的最终结局，我们已无缘得见。有人根据文本推断，她后来被扶了正。可我宁愿相信，这从来都不是她的追求。或者说，即便她真的被扶正，平儿还是那个平儿。永远淡淡的，如一株在春风里独自盛开的萱草。所谓正与不正，已经不那么重要了。重要的是，有这样一个平儿让我们在《红楼梦》"千红一窟、万艳同杯"的结局里体会了那么多的温暖和温情，让我们看到生命的另一种姿态。

当大厦倾覆之后，白茫茫大地一片，她定会继续淡淡地走在风尘边缘；明媚在自己内心世界的风口浪尖，边走边看，没有怨念，没有多余的情绪······无论是盛筵的再次铺排，还是又一回默默散场，她都是淡淡地走下去。

她在哪里，花香就在哪里，安好静美的岁月就在哪里······

2017年12月

卷四　百态人生梦里身

《红楼梦》与《金瓶梅》中的镜像意涵

　　《金瓶梅》与《红楼梦》都善于用"镜像"营造一种亦真亦幻的氛围，以幻笔替代直抒胸臆，因而形成独特的文学审美。

　　刘姥姥二进大观园时，因吃多了酒，在园子里迷了路，误撞进宝玉的怡红院，因找不到门而进退不得。刚从屏后觑得一门，只见她亲家母也从外面迎了进来。刘姥姥诧异，忙问道："你想是见我这几日没家去，亏你找我来。那一位姑娘带你进来的？"

　　她亲家只是笑，不还言。刘姥姥笑道："你好没见世面，见这园里的花好，你就没死活戴了一头。"她亲家也不答。便心下忽然想起："常听见大富贵人家有一种穿衣镜，这别是我在镜子里头呢罢。"说毕伸手一摸，再细一看，可不是！

　　见识浅陋的刘姥姥惑于一面西洋穿衣镜，不料这镜子不单照见自己，却还是个大机栝。这里，镜子是个重要的道具。具象的镜子背后，是作者有意要营造的一个幻象，几欲将不认真的读者骗了去，何尝不是作者的一个大机栝——

　　走进镜子的刘姥姥，带读者走进了贾府内里，照见了贾府的尊卑次序，人情世故，也照见了每个人的秉性，以及于繁华深处早已埋下的祸根。关于尊卑次序与人情世故，一幅《携蝗图》已尽知，而关于"茄鲞"的详细说明，便是于无声处观照贾家大厦将倾时，依旧烈火烹油的不自知，又因一套"荷叶汤"模具的久而不见，又重新出世，反照当初的盛景与今时之落寞。

　　镜子里映出的是幻象，又是真相，镜中的刘姥姥是热眼，又是冷眼，两厢反成一种滑稽效果，冷热之间，难说没有作者的自嘲。

　　然而，刘姥姥这面镜子，却不是自怡红院才得照出，初进大观园时，已隐现端倪。

　　却说那日，周瑞家的领刘姥姥来见凤姐，恰好前来借屏风的贾蓉正在凤姐屋里。贾蓉贾蔷贾芹一干人扮演了吸血虫的角色。若得公办银两，大多落入私人口袋，这在客观上加速了贾家的衰败。此等机密，却偏有个刘姥姥冷眼觑见这一幕,便是这面镜子的初照。

但颇为讽刺的是,镜中人冠冕堂皇,语笑嫣然,倒把个"镜子"唬得避之不及。这反照,是曲笔中的直笔。

作为镜子的刘姥姥去了,而营造出的镜像却留下了。如悬浮于贾府上空的一只眼,无时无刻不冷眼观照着目下一切。

转眼,镜子照到贾瑞这里。

贾瑞见凤姐而起淫心,王熙凤毒设相思局。贾瑞大病一场,卧床不起。忽然这日有个跛足道人来化斋,自称专治冤业之症,送给贾瑞一把"风月宝鉴",两面皆可照人,但嘱咐他千万不可照正面,只可照背面。镜子,正见佳人,反见骷髅;正面是妄象,反面是真相;正面观照内心,反面观照现实。然而面对"食色性"的本能,参透正反之间奥妙者,又有几人?

贾瑞终于在执迷于幻象中灰飞烟灭,锁链扛身还要带了镜子再走。镜子不单照出贾瑞不堪,更照出世人陷入欲望的不能自持。贾代儒不忿,要一把火烧毁了这妖镜,引来跛足道人一哭。这一哭,是跛足道人之哭,何不是作者曹雪芹之哭?

"风月宝鉴"的绝尘而去,预示着如当初宝玉在太虚幻境中一般,以色警幻的彻底幻灭。

由此,进入以情警幻模式。

道具依然有镜子。

那日,梦中的贾宝玉梦见梦中的甄宝玉。

只见榻上少年说道:"我听见老太太说,长安都中也有个宝玉,和我一样的性情,我只不信。我才作了一个梦,竟梦中到了都中一个花园子里头,遇见几个姐姐,都叫我臭小厮,不理我。好容易找到他房里头,偏他睡觉,空有皮囊,真性不知那去了。"宝玉听说,忙说道:"我因找宝玉来到这里。原来你就是宝玉?"榻上的忙下来拉住笑道:"原来你就是宝玉?这可不是梦里了。"宝玉道:"这如何是梦?真而又真了。"

所谓"假作真时真亦假",甄宝玉,实乃真宝玉,贾宝玉便为假宝玉。真假两厢对照,虚虚实实,甄宝玉实则假宝玉,贾宝玉便为真宝玉,便"无为有时有还无"。

只是走入镜子的贾宝玉尚不自知,两个宝玉的梦中之会,是真与幻的迎面相撞。醒来的宝玉,走出镜子,却没有走出情执之幻。

一语未了，只见人来说："老爷叫宝玉。"唬得二人皆慌了。一个宝玉就走，一个宝玉便叫："宝玉快回来，快回来！"袭人在旁听他梦中自唤，忙推醒他，笑问道："宝玉在那里？"宝玉向门外指说："才出去了……"

袭人笑道："那是你梦迷了。你揉眼细瞧，是镜子里照的你影儿。"宝玉向前瞧了一瞧，原是那嵌的大镜对面相照，自己也笑了。

一声"宝玉快回来"，是作者发聩的一声棒喝。然而宝玉终究未得回来。

《红楼梦》里反复出现的镜子，是现实里的太虚幻境。

难怪《红楼梦》曾名《风月宝鉴》，可见作者良苦用心。

同样苦心，也为《金瓶梅》的作者所用。

话说，潘金莲因嫉妒李瓶儿生下官哥而得宠，尽日不是打狗就是骂丫鬟，扰得瓶儿娘母子不得安宁。连潘姥姥也看不下去了，埋怨女儿几声。潘金莲大怒，骂自己母亲"老行货子"，甚而一把险些推翻在地。潘姥姥呜呜咽咽回屋，后含悲回家去了。

过后，潘金莲约了孟玉楼大门首散心闲谈，正说着，只见远远一个老头儿，斯琅琅摇着惊闺叶过来。潘金莲见了道："磨镜子的过来了。"教平安儿："你叫住他，与俺每磨磨镜子……"

平安使来安拿来潘金莲和孟玉楼连带庞春梅，大大小小共八面镜，交付与磨镜老头，教他磨。老头使了水银，那消顿饭之间，八面镜子都磨得耀眼争光。妇人拿在手内，对照花容，犹如一汪秋水相似。有诗为证：

莲萼菱花共照临，风吹影动碧沉沉。

一池秋水芙蓉现，好似嫦娥傍月阴。

磨完镜子，老头儿接过工钱，却立着不走。玉楼教平安问那老头儿："你怎的不去？敢嫌钱少？"

那老头儿不觉眼中扑簌簌流下泪来。

原来，这老汉今年六十一岁，前妻丢下个儿子，二十二岁尚未娶妻，专一浪游，不务正业。老汉挣钱养活他，他又不守本分，常与街上一帮混混要钱惹祸，被拴到守备府中，当土贼打了二十大棍，把继母气了一场病，打了寒，睡在炕上半个月。老汉说他两句，便离家出走了。老汉待要赌气不寻他，又惩大年纪，止生他一个儿子，往后无人送老……所以泪出痛肠。

老头一番声泪俱下的讲说,成功引起潘金莲和孟玉楼的注意。又问得知:老汉后妻五十五岁,无儿无女,病中想吃块腊肉儿,老汉在街上问了两三日,竟讨不出块腊肉儿来。

孟玉楼听罢,即刻表示自己抽屉里有腊肉,打发来安取来给老头。潘金莲也发了慈悲,吩咐来安:"把昨日你姥姥捎来的新小米儿量二升,就拿两根酱瓜儿出来,与他妈妈儿吃。"老头儿忙感谢不迭。

做了好事的潘金莲临了还不忘打趣老头一番,说是他老婆敢情是害月子,想吃"定心汤"。

这是整部《金瓶梅》里,关于潘金莲的不多的温情时刻。潘金莲的镜子,日常照出的,都是她的狰狞,她的尖酸泼醋,蛮横无理。不经意间,通过一场偶遇,观照出她人性里难测与幽微处。不得不佩服作者在塑造人物上的功力。这看似闲闲一笔,使向来为人唾弃的潘金莲形象丰满起来。这里,镜子又成一件绝佳的道具。

然而讽刺的是,这老头竟是个骗子……

于此不得不慨叹作者之辛辣,连一个释放善意的机会都不愿向潘金莲从容施与。话说回来,只有这样的骗子,于潘金莲才真是棋逢对手。

回顾《三国演义》《水浒传》的塑造人物,常常是英雄美到虚假,小人丑到恶心。小人固然十分可恨,然而那些大义凛然的英雄却也少见可爱。正义的利刃固然闪耀光辉,却也于杀伐间觉出几分寒意。《三国演义》《水浒传》等,虽然某种程度上摆脱了美丑善恶二元论,但就人性的发掘来说,依然难望《金瓶梅》项背。《金瓶梅》的塑造人物,坏人,亦有其可爱一面。比如潘金莲面对磨镜老人时,善心的回光返照,固然有跟对待潘姥姥前后对照的讽刺,也难说那一刻潘金莲所为不是出自怜悯之心。潘金莲之恶,固然罄竹难书,但也不因此抹杀她偶尔的一善,譬如透过厚黑云层的一点微曦。

又比如对另一恶人西门庆的刻画,吴月娘与应伯爵等人又成为其对面的镜子,照出西门庆也有天真憨朴与幼稚可爱的一面,这里不再详述。

《金瓶梅》在刻画人物上的成功,不单体现在对恶人的镜像观照,也体现在对所谓好人的刻画上。在描写几乎是唯一的清官曾孝序时,也不忘轻轻讽刺一笔。曾孝序秉公执法、疾恶如仇,却在整个案情还未明朗时,就把自己的判断结果搞得满城风雨;乃至西门庆得知消息,提前打点,导致功亏一篑。体现了曾孝序于清廉处而不堪之迂。其身处官场,缺乏对现实的应有体察,不讲策略,一味蛮干,自己也因此搭上性命。还有迪斯彬,为人耿介却刚而无谋。凭一阵黄风找到尸首,已属作者嘲讽,而因起风处靠近寺庙,便断定凶犯是庙里和尚,照见其彻底的昏聩。

不单坏人与坏人互为镜像,好人和坏人、好人与好人之间也互为镜像。

通过作者洞微发掘,说明社会堕落至此,非但坏人起到主导作用,所谓好人一样难辞其咎。

也因而,与《红楼梦》一样,《金瓶梅》中不止一次出现的镜子,也是托实而幻虚,又托虚而言实。

李瓶儿的丰厚财产里,包括两罐水银。

水银是干嘛的?一来是炼制壮阳的丹药,二来是磨镜子。

"银"通"淫",水银磨出的镜子,日日摆在案头,恰是西门庆及其妻妾粉头淫壑难填的最好观照。

《金瓶梅》写到西门庆最后死时情状,用了"水银泻地"一词,可谓恰如其分。

镜子照出的不单是淫,还有在不堪中螺旋不休的人性。第十二回中提到,一群狐朋狗友在为西门庆"梳拢"李贵姐的宴席上丑态百出,这帮人蝗虫一般吃喝一番,临去还溜走了丽春院不少东西。祝实念就从桂卿房里溜了一面水银镜子⋯⋯

溜走的镜子,绝非作者信手一笔,乃在于通过一面镜子照见这帮市井小人的不堪。

《金瓶梅》里最爱照镜子的是潘金莲,大小四面镜子都照乌了,唯照不见自己。

后来磨亮了,照见芙蓉,照见嫦娥。

依然照不见芙蓉根下之泥,与嫦娥身后的阴影。

《金瓶梅》正是通过镜子这一道具观照人世与人性深处的丑。《金瓶梅》的敢于展现丑,与一般读者的误解不同,与其说是为了进行与"审美"相对的"审丑",不如说是对丑的审视。审视丑的本质,是直面人的灵魂深处;每个灵魂深处,都有阳光无法照进的一隅。

因此说,《金瓶梅》本身也是一面镜子。

这面镜子,不单照见四百年前的风月,亦于四百年后,依然观照打量着人世。

2019年7月

闹学堂闹出的人情世故

《红楼梦》第九回闹学堂是一出好戏,曹公写得出彩,读者看得热闹。殊不知,这一闹,还闹出许多人情世故。故事梗概如下:

该学堂为贾家始祖所立,为便宜族中贫寒子弟教育。族人按照官爵俸禄大小厚薄出资,特共举年高有德之人掌管私塾,专为训课子弟。

而前不久,于梦中神游太虚幻境的贾宝玉,应其先祖所托,在警幻仙姑导引下授受男女之事以期使其警悟而承当振兴祖宗家业之重任,可惜痴儿非但未悟,反失于迷津,更兼秦可卿的兄弟秦钟来访,甫一晤面,钟灵毓秀的秦钟便激活了贾宝玉心中的小怪兽,一向不喜读书的人,竟上赶子背上心爱的小书包,一路和哥们儿手拉手,不顾喜鹊在枝头说早早早,唱着歌儿去学校。

然而上学终究不过是光鲜的由头,对贾府这帮子弟及外戚来说,各自私下把小算盘打得噼里啪啦响。比如薛蟠这个二百五,上学堂的目的,不过是"广交契弟";兼有金荣这样的寒门子弟,所为者不过七八十两银子的"嚼用";更不必说贾瑞贾蔷一类,则是借着学里敲诈揩油;而如贾兰这样为功名上进的,毕竟凤毛麟角。于是,鱼龙混杂之下,一场闹剧还未开场,已悄悄密谋。

事件缘起于秦钟宝玉与香怜玉爱的"设言托意、八目勾留"。这日,趁着老先生贾代儒告假,这秦钟就与香怜两个开始挤眉弄眼,对起了暗号。偏被金荣撞见,污蔑他俩在"贴烧饼"、摸屁股,还商议定了"撅草棍儿抽长短,谁长谁先干"。秦钟香怜二人闻听此言岂肯罢休,于是把金荣告到代课老师贾瑞跟前。至此,一场大战触发。

关于其间是非,前人解读既多,毋庸再言,这里只撷取其中主要人物对话及作为加以分析,试看其中反馈的人情世故。

先说金荣,他是薛蟠旧爱。自从薛大爷跟香怜玉爱俩人好上,便把他丢在一旁,因此心中早已不忿,要伺机报复。秦钟香怜被他撞破大概并非偶然,于是便有了那唬人的一声咳嗽。香怜自知心中有鬼,便问:你咳嗽什么? 金荣反问:难道只许你们说话,不许我咳嗽?……我可拿住了……先得让我抽个头儿……

这就像街头挑刺的,一个存了心要找碴儿,另一个心怀鬼胎,明知故问。相当于一个说:你瞅我干啥?另一答:我就瞅你咋地!

关键不在瞅不瞅,而是心里都有事儿,不过为接下来的戏开个序幕。

这一揭幕,导演就出场了。没错,来人正是贾瑞。

贾瑞原本是攀附着薛蟠,抽份子钱的。从金荣到香怜玉爱,旧爱新欢换了一茬儿,朝三暮四的薛蟠没了新鲜感即丢开手,这下,连带着贾瑞的好处费也就泡了汤,又不敢埋怨薛蟠喜新厌旧,只说香怜玉爱不在薛蟠跟前提携帮补。于是蓄意要助着金荣在香怜他们身上找补。

裁判不公正,怎么拉都是拉偏架。

先告状的香怜,反受了贾瑞抢白,却正如了金荣的意。这金荣便开始摇头咂嘴地聒噪,偏香怜的好友玉爱看不下去,出嘴相帮。金荣趁机说了许多不堪入耳的话。

所谓说着无心,听者有意。

不料,金荣一番话,却激怒了另一个人,这便是贾蔷。贾蔷的愤怒自然好理解,因他向来跟贾蓉亲厚,而秦钟恰是贾蓉小舅子。所谓牛角朝里拐。但贾蔷非同一点就着的毛头小孩儿,他心里有一本账。他自忖平日里跟金荣贾瑞他们臭味相投,又与薛蟠相好,但尽着这么闹下去又实在不堪,不知这帮人还会口不择言说出什么话来——

那些话,恰是他自己的隐痛,别忘了,自己当年是怎么从贾珍跟前分出来的。贾蔷深知众口铄金的厉害处。

但事已至此,如何才得两全?

贾蔷到底乖觉,他眉头一皱计上心来,假装去出恭,却悄悄如此如此这般这般,向贾宝玉的书童茗烟一番煽风点火。于是,这茗烟就赳赳昂昂地登场了,他一头进来指着金荣问:姓金的,你是个什么东西!

这里,贾蔷之贼,体现得淋漓尽致。

首先,他于乱局中很快审时度势,权衡双方力量对比,知道自己两边都得罪不起,但又要达到自己的目的,于是,找到一个代理人就是最佳选择。其次,所选之人必得是个一点就着的炮仗。而茗烟年轻气盛,本就是平白无故都要欺压人的主。再次,还得看这人的实力背景。茗烟是贾宝玉身边第一得力的小厮,闯了祸自然有贾宝玉担待,而贾宝玉向来集万千宠爱于一身,天塌下来还有老祖宗护着。点燃茗烟这根炮仗，正所谓看准主人再放狗。

瞬息万变之间，但见贾蔷其人机变权谋。

贾蔷果然没有看错，茗烟一把揪住金荣质问：我们肏不肏屁股，管你何干？横竖没肏你爹就是了……

看到这里，估计有秉性文雅的朋友就要皱眉：一向风清月朗的《红楼梦》，怎会涉及如此粗滥不堪的文字，简直有损我曹公形象。

其实我们想想，作为文学创作，怎样的人便有怎样的语言及行为方式，若非如此，便不为其人者也。

正如若没有未见其人先闻其声便不是王熙凤，若没有满口阿弥陀佛便不成刘姥姥一样，人物语言自然要符合角色设定。此时此刻，茗烟自然不会如李贵那样满嘴"呦呦鹿鸣，荷叶浮萍"。唯"草泥马"与漫天荷尔蒙横飞才是他。

但这都不是重点，重点在曹公赋予贾蔷的一句神来之笔——

"贾蔷遂跺一跺靴子，故意整整衣服，看看日影儿说：'是时候了'。"……

读至此，使人忍俊不禁，恨不能穿越回去，拍一把贾蔷的肩头，向这个无冕的影帝以示膜拜。

眼看揪领子的揪领子，骂娘的骂娘，一场好戏经他点拨开场，他竟于夕阳下来了个画面感十足的秀儿。

让我们把曹公这几句，再于心中玩味玩味，脑补脑补，想想他跺一跺靴子，又整一整衣服，小人得志又一本正经的样子，简直跃然纸上，关键最后还来了一句："是时候了"……

至此，一场好戏正热闹；而戏之始作俑者，却翩若惊鸿，一个华丽丽的转身，开溜了。哎呀，不得不佩服曹公不动声色的幽默功夫。

接着，横空出世的是一方砚台，跟这方砚台一起横空出世的，是名不见经传的贾菌。贾菌何许人也，原来是荣府近派重孙，他跟贾兰要好，俩人同桌。非但同桌，这贾菌原来跟贾兰一样，也出身于孤儿寡母。这便不是偶然，同样身世的缘故，俩人同桌定有惺惺相惜的成分在里头。多像现实里两个身世相似的孩子，总有多于常人的共同话题，因这幽微的情愫而明里暗里彼此相助。

眼看同桌相好发飙，这时贾兰的行为就颇值得琢磨。他劝说贾菌："好兄弟，不与咱们相干"……

其实想来也不奇怪。

贾兰作为李纨独苗，观其母便知其子。李纨向来一副事不关己高高挂起的态度,言传身教下,贾兰自然不会是惹是生非的主儿;他的做派,也是大户人家的涵养。相反,贾菌出身寒微,于是一句"好囚攮的,这不都动了手了么!"脱口而出也就自然而然,观其教养便知日常。然而也正由于耳濡目染于市井,便多了一份豪侠义气。可以参照倪二这个醉金刚。

按理说,眼看自己亲叔叔贾宝玉和他的朋友秦钟受欺负,最该站出来的是贾兰,但他偏偏采取息事宁人的态度。一来是教养之故,二来,怕也是天性使然。想想,他爷爷贾政后来对他作"牛心左性"的评语也就理所应当。

这里顺便提一句曹公的文字功夫。他描述贾菌与人殴斗,用了"双手抱起"和"抡"这样的字眼,把一个年少力弱又仗义使性的顽皮孩子刻画得入木三分。

彼时,金荣见对方来了帮手,情急之下就抡起毛竹大板一顿飞舞。眼看地狭人多,就要吃亏,茗烟一声"你们还不来动手!"闻听此言,贾宝玉其他三个小厮锄药、扫红、墨雨一哄而上,扛门闩的扛门闩,拎马鞭的拎马鞭,把对方团团围定,一场殴斗瞬间直达高潮。

茗烟、锄药、扫红、墨雨,名字个个文绉绉,抡起马鞭扛起门闩却个个毫不含糊,把豪奴面目昭然若揭,也于字里行间埋伏只可意会的反讽。

情况照此发展下去,将不可收拾。这时,贾宝玉的跟班儿李贵出现了,李贵是其中唯一老成持重者,且看他的处事艺术。

他先呵住众人,以控制局面,进而喝骂茗烟四个,并撵了出去。这是李贵的高明处。正如明事理的家长,面对孩子们打架,首先要训斥自家孩儿,以免火上浇油。接着,面对贾宝玉的委屈陈述,并扬言要回老太爷的威胁,李贵劝道:为这点子事惊动老太爷,倒显得咱们小气。其实李贵本意更主要是怕因此惊动贾政;若贾政知道事情原委,宝玉自然免不了一顿打,而作为跟班儿的李贵自然难辞其咎。然后,李贵将代课老师贾瑞一通教训,张口闭口称贾瑞"你老人家",这是对彼此身份的清醒认知,但说出来的话却是针针见血又绵里藏针。这是擒贼先擒王。李贵深知一切缘由皆在贾瑞这个头儿,素知贾瑞的不正经与没行止,先压服他,火就浇灭了一半。

可偏偏秦钟这个少不更事的不依不饶,又向宝玉发牢骚,惹得宝玉立时就要问明金荣底细。李贵劝道:也不用问了,若说起哪一房的亲戚,不免伤了和气。

宝玉在茗烟等人怂恿下穷追猛打,李贵及时对茗烟施以警告,又对宝玉动之以情,晓之以理。终于把双方的火气压下去了。

可见李贵的策略与处事手段,高明里含着温厚。结果是,贾瑞也怕事情闹大，连哄带压，要金荣向贾宝玉和秦钟磕头道歉，金荣无奈作揖又磕头。贾宝玉秦钟他们得了面子，一场闹剧表面上似乎已偃旗息鼓。

这场顽童闹剧，被曹公描绘得毕现毕肖，其文学技艺自不必说，单说其中反馈的人情世故，便是人情百态的浓缩。一个小小学堂，不啻一个小型社会，各色人等，其品性与社会地位在特殊情境下完全得以展露。最终看似以平静收场，而余韵却要在后来显现，甚而成为以后诸多事件发生的根苗。

从表面看，导演是贾瑞，但其实贾蔷才是幕后黑手。而要论根源，薛蟠才是制片人，虽然他人根本不在场。

金荣最后的低头认输，自然是顽劣得以惩戒，然而细思，想来似金荣这样出身的孩子，最终不得不向权贵低头，竟使人并没有恩怨相报的快意，只觉得人间的苍凉。再联系后来金荣母亲的话，送儿子过去，名为上学，实则为那七八十两的"嚼用"。而金荣的母亲却毫不追究这银子的来龙去脉，以为是薛蟠这种浪荡公子的慈悲心肠。

然而，就在她心里菩萨佛爷地念叨时，莫非真的不知其中根由？只怕是母子二人彼此演出一场心知肚明的双簧也未可知。

而后来璜大奶奶听闻侄子受屈后，从一开始的要兴师问罪，到面对尤氏贾珍的低眉顺目，可见于贾府夹缝里讨饭吃的一干人等，其谋生之艰辛。虽不乏可恨，却也有其可怜之处。

而这场闹学堂的意味显然不尽于此。

在璜大奶奶要向贾蓉的媳妇儿秦可卿讨个说法时，从尤氏那里得知，秦可卿这病，恰是从这场闹学堂里触发。秦可卿从弟弟秦钟那里听来的所谓"不干不净"的风言风语到底有何不干净处，竟让这个贾府重孙辈媳妇里的翘楚从此一病不起，就成了人人皆知又讳莫如深的秘密了。

这秘密连曹公本人也欲盖弥彰、欲说还休，要读者自己去体悟。

而另一个事实却已然明朗。

当一个靠武功起家，又渴望以文治传世的豪门阔族，教育问题已经到如此不堪地步，那么病根到底出自秦可卿，抑或"造衅开端实在宁"已经没有进一步深究的必要了。

2019年11月

《红楼梦》里折射出的金钱观

一

中国古人对待金钱财富的态度很奇怪。一面是尊崇,笃信"有钱能使鬼推磨"的信条;另一面又蔑视,说"金钱如粪土、仁义值千金"。这种矛盾态度持续了几千年。

古人对金钱的态度不但事关面子,更关乎人格高下。比如《红楼梦》里的贾雨村,明明穷到寄人篱下,连赶考的盘缠都发愁,但面对甄士隐的慷慨封银以赠还要装出一副满不在乎的样子,恐怕太客套了有辱读书人的尊严。

其实也怪不得贾雨村。古代中国人遵循的是"万般皆下品,唯有读书高"的儒家训示。读书人怎么可以看重金钱呢?那是下等人的品格与追求。

贾宝玉也把追求功名的人讽为"禄蠹",把劝自己求取功名的薛宝钗的话当作"混账话"。

在这种观念下,金钱有了一个颇为不雅的外号——"阿堵物"。

典出《世说新语·规箴第十》:南北朝名士王夷甫(即王衍)"雅尚玄远",为人清高,从不提"钱"字。他的妻子想试试他,就趁他睡熟时让婢女用钱把床围起来。王夷甫醒来后气得连叫婢女"举却阿堵物"。

"阿堵物"简单来说就是"那东西",用现在的话说就是:把那玩意儿拿开!清高如许,到连钱字都不愿出口的地步,可见钱财在他眼里是如何不堪。

而有人炫富时则以糟蹋钱为荣。

这里又有一个大家熟悉的典故,是西晋的王恺和石崇斗富的故事。这俩人为了比赛谁更富有,一个用糖水洗锅,一个就用石蜡当柴烧;一个用红石脂抹墙,一个就用香料和泥;一个用丝绸做了四十里的步障,一个就做它五十里回击……

这意思,谁糟蹋的钱多就说明谁更富裕。他们无疑是爱钱的,否则不会巧取豪夺积累下富可敌国的财富。然而,爱的最终结果却是用来糟蹋。

就整个封建社会的等级观念来说,一向有"士农工商"的说法。商人的社会地位是最低下的。

你看看《红楼梦》里豪门的排位——

"贾史王薛"。

虽贵为皇商,银子像丰年的大雪一样纷飞,珍珠如土金如铁,但薛家在四大家族的排位却是最低的。

这里有个细节——

贾政一句话就"轻轻"为贾雨村谋了一个官职,而薛家为了抹平官司就得送上沉甸甸的银两。在古代,政治地位的重要性不言而喻。富人再有钱也希望捐个一官半职。在一个讲究门第的社会里,只有门槛儿而没有地位也是没有面子的事情。贾蓉的媳妇儿秦可卿要出殡,贾珍为了贾府面子上的光彩,就花了大把银子为其子捐了一个虚职。再说,财富需要政治地位作为保护伞才够安全。

古典文学作品里,财主富人往往是不仁不义的典型,作者往往不惜笔墨把他们悭吝贪财的丑态表现到淋漓尽致,也把豪杰们的仗义疏财表达到栩栩如生。仿佛钱财就是拿来糟蹋才是正理,捂着钱袋子的要么不是好人,要么起码看起来不像好人。

《水浒传》里把一个善于经营、一表人才的商人西门庆写成泼皮无赖,而一个个杀人越货的土匪都是视金钱如粪土的英雄。为了表现他们的重义轻财,把银子像石头一样地撒。鲁达救金翠莲时,打虎将李忠就因为抖抖索索只勉强掏出二两银子而被鄙视。

这也难怪,财主们的钱是辛辛苦苦赚来的,牙缝里剔出来的,而土匪们的钱是偷来的、抢来的。不知其来之不易,当然不会珍惜。漫说豪杰强人,就算仙人品格的李白,如果不是朋友的慷慨资助和皇帝的赏赐,他何来把五花马和千金裘拿来兑酒的豪迈和"千金散尽还复来"的底气? 陶渊明固然可以不为五斗米折腰,却不敢说这样的大话。他种过菊,接过地气。

红楼里的黛玉,打赏跑腿的小丫鬟佳蕙的动作是,随便抓了两把就给。至于那两把有多少钱,相信她是没有概念的。而小丫鬟得了这钱却第一时间找到可靠的人替她保管着。用宝玉的话说,管他将来如何,横竖只要不缺咱们吃喝玩儿乐的就成。而同为豪门小姐的宝钗却时常做女红到后半夜,在探春改革大观园而做相关收益分配时,还能够想着普通下人的最低生活保障问题。

同为尊贵出身的宝钗黛,做法为何如此不同?

因为黛玉出身书香侯门，从小过的是衣食无忧的生活。从未见过人间疾苦的她才会在诗句里期盼着一场根本停不下来的大雪以安放她纷扬的诗意，完全无法体会农人心中焦苦。而膏粱子弟的宝玉更是身在象牙塔，只要今天还能吃到姐姐妹妹们嘴上的胭脂膏子，才不会懂得刘姥姥对于一道叫作茄鲞的菜需要十只鸡来配的感叹。

但宝钗对于薛家的钱是怎么来的是清楚的，她从小见识父亲如何买卖，知道生意场上的精打细算，也见识过人间除了鲜花着锦还有粗布麻衣。她也深知世事无常，天下没有不散的筵席。倘若某天大厦倾覆，针黹女红起码可以让基本的生活确保无虞。也因此她能够体察到下人们的不易，照顾到他们的关切。这是商人骨子里未雨绸缪的大局意识和危机意识。

一部红楼，人们往往看到了大观园里才子佳人们的诗情画意，却忽略了大观园外还有另一种人间真相——还有一些人为了生活在挣扎打拼着。

当贾珍为了儿媳的丧事要倾其所有时；当贾琏连油锅的钱都恨不得捞出来花掉；当贾赦用大把银子四处搜罗女人时，还有贾芸贾芹们为了一个差事巴巴儿地拆借着，打点着，奉承着。

当薛蟠整日花天酒地时，薛家的仆人张德辉却谋着自己的营生，做着他的小买卖。更有刘姥姥这样的贫苦人盼着一场春雨好下种，免得把尊严揣在裤腰里四处打秋风。

在那样一个奇特的社会，创造着财富的人或者小心翼翼或者两手空空，而掠夺并占有财富的人却贪得无厌、人心不足。还要口口声声来一句"阿堵物"。他们外表鄙弃着财富，却在内心钻营着如何获得更多财富。他们以掠夺和占有财富为荣，却把财富的制造者列为下等人。在这样的社会，不产生口是心非的人才是奇怪。

在这种奇怪的逻辑下，历史也会呈现出一个奇怪的面目来。

人人都称颂康熙大帝的文治武功，却不知道他连年的征讨早已掏空了大清的国库。自己得了盖世的荣誉走了，却把一个表面繁荣，内里千疮百孔的局面留给雍正。而雍正呕心沥血多少年把自己累死才渐渐把虚胖的大清国补壮实了，给后来的乾隆打了个好家底，自己却背着千古的骂名，功绩鲜有人提。

历史记住的，是两端的"康乾盛世"，居于中间的雍正，只有冷酷无情。

会赚钱、懂财政的皇帝不如会打仗会花钱的皇帝。

于百姓而言，祖上出了当大官的是件光耀门楣的事，可出过大富豪似乎就不怎么拿得出手。有时甚至还会因此被揪住小辫子,割掉小尾巴,成为世代抹不去的污点。

于是,在这样的文化背景下,从官方到民间都不重视经商,贬低商人的社会地位,导致了后来的闭关锁国与全面落后。当西方资本主义开始萌芽,商业资本成为推动历史发展的巨大推动力时,我们的民族资本在高压下苟延残喘,海外贸易成了不可触碰的高压线。当世界潮流浩浩荡荡之时,我们历史的车轮似乎戛然而止了。

于是,红楼的大厦将倾已不可避免,而封建大厦的倾覆悄然酝酿已是必然。

二

不管嘴上怎么说,人人心里还是认为钱是好东西。酒桌上可以抢着胳膊说,兄弟感情最珍贵,私下还是金钱最管用。

只是,历史从一个极端走向了另一个极端。

今天,仿佛三句话离开钱就不正经。朋友圈儿里发的是,某某比你有钱的人都在南方的艳阳里大雪纷飞、努力赚钱,而你却在北国的寒夜里四季如春、展望诗与远方。

以前是开口不谈《红楼梦》,阅尽诗书也枉然,现在是开口不谈咋圈钱,猪不爱来狗也嫌。

一夜之间似乎成了一个全民从商的时代。离了钱,人们很难找到共同话题。以前是"有钱能使鬼推磨",现在成了"有钱能使磨推鬼"。

一个奇怪的财富逻辑诞生并滋长了几千年,而从一个奇怪走向另一个奇怪,只用了几十年。三十几年前,一个叫迟志强的人唱着——

钞票,你这杀人不见血的刀……

三十年后,一个叫冷漠的人唱道,因为没钱,自己的女人成了别人的小三儿……

为何会如此颠覆?

我的看法有两点——

(一)穷怕了

你看看红楼里的贾雨村,空有一肚子文墨,一腔抱负,没钱就没法施展。但凡能过得去,他一个饱读诗书的知识分子怎么可能寄身在一座破庙里,乃至于让一个门子攥住过往的不堪;对喜欢的女子只能窥觑意淫;渴望得到帮助又有口难言;被人施以恩惠后还得装出一副满不在乎的清高。

这样的贾雨村,一旦得势,必然变本加厉把手中掌握的政治资源用来变现。他实在是穷怕了。

不得不说,贫穷对人是一种几乎不可治愈的伤害。而一朝得势,人们首先想到的治愈的办法就是把丢了的面子用金钱重新捞起来,把矮下去的尊严垫高,高到让人仰视。

可这样就真的能够治愈吗?也许金钱能堵住身上流血的伤口,却永远抹不去刻在心上的那道伤疤。疤是胸口永远的痛,镇痛的办法只有用更多的金钱来麻木。只是,结果往往是欲盖弥彰。

于是,贾雨村在为官不久后便大肆敛财,因此丢官复任以后还是依然如故。实在是因为贫穷的伤害不在肉身而在骨子里,但却并不是所有人都有刮骨疗伤的勇气。

《人民的名义》里的赵德汉是穷怕了才贪婪。因为穷,人会缺钙,而缺了钙,膝盖就容易软,一个软的膝盖又如何挺拔在这声色犬马的人间?

历经近代百年贫困屈辱的国人真的穷怕了。一如余华的《活着》所述,无论自然和人为灾害,面对饥饿与生死存亡的考验,面子和骨头能值几个钱?人活着才有希望。

经过几十年的发展,我们已经摆脱了饥饿的困扰。可又有了新的烦恼。以前是大家一起穷,现在是富的富,穷的穷,难免让人焦苦。穷在身体上能消灭肉体,而穷在心灵上却可以消灭精神。

(二)在一个规则不明或者规则可以被任意践踏的社会,有时候什么都不管用,唯有钱管用

在一个具有契约精神的文化背景下,在一个规则被良好执行的社会,人们获取财富的机会是均等的。公平正义是可以最大限度得以伸张的。人们可以在同样的规则约束下发挥自己的能力与聪明才智,创造自己想要的财富与生活。人们对于金钱和财富的看法当然会更加趋于理性。

而当社会规则成了约束一部分人手脚的镣铐,却成为另一部分人掌握的优势资源时,社会价值观必然被打乱,金钱的价值必然得到异常的凸显。

还是来看红楼。薛蟠打死人,抢走英莲,按规则当然是死罪。可结果呢?犯了案的薛蟠竟如无事一般大摇大摆地回家了。他的底气当然不是源于他打人的手段,而是他家有钱,有钱就可以摆平一切。不就是一条人命嘛,几百两银子而

已。如果薛家没钱，借他薛蟠几个胆子他也不敢。你看，一遇到天不怕地不怕的柳湘莲，一顿拳脚下来他就怂了，叫爷爷都来不及。

有人因此指责冯渊的家人见钱眼开，可你想过没有，就算有一万个不甘又能如何？硬拼下去无非搭上更多人命而已。对薛蟠来说，再掏区区千把两银子，挖几个埋人的坑不是苍蝇蚊子的事情吗？

冯渊这样的还是普通老百姓。凤姐面对当朝官员，还不是动了一根手指头就压死了张金哥一对苦命鸳鸯，转瞬三千银子到手。这翻云覆雨的手段，你怎么抗争？

什么是规则？钱就是规则。

写出来的是给鱼肉们遵照的明规则，是不可逾越的红线。背后藏着的是刀姐们制定的潜规则。是鱼线——

放长线钓大鱼的那种线。

这样的例子不胜枚举。

这样的规则本身就是由一部分人用来突破的。

关键时刻，你会发现你奉为神明的规则根本就是无用的，要命之时，求天告地都不如兜里装着沉甸甸的银子管用。于是，庙里财神的香火永远比菩萨的香火旺。口里念着阿弥陀佛，香案供奉的却是关二爷。

还好，总还有明白人。

红楼里的秦可卿算一个，她早看透了贾家金玉其外下的败絮其中。她托梦给凤姐，可凤姐把这肺腑之言当成了耳旁风。

可你不能怪罪凤姐。因为可卿上天当神仙去了，她要遵守的是仙界的规则，而凤姐依然需要在人间的规则下摸爬滚打。要想活得体面、有质量，就要规则有利于她，那么她只能做规则的参与制定者或者用金钱堆积出另一套潜规则。只有这样，她才能驾驭或者利用规则，而不至于被潜规则。

母蝗虫刘姥姥也算个明白人。

她经过王夫人的点化，果然在乡下置办地产，经营自己的小日子，把一个农家乐也搞得有声有色，后来还搞成了扶危济困的春秋大义。真不知彼时身陷囹圄的贾府纨绔子弟们作何感想。

宝钗和探春也是明白人。

只可惜，错原不在命运不济，只错在身为女儿。

惜春倒也早早就悟了。

只可惜，她的船，渡过的也不过是她自己一人。

钱可真是个好东西。

红楼里的四大家族有权有钱时，糊窗户都用的是"上用"的软烟罗，可一旦倒了霉，没了钱，锁住他们的却不是碧纱橱，而是铁镣铐。

红楼的女儿们有钱时可以在大观园里莺歌燕舞，没了钱只能陪着另一些有钱人在荡悠悠的画舫里飞短流长。

而现实里，多少如花女子宁可坐在宝马里哭，也不愿在共享单车上笑。曾经的"士农工商"俨然"商士工农"。讨论金钱再也不是一件可耻的事情了，而不谈金钱的人才活该寂寞。

只是，又有多少人能有秦可卿和刘姥姥的慧眼，能把这红尘一眼望穿？

也许，偶尔还会有人在酒桌上抡起胳膊说：

谈什么钱呢!? 谈钱就俗了！

可转身心里却说：

没钱？没钱你装什么孙子?!

这样的情景剧一定还会继续演下去，

至于要演到什么时候？

谁知道呢⋯⋯

2017年9月

舅舅的温度

    小时候,常听我妈说:"舅舅亲,打断骨头连着筋。"小时候我不明白这话啥意思,为啥舅舅那么亲还要打断舅舅的骨头呢,又不好意思问。只知道提起舅舅,心里满是温暖。

    小时候,最喜欢去舅舅家。舅舅家有甜甜的蜂蜜,高高的杏树,一群表弟表妹,当然,还有舅舅的疼爱,尤其是大舅。

    大舅见我第一眼,必要说一句:"狗娃眼睛又来啦!"(大概是我小时候眼睛小的缘故吧,在大舅眼里就像一只眯缝着眼的狗娃,惹人怜爱)说着就来拧我的耳朵,我一躲却躲进大舅的怀里。大舅顺势把我抱坐在他膝盖上,千般抚爱,万般摩挲。这大概就是舅舅的温度,一种安全的温暖。

    等以后看了《红楼梦》,才知道舅舅还有一种温度叫作透心凉。

    作者曹雪芹是个态度鲜明的舅舅黑。他把"无心灯""善骗人""沾光"等给了一些不堪的人,却把最不堪的词汇"不是人"留给了舅舅。可见曹雪芹大概没有遇到好舅舅。

    没有遇到好舅舅的何止他一人。

    那日,不甘贫困的贾芸去找舅舅,这个青年怀揣着改变命运的梦想。可梦想与现实间隔了一条势利街(十里街)。舅舅把一条拒绝的理由说出了几层的意思。

    一来呢,三天前立了新规,任何人不许赊账;二来呢,就算拿着钱,我们这样"不三不四"的铺子里也不一定有货;三来么,你若像那府里的贾芹一样也捞个差事也还罢了,偏你又不争气。

    舅舅的理论水平达到了"不管你信不信,反正我信了"的高度。贾芸明白了,他和舅舅间横亘着的不是麝香和冰片,而是一座叫作"世态炎凉"的山峰。贾芸也不是只会说"双方进行了坦率而友好的交流"的发言人。他说:

    "舅舅说的倒干净。我父亲没的时节,我年纪又小,不知事。后来听见我母亲说,都还亏舅舅们在我们家作主意,料理的丧事。难道舅舅就不知道的,还是有一亩田两间房子,如今在我手里花了不成?巧媳妇做不出没米的粥来,叫我怎么样呢?"

这段文字大有文章。其一,父亲去世时,贾芸尚年幼,后事是舅舅们出主意料理的。其二,如今只剩下一亩地两间房,那么其余的财产呢?

这里边究竟出了什么主意,料了什么理,大概只有舅舅们清楚,反正不会是日本料理。最后,要去邻居家借面的舅舅和舅妈把面子里子都借出去了,却把一个有志气的青年贾芸还给了读者。这样的舅舅还真没别的词给予定论。于是作者给了他一个响当当的名号——"不是人"。

还有一个响当当的舅舅王子腾。他是元春、宝玉、宝钗、薛蟠等人的舅舅。这个书里没有正面描写的舅舅一路从京营节度使开挂一般,旋升至九省都检点。薛蟠似乎挺怕这个舅舅,容易让人以为这是个刚正不阿的舅舅。可实际上,从凤姐手里的命案以及和贾雨村之间的千丝万缕说明,这个九省都检点的舅舅何曾检点半分?

不检点的舅舅何止一个。邢大舅就是个中翘楚。这个整日赌钱耍女人的舅舅,人生最大的理想和追求是惦记着邢夫人娘家的一点财产和她的嫁妆。邢夫人本就是个尴尬的存在,再摊上这样的娘家人,除了将尴尬进行到底又能如何?

这还不算最尴尬的舅舅,最尴尬的舅舅是赵国基,这个单看名字应当是国之根基的舅舅,死了以后,连一个贾府里的下人、袭人的母亲的身份都不如,只值银子二十两,比鸿毛略重一些。他空有舅舅的身子却没有舅舅的命。乃至探春只知有九省都检点的舅舅而不知有国之根基的舅舅。这就尴尬了。

尴尬的舅舅尚情有可原,可贩卖外甥女儿的舅舅就不仁不义了。叫他"忘仁"也算是作者笔下留情。可这舅舅何止是忘仁,简直是"忘人"。他忘了自己还是个人,或者说他连什么叫作人都忘了。

有忘了自己是人的舅舅,就有忘了自己是舅舅的舅舅,这人是贾赦。贾赦似乎除了女色和银子,别的一概不大记得。只有一回,就是黛玉刚进贾府时,他还记得自己是个舅舅,还能说一句让外甥女儿在这边别见外的话。此后,这个外甥女儿就从他眼皮子底下消失了。

也难怪,把女儿都能换成银子花的人,怎么可能惦记着自己还是个舅舅呢。

当然,那个年代,男女大防,两个舅舅分别托词不见也是情有可原。再说,黛玉当初见了这两个无趣的舅舅该怎么答问呢?不如一笔划过去的好。

可这一笔终究还是留下了痕迹。

宝黛共读西厢时,宝玉脱口而出"我就是个'多愁多病身',你就是那'倾国倾城貌'",气得黛玉指宝玉道:"你这该死的胡说!好好的把这淫词艳曲弄了来,还学了这些混话来欺负我。我告诉舅舅舅母去。"

又一回,黛玉因前夜疲惫怠正午睡歇着,宝玉恐她饭后贪眠睡出毛病来,歪缠着说话不肯让她睡。黛玉见他腮边有血渍,宝玉忙解释是替人淘漉胭脂膏子,蹭上的一星点,黛玉只叹道:你做这些事也就罢了,就算舅舅看不见,被旁人看见了去舅舅耳朵里学舌,又要生气了。

好在黛玉眼里心里还有贾政这个舅舅。娘舅娘舅,没了娘,还有舅。

贾政为人端方迂腐,可毕竟对黛玉这个外甥女儿还算留心。从凹晶馆黛玉和湘云联诗一节可知,贾政对黛玉的才华还是很欣赏的。

黛玉父亲不在了,贾政某种程度上算是黛玉精神上的父亲。否则,就不会威胁宝玉告舅舅去。尽管是一时的小儿女之态,可对黛玉来说何尝不是精神上的寄托与安慰。

红楼里的舅舅大多猥琐不堪,好在还有贾政这么个隔着不远不近距离的舅舅,维持舅舅这个称谓应有的温度。

虽然没有正面描写贾政对黛玉的疼爱,可侧面还是能感受到贾政从严肃里透出的一点点温情。在宝玉眼里,父亲的形象如焦雷贯耳,可对黛玉这个没爸的孩子,有这么个舅舅,怎么说也是聊胜于无。

其实,说舅舅聊胜于无,终究是不对的。

舅舅,绝非一个称谓与一种身份那么简单。在人类母系社会时期,子女只知乃母,不知乃父。舅舅往往要尽抚养姐妹孩子的义务,充当父亲的角色。

进入父系社会以后,舅舅的角色依然非常重要。母亲作为女人是不好抛头露面参与社会活动的,这时舅舅便充当了母亲一方的家族势力代表。

在我小时候,舅舅家人是很有权威的。舅舅家人做客,坐的是上座;吃饭,吃的是上席。一旦得罪了舅舅家人,以后许多红白喜事都不好办。因此,同样的亲戚关系里,舅舅又有着特殊的意味。

只是,随着独生子女时代的到来,许多称谓变成了书面语,日常生活再难用到。以后的孩子们恐怕再难对七大姑八大姨一类的称呼有着切身感受。我在想,孩子会不会突然有天问我,什么是舅舅……

我该如何回答?

2017年11月

那一场风流婉转的酥倒

赵姨娘在马道婆襄助下,以巫蛊术治倒了凤姐和宝玉,彼时二人正杀鸡抹脖闹腾呢,偏薛蟠又更比众人忙乱。薛蟠忙乱倒不为病中这二位,而是恐薛姨妈被人挤倒,又恐薛宝钗被人瞧见,又恐香菱被人臊皮,忽瞥见林黛玉风流婉转,早已酥倒在那里……

每读至此,不禁莞尔。印象中薛蟠,或弄性尚气、呆头呆脑,或俗不可耐、搞笑耍宝,一概形容言语,总似蠢物。但当读到那一刻,他风流婉转的酥倒,似要人把他之前所有不堪一笔勾销。虽酥倒历历在目,然终是为母亲妹妹小妾她们而担忧。这般文字,非但侧描出林黛玉之美,更把一个呆霸王薛蟠活脱纸上。作者之笔,竟是架有千万个心眼子的摄影机;随着薛蟠缓缓酥倒,读者脑补出慢镜头,宁不禁要拊掌呼一声阿呆兄了。如此薛蟠,恨不是,恼亦不是,打不是,骂又不是,能奈何?大概只好莞尔一笑。

且慢笑。似这般风流婉转的一倒,还得从之前一场冤孽说起。

薛蟠人称"金陵一霸",外号"呆霸王",乃紫薇舍人薛公之后,仗祖父之威挂名在户部吃空饷,家世煊赫,又是一根独苗,赖寡母纵容,家人庇护,只知挥金如土,不学无术,终日游山玩水,斗鸡走狗。

只看他这般行止,直觉一段故事已蠢蠢欲动、埋伏在路上了。果然,说到就到。上京途中,薛蟠纵豪奴打死冯渊,抢香菱在手,事后竟没事人一样大摇大摆去了。初读时琢磨再三不能释怀,薛家纵豪横,但总不至对一条人命如此漠视吧?后渐思而体会作者用意,概如薛蟠这般娇生惯养的世家公子,打小习惯了衣来伸手饭来张口,便将一切欲求视为理所应当,纵家奴打死冯渊,不过是惯性思维使然,非见全是跋扈。

这样的薛蟠,甫出场就夺人耳目,似乎后来就有无限可能值得期待。等后来顽童闹学堂一出,一场闹剧惹出多少风流冤孽与人情世故,而真正的始作俑者一直隐在幕后。这场看似顽童间的争风与殴斗,引出秦可卿的病症,暗寓了宁荣二府邸儿里纳着的许多不为人道处。薛蟠发挥了"药引子"之奇效。使人感佩作者罗织情节之高妙，又为其人物刻画之功大为叹服。终于，呆霸王薛蟠，要破纸而出了。

说着就到薛蟠生日宴上，宝玉属于特邀嘉宾，薛蟠亲自担当解说——

只见案上摆着的，是这么大个儿西瓜，这么粗个藕，这么长的莴笋嘎嘣脆，还有这样一只贡品小香猪。还没吃呢，一番"大、粗、长"就已令人绝倒。寥寥几笔，把薛蟠这个心思单纯又胸无点墨的公子哥儿推向人前而毫无违和。这样的薛蟠尽管粗俗，却也讨厌不起来。非但不讨厌，细品竟还有点喜欢。

也难怪，促成这一场邀请的理由是：除了我，也就你配得享用。以己之俗推他人之雅，唯有薛蟠这类人做得出。但也恰因其懵懂无知而庇护出混沌的自信与浑然的天真，如此，固蠢则蠢矣，倒不失憨朴可爱处，庶几有其不被现实打扰之愿。因其混沌，才得自融自洽；恰是天真，给读者无限欢乐。及至后来被现实磋磨的薛蟠，虽狼狈不堪，竟也为其生出些许不忍。

曹公着笔，向来余韵不绝，大概他自己也还未过瘾，借着冯紫英还席的当口，又给薛蟠安排一出好戏；且这次又有几个戏份不多却重要的人物出场，一发激起薛蟠的表演欲。大概存心要在蒋玉菡跟前露一手，却偏把唐寅错说庚黄。既然无缘风雅，便只好摆弄风骚，于是，薛蟠揎掇着妓女云儿唱起了黄曲儿，进而激情创作了千古奇葩的"哼哼韵"和绣房钻出大马猴。

虽则有冯紫英"鸡声茅店月"和宝玉《红豆曲》的雅致衬着，使薛蟠这样的表演拙劣可笑，但又一想，若没薛蟠这一出，这场酒恐怕也就斯文有余而兴味不足。不禁使人想起日常朋友聚会，即便满座文辞雅谑，但若其间没几个段子作为调剂，也就少些颜色。

现实中有这样一类朋友，平日里傻里傻气、呆头呆脑，但也正是这傻和呆，而皮糙肉厚，能玩得起，又放得下，开得起玩笑，不轻易炸毛。这类人，若在平常，使人不屑与之为伍，心里没他；正式宴请场合，也绝想不起他；但若人数不够要请人来凑，或者气氛不尽热烈时，又觉得非他不可、没他不行；而他呢，便也随叫随到，毫不见外。他这一来，段子的主角儿尽可往他身上安，糗事尽可往他身上归置，脏水尽可泼在他身上，他倒乐呵，也不恼。就像小时候的一类伙伴，一起干坏事，他永远是背锅侠，大家要做什么好事，他永远是凑数的。这样的人或者大傻个儿，或者憨憨笑，不是叫狗剩儿，就是叫大宝。

薛蟠就是这类人。

如此呆霸王，作者却名其"蟠"而号其"文龙"。似是讽刺，但细品，到底还有世家赋予的底蕴，到底于这底蕴里便涵养出一份温厚。

别看薛蟠常在外犯浑，对家人可是另一番模样。

湘云要起诗社，手里没银子，宝钗想着向哥哥薛蟠要几篓极肥极大的螃蟹来，再往铺子里取上几坛好酒，备上四五桌果碟，薛蟠二话不说就兑现了。

果然螃蟹宴办得妥帖周到，所有人欢欢喜喜，阿呆兄却深藏功名，甘为妹妹做无名英雄。

还有薛宝钗为关顾邢岫烟而从自家当铺取回棉衣，自然也离不开经管着薛家产业的薛蟠出手。是后话。

但说那日宝玉被打，薛姨妈和宝钗都疑心是薛蟠告的状，薛蟠本就有些呆气，心直口快，一生最见不得藏头露尾之事，更何况是被自己家人冤枉，拎起门闩就要找宝玉算账，幸被宝钗拦下数落，为堵住妹妹的口而以言刺她，把宝钗给气哭了。

然而翌日，薛蟠情知有愧，对着宝钗左一个揖，右一个揖，掏心窝子的话说了一箩筐。见妹妹不生气了，厚着脸皮凑上前要把妹妹的项圈拃一拃；一计不成，又锲而不舍赔笑脸道：妹妹如今也该添补些衣裳，要什么颜色花样，告诉我……

更不必说做生意回来，为宝钗置办了一箱子礼物；亲自开箱，什么笔墨纸砚啊，笺纸香袋啊，香珠扇子扇坠儿啊，花粉胭脂啊，应有尽有，更有虎丘出的自行人、酒令儿，水银灌的打筋斗小小子儿，沙子灯，一出一出的泥人儿戏，都用青纱罩的匣子小心翼翼装着。最后掏出来的，居然是在虎丘山上，一个泥捏的自己的小像……

读来仿若历历眼前又使人忍俊不禁，纵呆而傻，可无论在外面如何混不吝，在妹妹面前却会伏低做小，对母亲更是言听计从。

这样的薛蟠，浑身人间烟火气息。如果说贾宝玉林黛玉一众人，若身在云端而非常人，薛蟠这样的人则现实中比比皆是。薛蟠身上的缺点实则尘世中人皆有的缺点，因而看来特别熟悉，使人开怀笑着时又心怀几分愧意。如此薛蟠，方读来诚而不欺。若抛开致死人命与巧取豪夺这样的事，现实里有个薛蟠这样的朋友，亦可谓人生快事。

连我们都不忍求全责备的薛蟠，书中自然也受人欢迎。无论贾宝玉还是柳湘莲，冯紫英抑或蒋玉菡，都与薛蟠成为相契的朋友。虽说人后被叫"薛大傻子"，也曾被摁在泥塘里挨一顿老拳，但面对亲戚难处，薛蟠常出手大方、重情重义。献出无价的橝木眼都不眨;跟柳湘莲不打不相识之后义结金兰;得知柳湘莲和尤三姐的事,哭到泪水涟涟,不思茶饭。这样的薛蟠简直一派天真烂漫。

作者笔下薛蟠,是基于人性而多层次多角度呈现,而非简单的施以好恶或作价值上的判断。薛蟠之天真与单纯,暴戾与粗鲁,从他的教养与教育上可找到出处。早早失孤是其教之错,后来惯养娇生是其养之过,不务学业为其师之惰。若说人的生命是一座矿藏,因自身禀赋及后天教养之故,呈现不同深度。

相较贾宝玉,薛蟠显然处在生命浅表,更多呈现出人的动物性一面。同样面对异性,薛蟠是纯粹的欲望与占有,而贾宝玉是体贴与呵护。就审美而言,薛蟠追求的是声色犬马的感官刺激,而贾宝玉所求更多是精神上的同频共振。就现实存在而言,很难通过简单的对比论断孰劣孰优,毕竟人生际遇不同,且并非人人生来就想往下流里走。

当然,非因作者客观呈现,就要将一切合理化。薛蟠自有他本身不可开交的结,便是他的局限,要留待现实磋磨才好。

果然,雪(薛)遇到夏,一触即化,似是宿命,仿佛冤家。正如俗语所言:"恶人还须恶人磨。"但我以为这并非作者简单归于因果"报偿",而是显于人性里那些共有的弱点,使我们两厢关照,于赧然莞尔之后,能思自我救赎。

接纳薛蟠的一部分,何不是接纳我们自己的一部分?薛蟠的被磋磨,亦促使观者的自我反省。

当我们再回头看他当初那一场风流婉转的酥倒时,便不会只有奚落,而多了一份似曾相识与会心一笑;又因黛玉那一份风华绝代,而令一个在风月场中混迹的老手没有即刻生发蓬勃的情欲,却还以一个深情款款的酥倒,使人愿意相信,即便赤裸的人性,面对一份绝顶美好,也还留有向上游走的余地。

2020年4月

那一场清虚观打醮

春困秋乏夏打盹儿,展眼就到了端午前夕,天气渐渐热起来了,整个贾府氤氲在一片暑气营造的慵懒里。大概这样的时候,就需要一场集体活动振奋精神。可巧,贵妃娘娘赐了众人礼物的同时,打发夏太监拿了一百二十两银子出来交代:初一到初三,打三天平安醮。各人得了礼物,皆大欢喜,连打发来传话的太监的姓氏都和着时令,一切看来刚刚好。

唯独宝玉却多了一番心事:为何贵妃赐的礼物,偏他跟宝姑娘一样。然而宝玉终究是天真烂漫的性子,很快也就被宝姐姐的大白胳膊腕子吸引住了,并幻想着这胳膊要是能长在林妹妹身上就好了。正说着,黛玉来了,"忒儿"一声,就把宝玉这只呆雁给惊飞了。还好一时凤姐过来,才解了围。

凤姐所为何来?

正为初一日要开始的平安醮。

好端端的打什么平安醮?当然是享福人福深还祷福。这享福人说的是谁?自然是荣升贵妃的贾元春贾娘娘,还有赖祖荫已享五世荣华的贾府子孙。然而,就跟世上所有因世袭而身处富贵中的人一样,也许第一代时,还赖着当时的文治武功,荣华富贵也颇理所应当,到了第二代子孙,祖宗的威势尚存,但到了三四代,毕竟一朝天子一朝臣,新君旧臣间,心也就隔得远了。这无疑给人一种莫名的不安,虽暂时还在富贵中,却也难免心虚。大概便是许多富贵人家很愿意拜神祈福的原因之一,拜的是神佛菩萨,宽慰的是自己的心。

但,此中滋味,也就只有富贵核心中的人能隐约感受,其他人眼中,无非是为夏日的慵懒假借一个排遣的出口。说到去打醮,宝钗原嫌热不想去,后见老太太兴致颇高,一贯懂事如她,定然周全;至于爱热闹的宝玉,必定少不了携了黛玉如影随形。消息一传出去,那些平日里难得迈出门槛一步的丫头们,岂有个后进之理?连各自原本不想去的主子们也极力撺掇去了。这下子,行动起来就车辆纷纷、人马簇簇,说笑着就到了清虚观门前。

这道观原不寻常,道长姓张,当日荣国公的替身;曾被先皇御口亲呼为"大幻仙人",又被当今皇上封为"终了真人",现掌管着"道录司",相当于道教协会会长。有着如此煊赫的官方身份,又与贾家世交,大家相与起来自然是亲密非常。这不,贾珍就躬身赔笑,唤张道士作张爷爷。这称呼又进一步融洽了气氛,张道士奉承起老太太也就更加便当:一个说一个气色越来越好,一个说是托另一个的福。

张道士场面上的人,自然知道拍马屁的精髓:哪里痒痒往哪里挠。说着就提起老太太的心肝儿肉宝玉。一时说他前日好几处看到哥儿的字,真是了不得的好;一时又说见了哥儿这身段儿,竟跟当年国公爷一个稿子。一句话勾起老太太心头多少如烟往事,竟涕泪双流。

老太太禁不住说:养了这几个儿子、孙子,竟没一个像他爷爷,只有宝玉像他爷爷。张道士顺着老太太的意思说:国公爷当年的模样,别说爷们这一代,就算贾赦贾政这一代,怕也记不清楚了。张道士深谙收放自如的道理,再说下去,难免坏了老太太的兴致,于是呵呵一笑就转了话题。

说是前日见了一位年方十五的小姐,模样儿根基倒也跟宝玉般配相当,所以请老太太的示下,才敢向人去说。老太太以"上回有和尚说了,这孩子命里不该早定亲"为由,轻轻挡回去了,却也说出自己心中未来孙媳妇儿的标准:"不管根基富贵,只要模样般配上就好……只是性格儿难得好的。"

……

这就奇了,好端端的,一个道士家莫名其妙向宝玉提起了亲事?

且按下不表,先从贾府一众人浩浩荡荡往清虚观而来时说起。

却说当时一干人等刚进山门,凤姐伺候老太太下了轿,可巧一个十二三岁的、拿着剪筒,照管剪各处灯花的小道士,冷不丁就给凤姐撞了一下腰。凤姐扬手就是一巴掌,打了小道士一个跟斗;小道士也不顾拾烛剪,刚爬起来就想跑,就见众婆娘媳妇正围随得风雨不透,都喝声叫——

"拿,拿,拿!打,打,打!"

每读至此,都使人心惊。那时节,和尚道士更多来自食不果腹的贫家子弟;所谓出家,不过是寻口饭吃。可想而知,十二三的孩子,如何见过这般阵仗,一时战战兢兢慌里慌张也是有的;就耽误了撤离的最佳时机,于是正好撞在凤姐的巴掌上。

凤姐向来雷厉风行惯了,连打人都打得干净利落。也就不禁使人想到,一向能干的凤姐,即便在秦可卿葬礼那么隆重的场面时都毫无差池,如今怎么就闹出这么一个纰漏?难怪凤姐会怒火中烧,这不是讽刺她的无能么?主子丫头围了那一起子人,当众折了凤姐的面子,小道士似乎实在是该打。

小道士该打,是于情于理推论的结果,但有些事不能仅看表面,大概凤姐情急之下也没意识到:那个小道士是负责剪灯花的。灯花自古就有吉祥如意的寓意,比如在冯紫英家的宴会上,蒋玉菡就曾唱出"女儿喜,灯花并头结双蕊"的曲儿来。

想来曹公安排凤姐一掌打翻剪灯花的小道士并非偶然。凤姐这一巴掌来得突兀,而更触目的是,围随得风雨不透的一众婆娘媳妇的——

"拿,拿,拿!打,打,打!"

隔着现实与艺术的时空,铿锵断喝言犹在耳,读者亦惊惧异常,何况一个十二三岁的小道士。然而就在这铿锵的断喝里,凤姐并一干人不知道的是,随着那一巴掌翻了个跟斗的,还是他们各自的福气。他们大概也忘了此行的目的,原是为祷福而来。这一巴掌下去,祥瑞洒落一地,凤姐的福气也就从指缝悄悄溜走。

小道士来自民间底层,而凤姐他们来自豪门大族。这一巴掌响亮的耳光,其实打出了一个真切的对比:同样的人世,有人在为一口饭食慌里慌张,却也有人在绮罗丛中旗鼓大张。而身处富贵中的人,享福久了,也就并不知惜取祖宗挣下的泼天富贵,大概败落的种子,从这一巴掌里,已埋伏下了。

与此同时,也有另一种姿态的呈现,那就是一旁的贾母。贾母听了忙问是怎么了?凤姐上前解释:一个小道士,剪灯花儿的。贾母忙说快带了那孩子来,别唬着了,并说小门小户的孩子,都是娇生惯养,哪里见过这个派势,于是让贾珍带着浑身乱战的小道士出去,并嘱咐给些钱买果子吃……

两厢对照,就见识了贾母的宽仁厚道。到底是老辈人,经见过创业的不易,亦深知人间疾苦。

使人联想,大概也是到了老太太这里,祖宗的余荫还未完全到头,但也是贾家树倒猢狲散之前的回光返照,否则那时节猜灯谜,贾母的谜底偏偏是个猴屁股。而整个贾家的命运,也就在贾母仙逝之后呼啦啦似大厦倾覆。贾母是唯一于繁华尽头得以善终的贾家人。大概不是偶然,老太太是真的知道惜福。

安顿了小道士的贾珍,回头不见贾蓉跟奴仆一干人等,忙叫管家,又寻贾蓉,却见林之孝边整理帽子边急忙跑出来了。于是贾珍命他去寻贾蓉,一语未了,贾蓉从钟楼跑出来,被贾珍当众呵斥,又交代小厮啐在他脸上,这时诸如贾芸、贾萍、贾芹,并贾璜、贾瑞、贾琼等贾家四代五代的子孙都慌忙跑出来……

这段看似平常的文字,大值得深究,万不可被向无闲文的曹公给骗了去。回顾当时,贾珍凤姐等忙前忙后时,其余贾家子侄竟偷偷躲凉快去了,不由得使人联想起当初那一场纷扰的闹学堂:原来贾家败落的根本已然体现在子孙教育上。有这样的后代,难怪当初秦可卿临死前交代王熙凤两件事:祭祖坟和建学堂。

说到祖坟,不免想到祖宗。就在这之后,张道士将要向贾母说起当年的荣国公。而作为荣国公替身的张道士,可谓作者笔下荣国公本人的代言人。张道士淡淡说过一句话:非但是爷们这一代,就算大老爷二老爷,怕也对荣国公记不清楚了……

实际上,何尝不是荣国公在天之灵说——

这帮不肖子孙,把老祖宗给忘光了……

子孙们不知祖宗,更不惜取祖宗创下的基业,而这淡淡的荒凉,也唯有老太太一人心知罢了。

难怪她要垂下两行泪来。

接着好戏就要开场。

演给神的戏,是在神仙跟前拈来的,也就是神仙的旨意。而神仙选了的三本戏,如今摆在贾母跟前:头一本《白蛇记》,是刘邦当年斩白蛇开始举事创业的戏;第二本《满床笏》,是郭子仪七子八婿拜将封侯的事;到了第三本却是《南柯梦》。随着贾珍的汇报,一幕一幕,仿佛把前尘后事都演绎一遍,终于演到南柯一梦,转眼富贵成云烟,此时此刻,贾母也只好孤单单任一丝荒凉落在心头……

其实也并不只有老太太一人落寞,前文还有一个细节——

张道士跟凤姐谈到"寄名符"时无意间说到的:"符早已有了……不指望娘娘来做好事……"

娘娘自然是元春。而之前还有个极不起眼的线索是:大家准备打醮时,王夫人却"一则身上不好,二则预备着元春有人出来……"

种种蛛丝马迹综合起来,竟于波澜不惊中透着某种不祥。王夫人因何身上不好?又预备着元春打发什么出来?

而这种种疑问,也许还要归结到贾母那里,毕竟她是贾家的精神领袖。

让我们从贾母与张道士的一段于意念里的太极推手开始说起——

且说张道士请了宝玉佩戴的"通灵宝玉"给外面的众道士看了,进来时盘子里堆了三五十件道士们的敬贺之物,有金璜也有玉玦,或岁岁平安或事事如意,总之珠穿宝贯、金镂玉雕。

出家修行的道士,何来如此宝物作为随身法器?

别忘了开头的交代:张道士被前任皇帝和现任皇帝以及王公藩镇都尊为"神仙",且兼任着"道教协会会长"。他跟皇家的渊源可见一斑。再联系娘娘口谕做法事……是否意味着皇宫里已悄悄发生一些变故。而作为元春生母的王夫人此刻"身上不好"大概必有缘故。

就是本文一开始留下的扣子——

张道士为何彼时突然提出宝玉的亲事来?

而贾母的回绝理由,即"命中不该早定亲",也许隐含着暂且"按兵不动"的意思;而关于她心目中孙媳妇儿人选的标准:

一则不拘根基富贵,只要模样儿般配上就好(黛玉)。

二则性格儿难得好的(宝钗)。

如果之前的揣测成立,大概也预示了贾母此刻的犹疑不定。虽说在宝玉婚事人选上,她从未表现出任何明确倾向,但这里透露的信息也许可以作为某种参照。

相反,另一个人的态度则比较明朗,就是元春。

(兴许元春曾与作为荣国公替身兼贾家政治眼线的张道士,有过某种程度的沟通,亦未可知,因此,才于打醮时提出宝玉亲事)

说起元春的态度,回想上一回的赏赐。

唯独宝钗跟宝玉的赐物一样……

这是否是元春权衡后的结果:也许就在元春省亲回宫后不久,宫里发生某种变故,可能涉及贾家未来的命运,而此时形势并未明朗,于是元春赏赐传递的信号,也许在表明她的未雨绸缪——

即在将来的某种政治较量中,贾家需要与另外的势力联姻。选择政治伙伴当然亲近的人更好。而此时黛玉家已然彻底败落,但宝钗家却还颇有资本……

再联系同一回中,宝钗面对宝玉的"羞笼红麝串",其中写道:"宝玉在旁看着雪白一段酥臂……忽然想起'金玉'一事来……再看宝钗形容……不觉就呆了……"

一向只对黛玉心有所属的宝玉,为何忽然莫名面对宝钗,想起"金玉"一事?

这段描写也许就是作者的某种暗示:以宝钗的肉体美,以及宝玉对宝钗身体的眷恋,预示着她俩于尘俗中注定的一段姻缘。

而彼时的黛玉虽以呆雁调笑,化解了这场尴尬,心底恐怕到底存了一份隐忧。

这场看似热闹非凡的清虚观打醮,隐忧者何止黛玉一个?

张道士作为荣国公代言人而淌的泪,是贾家祖先在天上对家族命运的隐忧(正如后来花园里那一声叹息);贾母在看到《南柯梦》时的不言不语,是作为老一辈对现状的隐忧;王熙凤瞬间愤怒打翻小道士,是对百密一疏中深感力不从心的隐忧;贾珍则是在看到子孙和奴仆们少了规矩而透出无能的隐忧……

所有隐忧打个破折号,到了黛玉跟前——

因张道士敬献的贺礼里有个金麒麟的缘故,又为黛玉心头的"金玉"一事,加个砝码,埋伏下一个未知的变数……

正如这夏天的时候,阵阵莫可名状又无法排遣的气氛氤氲在每个人心头,如夏日鸣蝉,密密匝匝,挥之不去。但为共同演出这一场表面的繁荣,暂把一些不可捉摸与无法确定安放在一场热闹里,每个人都小心翼翼扮演好属于自己的角色,共同完成这一场清虚观打醮。

自此之后,贾家外事活动,再难有人马如此齐备的时候。大概也便是秦可卿说的"盛极而衰、月满则亏"吧?

而长棚深处,这场注定要散的筵席,在王熙凤那一声清脆的耳光里,着实开了个好头。

2020年2月

那一场心旌神摇的天花

天花现在似乎被人淡忘了,但在过去,不啻如今人们说起"新冠肺炎",没办法,谁让这"哥俩"魔力都那么大。

天花几曾横扫全球,给人类带来深重灾难。在我国,据说天花经东汉光武帝刘秀南征交趾(今越南北部),由俘虏携带而来,呼为"虏疮"。古有"生下来不算,出了花儿才算"的俗语。

天花传染力极强,其传播途径有二:一是飞沫,二是接触,至于有无凝胶传播,史载无查。直到清朝时,天花依然是大患。当年勇破山海关,大败李自成,践整个华夏于蹄下的清朝铁骑骄纵不可一世,但面对天花却徒叹奈何。不单八旗子弟遭殃,就连挥师扬州杀史可法,虏南明福王的和硕德豫亲王多铎,也在顺治六年染天花而亡,年不过三十六岁。顺治帝福临看到众多皇族亲友被天花夺去性命,自己却一直未曾出痘,入关后又必须居住于天花流行的北京,使得他一生都处于对天花的戒惧中。

然而,担心啥偏来啥。顺治十七年,福临一生最爱的女子董鄂妃,因患上天花而死于承乾宫。次年正月,还沉浸于丧妻之痛的福临也染上了天花。当至高无上的皇权遭到天花的无情胁迫,福临不得不提前考虑皇位继承人这个重大问题。他临终前派人去征询自己一向敬重的德国传教士汤若望的意见;汤若望提议传位于当时年仅八岁的玄烨,就是日后我们耳熟能详的清圣祖康熙。

理由很简单,玄烨两岁时出过天花,今后不会再遭此祸,可保皇脉传承无虞。

顺治的死去与康熙的继位,再次展现了历史的诡谲:一方面,贵为皇帝的福临被天花逼到墙角,且终而暴毙,而他的继任者玄烨,却因为得过天花而继承大位,想来令人唏嘘。

由此,玄烨开启了平三藩、御沙俄、剿灭噶尔丹、收复台湾等丰功伟绩的征程,成为中国历史上在位最久的皇帝,某种程度上,赖天花之功,亦可谓天意了。而天花之所以称天花,也是实至名归。出过天花的人,痊愈后面部会留下类似月球表面的坑坑洼洼。若是一般人也就罢了，但康熙帝毕竟君临天下，于龙颜不恭是其一，二则于盖世功业简直不配。大概，因此契机，他决定如对以往对手一般，研究并攻克天花。在太医院下专设痘诊科，相当于今天的疾控中心；并广征名医，在北京城内设专门的"查痘章京"，相当于疾控中心主任，负责八旗防痘事宜。而那时对天花的治疗措施，跟今天一样也是隔离。于是，康熙下令兴建了类似武汉的"火神山、雷神山"一样的隔离救治场，不过名字取得娴美静雅，功能也更加齐全，便是历史上久负盛名的承德避暑山庄。当然，后来这山庄不单隔离病毒，也隔离帝国的恐惧。慈禧和咸丰被洋人追到无路可退时，不就拍屁股跑到承德避暑山庄猫着去了吗。这是后话。

总之，天花不仅给康熙这样的伟大君主留下一脸有损龙威的麻子，也给整个大清帝国留下难以磨灭的印记。而这印记就以文学形式记载于曹雪芹所著的《红楼梦》里。

话说转眼到了二十一回——

谁知凤姐之女大姐病了，正乱着请大夫来诊脉。大夫便说："替夫人奶奶们道喜，姐儿发热是见喜了，并非别病。"王夫人凤姐听了，忙遣人问："可好不好？"医生回道："病虽险，却顺，倒还不妨。预备桑虫猪尾要紧。"凤姐听了，登时忙将起来：一面打扫房屋供奉痘疹娘娘，一面传与家人忌煎炒等物，一面命平儿打点铺盖衣服与贾琏隔房，一面又拿大红尺头与奶子丫头亲近人等裁衣。外面又打扫净室，款留两个医生，轮流斟酌诊脉下药，十二日不放家去（此处之言，暂且按下），凤姐与平儿都随着王夫人日日供奉娘娘……

见喜，就是出疹子；出了疹子，人们是要道喜的，倒不是说留下一脸麻子增添韵致，而是好歹死里逃生，庆幸保住小命。

从原文可知，当时采取的措施如下——

一是专家会诊；二是隔离治疗；三是搞搞封建迷信、供奉娘娘。

这些手段，经新冠疫情的科普，相信您已觉眼熟。当然，区别在于我们只讨"火神、山神"的彩头，却不拜娘娘。但《红楼梦》里拜娘娘的人，不止凤姐与平儿，还另有其人，那就是贾琏。只是与凤姐平儿不同，贾琏拜的，可是会咬耳刮儿、会贴心窝窝、又特会叫的真娘娘——

这娘娘不是那娘娘。这娘娘名叫多姑娘。

多姑娘是谁？

说起多姑娘，小孩儿没娘，说来话长。伊原是荣府内一个极不成器的破烂酒头厨子多官的婆娘。别看多官懦弱无能，人唤"多浑虫"，却娶了一个年方二十，生得有几分人才，见者无不羡爱的媳妇儿。大概也就是此类男人共通的悲剧：书上短短几行字还没看完，就见字里行间泛着绿光。果然，这多姑娘生性浮浪，最爱"拈花惹草……"

什么！拈花惹草？

这不是形容男人的词儿吗？莫非英明如曹公也有此差着？且按下不表，等后面揭晓。

这多姑娘呢，既颇有姿色，又放得开，自然是宁荣二府的男子都拜服于她的石榴裙下。当然不是白辛苦——

既然有酒有肉拿回家，至于多浑虫么，自然也就"诸事不管了"。

至此，大家彼此相安，就有必要把前面引用原文时，括号里按下的话放出来了，括号里的原文是这句话——

贾琏只得搬出外书房来斋戒……

没错，这才是重点。

俗话说："龙生龙凤生凤，老鼠生儿会打洞。"既有贾赦那样的爹，生出贾琏这样的儿子也就不奇怪。这父子俩，皆为坑妇女的领袖，风月中的班头。

果然，在外"熬煎"不住的贾琏，拿住身边清秀小厮出火还不解馋，此刻便似"饥鼠"一般。

老鼠饥了要打洞，贾琏饿了，则惦记着"大动"。动次打次的"动"。

动次打次——这就遇到了多姑娘。

这贾琏跟多姑娘之前也是见过的，也"失过魂魄的"，奈"内惧娇妻，外惧变宠，不曾下得手"。

而这多姑娘呢，也早有意于贾琏，遗憾"只恨没空"（多姑娘这业务也是够忙）。

如今贾琏在外，机会千载难逢。多姑娘便"没事也要走两趟去招惹"。

贾琏岂用招惹？王八绿豆一相逢，便胜却人间无数，早按捺不住。于是一说便成，情定是夜二鼓。入夜，多浑虫"醉昏在炕"（也不知是真醉还是装醉）。贾琏进门一见姑娘其态，早已魂飞魄散，连前奏和过门儿都不要，便宽衣动作起来……

这动作也太直接了吧？

话说回来，要啥自行车儿？

噢不！要啥过门儿？

这俩货，大概早在尚未得手而四眼相对八目勾留时，就在各自意念里演习许多回了，而今不过是轻车熟路。至此，连一向对男女之事着笔隐晦的曹公，也玩儿起了心跳，他写道："谁知这媳妇儿有天生的奇趣，一经男子挨身，便觉浑身筋骨瘫软，使男子如卧绵上……"

放得开，抢得圆，绵得密，叫得欢——

也难怪，改个样儿都要整手整脚的凤姐要被人挖墙脚，原来橛子早钉下了。

这里，多姑娘挖了墙角还卖乖，对贾琏说，你家女儿出花，供着娘娘，你也该忌两日……

别以为这是多姑娘的慈悲，此时此刻说这话无非是对早已瘫软的贾琏的补刀，要知道，对贾琏来说，突破禁忌带来的刺激无疑是最猛的春药，于是他一面"大动"，一面喘吁吁答道：

"你就是娘娘！我哪里管什么娘娘！"

……

别以为你为着曹公这段大胆热辣的描写感到羞臊就是高尚，如果隔着数百年还这么想，那可真是把曹公一片苦心辜负了。他无非是通过描写贾琏此类赤裸的性发泄，把他跟贾赦贾珍薛蟠一类人的"皮肤滥淫"，跟宝玉的"意淫"做对比罢了。所谓因真实呈现的缘故，此处若把遮遮掩掩当作优雅，反而假了。

至此，也让人思忖宝玉常说的一句话——

男子是泥做的骨肉，女儿是水做的骨肉。

终究是含蓄的说法。要知道泥和泥、水和水也是各有千秋，如果具体到贾琏与多姑娘之类身上，恐怕要说成——

男子（贾琏）是烂泥做的骨肉，女儿（多姑娘）是泔水做的骨肉。

（当然，宝玉如此说，个人认为倒不是性别歧视的缘故。根本上还是宝玉对世间美好的一种牵念与眷顾。大概他潜意识里觉得女儿身上禀赋更多的美好，而男子则更多承接了人性里的黑暗。当然这是题外话。）

而多姑娘这泔水，终究还要比贾琏这样的烂泥更强一筹。多姑娘心上到底还有娘娘，而贾琏却一心只在"娘娘"身上。

多姑娘到底心存敬畏。

"宁荣二府人都得入手"的多姑娘，后来在贾琏另一个相好的——"鲍二家的"上吊以及自家老公多浑虫死后，嫁给了绿头苍蝇鲍二，担负起照顾贾琏偷娶的姨太太尤二姐的任务。说到尤二姐,就必须说尤三姐。关于尤三姐的文学意象,联系作者当时的一句话——

竟真是她嫖了男人,而不是男人淫了她……

现在,把之前多姑娘的"拈花惹草"拿来品,细细品……

自然,尤三姐以对贾珍贾琏为宁荣二府男人代表的"嫖了",属于精神上的嫖,是作者潜意识里经由女权对男权的挑战;与此相对,多姑娘以肉体对宁荣二府诸男人的"拈花惹草",则属于作者故作颠倒,以辛辣笔触书写女性对男性从生理层面的蔑视。

作者通过尤三姐和多姑娘二人,从精神到肉体两方面,对男人与他们代表的男权社会的蔑视与嘲讽,大概也正是作者曹雪芹思想与审美具备前瞻性的地方。

但于多姑娘来说,其代表的意象还有进一步发掘的潜质——

却说那日晴雯病倒床上,茶饭不进,宝玉偷去探望,宝玉于多姑娘似羊入狼口,然却出人意料,多姑娘调戏宝玉不成,便存心要窥一出宝玉与晴雯之间的好戏,结果却事与愿违。她不禁口吐真言,大意是说:

"原以为你们俩……已经那个啥了,没想到你们居然是清白的……"

多姑娘不知道,原来"欲"之上,还存着一个叫作"情"的东西。这是向来以欲望的形而下为生存逻辑的多姑娘,第一次直面以情为表达的形而上的、人对自我精神的供养。

在宝玉面前,多姑娘蓬勃的情欲终于迎来了当头棒喝,也因而于诧异之余恍惚触到迷失许久的尊严。于是,在多姑娘受人践踏和唾弃的一生中,她终于开始打心眼里觉得世间有了值得敬畏与眷恋的东西。也许,那一刻,她终于平生第一次有了一个重大领悟——

当她四十五度觑着前方,见宝玉斜倚着、跟炕上的晴雯惺惺相惜,写成一个陌生又熟悉、简单又复杂的字,却发觉那字有些难认——

只有一撇一捺。

2020年2月

那一座高大威武的牌坊

尤二姐因贾琏偷娶,被王熙凤设计赚入园内。王熙凤明是一盆火,暗里一把刀;尤二姐当时没听兴儿的话,现在只能感叹悔不当初;她自觉大限将至,只因腹中尚有胎儿,只好忍辱偷生。眼见病体日沉,原要请王太医来诊脉的,谁知他竟谋于军前效力去了;贾琏便着人请来一个姓胡的太医。这姓胡的,正应了他的姓,满嘴胡羼。初说经水不调,又言肝火太旺,如此两番后,又要一览尤二姐金面,贾琏无法只得应允。书中写道:这胡太医从帐子掀起的一条缝儿里,窥见病中尤二姐,居然一时魂魄如飞上九天,一无所知、通身麻木……

想尤二姐病中尚使胡太医失态如此,可见姿容的确不凡。呜呼哉,胡太医这一魂魄出窍,就诊错了脉,开错了方,两副药剂下去,尤二姐腹痛不止,竟打下个已成形的男胎。

贾琏至今无子,今见尤二姐腹中男胎死于眼前,怎不痛彻心肝。偏此时贾琏小妾秋桐雪上加霜,对尤二姐一番补刀,尤二姐向黄泉路上更进一步。她的悲,正是凤姐秋桐之喜,难怪王熙凤要忍不住偷偷笑了。凤姐原要秋桐治尤二姐的,今既见得手,不免又生一计,找来算命先生,一掐指,原来贾琏无子的原因乃"属兔的阴人冲犯"。

属兔者何人?自然是秋桐。凤姐早算定了的,所谓一石二鸟。秋桐本蛮蠢之人,又见贾琏近来在尤二姐跟前尽心,"心里早浸了一缸醋在里头"。岂肯善罢甘休,难免又骂出话来:

"……白眉赤眼,哪来的孩子?……纵有孩子也不知姓张姓王……谁不会养!一年半载养一个,倒还是一点掺杂没有的呢!"

秋桐人蠢不假,骂人却能捉住要害。她知道尤二姐七寸所在,这番骂就成了精准打击。刚殁孩子,又遭羞辱,两厢夹击,尤二姐当夜就吞了生金,可怜百般柔肠都付之流水。

秋桐骂人厉害,告状也有一套,骂完尤二姐,见邢夫人远远儿过来,一番梨花带雨,苍天啊大地,眼泪啊鼻涕！就让邢夫人连凤姐带贾琏一番数落,并威胁贾琏说:凭她怎么不好,也是父亲给的,再这么着,就给你父亲还回去!

敢情这是一出"完璧归赵"？父亲睡完儿子睡,儿子睡完还回去。

果然,不是一家人不进一家门,邢夫人这一要挟,就把贾赦贾琏父子陷入聚麀之诮。不过追究起来,倒也不差,秋桐原是贾赦跟前的丫头。贾赦是略微平头正脸的女孩就不放过,这秋桐么,若非"贪多嚼不烂",断舍不得给儿子的。但这个赏赐却颇可疑。贾琏自来跟他老子身边的丫头打情骂俏惯了的,贾赦不是不知道。这次以办差漂亮的名义把秋桐赏给儿子,存着顺水推舟的嫌疑。话说胳膊折了袖子里藏,邢夫人倒好,一句话就把自家一摊子烂事儿抖搂明白了。

但明白是旁观者明白,这家人却生怕别人不知道他们的糊涂。就像这秋桐,原仗着自己是贾赦所赐,想来无人僭她,竟连凤姐平儿也不放在眼里。至于对尤二姐,张口就是"先奸后娶,没汉子的娼妇……"

秋桐是少见的悍妇,但她这骂人话,我们却熟悉。一部《红楼梦》,高雅是尽着高雅,但粗言秽语,也时时入耳。这当然是写作需要,无可指摘。

《红楼梦》中,无论是主子互骂还是主子骂奴仆,抑或是奴仆之间的对骂,什么"娼妇""粉头"之类不绝于耳,就连王夫人这样的活菩萨,也不能免俗,当初骂跟宝玉顽笑的金钏儿是"下作小娼妇"。

给人一个印象,红楼人物之骂,尤其是女人之间的骂,动辄就要扯起道德大旗,时不时还要捎带上女性器官。这例子不胜枚举、蔚为大观,恕不一一展览。

不免使人疑惑:女人因何热衷以性侮辱女人,女人何苦为难女人？

联系现实来看,就在今日社会,俗世骂人之语,亦动辄以问候对方的女性亲属为利器。这简直成了我们的劣疾。既谈至此,不若捎带说说这个话题。

查文阅典,在我们悠久的骂人历史中,起初并非全似今天这般。

曾几时,我们祖先爱骂人"庶子",骂得豪气干云、中气十足;倘若进一步骂声"朽木不可雕也,粪土之墙不可圬也!"便已是十分羞辱。这当然更适合骂年轻人,要骂年纪大些的,一句"老而不死是为贼"算骂得挺重了。若把时间再往前推,先秦时期,骂人都能骂出诗来,例如著名的"相鼠有皮,人而无仪"。可见我们这礼仪之邦的名号可不是大风刮来的。但那是曾经。到了后来,尤其到了明清,骂人的词汇便空前丰富起来。

无论是比较雅的《红楼梦》还是比较俗的《金瓶梅》,一个明显特征是,眼前冷不丁就飞来一具人类的生殖器。至于女人骂女人,甚而女人侮辱女人的身体,到了惨不忍睹的境地。

以女性身体或女性道德为某种暗喻与修辞的骂人，宋以前还不多见。这大概不是偶然。从《诗经》《汉乐府》乃至唐诗、唐传奇反映的社会现实来看，女性在那时还未受到太多礼法禁锢。起码在文学形象上，当时的女性，大体还能展现比较天然活泼的生命状态；而自北宋以降，女性社会地位迅速下降。无论世俗抑或文化领域，较以往，女性愈加边缘化，甚至文学中女性，常常成为被丑化的对象。想来与理学的兴起不无关系。这种学说的兴起，于政治和社会层面，对女性的控制格外严厉。

首要体现在对女性道德的扭曲与对女性身体的羞耻化。所谓"女子无才便是德。"所谓"饿死事小，失节事大。"

自人类母系氏族社会瓦解，当男权成为主导，女性终于沦为男权的附属品，进而成为私有财产；至明清，达到顶峰。女性脱离社会而深居帷幕之内，渐渐形成一种独特审美。"非礼勿视"营造出的女性身体的神秘化，以"丑"与"耻"为核心，久而久之成为女性意识上的自觉。真正可悲的地方就在于此。当女性彻底放弃自我，自愿维护这种围绕着男权建立起来的伦理道德秩序，则女性对女性的戕害，便名正言顺地开始了。为获取生存空间与保持竞争中的优势地位——部分女性以另一部分女性为代价的纳投名状，就成了常态。终于，成了女性的集体无意识。

女性个性的丧失，到清朝，连《红楼梦》里号称"山中高士"的薛宝钗尚不能幸免，时时把"女子无才便是德"挂在嘴边。而至于秋桐、夏金桂等人，则已彻底沦为礼教的打手。

薛宝钗到底贵族出身，有诗礼加持，言行举止非来自社会底层的秋桐可比。而底层民众面对现实生存空间的逼仄与阶级局限，很容易把人迫入墙角，造成整体生命质量下坠。体现在骂人上，非但粗鄙且不堪；而女性之间互相戕害，则常比男性之加害有过之而无不及。在男性眼里，女性都是资源，且常对劣势者怀以同情，比如对小妾的更加爱护，而女性为了生存下去，则要于资源中划分等级。

语言上的不堪，可谓女性耻感审美倾向文化意识的直接反馈。此种审美与文化长期浸淫的结果是，女性的自我丑化与矮化。当女性自觉身体的羞与丑，于是非遮蔽不可。不但出阁之前的女子不得见陌生男性，就连兄妹、叔嫂之间也有颇多禁忌。然而人性的诡谲就在于愈禁忌愈激发出一种隐秘的欲望来。正如贾琏对秋桐的垂涎，以及胡太医对于尤二姐的魂飞魄散。因突破禁忌后的快感，愈加激发出人们近乎变态的情欲。压抑与突破的结果，是使人滋生出一种天然的窥探欲。体现在男人身上，就是眷恋女性贴身的肚兜与藏在裙内的三寸金莲；于女性而言，则必然投其所好。这种耻感文化，逐渐演变为民族心理机制而储蓄并传承下来。旗袍的出现，某种程度可谓外来文明对此种文化的苟合。旗袍的性感在于，必要那份若明若暗、如梦似幻里的春光乍现，激起人的无限幻想；于是也可以反推，真正的性感从来不是一览无余，最好留一份欲迎还羞。

语言向来是文化的载体，而大众心理对世俗文化的迎合，也体现在骂人话里。一句带性意味的脏话出口，非骂本身，而是满足一种窥探欲。于对方来说，那脏字成了一个喜秤，而尊严、权威等是盖头，一瞬间被挑起，脸面被暴露在众目睽睽之下，愤怒与羞耻随之汹涌——

当那人脸上带着秽亵的笑容而从歪着的嘴角里吐出一句"妈的X"时，仿佛被骂者的母亲瞬间就被扒光在全世界面前，这种突破禁忌带来的快感与耻感，向来是被骂者的隐痛与骂人者的撒手锏……

于是，"三字经"向来是最盛行的国骂。

而国骂背后体现的，恰是许久以来对女性的侮辱与损害。

回头再看秋桐的骂，对《红楼梦》中许多类似的骂，就有了全新认识：骂不仅仅是骂，骂里头含着文化。

但秋桐是不管什么文化不文化的，她关注的是骂的杀伤力。果然，尤二姐就在秋桐的骂声及王熙凤的阴谋围剿下，香消玉殒。

读《红楼梦》每及此，都对秋桐恨得牙痒痒。然而后来某天，对着秋桐的名字一再打量，却生出阵阵悲凉来。想秋桐亦不过底层女子，慑于贾赦淫威艰难图存，生死全不由己。当被作为犒赏而被父亲赠与儿子，谁解其中荒唐？且不说父子聚麀之诮，就说秋桐若物件儿一般辗转于他人股掌之间，已然是人间秋凉。桐，本轻贱之物，而秋之桐，不免残枝败叶，已注定被摆布与抛弃的命运。果然，在被凤姐利用，又被贾琏玩弄之后，秋桐终于被打发了。

看到这里，非但尤二姐的悲惨命运让人难以释怀，则秋桐，亦使人感到可悲。推而广之，利用秋桐治死尤二姐的王熙凤，亦何尝不是受害者。当被一种社会规则完全限制，而捍卫规则又成自觉自愿，她们无一例外成为男权社会背景下的帮凶与打手；争来夺去，男权豢养下的附庸，以弱者一贯被侮辱与被损害的手段，变本加厉而加诸更弱者，便成为常态。

当然这样归结，有归于历史局限的部分，却并不因此使对人性之恶的审视轻描淡写。想想,凤姐当时派给尤二姐的小丫鬟,偏叫作善儿。简直是作者神来之笔。

当善儿作恶时,实则"恶儿",恰是人性里善恶之间的反转。当凤姐的恶意埋伏在善的面目下时,所谓善意,恰是她心底因仇恨而生的恶意。

归根到底,王熙凤的恶意,无非为守住贾府门口两只大石狮子把住的权力。有石狮子拱卫,则王熙凤是堂堂琏二奶奶,而一朝失利,随时可能沦为尤二姐。尤二姐不过是贾琏包养的"二奶"。

"二奶奶"和"二奶",印在书上只差一个"奶"字,在人间,却隔着十万八千里。

当尤二姐魂归离恨天时,蓦然回首,是否会看到:贾家门口的石狮子,犹如两座威严耸立的贞节牌坊,上面赫然大书"道德"二字,而王熙凤正驱使着秋桐,似一杆枪,把"道德"二字映得明晃晃,于是尤二姐在石狮子与王熙凤及秋桐、善儿一众人夹攻下,节节败退,终一命而亡。

可惜,凤姐秋桐们不知,她们的悲剧也已经埋伏下了。

向来,道德是杀人的好武器。尤其当这道德与性联结起来的时候,对于女性则有格外的杀伤力。任你怎样的女子,无论强悍抑或贤良,只要一句"娼妇"加身,便在劫难逃;反过来,只要做了贞洁烈妇,就能竖起一座杀人于无形的牌坊。

不幸,这次轮到了尤二姐。

幸运的是,尤二姐死在了书里。

死在书里的尤二姐,尚能博得众人同情之泪。

而更多人还要活在现实里的。

三百年后,当年贾府门口的大石狮子不见了,但不妨着,许多人心里依然竖着一座高高的牌坊。

2020年3月

一场风月引发的命案

贾瑞一头扎进风月宝鉴里"强(檣)撸(橹)灰飞烟灭"。

贾瑞的死,还未盖棺,已经论定。

若说凤姐在其他事上还有几分被指摘处,于贾瑞这里,几乎众口一词:贾瑞该死,死当其所。

是的,尽管一部红楼赚得痴者泪海如斯,可这泪海里恐怕不会有属于贾瑞那一滴。

贾瑞短暂的一生,生得荒唐,死得潦草。仿若乱葬岗子上一捧衰草;一如笑谈者嘴角泛起的一丝轻蔑。

正因死得潦草,似乎他一死一切到此为止。如果这样,未免有负作者良苦用心。贾瑞可以潦草而死,我们却不能潦草翻页。

这是一场由风月引发的命案。

那日,凤姐离席,信步入园,穿花越柳,作者笔下的景致是一堆华丽的辞藻。此时此刻,似乎注定要发生点什么才不至辜负。

果然,贾瑞与凤姐"不期而遇",几乎撞个满怀,倒把个女中豪杰凤姐唬了一跳。一个是猝不及防,一个却有备而来。

接下来的画风大家熟悉,不妨让我们代入而切换时空,此时的贾瑞与凤姐,就是网络两端的一对孤男寡女。

——合该遇见姐姐,也是我跟姐姐有缘。

——啊哈,是吗?

——是啊!茫茫网海,相遇不是十年前,也不是十年后,恰在此刻,这不是奇缘是什么?

——这么说……还真有点儿……

——姐夫时常不在家,姐姐难道不寂寞吗?

——有时,也想找个温暖的肩膀,可是……

——常在河边走,哪有不湿鞋。姐夫怕是在外面被绊住了也未可知……

——还说呢!你们男人啊,见一个爱一个也是有的。

——姐姐,我就不是那样儿人。

——怎见得?

——不信,得空了我就来陪姐姐,替姐姐解闷儿怎么样?

——倒是个识趣儿的人,不像那谁……

——都说姐姐是个厉害人,今日一见,原来这么知冷知热,会疼人。

——嘤咛——说得人家都不好意思了啦!

——姐姐,有空约你一起坐坐。

——好啊,只是,你要趁着那月黑风高、夜深人静时来方好……

——好姐姐,为了你,死了都愿意啊!

……

这是一个梦幻的开场,不是我要遇见你,是缘分让我与你相遇;一切是上天的旨意,让我在最帅的年华遇见最美的你。

独自盛开的花朵,定是寂寞的玫瑰。寂寞是女人傲娇的脸庞下一击即中的软肋。

长夜漫漫,身边人不知在哪里酣睡,蓦然回首,原来最懂我那人在灯火阑珊处。

明知恭维的话是毒药,可临到耳边却是欲罢不能,任心事织成密密匝匝的堡垒,此刻也透过丝丝暖人的风,痒痒的,只往心窝窝里吹……

如果,彼时那端不是凤姐,贾瑞几近得手。

套路虽然是烂大街的套路,可犯错的人不是经常摔倒在老路上吗?

然那端终究是凤姐,而这厢的贾瑞,也不是个风月场上的高手。

贾瑞就像一只被荷尔蒙灌醉的狗头蜂,带着一身的寂寞,把他的一腔撩骚浩浩荡荡,一会儿排成一字,一会儿排成人字,看见一朵花儿,就往里钻。可凤姐却是朵风姿绰约的刺玫瑰。只略施拳脚就把酩酊在幻觉里的贾瑞连人带心捆绑进温柔陷阱,与其说束手就擒,不如说自投罗网。

在贾瑞看来,所有的少妇都是寂寞的。而寂寞的少妇必定希望有人来陪。可他不知道,世间还有一种风景,叫作我可以骚,你却不能扰。我的风流是一种姿态,而你的轻薄是一种作践。我纵然寂寞,也不见得是个男人就得跟他有一腿!

贾瑞起初没从凤姐软中带刺的话里听到讥诮,反以为凤姐是慧眼识英雄。其痴里尚带几分天真。

贾府里如花美眷、似水流年,可这一切都与他贾瑞无关。

有人迷失了,自有天上的神仙姐姐以身警幻;有人在园里种个花花草草,也难免被人日夜惦念;有人只为一场没来由的邂逅,也要冒雨刻画下他的名字千遍万遍。

而有人的寂寞,是午夜时分,一排悸动无处安放的手指头。从左到右,从右到左,挥不去的是切切想念,抓不住的是滴滴答答、黏黏糊糊,几多愁呀!

大龄青年贾瑞,眼看着那些哥儿姐儿们,在大观园里诗情画意,眼看着那些个猫儿狗儿们撒欢儿打架,心里焉能不痒。这是生命之痒。

这痒,别人挠得,他挠不得。

这厢里,凤姐早已排兵布阵,安妥稳当。那边,贾瑞已是井里的蛤蟆,只看头顶的一方光明里,桃花乱穿,却对身处囹圄浑然不觉。

他终究辜负了那一夜的北风。那风没有冻醒他那颗烧糊涂的脑袋,却把一颗愚痴的心浸成猪油冻。

不知那一夜他是怎么度过的,会不会和着呼啸的北风,哼唱着:

只是因为在人群中多看了你一眼,再也没能忘掉你容颜……想你时你在天边,想你时你在眼前……

可眼前,空无一物,只有一腔惆怅滚滚。

风没能阻止一场居高临下、夹杂屎尿的醍醐灌顶。

画风有些不堪。

他硬邦邦挺入,似一个英雄豪杰入花丛,正欲杀她个花枝乱颤。

可惜,爱恨就在一瞬间。却不知怎的,这如花美眷瞬间就成了断壁颓垣……

一向美美哒的红楼文字,到这里拐了个一百八十度的弯儿,仿佛进了《三言二拍》。

贾瑞的动作实在不堪,他的眼里只有交配,没有交欢。

可再一细想,干岸上的我们何尝不是饱汉子不知饿汉子饥。但凡命运能够给一丝喘息的机会,谁不愿把一顿秀色可餐吃到从容不迫、津津有味?谁不想把一场春情下成梨花带雨、缠绵缱绻?

毫无征兆的噼里啪啦,一定是憋得太久。

差点被"肏"的贾蓉敲诈了一笔银子,同伙贾蔷拿来了早已备好的纸笔。看似就要把过往一笔勾销,然而,白纸黑字能不能勾销贾瑞的孽债尚不得知,勾销了他的命,却是真切。

炮没约成,一个闪失竟成了炮灰。这是一种怎样悲催的人生体验,我们不得而知。我们只能试图追本溯源去作一简单梳理。看看这个可怜又可悲的炮灰是如何练成的。

没了爹妈的孩子像根草,偏又遇上贾代儒这么个爷爷,围上一圈冒着腐气的栅栏,行走坐卧都是规矩,动辄还要吃一顿板子。这草看着不歪,内里却往歪猛长。

贾府里一班男子,有的眠花卧柳,有的嗜酒好赌,唯有贾瑞,靠着勒索小朋友赚几个零花钱。他的心智使他只能混迹在一班学堂里牙牙学语的毛头孩子中间。

贾瑞的爷爷看似糊涂,实则精明。连秦钟当初入学堂也得他老爹秦业想方设法弄来二十四两银子作贽见礼。可见这贾代儒不光认识"四书五经",更认得银子和戥子。穷归穷,不至于穷到连给孙子娶个媳妇儿也不能的地步。

这老头,满脑子之乎者也,满脑子银子铜钱,就是看不到孙子望眼欲穿。他笃信"棍棒底下出孝子"的信条,把教养当成圈养。他笃信"书中自有颜如玉",仿佛用功读书,书里真能给孙子冒出个如花似玉的媳妇儿。

贾瑞出生在这样的家庭,从一开始就是荒唐的,这是他的命。

命运是他逃不过的劫,可更大的劫,却是他心中的孽。

曾经的贾瑞透着一股轻薄的自信。他反问凤姐,嫂子怎么连我也不认得了?这意思是凤姐反倒有眼无珠,连他这堂堂的瑞大爷也不识。

似这般的不知高低,及至后来的人伦丧尽,恐怕早已在王熙凤的心里种下了恶的因果。

贾瑞不知道的是,他和凤姐之间的距离,一如薛蟠和林黛玉之间的距离。薛蟠看见林黛玉连骨头都酥了,想入非非一下对他也是奢侈。薛蟠可以对香菱没行止,对林黛玉只能发乎欲止于礼。这不单是林黛玉的地位让他惧怕,毕竟还有大家公子的底蕴在。可这样的底蕴,贾瑞身上是没有的。他以为他和凤姐隔着一层衣服的距离,实际上却以光年计。

惹恼凤姐的不单是贾瑞的轻薄,更是贾瑞的不知深浅高低。凤姐什么人?你贾瑞又什么人?

然而,断然拒绝又不是凤姐的性格。她是一只久经沙场的老猫,碰到个昏头昏脑的耗子,自然激起她要戏弄一番的兴致。于是,悲剧上演。

若说凤姐一开始并没有想致贾瑞于死地的话,等后来贾瑞命悬一线时,在王夫人的再三催问下,才收拾了一包人参须末给贾瑞治病,可见贾瑞的命,在王熙凤眼里,还真只是一只苟延残喘的耗子而已。

只是,王熙凤没想到,后来她自己需要人参保命时,送来的也是一包须末。

舞台上换主角,常常须臾之间。

被爷爷圈养的贾瑞实在弱不禁风,比他的身体更加孱弱的是他的心智。唯一支撑他的是肆意泛滥的荷尔蒙。他被荷尔蒙驱使着一路狂奔,以为前方的梦里有花团锦簇、美人如玉。殊不知,红尘深处是一条万劫不复的不归路,一跤下去,粉身碎骨。

风月宝鉴哭了,哭的不是火烧在身的伤痛,而是世人看不穿的痴迷不醒。

2017年10月

三教合流观照下"情"的价值

缘,妙不可言。只因在人群中多看了你一眼。是一眼万年还是一眼天涯只在须臾之间。看似偶然,实则必然。而要必然,还须偶然。

何为必然?

人生而懵懂。三岁前,"我"是不存在的,因而世界也就不存在。要在此后的许多日子里,经由他人的讲述与自己的想象化生,忽然某天"我"被唤醒了,世界也就诞生了。有了"我",即有了生命意识。难免要追问,我是谁,我从哪里来,要到哪里去。可答案似乎并不好找。

大部分人在欲望的裹挟下,淹没于世俗日常,心底的疑问或潜伏或淡忘。有的人却始终怀着强烈的好奇,当某天终于凝视着自己,孤独感如约而至。于是,需要宗教或哲学的慰藉。宗教与哲学能某种程度上帮助解决从哪里来到哪里去的问题,我是谁的问题,却始终是笔糊涂账。

于是,便恒有寻找自我的冲动。"我"是被"他者"创造出来的,而人又是社会生物,无法孤立存在,就需要一面镜子,即经由另一个人,对自我及自我存在的价值加以确认。因而寻求灵魂伴侣,是千古以来人们心底永恒的最隐秘,也最强烈的渴望。

而灵魂伴侣,往往是按着自己理想中的模子,在一次次的深情召唤中,被塑造出来的。从此心中住了一个熟悉的陌生人。倘若足够幸运,当两个熟悉的陌生人,在人群中偶然相遇,不免惊呼一声,这个人曾见过的。

这是人的生命情感体验。这种体验更易发生在敏感的人身上,而敏感者多具艺术气质。宝黛二人正是艺术气质浓郁的一类人。所以一见即觉相熟并非纯然的艺术效果,而是冥冥中的必然。只是现实中,这种必然往往因为缺乏一个偶然而错过。要怎样的因缘际会,才能将必然与偶然完美结合起来而给人一击呢?大约只有天缘了。

"木石前盟"就是这样的天缘。

天缘凑巧,黛玉的母亲去世了。

天缘既定,则不是冤家不聚头。

现在,趁两个小冤家你侬我侬,莫若书回从前,把天上的事往人间说,为故事上演开局定调。就要请出两个提纲挈领人物,一个甄士隐一个贾雨村。以甄士隐半世浮沉,把整部红楼浓缩演绎,是为现实夯定基础;通过贾雨村"正邪两赋"之论,为书中人物出场提供理论依据。

贾雨村认定,人禀气而生;气有正邪,而分清浊。正邪二气因运转化,则清浊此消彼长,诞生三种人。或大仁,或大恶。兼赋清浊者,便为亦止亦邪之人。据此降生者,或为情痴情种,或为逸士高人,或为奇优名倡。

"气",国人并不陌生。体现中国古人最朴素的宇宙观。气在儒家,为"元气"。以一元之气为宇宙肇始,一元之气分阴阳,而化生万物。

道家认为"道生一,一生二,二生三,三生万物。""一者,元气所起也。"

无论"气"或"道",皆宇宙缘起,是宇宙的发生方式。儒道虽表述有异然殊途同归,因皆根植于《易》,《易》是中华文化的源流。

按贾雨村的说法,赋正邪二气所生之人,究竟将成为哪种人,看他所生养的环境及与环境发生了怎样的关系,即因缘际会。

因缘是佛家说法。

这就以释打通儒道关节,实现儒释道的融会贯通。儒释道的合流作为中国文化底色,为人生提供现实依托,又实现灵魂皈依。落实在《红楼梦》中,便为全书统领,亦为书中人思想归因。

儒家依托在社会,落实于伦常,通过"克己"而达自我完善;所以要"入世"。入世是积极进取,体现人生根本价值,赋予生命意义。

道家依托在自然,落实于"天人合一"。通过"虚我"而达人与自然和谐的状态,所以要"出世"。出世非消极避世,是以"无为而为"。

释家依托在心灵,落实于成佛,通过"无我"消除世间壁垒,以涅槃成佛破除"六道轮回"而归于"极乐"世界。

儒道虽有入世出世之别,但都归于务实,最终目的都是"有为"。唯有释家是务虚的,照料心灵世界。

三教合流必然发生,"心学"的出世果然印证。一个重要的媒介是"禅宗"的兴起。禅宗强调人人自具佛性,尚未成佛是佛性被蒙蔽的结果,所以讲"顿悟"。为后来"心学"的出世,酝酿了灵感。"心学"即三教合流的成果。时代相近,曹雪芹难免受到影响。创作《红楼梦》时对三教皆有观照。呈现这种观照的主要人物，是贾宝玉。

至此，一个神采奕奕的贾宝玉，禀太虚幻境中一段闲愁，撷青埂峰下钟灵毓秀，向我们款款而来。

作为太虚幻境中"神瑛侍者"原型的贾宝玉是肉身凡胎，而幻作"通灵宝玉"的石头则是贾宝玉蒙蔽的佛性。

佛性因蒙蔽而向往三千红尘世界，到阅历一番后重归本位，是佛性重现的过程。这是贾宝玉的使命。

贾宝玉诞于诗书之家、簪缨之族。而其时是一个儒家道统的世界，势必要受到儒家思想启蒙。儒家理想在"修齐治平"，儒学价值在"经世致用"，儒生进阶之路在"仕途经济"。

但贾宝玉偏不爱读书。这于社会期待、贾家冀望显然不符。于是贾宝玉生命中第一个落差产生了。

贾宝玉真不爱读书吗？

若真不爱读书，其诗书气质何来？而他自己亦曾亲口说除"四书"外杜撰的太多；又说除"明明德"外无书。可见贾宝玉非不爱读书，且对儒家经典持肯定态度。只是他要读的，不是"仕途经济"之书，而是"止于至善"的"大人"之书。

"大人"之书在"大人之学"。"大学之道，在明明德，在亲民，在止于至善。"

"明德"是自在"仁爱"之心。人性本善；而性之不善，因被蒙蔽；因之要"明"。

怎样"明"呢？要去"亲民"。要到人间去历练，去体察民情。在体察中反观内省，重返"仁爱"之心，而"止于至善"。

核心是"内圣外王"。

可见贾宝玉读书无功利心。与世人所钻营的"时尚之学"格格不入，造成他不爱读书的假象。从贾雨村关于"正邪两赋"观照，时处衰世，贾宝玉凭一己徒增无力回天之叹。于是便逆反折中，结果是去读所谓"无用"之书。且发现无用之书中，恰恰照见美好人性。如《西厢记》《牡丹亭》一类，正是对人性中纯美部分的回护与讴歌。反臻"大学"之于"明明德"。

于是，"亲民"就成为贾宝玉倾注生命能量的核心。

"亲民"是对人世的体察，对人间的感同身受。我们看到，贾宝玉对与其生命发生关联的人，皆给予欣赏同情，体谅担待。这是平等意识的觉醒。他非但对与自己地位相当或高于自己的人报以欣赏，且对比自己地位低下者，也施以关爱，甚至与优伶一类交结不拘。平等意识使他在与北静王水溶的交往中发生感应、体悟彼此美好；在与袭人、晴雯、平儿、香菱等丫鬟相处时，也能融洽沟通、体味人间温情；而在与"二丫头"这样的山野女子的偶遇中，产生了对自己进一步的审视与反省。就如见到秦钟时的自问：为何这样美好的人却寄身贫寒之家，而自己这样的"浊物"却享受着锦衣玉食的供养。审视与反省是"亲民"的前提。心生恻隐为"仁爱"；推己及人即"忠恕"。这正是儒家思想核心。

所以，贾宝玉"反儒"的标签，看似有理实则谬之大矣。

贾宝玉并非反对儒家，而是批判性地看待儒家及其经典。他批判贾雨村那样的儒生，反对像他那样读书，概因贾雨村之流读书的目的是为做"国贼禄蠹"。贾宝玉不读"有用"之书，不热衷仕途经济，是因不愿欺世盗名。这点他与薛宝钗并无分歧，薛宝钗借《螃蟹咏》及她的"读书论"亦对如贾雨村之流极尽讽刺。

在儒家这里遇到挫折，贾宝玉转向道家寻求慰藉。这是对其人生落差的补位及对其思想体系的补充。

道家的"绝圣弃智"，正是对儒家思想的部分消解。

"绝圣弃智"并非反对圣智本身；"内圣外王"的理想，原本恰是道家首先提出。"绝圣弃智"本质是对"经世致用"下而"沽名钓誉"的嘲讽。所以说"圣人不死，大盗不止"。道之昏昧，才见圣人；圣人即出，则人人积极作为，以"智"而求"圣"。人为即"伪"。与道家主张"无为而为"的消极作为背道而驰。

事实不正如此吗？

如贾雨村之流，满口圣人之言而行伪诈之实。

苦闷之际，贾宝玉捧起了《庄子》。

道家的及时介入，非但改造了贾宝玉的世界观，更干预了他的人生观、价值观。这在贾宝玉与袭人关于生死的辩论中，体现得明白："他念两句书污在心里，若朝廷少有疵瑕，他就胡谈乱劝，只顾他邀忠烈之名，浊气一涌，即时拚死，这难道也是不得已！还要知道，那朝廷是受命于天，他不圣不仁，那天也断不把这万几重任与他了。可知那些死的都是沽名，并不知大义。"

可见贾宝玉对"朝廷受命于天"的认可，这是儒家的部分；同时他反对那种沽名钓誉的邀功请死，是对儒家的批判。

但道家就能安放身心吗？

冀望很快破灭了。

破灭在补庄子"南华"后，林黛玉的一番调侃："却将丑语怪他人。"贾宝玉对庄子的牵强附会说明其并未得道家真义,而其"戕宝钗之仙姿,灰黛玉之灵窍……"诸语更与其对美好的体恤关照相违背。这就有了其人生中第二个落差。同时也开启了他向佛家的寻求寄寓。契机出现在宝黛钗三角矛盾时,所看的《寄生草》里面的几句台词,经薛宝钗点化,使贾宝玉自以为领悟。于是写下一偈——

> 你证我证,心证意证。
>
> 是无有证,斯可云证。
>
> 无可云证,是立足境。

这是贾宝玉佛缘的起点,但他的领悟终究未至通透。而真正引领他体悟佳境的是林黛玉与薛宝钗。林黛玉补道——

无立足境,是方干净。

随后薛宝钗讲了六祖慧能的故事,故事意蕴集于六祖慧能偈语中:

> 菩提本无树,明镜亦非台。
>
> 本来无一物,何处惹尘埃。

当贾宝玉还要"立足"时,即菩提有树、明镜有台,即心惹尘埃。而林黛玉早臻"无立足境",则菩提无树、明镜无台,而心无尘埃。

心无尘埃,即心无挂碍。

贾宝玉的挂碍,正是他脖颈上拴住的"通灵宝玉"。

玉本通灵,即本性自足;而当歆羡三千红尘时,便有了"执",有了去"受享受享"的念头;接着陷入"我",所以问为什么我有,而她没有。宝玉的追问,固然出于仁爱心,但仁爱心即分别心,所以才见"你我"。每当贾宝玉执而至于迷时,必定陷入魔魇,那正是其"佛性"蒙尘时。破解的办法,即和尚的"念诵",使其复归本性。

由此可见,儒释道三家,融会于贾宝玉一身。至于林黛玉薛宝钗等人,亦无法笼统冠以某家代表之名,儒释道的合流,反馈在每个人身上,只是各有侧重罢了。或可说,那世外的一僧一道,正是世间的薛宝钗与林黛玉。薛宝钗与林黛玉正是贾宝玉的度化者。

林黛玉以"天缘"的破灭,度贾宝玉前半程;即破贾宝玉之"情执""我执"。薛宝钗则以俗世缘分的无法安放,度贾宝玉出尘网中。

林黛玉早悟了的。从其启蒙老师贾雨村关于"正邪两赋"论可知,她濡染了"缘起性空"的思想指导。"空"即"无常"。正如她的家世,由列侯之家到根苗不继;从父慈母爱到人去楼空。人于重大变故时,易感幻灭,幻灭常使人顿悟。于是林黛玉知道世间一切不过缘法聚散。所以"喜散不喜聚"。

而贾宝玉却眷恋红尘。他对生命有太多深情,对人间有巨大热情,对所有人的担待与对所有美好的眷顾,是他于世间实现自我的方式。却不断发现自己的无力。从龄官画蔷领会情之各有所属;由金钏儿跳井至晴雯惨死,见证人世无常;经柳湘莲归道而惜春出家,觉悟红尘虚妄。这是对林黛玉所持人生态度的一步步印证,亦为其再寻出路、另觅灵魂安所提供契机。这时,薛宝钗成为贾宝玉的摆渡人。

先看薛宝钗眼中的世界。

薛宝钗眼中的世界,如她所居住的地方,是一个"雪洞"。"雪洞"由历经世事的刘姥姥眼中映出,则另有一番深意。是世俗人生和清净之境间的照面与对话。刘姥姥看后沉默不语。而她在贾宝玉的"闺房"可是"肆意"了一回的。其"肆意"者,因无论富贵抑或贫贱,皆"色相"而已。而刘姥姥把林黛玉卧室当作哪位公子的书房,则是照见"名"世界。

"色"与"名"的世界,皆非世界本相。佛曰:"世界,既非世界,故名世界。"

佛曰世界,是说眼前物质世界。

佛曰非世界,即眼前所见是人的认知定义出来的世界。

佛曰故名世界,乃缘起性空的世界,无常的世界。

而这无常世界,正是薛宝钗眼里的世界。即"雪洞"。

刘姥姥的无语,是给所有人一个顿悟的契机。无奈人间贪恋既多,本性蒙尘已是必然。如贾瑞薛蟠,如贾赦贾珍,如贾琏贾蓉,等等;与急于给薛宝钗搬来古器珍玩的贾母本质无二。"警幻仙姑"怕要失望了,阅历一番后,悟者能有几人。难怪中秋夜贾氏先祖发出那样一声悲叹……

如此,则更可见作者对"山中高士"的薛宝钗何以赞叹了。薛宝钗已臻看山还是山的境界。薛宝钗与贾宝玉尘世姻缘的破灭,正是对贾宝玉身披枷锁的最后解脱。由林薛之于贾宝玉的两番度化,则"因空见色,由色生情,传情入色,自色悟空"之开悟历程自见。

但倘若仅止于此,则《红楼梦》便成劝喻世人遁入空门的佛家之书了。固其精妙已世所罕见,艺术上却不免囿于《金瓶梅》之类套路。

《红楼梦》毕竟是文学艺术。曹雪芹终究是伟大的超越者。

其超越之凭借,正在薛宝钗。

薛宝钗的使命,不止于度化贾宝玉,更在以"出世"之姿而"入世"的垂范,为贾宝玉人生理想的实现提供高标。而贾宝玉的理想人生之境,正是作者对理想人生的寄寓。

回想薛宝钗当初讲六祖慧能的故事。

而禅宗经典《坛经》中说"佛法在世间,不离世间觉,离世觅菩提,恰如求兔角……"

佛法并不在彼岸,而在此岸。佛法不在向外求,而在向内求。

禅宗是佛教中国化的结果,打通儒道而使三教合一,共同熔铸了中国文化品格。作为文人的曹雪芹,其创作中除体现对三教的领悟,更不会忘记自己作为艺术家的使命。

使钗黛合一。

出世而入世的薛宝钗,自与林黛玉和解后,即成二人化身,又即终将出世而入世的贾宝玉。

当宝黛钗三位一体,集其品格与领悟于一身,正可达作者"止于至善"之理想人生境界。

贾宝玉还要回来的。

目睹繁华落尽,惟余白茫茫大地。出离尘网的贾宝玉,身着一袭红衣,由是他的出离,正是回归。回归的贾宝玉,方是大彻大悟。

红色代表他对生命的深情,对人间的热情。而着红衣出家正是他对世间的返顾与担待。却与当初的深情与热情已不可同日而语。因对"情"的认知与领悟已发生根本转变。"情"非羁绊,而是救赎。

便一举奠定了"情"的价值。

通览红楼一梦,除为艺术效果而演绎的佛道仙缘故事,更无猎奇之处,而吸引我们的正在寻常。最使我们感动的还是人间真情。合上书,心头浮现的最美画面,便是"黛玉葬花""宝钗扑蝶""湘云醉卧""晴雯撕扇""龄官画蔷"等,无不因对美好的疼惜与眷顾而使人忘情。念念不忘者仍是宝黛爱情的一往而深。这不正是"道不远人"么?这不正是曹雪芹作为传统文人,以艺术超越现实又返顾现实的担当么？回看开篇自述——

"忽念当日所有之女子，一一细考较去，觉其行止见识皆出我之上，我堂堂须眉，诚不如彼裙钗。"

最美还是人，人的落脚点还在人世，人世最美在于情。

文学作为艺术，根本在审美。当美在曹雪芹笔下，托付于情，则美便拥有超越一切意识形态而永存的价值。

宗教与哲学，是发觉美，触碰美，肯定美，礼赞美的引子；而"情"正是作者审美价值的核心。是以"空空道人"阅石上文字而改名"情僧"绝非偶然为之。正如《红楼梦》"引子"中唱道——

"开辟鸿蒙，谁为情种？都只为风月情浓。趁着这奈何天、伤怀日、寂寥时，试遣愚衷。因此上，演出这怀金悼玉的《红楼梦》……"

2021年4月

《红楼梦》中老干部

老干部问题自来棘手,处理不好会带来无尽烦恼。老干部是老资格,其中有些还是大功臣。

但事业总要发展,时代总在变迁,老干部难免遭遇新问题。于是怎样对待老干部问题就不得不摆上台面。而历史的诡谲处在于,老干部往往不能善终。历史上杀老干部的事就不消说了,说多了都是泪。像宋太祖杯酒释兵权,算是比较能接受的。而更多帝王就没那么幸运,为一时之举而背上千古骂名。

骂帝王卸磨杀驴,自然是民间朴素情感,无可厚非。然细思来,帝王也有他的难处。尤其开创基业的功臣,多为拜把子的弟兄,大家揭竿而起,一呼而百应,为的就是当初一个共患难而同富贵的承诺。现在江山拿下来,自然该论功行赏而坐享其成了吧?但问题是,这帮人革命时期嗜杀成性,一时罢却兵戈,内心的荒蛮并不偃旗息鼓,时而蠢蠢欲动。闲来无事搞个沙盘,演绎一下往日激情,还不过瘾,就难免成为不稳定因素。

但革命成功后的首要问题是建设,建设的问题不能靠打打杀杀来解决。可具备革命气质的同时又具备建设能力的人凤毛麟角。就牵扯到选拔新进人才的问题,必定涉及权力的重新布局,庶几触动功臣们的利益。这种冲突是结构性的。还有人性的幽微处:功臣们跟着老大出身入死一场,大家是知根知底的弟兄,说白了,谁屁股上长个痣谁睡觉爱打呼噜门儿清。这份亲近在革命时期转化为战斗友谊,可帝王统治需要一套礼乐制度而威仪天下。

这时如果都像刘邦那伙哥们儿一样,喝顿酒,就捉了刀剑在皇宫的柱子上乱砍乱画"老子到此一游",显然不像话。更有甚者,如许攸那样,跟前跟后把一代雄主曹操叫阿瞒,一两次呵呵一笑也没啥,总要这样,成何体统。杀机不是偶然兴起,而是于屡次冒犯中埋伏下的。且深一层的考虑是,帝王夺得江山当然期望其江山永固,正如始皇帝所想,代代有传人。功臣买爹的面子,到儿孙手里面子不一定好使。既然帝王江山是抢来的,那么别人也可有样学样。退一步,就算儿孙顺利接班,功臣愿意辅佐,可一朝天子一朝臣,人总是自己亲信者用来顺手。综合种种因素,制度的,人性的,等等,处理老干部就格外考验智慧。

显然,《红楼梦》中宁府在处理老干部问题上就存在失误。首先在对焦大的安排上就有问题。问题很严重。一次醉骂把原本潜于暗流中的见不得人处抖搂出来,且是当着客人的面。让宁府一干人很没面子,结果是老干部被马粪伺候。而更严重的后果是直接导致秦可卿从此一病不起,最后仙游而去。

这事儿上,显出宁府子孙处理家事的简单粗暴。但根子却早在几十年前就埋伏下了。焦大战争年代跟着宁国公贾演出过三四回兵,贾演战败,苦孩子出身的焦大把主子从死人堆里背出来,自己挨着饿,偷了东西给主子吃,两日没水,得了半碗水给主子喝,自己喝马尿。因救命之恩,贾演从此对焦大另眼相看。至后来贾代化一辈,仍对其礼遇有加,所以焦大才说出“二十年头里的焦大太爷眼里有谁?”这样的话。

但宁府前两代忽略了一个根本问题,就是给焦大安排一个合适的归宿。想来以焦大火爆的性情,不适合做建设性人才。那么不如置办个田庄,让他做个太平财主,再养两房妻妾,或可了其一生无虞。但就是不能留其在府内。他掌握太多老辈人的事,留下也势必耳闻目睹后辈人种种苟且,赖着功劳,不定某日一个火星就将其点燃而一发不可收拾。

然换个角度一想,当初国公爷未必没想到这茬儿,兴许他有他的难处。难处可能源于焦大本身。凡忠仆皆有一颗天真质朴之痴心,如袭人,跟了谁就觉得是谁的人。且当年战场上一番生死之交早把彼此命运纠葛一起,这份情谊不可轻松割舍。焦大也许觉得,生是国公爷的人死是国公爷的鬼。若无此一份痴,又如何说要哭太爷去,又如何把别人家的事比自己身家性命看得还重,又如何说咱们胳膊折了往袖里藏。焦大嘴里的“咱们”跟袭人口中的“我们”,皆是下意识的自然流露。

人生中没那么多对错。面对人性我们常常陷入两难。国公爷感其诚,所以顾得眼前顾不上身后;而焦大一心想入了贾府门就是贾府人。可时过境迁,国公爷成了贾家宗祠内一个牌位,如今掌权者已是其三代四代,感情上对焦大之于其先祖的救命之恩已稀释殆尽,贾家后辈们觉得如今泼天的富贵凭皇恩、赖祖德而已。非但如此,还成为心理负担,特别是当焦大时不时在贾三代贾四代们跟前端着架子时。而根本一点是,贾家的新主子精神上已然彻底堕落,他们丧失了原本的价值观,判断一个人的标准,在这人眼下有无利用价值。所以当焦大连驾车送人这样的事都干不了时,自然成了没用的老废物。

说起来,只能怪焦大活得太久。要是早二十年去世,大体上换得个风光大葬乃意料之中,起码留个好念想。但活得久也不一定全是坏事。作为焦大镜像,还有个活成一把白胡子的张道士。作为当年荣国公"替身"的张道士,在贾母嘴里是"老神仙",在宝玉嘴里一口一个"张爷爷",掌管着一方道观而受尽他人奉承不说,更把珍宝奇玩不放在眼里,随便拎出个金麒麟,就比史侯家的小姐脖子上戴的还鲜明。固然这表示荣府在处理老干部问题上的高明,也照出人性上的落差。

张道士显然是老干部转型成功的典型。这点不像焦大。倘若焦大能顺应时势而略微具备一点反省意识,也许不至后来下场。可是,这样的假设毫无意义。每个人都在以自己的方式完成。活成油腻的张道士,定非焦大所愿。焦大之所以成为焦大,从其在战场上九死一生喝着马尿把主子背出来时,已注定。他生命的成色决定他一生命运。

于是,我们觉得后来焦大,惟其如此才不枉一生,哪怕博得不识时务之恶名。当年喝马尿如今吃马粪却是某种成全。如此,倘国公爷尚泉下有知,他们老哥儿俩也好见面。可以指责焦大愚痴,但其愚其痴,于一团漆黑的宁府上空多少留下一抹亮色,和大门口两只还算清白的大石狮子有个伴儿。

说完宁府老干部,再看荣府老干部。

是宝玉奶娘李嬷嬷。

李嬷嬷其人讨厌。甫出场就没留下什么好印象。不是骂人就在骂人的路上,且骂得难听。骂袭人是"忘了本的小娼妇!"

袭人何曾让人这么骂过?就是宝玉不留神得罪了,还要温存软款赔千万个不是。关键是袭人不该骂。袭人非但日常行事温柔和顺,且在李嬷嬷当初因"枫露茶"事件而被宝玉威胁要撵出时求情并主动揽责。

李嬷嬷不知好歹。

不知好歹的李嬷嬷吃了宝玉留给晴雯的豆腐皮包子,又喝了宝玉的"枫露茶",将好好一杯"枫露茶"变成"愤怒茶",引得茜雪被无辜赶出,却毫无反省而收敛,又自作主张吃了宝玉留给袭人的"糖蒸酥酪"。以后更不拘时节跑来寻趁,在袭人生病期间指责其"哄宝玉""装狐媚子",还威胁要将袭人"配小厮"。连宝玉也劝不住,说宝玉"只护着那起狐狸,那里认得我了",还要拉宝玉去老太太太太跟前评理去!一把鼻涕一把泪的,向黛玉宝钗诉屈,简直有失体面!

单就事件本身论,似乎这李嬷嬷就是个天生讨人厌的"老货"。但于其胡搅蛮缠中寻出些字眼,却发觉其委屈。主要是一句"把你奶了这么大,到如今吃不着奶了,把我丢在一旁,逞着丫头们要我的强。"

李嬷嬷当初奶宝玉,就如当年的焦大背老太爷,都是有功之人。奶人虽不如救命恩情那么大,然奶亦人之精血;以精血而滋养一个生命,唯母子间才有。虽李嬷嬷非生下宝玉之人,但养育却因一份水乳交融的陪伴更加动人。天长日久的喂养中,养子经由养母体温而建立起的生命情感,往往比生母更亲密。奶宝玉虽是李嬷嬷作为奶娘的责任,但一块石头焐在怀中几年也该焐热了吧,况以乳汁哺育的一个活生生的人!

奶娘奶娘,有奶便是娘。怀中孩儿总有长大的时候,奶娘也总有奶干的日子。那时如何对待奶娘,就考验人的良心。就像如何对待今日连驾车也无用的焦大。

贾府对下人的好,自不必说,何况是宝玉的奶娘呢。李嬷嬷敢骂袭人,又敢跟宝玉当面对质,已说明其地位。但李嬷嬷要的不是这个。她要的是宝玉的态度。

偏宝玉是个自由散漫的性子。身旁一众姐姐妹妹已让他博爱而形劳,又如何指望他分出点精神,给这个业已跻身"死鱼眼"行列的老嬷嬷。李嬷嬷心底荒凉可知。但对宝玉,她仍疼爱,毕竟奶了一场;却也忌惮,毕竟宝玉是主子。当初在薛姨妈家劝酒,实在劝不住,也就作罢。黛玉她自然也不敢得罪。既和尚动不得,动动尼姑总是可以的。于是宝玉跟前那些丫头就成李嬷嬷发泄情绪的替罪羊,其中尤以袭人为眼中钉。

何也?

袭人之为袭人,其温柔和顺,正如一个称职的儿媳。她照顾宝玉,便如儿媳妇剥夺婆婆对其子的爱。况且这个袭人,是当初李嬷嬷亲手调教出来的,就更有拿她出气的借口。李嬷嬷纯属因失落而生恨,因恨而迁怒于人。根本上,她骂袭人不为骂袭人本身,是对现实处境的愤怒,而这愤怒已非三两日了。她去宝玉房里,见丫头们嬉笑自若,嗑下满地瓜子壳。

非但宝玉冷落自己,如今连宝玉的丫头们也如此没规矩,这还哪里把老干部放在眼里呢?既然丫头们不拿村长当干部,就别怪我李嬷嬷不拿包子当正经干粮。李嬷嬷哪里是爱吃包子,是为争口气。

她也不为吃"糖蒸酥酪"。

酪者,奶制品也。

李嬷嬷渴望的是反哺。当初你吃我的奶长大,现在还我一口奶又怎么了?

偏偏这口奶,你留给袭人!

于是袭人不是"狐媚子"也成"狐媚子",不是"小娼妇"也得骂声"小娼妇!"

与李嬷嬷呈镜像的,是赖嬷嬷。赖嬷嬷家非但有了比贾家略小点儿的花园子,且把孙子外放做了官。同样是嬷嬷,差距咋就那么大呢?

赖嬷嬷固然生了两个好儿子,一个赖大一个赖二,分别是荣宁二府的大管家,母以子贵可以理解。谁让李嬷嬷命苦,生下个只知"荷叶浮萍"的儿子李贵呢?叫贵的偏偏不贵,人家奴才跟着主子得赏,他跟着主子挨骂下跪赔不是。

但活成赵嬷嬷也不错啊!

赵嬷嬷是贾琏乳母。虽贾琏也是个银样镴枪头的公子哥儿,把赵嬷嬷交代的事当作耳旁风,好歹有个王熙凤靠得住。三言两语就给赵嬷嬷的两个儿子,一个天梁一个天栋安排了差事。赵嬷嬷固然儿子非栋梁之才,但她显然会来事。

她听说贵妃娘娘要回家省亲,于是抚今追昔说出下面这句话——

"不过是拿着皇帝家的银子,往皇帝身上使罢了。"

这眼界见识,非只满嘴"狐媚子"与"小娼妇"的李嬷嬷可比。

话虽如此,也不全怪李嬷嬷呀!若宝玉身边有个凤姐样懂事的人,又将如何?

袭人显然不行,她只是丫鬟。她能做到的唯有当李嬷嬷被赶出时求求情,决断还在宝玉。面对李嬷嬷胡搅蛮缠也只好委屈流泪。这就显出宝玉跟凤姐的差别。

凤姐到底管家,经历过人事,虽出身富贵却濡染过人间烟火。

且看她如何处置。

且说当日李嬷嬷正闹得不可开交,被算完输赢账的凤姐听到,连忙赶来,拉了李嬷嬷笑道:"好妈妈,别生气。大节下老太太才欢喜了一日,你是个老人家,别人高声,你还要管他们呢,难道你反不知道规矩,在这里嚷起来,叫老太太生气不成?你只说谁不好,我替你打他。我家里烧的滚热的野鸡,快来跟我吃酒去。"

一番话,绵里藏针,连恭维带敲打,把个李嬷嬷哄得"脚不沾地"跟凤姐走了。临走不忘撂几句狠话,给自己台阶下。

你看看,李嬷嬷要的不过如此。无非是一点薄面、些许温存而已。

想当初若她去宝玉屋里,那些丫头们略微给老干部点面子,不要瓜子皮满地而嘻嘻哈哈；若宝玉平常把照顾姐姐妹妹的心思分百分之一，给曾奶过自己的李嬷嬷，想她老人家也不至如后来混闹，搞得大家都下不来台。如此，则即便她的儿子不如赖大赖二，亦比不得天梁天栋，她也能认也能甘心，也能把小日子过得安稳。

但人世间的事不容假设，就如无法为焦大安排另一条出路。人都在按自己的方式完成，人都活在自己的局限中。焦大因忠诚而成就前半生，则忠诚又成其后半生走不出的魔咒；李嬷嬷揪住其奶娘身份，便要因一杯奶酪而受辱。焦大与李嬷嬷都不懂得适时退出。但说这话是站在干岸上，一如我们，看别人的故事分明，轮到自己仍然混沌。难得是生命里有一份反省，纵人生有些事仍无法逃脱命运捉弄，却可以少一些狼狈多一份从容。

老干部焦大去看园子了，不知后来想到马尿与马粪的滋味，有无后悔。但老干部李嬷嬷还要来的。当后来宝玉昏迷不省，还要请她老人家出马不可。毕竟奶了一场，虽"糖蒸酥酪"吃得并不舒心，但经由奶水联结的那份深情岂能轻易放下。那时见了宝玉，往日委屈不平早放下了吧？含着泪念起的除了阿弥陀佛，便是玉儿啊，玉儿，你醒醒吧！但愿宝玉后来醒悟而后悔，也但愿焦大余生领悟而不后悔。

惟其后悔与不后悔，方无悔。

2021年6月

爷们还赖你不成

《金瓶梅》中娱乐，肉欲汹涌，一群人才围住个大猪头啃得热乎，转眼就去"啪啪啪"；《红楼梦》中人到底雅致，闲来无事赌两把。小赌怡情大赌伤身，大家都有分寸的。可保不齐也出个岔子。

那时正月，学里放假，闺中忌针，贾环也来凑热闹；正遇见宝钗、香菱、莺儿三个赶围棋作耍，贾环见了也凑上去。宝钗素习看他如宝玉，二话不说，独乐乐莫若众乐乐。贾环先赢一回，十分欢喜，后来连输几盘，急眼了，就混叫混耍赖，偏莺儿不依。宝钗瞅住莺儿说道："越大越没规矩，难道爷们还赖你？"

莺儿满心委屈，见宝钗说，也不敢则声。

虽小儿女口角，则莺儿之娇憨，贾环之粗蠢，毕肖；更见宝钗为人之周全。然则细思量，这"爷们"二字大有深意。也就是贾环这样的厚脸皮，若换作宝玉，还不得羞死。"爷们"一则表明身份，是主子，二则一个男孩子，跟小丫头们计较……

饶这么着，贾环回去还跟赵姨娘告状说别人欺负他。偏隔墙有耳，赵姨娘训斥贾环的话，被凤姐听去。赵姨娘难免被一顿数落；这口气当时咽下了，窝在心里沤成怨毒，后来总要爆发。

同是耍赌，景象各异。

如那日凤姐宝玉去宁府做客，宝玉与秦钟一旁亲密玩耍，凤姐跟秦氏尤氏顽了一回牌。临了算账，却又是秦尤二人输了戏酒的东道。一个"又"字道尽往日情状。秦氏尤氏做东道看来不是一二回了。倒不见得全赖凤姐精明，瓦罐不离井口破呢。这里头有玄机。

上门即是客，哪有个做主人的赢了客人的理。再说，凤姐炙手可热，多少事体还要仰仗她开尊口呢。打牌向来是人际关系的润滑剂，轻描淡写的奉承，语笑嫣然间发生再合适不过。

东道轮流做，今日到我家。凤姐的趋奉功夫更非秦尤可比，想法子逗老太太开心是她日常功课。

且说老太太为大儿子贾赦贪恋鸳鸯而着了恼,刚把邢夫人一顿训斥,气氛瞬间有些尴尬,大家都躲出去了。老太太回头,咦——人呢?"才高兴,怎么又都散了!"

人老像小孩儿,多云转晴天都是分分钟的事儿,又笑道:"咱们斗牌呀!"

于是王夫人、薛姨妈、凤姐,陪着老太太呼啦呼啦就抹上牌了。当然不能少了老太太的跟班儿金鸳鸯。平儿既是凤姐的总钥匙,鸳鸯就是老太太的千里眼顺风耳。大家心知肚明,于是时而咳一声,时而递眼色,总是老太太和啥牌就给她点啥炮。老太太玩儿得开心,大家也都开怀。终是凤姐最懂人的心事。她的拿手好戏是往太岁头上动土。老太太被人尊抬惯了的,倒不喜欢太正经。也是凤姐摸准她心思,跟老太太插科打诨,没大没小的,却挠到老太太痒处。一时要赖不给钱,一时又说老太太匣子里的钱向自己的一吊钱招手,惹得老太太要撕凤丫头的嘴。

输赢什么大不了呢。老太太床底下的银子都霉烂了,图的就是一乐儿。

富贵久了,不免麻木。大家抹抹牌,百无聊赖的光阴也就从指尖流走,一些心事也可以暂时不想。

看起来是打牌,打的是人情世故。

最是人情世故里,见人的性情。难怪领导爱在牌桌上考察下属,是题外话。

也不是题外话。领导就来了。

那日,晴雯秋雯几个丫头都找鸳鸯琥珀寻热闹去了,宝玉进来,见麝月一个人在外房灯下抹骨牌,便笑道:"你怎不同她们顽去?"麝月说,"没有钱。"宝玉道:"床底下堆着那么些,还不够你输的?"

其实麝月哪里是怕输钱,她是怕"满屋里上头是灯,地下是火",所以她守着。麝月之懂事,公然又是一个袭人。虽麝月不去要不是怕输钱,但宝玉的话却是千真万确。钱是什么,不就是让人开心的么?

想那日莺儿对贾环嘟囔:"前儿我和宝二爷顽,他输了那些,也没着急。下剩的钱,还是几个小丫头们一抢,他一笑也就罢了。"

宝玉的快乐,在与人分享。见唯自己有玉而姐姐妹妹都没,就要将那"劳什子"砸了的。连"命根子"尚不在乎的人,输几个钱自然心无挂碍。何况他是故意输呢,输了他才开心。当初晴雯撕扇子,人说是暴殄天物,可在宝玉眼中,只要伊人开怀,那些玩意儿不过身外之物。宝玉有生命反省意识。觉得自己诞于钟鼎之家,尽享通天富贵,而诸如秦钟等人,钟灵毓秀却寄身寒门,简直将美好辜负了。所以总要担待他人才安心。

但人间自来不只一种姿态，倘无跌落尘泥翻过几个跟斗，便无法照见那些不易示人的卑微处。

这人间，有人开阔就有人逼仄。

一回，黛玉面对雨夜来送东西的一个婆子说："难为你，误了发财，冒雨送来。"忙命人又给了婆子几百钱打酒做补偿。

下人仆妇们，瞅空就要赌博，可以说他们偷奸耍滑；又一想，毕竟侍奉人的活计天长日久，偶遇天阴下雨，大家凑一块抹两把牌也是消遣。但与老太太及那些副小姐似的丫鬟们不同，下人仆妇们之间赌钱消遣是一则，二则也是真刀真枪地见面。毕竟他们手里的钱不如宝玉散漫，更不像老太太那么阔绰，兴许赢上一场，一顿饭就有了下落。

赌博里头，也照出人间落差。

回头再说贾环。

贾环耍赖，因他在乎。

所以在乎，因被忽略久了。因此见点子阳光就想捞点子灿烂。眼见前日娘娘从宫里送灯谜给大家猜，猜中有赏的。人人猜着了，唯贾环跟迎春猜错啥也没得。迎春倒不计较，独贾环不自在。他计较的也许不是赏赐，而是面子。当初跟莺儿耍赖，也是证明"爷们"的名分。

但名分这东西要自己挣，耍赖只能更跌份，搞不好就往下流里出溜。宝玉动辄被父亲一顿板子往死里打，然偶见其"神采飘逸，秀色夺人"，即动恻隐之心，再看贾环则"人物猥琐，举止荒疏"。在自己母亲赵姨娘嘴里也是"下流没脸的东西"，更被凤姐骂作"下流狐媚子"，还说"恨的你哥哥牙根痒痒，不是我拦着，窝心脚把你的肠子窝出来了"。感情贾环就是个风匣里的老鼠。被人下视久了，不免自轻自贱。自轻自贱者最好面子最需要证明自己。所以宝玉输得起，他输不起。输不起的贾环被赵姨娘啐道："谁让你上高抬攀去了……"

人生的落差，兼人性的跌宕，赵姨娘贾环母子离明媚愈远，一腔幽怨，只好往愈阴暗里落脚，向机密处扎根，埋伏下的仇恨成为地火，总要烧它一回。

且慢说贾环，想想我们小时候。有时刻意调皮故意闯祸，不过为引得大人关切。

尤其不被宠爱的孩子，越不被重视越想被看见，越想被看见则越卑微；卑微到极处难免闹出些动静，哪怕挨顿打。一顿拳脚也是抚慰。想当日贾环故意推倒灯油烫伤宝玉的脸,除了嫉妒,恐怕也有逗人关注的心思。纵然挨几巴掌,火辣辣的疼里有点子变态的快意;毕竟巴掌上带着人的体温。而那点子扭曲的温存,是他平日里的可望不可即。

与宝玉不同,贾环从无自我反省意识。而这也分别了探春与赵姨娘的生命质地。具备自我反省意识者,向内求,于是不平亦能内化而滋养一份自尊自爱;不具备自我反省意识者,凡事向外求,求来的除了怨忿就是仇恨。

怨忿与仇恨者,即被冷落与被损害者。

宝玉自来受到上下宠爱,他的豁达固然可贵,但豁达也要一份安稳涵养。宝玉能说出"凭他怎么后手不接,也短不了咱们两个人的"这样的话,贾环却不得不时刻盘算筹谋。一如赵姨娘,碎布头攒起来也能缝个什么日用。这点子幽微处,除了马道婆,别人是看不到的。怪道本为宝玉寄名干娘的马道婆,一见即"打抱不平"。固然其初心是为钱,也难说里头没有她所以为的"正义感"。

阴暗处伸张的"正义感",如魔爪,跟赵姨娘长久见不得光的地火一拍即合,结果是让凤姐宝玉几乎付出生命代价。

这是赵姨娘平生一次"豪赌",把此生赌注押在致"冤家对头"死命上,企望孤注一掷为自己的环儿赢一个未来。谁知天不假其便,迎来的是满盘皆输。

贾环当日可以赖账,但赵姨娘这笔赌账是赖不掉了。

可贾府的耍赌仍在继续。

同样日光流年,有人耍个逍遥快活,有人赌个鱼死网破。

曹公巨笔,不加臧否而如实写出。惟其如此,才使人读来唏嘘。赵姨娘马道婆们固然可恨,且后来报应不爽。却于报应来时不觉快慰,惟余满眼荒凉。

2021年6月

那场夭折的爱情

那一日,贾府的队伍,车马骈阗,繁弦急管,浩浩荡荡,去往"铁槛寺"安放秦可卿一缕悠悠而去的香魂。有人寄寓着不尽哀思,有人趁机领略这繁华盛景里的热闹。而秦钟,秦可卿那个钟爱的宝贝弟弟,却在忙着安放他浩浩荡荡的荷尔蒙。

少年人总是急性,吹灯拔蜡和扯下中衣一气呵成。慌乱里的笨手拙脚伴着粗重的呼吸,打碎了佛门庄重宁谧的夜空。

第一次,总是潦草的。也正因为潦草,所以才会在日后的回忆里,认认真真地捋了又捋,码放了再码放,终于,回忆在佛光的氤氲里,把一场人之初皴染出了一个富有仪式感的美丽幻影。

这是后话。

还好,此时的智能儿尚存理智。她说,鲸卿啊!我的亲亲,不是智能儿我不答应,你得先许我出了这"牢坑"。可是,无论多么宏大且严肃的生存哲学,在漫天荷尔蒙的侵蚀下,都变得千疮百孔、模糊不清。

你看看,秦钟祭出了那个千百年来颠扑不破的、被荷尔蒙憋昏了头的男子们深谙的真理——

姐姐呀!亲亲。今儿你若不答应,就是要了我的命……

于是,为了挽干戈于水火、扶玉柱之将倾,多少娇嫩的女子,便宁可舍了自己性命,也要搭救情郎们似乎孤悬一线的小命。

当然,接下来的一句,你也一定似曾相识——

姐姐呀,亲亲,我不进去,我就蹭一蹭。

这一蹭,便把真理变成了实践,实践再次成了检验真理的标准。

只是,这一次,他们的实践暂时夭折,他们的真理暂时残缺。这一切,源于宝玉的不解风情。不解风情的宝玉,让秦钟和智能儿的星星之火将要燎原时顷刻熄灭。

不解风情的何止宝玉,还有那不可预知的命运。

秦钟欲火燎原之际,智能儿想要的,是收获一个三百六十五日流转、四季交替轮回的、稳稳的幸福,她梦想着跳出"牢坑"。而此刻秦钟,要的却是六月里的麦子,旋黄旋割的激情。

这,大概是世间男子和女子的差别。

这,大概也是世间人之初时的爱情。

起初的爱情,总是在慌乱中透着一丝决绝,哀愁里显出义无反顾。总以为真爱了,便要飞蛾扑火。

起初的爱情,总像黑暗中的萤火,燃烧着自己,祈盼点亮整个夜空。

且说那日,"秦钟和宝玉二人正在殿上玩耍,因见智能儿过来,宝玉笑道:'能儿来了。'秦钟说:'理他作什么?'宝玉笑道:'你别弄鬼儿!那一日在老太太屋里,一个人没有,你搂着他作什么呢?这会子还哄我!'秦钟笑道:'这可是没有的话。'宝玉道:'有没有也不管你,你只叫他倒碗茶来我喝,就撂过手。'秦钟道:'这又奇了,你叫他倒去,还怕他不倒?何用我说呢!'宝玉道:'我叫他倒的是无情意的,不及你叫他倒的是有情意的。'秦钟没法,只得说道:'能儿倒碗茶来'……"

每看这一段儿,都会心一笑。这便是青春年少时特有的爱情——"看似无情却有情"。

少年时的爱情,只许在自己的世界里暗自卿卿我我,一旦被戳破,便忙不迭地矢口否认。

明明心里爱着,却又远远儿地躲着;胸口小鹿乱撞,呈现给人的,却如仇人相见、分外眼红。

十三四岁的少男少女,不会把爱情亮晃晃地盛开在明媚的阳光下。只会在午夜里,把一腔心事,密密匝匝铺排在折了又拆、拆了再折的情书里;把牵念潜伏在轻轻皱起的眉头下那一汪看似不经意的、秋水般忧愁的流波中。

呵!不要点破啊,点破后,那份薄如蝉翼的矜持,将何以遁形。

智能儿捧给宝玉的茶,许是烫的。比茶更烫的,许是她颊上堆起的红晕。

那时秦钟,清眉秀目,粉面朱唇,身量儿俊俏,举止风流,怯怯羞羞。言谈间,有女儿般的娇嗔。

——这是一个十三四岁俊美的男孩子。

也难怪智能儿会对他一见钟情。

把本该清净的佛门称作"牢坑"的智能儿,许是和芳官、藕官们有着类似出身和遭际的孩子。她们的出家,无非是被逼无奈。

她们的师父不会真正关心她们,这些小尼姑本就是师父们"拐来做活使唤"的。智能儿的师父净虚更是个教唆凤姐贪赃枉法、图财害命的主儿。

佛门早已形同红尘,哪里还有清净处。"水月庵"的牌匾下掩映着"风月庵"。

日日枯冷,与青灯古佛相伴,这些小尼姑们最缺乏的就是人间温情的眷顾。于是,智能儿时常往贾府里跑,怕也是为让清寂的身心,沾染些别家热闹的一点余温。

于是,她邂逅了这个钟灵毓秀的少年秦钟。于是,这邂逅许是冥冥中注定。她开始向往烟火人间的温情。纵只瞬间美好,便饮鸩止渴也在所不惜。

只是,这爱情,让人一开始便如同对宝黛爱情一样,有了些许隐忧。隐忧之上,又多了一丝不详。这不详和隐忧,不是对纯真爱情的不信任。而是,他们太过稚嫩的肩膀实在负担不起纯真背后燃烧的激情。

想尊贵如宝玉,尚不能让那些个如水的女儿们的美好得以保全与安放,何况孱弱如秦钟。上下疼爱的黛玉尚因为无人做主而时时涕零,况如蝼蚁苟且的智能儿?

青春的爱情,本已脆弱到让人不忍直视,又如何经得起一丝人间风雨。

就像那首歌里唱的——

"爱真的需要勇气,来面对流言蜚语……"

可他们面对的不单是流言蜚语,更有风刀霜剑。

就算他一个眼神肯定,你的爱有了意义,又如何?

果然——

当风刀霜剑尚未酝酿之际,那个智能儿以为可以依靠的、幻想着背她逃出"牢坑"的肩膀自己先塌了。

寥寥几次的野合,他们的激情如山沟里的一株野桃花般拼命绚烂、极致逍遥。每一次的迎来送往,不啻透支生命能量,如同合奏一曲青春的挽歌。

曲终人别时,秦钟已然把蕴藉于短暂一生里的热烈,一股脑儿地倾泻给了智能儿。智能儿还未及回味,他们的爱情已在云雨过后,花红满地、摇摇欲坠了。

秦钟掏空的身子,虚飘飘倒下了。跟着倒下的,是智能儿那颗悬着的心。

她要找回她的心,迎来的,却是无情的鞭子。

每当想到此处,便恸到无言——

秋霜满地,春衫薄,可怜的智能儿,冒着师父的冷眼和责罚,远远儿眺望着秦家门楣,迷离的眼,望不穿那堵高高矗立的墙,只把思念望断,成一个影影绰绰的虚空。

此刻,她多想羽化成蝶,飞向她的鲸卿,向他耳语,把一腔幽情轻轻诉说。

门开了。

开门的,却不是她的鲸卿……

红尘的门,将她拒之于外。

而水月庵里,又安有她的栖身之所?

她和她的爱,终成孤魂野鬼。

好在,秦钟临死前,终究念念不忘着他的智能儿。好歹没有辜负这一场一开始便注定没有结果、只有后果的爱情。

这后果,于他是一场生命的代价,却得解脱。

于她,则是如亘古长夜的悠悠寂寞。

这世间,于有人,无论悲喜,自己终究能做一回主角儿,比如黛玉;有人还能于期期艾艾里做一回配角儿,比如司棋;有人尚可热热闹闹地跑个龙套,比如茗烟和卍儿;可有人只能做插曲里的一个休止符——

开始,便为戛然而止。

智能儿去了哪里,谁也不会再关注,也无人提起。

当鲸卿已去,"牢坑"便不再成为"牢坑"。尘世间,再也没有了她的牵挂。这时的智能儿,一如那块幻化成美玉的、在历尽离合悲欢、炎凉世态后,带着无限的眷恋与惆怅重回大荒山无稽崖青埂峰下的顽石一样,她想起当初和惜春的约定,从此二人与青灯黄卷相伴、终老一生。

两个年纪相仿的美丽少女,殊途同归——

一个,如萤火,瞬间的美丽,释放了最后一丝热量。

一个,在鲜花着锦的温柔乡里,望透彻骨寒凉。

许因太过凄决,总让人幻想,企图做一回命运之手,于翻云覆雨间变换结局——

若当初秦钟不那么孱弱,乃至于过早夭亡,又将如何?

可转念一想,他们的爱情开始便是美丽错误。就算秦钟能够坚定地担当,就算他们可以度化自己的爱情和灵魂,却终究无法度化那一身陷落在尘世里牵牵绊绊的皮囊。

最终依然悲剧一场,不过徒留笑谈而已。

于是,这看似的悲剧,便恰是一个最好的结局。

2018年1月